小圆镜 著

下 册

青岛出版集团 | 青岛出版社

第十一章
尘封的日记

江潜虽然生气,但也没兴趣和叛逆的小女孩儿较劲,开车回家。

晚高峰很堵,到公寓都 7 点 30 分了,他还没收拾行李箱,进门前寻思着晚上要早睡,随便吃点儿得了,结果怔在当场。

餐桌上对称摆着两只漂亮的盘子,刀叉整齐,桌中央的藤编花篮里是火红的长寿花,还有一块六寸的圆形蛋糕。蜡烛已经插上了,余小鱼面对蛋糕坐着,穿着粉色珊瑚绒睡袍,头上戴着毛茸茸的耳朵发箍,左手托着腮,右手有一搭没一搭地按着打火机,像只无聊的小狐狸。

"不要玩打火机。"

江潜夺过来,抬手放到冰箱上面。

余小鱼睁大眼睛看着他:"你怎么一点儿都不惊喜啊?人家给你准备了生日礼物。"

江潜咳了一声,这时候才想起要惊喜,拨了一下她的狐狸耳朵发箍,俯身吻她的鼻尖,笑道:"菜也是你做的?小鱼太厉害了,谢谢。"

每只盘子里有一块煎过的鸡胸肉,切成块状,撒着香草碎,旁边堆着土豆泥和蔬菜沙拉。

余小鱼笑呵呵地说:"吃完饭吃蛋糕,明天你出差,今天就算提前过生日了。"

江潜去洗了手,脱下外套坐在她对面,用叉子叉了一小块鸡胸肉,蘸蘸土豆泥,放入口中。

她聚精会神地望着他。

他慢慢地吃了一块，又吃了第二块，吃到第三块的时候，去厨房里倒了杯水，问她："你要不要？"

余小鱼摇头。她到现在只把土豆泥和蔬菜吃了，尝了一口鸡胸肉，绞尽脑汁地评价："还有很大的进步空间。"

"盘子很漂亮。

"土豆也煮熟了。

"蔬菜很新鲜。"

江潜一边灌水一边夸："小鱼真是太棒了。"

余小鱼眼睁睁地看着他把齁咸的鸡胸肉吃光了，有点儿不好意思地指着自己那份："要是你不介意我浪费，我倒掉了。"

他把她那份鸡胸肉拨到自己的盘子里，良好的教养使他硬生生把痛苦的味觉压了下去。吃到一半时，忍耐到了极限，他将蔬菜和土豆泥一扫而光，端起两个盘子去厨房，把肉全倒进垃圾桶里，然后用了两包漱口水。

折磨终于结束了。

"吃蛋糕，这个不咸。"余小鱼看他吃得都快吐了，取出塑料刀，"你把打火机拿下来，我够不着。"

江潜揉揉她的脑袋，关了灯，点燃蜡烛。

蓝色数字"30"亮起来，青白相间的蛋糕散发着茉莉花和葡萄的香气，上面画着一只绿色的动物，抱着一条蓝色小鱼。

"这是什么图案？"

"你没用过这个小鳄鱼表情包啊？"余小鱼兴致勃勃地介绍，"这是我让蛋糕店给你私人订制的，超级可爱！"

江潜哭笑不得，她说什么就是什么吧。

"江老师，快许愿！"她拍手催促。

他闭上眼，双手交握。纯黑的高领毛衣本该把这张脸衬得冷峻而威严，而此时沉浸在蜡烛橘色的暖光里，从眉眼到下颌的线条都变得柔和宁静起来，睫毛在高挺的鼻梁两侧投下两扇阴影，唇角微微弯着，显出一点儿稚拙的孩子气。

他的嘴唇忽然一热。

他触电般睁眼，余小鱼的脸近在咫尺，眼珠又大又亮，仿佛是泉水里的星星。她从背后掏出一个包装精美的大礼盒，放在桌上。

"打开看看呀。"

江潜吹灭蜡烛，拆开系着蝴蝶结的缎带，揭开盒盖——里面躺着一个黑色的小手提包，边缘镶着银色金属，皮革有自然的网格状纹路，在暗光下亮闪闪的。

"这么好看的包，是送给我的吗？"他含笑抬眼。

活了30年，他还是第一次被别人送包。

"当然啦！"余小鱼扼腕叹息，"我本来相中了一个更好看的黑包，闪得跟钻石似的，可是那个太贵了。"

"谢谢小鱼。这个多少钱？"

"嗯……抹了零头13万。"

江潜皱眉："多少？"

余小鱼重复了一遍。

不等他开口，她就说："我就是想送你嘛。等我以后挣钱了，给你把那个27万的包买下来！"

话音刚落，江潜握住她的手腕，一下子把她拽到腿上。

缎带无声地落地。

他嗅着她身上的香气，双臂拢住她毛茸茸的身子，低声问："洗过澡了？冷不冷？"

柔软厚实的衣料围住她的颈项，肌肤泛着一层暖洋洋的光，如玉般触手生温。

"有暖气啊，怎么会冷……"她把塑料刀塞到他的手里，"江老师，切蛋糕，切蛋糕！"

窗外的夜色很快就变得深浓如墨。

吃完蛋糕，两个人顺理成章地去了浴室。

余小鱼过了好一会儿才缓过劲儿。江潜把她抱起来，急促地亲吻，她脑袋很晕，把脸埋在他的肩上，两个人贴在一起，依偎了很久。

"要是有小宝宝，会长什么样呢……？"她迷迷糊糊地问。

江潜抚着她湿漉漉的背："生个小小鱼吧，最可爱了，我们带她到处玩，给她买很多很多零食、很多很多玩具，还给她很多很多压岁钱……"

困意上来，她合着眼："我也要压岁钱……"

江潜无声地笑。

洗澡时她睡着了，洗完又醒了，疲倦地等他收拾好屋子，整理完行李箱，把衣服放进洗衣机里。看到垃圾桶里的东西，她就知道被骗了，躺上床，背对着他不说话，到了午夜12点，才终于说了声"生日快乐"。

"生气了?"江潜问。

"你还问我要不要生宝宝,欺骗我的感情。"她嘟囔。

"要是真的,愿不愿意?"

"大骗子,你上次还说去做结扎。"

江潜深吸一口气:"那我去了。"

她翻了个身,趴在他的胸前,哼哼唧唧:"结了婚再说吧。"

过了一刻钟,江潜以为她睡着了,上完闹铃,把台灯关掉。

黑暗里有小动物发出"窸窸窣窣"的动静。

"别闹,我明早要赶飞机。"

江潜胸口被戳了一下,她不知道在笑什么,抱着被子在床上滚来滚去。

"怎么回事?还不累?"

余小鱼捂着嘴:"我刚才忽然想起一个超级好笑的事情!不行了,我忍不住了!我一定要说!"

"什么?"

"哈哈哈,你得管谢曼迪叫小姨妈,哈哈哈!"

"什么小姨妈?!"

"江老师,骗人就要付出代价!"

从银城飞往日本东京的客机离开地面,箭一般冲向蓝天。金色的朝阳在云海中露出来,靠窗的乘客凝望着万丈光芒,秀美的侧脸陷入阴影中,忧郁得像一幅油画。

要是那孩子留下来了,会长得像她吗?

"早上好,您想喝点儿什么?"空姐推着餐车进入头等舱,亲切地询问。

"温水,谢谢。"

乐茗接过水杯喝了几口,过了一会儿,皱着眉弯下腰,捂着肚子。

她身边的座位是空的,过道另一侧的人察觉到异常,关切地坐过来:"你怎么啦?不舒服吗?"

"没事,在吃药,有点儿副作用。"她堕胎后医生根据她的身体状况开了药,但吃下去很难受。

片刻后,乐茗呼了口气,脸色苍白地靠在座位上,擦去额头上的汗珠。她这才看清对方是位与自己年纪相仿的女士,穿着职业套装,妆发精致,生了张和蔼可亲的鹅蛋脸。

"没人陪你吗?"

"我一个人。"

女士把自己的呕吐袋给她:"你拿着吧,我看你在登机口的洗手间里也吐了。"

"啊……谢谢。你看到我了吗?"

"嗯,你长得很漂亮。"

乐茗笑了笑,对这种恭维见多不怪:"你也是。你是直达还是转机?"

这是早班机,9点就起飞了。她最近很嗜睡,昨天在机场边的酒店里住了一晚,但还是起得太早,胃疼。

这时前排的男士听到后面的动静,回头看了一眼。

乐茗一愣,这人她昨天见过,是在小区的电梯里。

她并不擅长记人脸,但他给她的印象很深。或者说,没有人见了他,短时间内会忘。

这个男人的相貌、气质、衣品,一等一地好。

"我嘛……要转机。你呢?"

"我要转两次,先到日本,再到墨西哥,最后到巴西,还不是行李直挂。"乐茗道。

夏秘书琢磨着江潜刚才的目光:"这么巧,我也是去巴西,要去萨尔瓦多。"

乐茗惊讶:"我也是去萨尔瓦多!"

"旅居,还是探亲?"

"以后就定居在那边了,我喜欢气候暖和的地方。"

移民去发展中国家的人,除了做生意的,少之又少。

夏秘书一副很感兴趣的表情,问:"那你一定在那边买了房子,有推荐的地区吗?"

"其实我也不太懂这个……"

江潜开着电脑,戴着一只耳麦听会议内容,另一只耳朵听她们聊了两个小时。

这个秘书他没看错,她是真讨陌生人喜欢。

而邓丰的情人,是真没心机。

下飞机时,他先出舱门,没有叫夏秘书。

夏秘书在出境大厅上了趟洗手间,叫乐茗帮忙看行李,几分钟后,手机收到了购票短信。

江潜给她买了去墨西哥转巴西的机票,和乐茗同一航班。

这是什么光荣待遇啊!

"潜总,您肯定是第一个给秘书买票的老板。"

"好好发挥,一路平安。"

"嗯嗯,您也是。"

江潜昨天听谢曼迪说乐茗要去巴西,他对银城飞南美的航空公司很熟悉,航线三年都没有变过。既然她堕胎后身体虚弱,肯定不是坐深夜航班,而是赶第二天的飞机,那么如果从东京转,就和他同一航班。

事实证明他的猜想是正确的,凭空多出的机会,最好利用起来。

江潜需要在南美再安插一个人,颜悦能力有限,拍戏太忙了,博雅传媒的老板亲自在片场督促。夏秘书本来要跟他去东京,现在他想让她抓住机会,从乐茗身上套出点儿邓丰的秘闻,要是乐茗能倒向他们这边就更好了。

夏秘书不一定要达到他的期望,但她得努力做,他给她开的工资非常高,还没扣过年假。张津乐眼红得要死。

时间还早,江潜一个人在机场里逛了逛,记下几家排长队的甜品屋,准备回程时从每家买上几盒花里胡哨的甜品喂"鱼"。

放了那么多糖,亏她能吃得下去。

他回忆着昨晚生日蛋糕的滋味,嘴角勾起,把口罩拉上了。

好像甜一点儿也不错。

12月23日,银城市经济法治工作会议在政府大楼召开。会议由中央来的领导主持,全市政法界、经济界、新闻界代表均有出席。

"前方记者报道,本次会议的重点议题是监督市场经济主体的规范性,清扫灰色产业,打击经济犯罪,对网络诈骗、非法赌博、暴力勒索等危害公民生活的行为严惩不贷……"

电视屏一黑,被关了。

七森俱乐部三楼的总经理办公室外,有服务员急匆匆地敲门:"不好了,慧姐!有人来闹场,说她老公在我们这儿包养情人。"

沙发上的女人年过四旬,穿着黑色的长衫长裤,五官标致,脸上已经出现了皱纹。她放下遥控器,平淡地说道:"我这就来。"

她只略涂了点儿口红,握着手机,推门出去。

服务员带她进入电梯里,边走边说:"是个开豪车的阔太太,情绪很激动。"

电梯里还站着个男孩儿，不到20岁，穿着运动衫，抱着篮球，染黄的头发滴着汗。

"妈，下面有个女的在吵架。"

"严家宇，你怎么不去上学？你还敢打球？！"女人素净的脸上显出一丝怒火。

男孩儿低下头不敢说话，出了电梯，瞟了一眼他妈，嗫嚅："我不是学习的料，考两年也没考上大学……"

"不学也得学！想跟你哥一样？"女人突然喊出来，尖锐的声音中带着一丝颤抖。

男孩儿吓得篮球都掉了："妈……对……对不起。"

直到电梯门关上，女人仿佛还能听见篮球在走廊里"嘭嘭"跳跃的声音，握紧拳头。

到负一楼的时候，酒柜已经被砸了一半。

阔太太撑着柜台，手指上一颗硕大的钻戒很显眼。她肆无忌惮地喊着："叫你们的老板滚出来！我老公家也不回了，儿子也不管了，好啊，我倒要看看是哪个狐狸精有这么大的魅力！"

几个彪形大汉尽职尽责地抡起酒瓶，砸在柜台上，洒了一地的碎玻璃和酒水。调酒师抱着脑袋蹲在一排员工身后。

"女士，你有证据吗？你老公是谁？在这儿找谁？我们这儿做销售的员工都在这里了，你一个个看，要是有，我把她揪出来给你处置。"

阔太太拨开人群，看到她，先是一愣，不确定地道："严慧文？"

老板此时走到跟前，也一愣，很快恢复了平静的神情："邓太太，你挨个儿看看她们，是哪个？我家店小，女销售就这十几个，都是正规卖高档酒的，她们名下的房产和车子我都清楚。"

"这些人我看过了，没有。"阔太太目光复杂地望着她，甩给她一张白底证件照。

严慧文扫了一眼："我这里没有这么漂亮的。"

"你搞笑呢！"邓太太双手抱胸，"你这里都能飞出女演员来，就是演技稀烂，没受过专业训练，就是不行。"

严慧文叹了口气："邓总每次都和赵总一起过来，邓总留下也就那么三四回。邓太太，你是知道我的，我以前做业务的时候就不擅长骗人。"

邓太太抿了抿嘴，让后面的几个大汉都停下。

严慧文道:"你跟我来,我带你把这店从上到下搜一遍。今天正好每个员工都在,我把名单给你,你对着人一个一个清点。"

她把前台的电脑开了,调出员工名单,连厨师和清洁工都在名单上,邓太太仔细地瞅了眼,确实没有姓乐的。

"不用了,我看在跟你同事一场的分儿上,就相信你。"邓太太低骂一声,"老邓就爱往七森跑,我哪里知道他还去了什么别的场子?!跟赵柏盛混在一起,他迟早得死!"

严慧文淡淡地说道:"你先确定照片里这个人真是这行的,再去找。"

邓太太又骂了几句,对跟班说:"收工收工,走吧。"然后她丢下一张卡:"赔你的酒。"

"您几位慢走。"

等闹事的一行人走后,严慧文对被打得鼻青脸肿的调酒师道:"把监控调出来。"

严慧文又当场拨了个电话:"五哥,七森被砸了,有几个男的把我们的员工打得没法儿工作了,能不能帮忙处理一下?"

那边的人操着一口不标准的普通话:"当然可以啦,B姐出国了,我正好有空。"

"谢谢,完事给您红包。"

"不用啦,都去过你那儿多少回了,别见外,下次打个五折哦。"

"嗯,当然。"

挂了电话,严慧文扫视一圈,吩咐:"收拾干净,继续做生意,八九点客人就多了。受伤的去医院,费用报销。"

说完她便独自一人走向电梯。

下一秒,严家宇斜挎着书包走出来,怯怯地说:"妈,我去上补习班了。"

严慧文关上电梯门,话也没说一句。

回到办公室,她忽然觉得很累,在镜子前麻木地站着,黑衣黑裤像是裹尸布,把她这潭死水包裹起来,拧出一个人形。

她大概有20年没见到熟人了吧?

当年的同事嫁给了老板,保养得像水灵灵的小姑娘,除了有个出轨的丈夫,再没什么烦心事。

而她被漫长的时光折磨成这般憔悴的模样,白头发都长出来了。

本来她也可以像普通人一样生活，有家庭，有孩子，有工作，周五晚上全家人围桌吃着饭，听晚间新闻。

本来她也可以的。

一阵手机铃声打断了她的沉思。

严慧文接起："怎么了？"

"慧姐，我求你件事。"

"这倒稀奇，你现在是名人了，有钱有人脉，还能求我办事？刚才我这儿还有客人提到你。"

国际长途，信号差，那头背景音嘈杂。颜悦走到片场的洗手间里，用手捂在嘴边，小声道："五哥他们再去你那儿的时候，你留点儿心呗，偷偷拍个照片或录个像。"

"我为什么要这么干？"

"你就帮帮我，等我拿到这部戏的片酬，给店里的妹妹一人一个包。"颜悦舔了舔干燥的嘴唇，"我前天跟我老板陪人喝茶，听到一件事，我老板不是借钱开了很多公司嘛，互联网啊，房地产啊，那个探骊网也是她的……你知道，就园区那个探骊网，从成立开始一直是赵柏盛给她管着。"

听到这个名字，严慧文坐到沙发上，掐着眉心。

"你跟黎总闹翻了？"

颜悦语气有些愤懑："没，她又没害过我，但她现在对我越来越差，我得留个后手嘛。我在阿根廷新认识一个男人，人可精明了，他跟我说国内正在严查，探骊网要倒霉了，万一查到我老板头上，博雅传媒不也倒霉了？我一出道就给她做那些乱七八糟的事，要是警察问我，我可不陪她一起蹲监狱。"

黎珠平常话很少，关于探骊网，只在与贵宾的饭局上透露一二。颜悦在南美拍了一个月的戏，知道的也不多，江潜那边还得交差，丁是想通过七森套出点儿黎珠的动向。若说世界上还有黎珠信任的人，那就是陈五了，他们早年在澳门认识，陈五脸上的刀疤，本应刻在20世纪90年代那个红极一时的女演员脸上。

电话那边的人沉默了一会儿。

颜悦急了："慧姐，你是我的老乡，又好心，当年要不是你收留我，我早死在街头了。你就再帮我一次，我现在身不由己，能找的只有你了。"

严慧文的目光锐利起来："你是不是在给别人做事？"

"啊？……没有啊。"

"有人拜托我同样的事，我答应过他了。"

"啊？"

颜悦不免疑惑，那个人是怎么说服她的？七森的老板做生意最看重信誉，不会冒险丢掉一个大客户。

"记得买包。"

"哎！你答应过就不算了吧……喂？喂？"

严慧文挂了电话，外面又有人敲门。

"慧姐，酒柜得重新买一个了。柜上挂的这个您看要不要丢掉？"

她打开门，经理拿着好几个写着"小巴黎"的木牌，很有法式风情，是以前放在酒瓶边做装饰的。

"我们店改名了，扔了重做几个吧，要日式的，写'七森'，喷上木质调香水。"

"你的脸适合日式妆容，化太浓艳的话，显不出特色。"化妆师笑道，"明天再加把劲儿，一定能把那条过掉。"

颜悦求她："姐，还是浓点儿吧，我今天气色差，再给黎总丢脸就不好了。"

"好吧。"

化妆师跟了黎珠多年，多少知名演员砸钱都请不动，这回在南美拍戏，黎珠让她只给颜悦一个人上妆，务必做到扮相惊艳。所幸现在不是20年前，观众对演员要求低，就算毫无演技，买条"颜值天花板"的热搜，照样能赚流量钱。

颜悦拍戏态度是端正的，人家泡吧兜风，她在酒店里读剧本，但人家演得就是好，她演得就是垃圾。黎珠天天恨铁不成钢地用汉语、英语、葡萄牙语骂她，说她这么机灵的一个人，平时左右逢源八面玲珑，怎么对着镜头就烂泥扶不上墙？

今天有一场是她和黎珠两个人对戏，母女相认，她得边说台词边哭。从早上7点开始重拍了50多次，导演都想过掉算了，黎珠硬是不让，说什么时候过掉什么时候再吃饭。

结果两个人到下午4点也没吃上饭。

最后黎珠心态崩了，对外籍导演摇头："明天再拍这段，我给她重新讲戏。"

黎珠又让化妆师给颜悦重新上妆，等会儿两个人要出去见客。

终于能收工了。

颜悦化完妆，回酒店躺了一个小时，去洗手间里塞了两颗巧克力，吃完就含漱口水。这还是上次她从唐顺鑫那里偷偷拿的，剧组管理极严，她房间里所有零食都被搜出来扔了，每天只能吃一点点食物，水也不能多喝，否则上镜会胖。

她都不知道黎珠这些年是怎么熬过来的，明明有那么多事要做，那么多客要陪，还能情绪稳定、精力充沛，吃下一根胡萝卜和两个甜椒就能东奔西跑一整天。

大概这就是天生的演员吧。

今晚的饭局，定在哥伦布剧院旁。黎珠做东，唐顺鑫牵线，第二次请到了那位化名李明的大人物。

他们三个之前见过一面，是唐顺鑫尽地主之谊请客，应该是谈成了。所以黎珠这次回请，顺便把颜悦给带上，嘱咐她有点儿眼色，负责活跃气氛。

7点30分唐顺鑫准时来到，一身正装，戴着礼帽，打着黑领结。他千人千面，这种场合便庄重沉稳，提前看过酒单，就安静地坐在靠窗的位子上，时不时瞟两眼窗外的停车场，等大人物到场。

而黎珠，是一个把时间看得比钻石还贵的人。

"这段词你理解了吗？"她口干舌燥地给颜悦讲着戏，手指叩着桌面，"你的表达方式从根本上就错了，不要扯着嗓子喊！你看到多年未见的妈咪，先要惊讶，懂吗？不是瞪得眼珠子都要掉出来，那是白天见鬼！然后导演数一二三，你再哭，不要喊着念词，一喊就听不清楚……"

"笃、笃、笃。"

花厅的门被敲了三下。

黎珠喝了口起泡酒，员工培训到此为止。

服务员彬彬有礼地打开门，让那名穿着灰色西装、挂着手杖的先生进来。他挽着一个穿明黄色丝绸长裙的女人，乌眉红唇，鬈发披肩，从头到脚都挂着金饰。

桌边三个人都站起来。

"李先生，晚上好啊。"黎珠用不标准的普通话打招呼。

"比阿特丽斯，你好。"李先生笑着向她颔首，又转向颜悦和唐顺鑫，操着一口京腔："颜小姐，唐先生，久等了。这位是我女朋友玛丽亚。"

唐顺鑫走过去行吻手礼，双目带着诚挚的仰慕，与曾在酒吧里对颜悦嗤之以鼻的形象一点儿也不符。

等他和黎珠都落座了,颜悦才如梦初醒般坐在那女人身边。

唐顺鑫娴熟地把酒单递给女人,提议了几种葡萄酒,她点完后李先生和气地说随便,让唐顺鑫全权负责点单。

"颜小姐,我看过你演的电视剧。"女人笑盈盈的,粉底遮不住她眼角的鱼尾纹,但这张脸堪称风情。

颜悦灌了几口起泡酒,转头也对她笑,有点儿僵硬:"实在不好意思,我英语不好,刚才没记住……您有中文名吗?"

"噢,我叫严芳,严格的严。"

颜悦又喝了口酒,身上发冷,纱裙外裸露的皮肤起了层鸡皮疙瘩。

唐顺鑫察觉到了:"要换个位子吗?你这个位子是风口。"

直到黎珠利箭般的眼神飘过来,颜悦才轻轻"啊"了一声,笑道:"没事,待会儿吃上就热了。"

一道道精美的菜肴不知道是怎么吃完的。

颜悦坐在严芳身旁,听她语带骄傲地谈论自己在国外生活了多少年,找了几任有钱的男朋友,在阿根廷有多少套房,脖子上的金项链多难买到……李先生仿佛习惯了她的张扬与肤浅,始终宽和地看着她,像看着一只不知天高地厚的宠物。每次她拖长嗓音唤他"爱德华"的时候,他都耐心地应声。

颜悦忽然侧过身,问她:"严姐姐,你身材这么好,怎么保持的?你应该没生过小孩儿吧?"

严芳拍着她的手臂,掩嘴笑道:"嘴真甜,我岁数都快和你妈差不多了。我没小孩儿,前任倒是有三个西班牙小鬼。"

"难怪。"颜悦望着她,脸上洋溢着纯粹的羡慕,"我以后也不想生,我不像我老板,她怎么折腾都不胖,你就跟她一模一样。可我呢,光保持现在这样都得节食。"

黎珠道:"悦悦,今天我不拘着你,冰激凌都让你吃了,等下有力气跳舞。李先生欣赏你,他喜欢探戈,你陪他跳一会儿,明天准时来片场就行。我讲的戏你都记住了吧?"

颜悦张了张嘴,咽下冰激凌,乖巧地说道:"好的呀。黎总,您说的我都记下了。"

李先生"哈哈"一笑:"比阿特丽斯,听我弟弟说,你和赵竞业在澳门认识的时候,你也跟他跳探戈,跳得可好了。"

黎珠垂首微笑，脸上露出怀念的温情："如今我年纪大了，跳不动了，老赵平时太忙，腰椎也不好，亏您还记着呢。这个小姑娘本事大，有她在，我就不班门弄斧献丑了。李先生，您要是满意，过年回家提一句我家老赵，他不知要怎么高兴呢。"

"好说。赵总能走到今天，是自己能力强，多少人和他一样的家境背景，都做不出他那样的成绩。"

黎珠又道："听说那个位置是明年春天空出来，到时候……"

"哎！谋事在人，成事在天啊。"李先生打断她的话，"这个道理，赵总应该最明白。"

黎珠见他不表态，连忙说道："我在演艺圈里打拼这么多年，也明白的。悦悦，你跟玛丽亚上车去吧。李先生，祝你们晚上玩得开心。"

"谢谢黎总招待了。"

颜悦走出餐厅，迎面的夏日晚风吹得她头昏脑涨，汗打湿了纱裙。

严芳在停车场招了招手，一辆豪车开过来，司机是个外国人。

"来，上车。"

她似乎对这种场合很熟悉，一点儿也不见外，把颜悦拉上车："别害羞，就没有哪个女孩子跟爱德华玩过觉得他不好的。我们先去酒吧，你应该酒量不错吧？"

"还行。"颜悦从喉咙里艰难地挤出两个字。

"那就好。"她打开手机地图，给颜悦看位置，"醉了也没事，酒吧旁边有家五星级酒店，我们常去的。早上司机送你去片场，要几点钟？别担心迟到啊，我在一旁提醒着爱德华，不会误了拍戏。"

她聒噪的声音回荡在耳畔，颜悦脑子里"嗡嗡"的。

"怎么了？"

"没事。"

车在餐厅门口等了两三分钟，李先生拄着手杖出来了，黎珠和唐顺鑫热情地与他告别。

颜悦闭了闭眼。

周六下午5点，余小鱼睡觉刚起来，就听到关门声。

她顶着一头乱蓬蓬的长发出来，江潜把新买的水仙花放在玄关，脱了皮鞋，黑袜子踩在木地板上，三两步走到跟前，一下子把她抵在墙上，话也不说就吻下去。

"江……"

他右手托着她的后颈,左手解开领针,往桌上一丢,发出清脆的"叮当"一声,喘着气吻她,又握住她的手,撩开黑色羊绒大衣。

水仙花浓郁的香气从他的掌心飘出,染上她绯红的脸。

暖气的温度此刻过于高。

江潜越吻越低,滚烫的鼻息喷在她的肩膀上。

一时间窗外"簌簌"轻响,余小鱼抬眼,却见雪花落了下来。

今年的第一场雪。

在今年的最后一天。

"江老师,你是不是要跟我一起跨年,所以提前一天从日本飞回来呀?"她低下头,梨涡露出来,眉梢和眼角都是笑意。

"我哪天都想跟你在一起。"

他还没吃到"鱼",就听见手机铃声响了。

"电话。"

余小鱼戳了一下他的脑袋,捂着嘴抽气。

"江老师,电话……"

江潜偏头咬了一口,反手在地上的大衣口袋里摸索。

铃声还在响。

他舔去唇边的水渍,接起电话:"什么事?"

女人撕心裂肺的哭喊回荡在屋里。

"我受不了了!我干不下去了,真的干不下去了!怎么会是她……?"

江潜瞬间醒了,缓缓站起身。

余小鱼呆了一下,觉得这声音有点儿熟悉,等那头哭了半分钟,才惊讶地扶住下巴——这不是颜悦的声音吗?

她哭得那样凄厉,好像被人捅了千百刀,声声泣血:"她怎么能这样对我?!我是她,我是她的……"

"你没有错,是他们逼你的。"江潜坐到沙发上,"你在哪儿?我现在派人去接你。"

颜悦的哭声渐渐小了,背景有车辆开过的噪声,像在马路边。

她抽泣着,慢慢平静下来,声音还在颤抖:"我在……我在……"

接下来的一段时间,余小鱼只能听见她压抑的哭泣声。

终于,她声音嘶哑着开口:"我在酒店外面,你别叫人来了,我自己回去。我没事,就是被灌了很多酒。赵竞业让黎珠找到李明,想拿大单子,他没明确答应。黎珠让我给他作陪。"

江潜皱起眉，从茶几下摸出雪茄盒，抽出一支点上："你可以不……"

"我答应她了！这部戏我要拍完！"她喊道。

"你不想在那边待了就回来，我找人给你安排。"

"不用。"颜悦抹了把眼泪，踹了一脚人行道上的自行车，凌晨4点的天空微微泛青，像一张阴沉狰狞的脸。

"黎珠会怀疑的，我不能丢工作，我还要……还要给人买包。"

"你什么时候回国？"

"至少得1月底。"

江潜安慰了几句。

颜悦从包里掏出化妆镜，吸着鼻子补口红："你听着，李明的弟弟把一个重要的东西寄给他了，我不知道是什么，但是我们得弄到手，一定得弄到手。"

接着就是"嘟、嘟、嘟"的挂机音。

江潜放下手机，静静地抽着雪茄，神情凝重。

余小鱼坐在他的身边，把头靠在他的肩上："她好伤心的样子。"

"她见到她母亲了。"

后面的事他猜到了，没忍心说出口。

"你以为我不记得吗？10岁，我早就懂事了，你不会以为现在带着这些钱来找我，我就能原谅你，叫你一声妈吧？！我这些年是怎么熬过来的，你有一分一秒想过吗？你又是怎么过的？你住着别墅，开着豪车，随手丢给街头乞丐500比索……真风光啊！现在我好不容易长大了，弹钢琴拿奖了，上了电视，你就急急慌慌地凑上来，想把我塞回你家里……我是垃圾吗？你当我是可以回收的垃圾吗？！"

对面的人陷入长久的沉默中。

"卡！很好！这条过！"导演喊。

黎珠把眼泪一收，优雅地站起身："不错，你找到窍门了，接下来也要这样演。"

妆都哭花了，颜悦用纸巾擤着鼻子，嘶哑的声音还在颤抖："谢……谢谢黎总教导，我……我琢磨了一晚，想通了。"

"李先生那里还顺利吧？"

"顺利。"颜悦咬着牙，努力稳定抽泣的声线，"他……很满意，让我谢谢黎总的款待。"

黎珠笑了，摸出一支烟点上，轻启红唇："干哪行都不容易，你这才开始。我什么样的人没见过，碰上李先生，算你走运。你不想干这个，那就利用一切资源往上爬。"

她弯下腰，拍拍颜悦的肩："这个世界没有天花板，我见你第一眼，就知道你豁得出去。"

直到黎珠走远，她才慢慢止住哭泣。助理递上柠檬苏打水，奉承地笑道："悦悦姐，我就说你有天赋，演得跟真的一样，难怪连黎总都夸你。这段简直神了，放到网上都不用买热搜！"

颜悦喝了口水，冷冷地把瓶子扔给她："晚上我要出去，给我把衣服准备好。"

"好好，我这就去。"

助理顶着烈日走向酒店，愤懑地自言自语："还有脸使唤人，重拍58次，猪都能过了……花瓶就是花瓶！要不是为了挣钱，我能给她干活儿？"

午休时分，拍摄场地的人渐渐散去。

颜悦呼出一口气，不想回酒店见助理，全身都卸了劲儿，瘫软地趴在化妆桌上，眼巴巴地望着几个场务蹲在棚子下吃中餐盒饭。

糖醋排骨的香味飘过来，她的肚子疯狂地叫。

一宿没睡，又使出浑身解数大哭演戏，十几个小时没吃过东西，水都没喝几口，她快撑不住了。

太累了。

上一次这么疲惫，是什么时候呢？

她恍恍惚惚地在包里掏着，找了半天，发现巧克力吃完了。手指被坚硬的卡片戳了一下，她掏出来，上面印着"严月"两个字。

她的身份证。

普普通通的姓名。

为什么不能改姓呢？

这两个字她光看着，眼睛就好疼。

她饥肠辘辘地想了一会儿，好像很久以前她特别想改成父亲的姓，因为那样就不会挨饿了，可最终还是没改成。

严芳就歇斯底里地骂她，要生个男孩儿就好了，偏偏她是个丫头片子，既入不了族谱，也分不到她爸的钱。

她爸可有钱了，据说是个有名的导演，拍文艺片的，虽然她一眼都没见过。

他死后严芳说什么也要去送殡,因为去了就有礼拿,光一瓶酒、一条烟、一条丝巾就能转手卖上万块。

她还指望宗族长辈看在这丫头都10岁了的分儿上,能施舍那么一丁点儿钱财,把母女俩从饥一顿饱一顿的贫困生活中拯救出来。

那时她是怎么说的?

"月月,见了人要喊爷爷奶奶,要磕头,不给你东西就继续磕。等妈有钱了,咱们就搬到镇上去,镇上在拍电影!算命的人说我命里带富贵,我演过戏,去找那个导演,以后一定能当个出名的演员!"

她怎么敢这样想?

颜悦那时虽然小,但已经看透了严芳那副嘴脸。早上在发廊拿了工资,下午她就会一分不剩地花掉,去买化妆品、衣服,去算命。她宁愿听不同男人虚情假意的恭维话,也不愿回家看一眼生病的女儿。

那是她最大的累赘。

她一看到这个小东西,就会想起自己是怎么从方圆百里最水灵的少女堕落成未婚生子、无人问津的黄脸婆的。

颜悦自打记事起,耳朵里就灌满了辱骂,她总是在不同的人家里吃饭。有时严芳招揽不到生意,心情烦躁,饭桌上拧着她扔到门外去,一整天都不管。

她那张尖酸刻薄、心高气傲的脸,颜悦太熟悉了,以至于时隔17年再见,仍能一下子认出来。

这还是她吗?

那个在葬礼上被赶出去、冷冰冰地把自己丢在巷子里、头也不回走掉的母亲,竟然是这个衣着奢华、珠光宝气、坐在异国的豪车里对她满面笑容的中年女人?

昨晚的一切就像一场噩梦。

她摸着脖子,用指甲刮掉那一块的粉底,略红的疤痕在镜子里露出来。

那个女人在宗庙外把滚烫的茶水泼向她的时候,恨她恨到了极点,想不到将来有一天会在地球的另一端与她同桌吃饭吧?

夏日炎炎,空气潮闷,无法抑制的恶心从胃里泛上来,颜悦扶着化妆台"哇"一下吐出酸水。

"颜小姐!颜小姐,你怎么了?"

她喘着气,撑着桌沿直起腰,直勾勾地盯着手捧盒饭跑来的场务,把几滴泪硬生生憋在了眼眶里。

颜悦抹抹嘴,一把抓住场务的手,像很久以前那样可怜巴巴地仰起脸:"叔叔,这个排骨我能吃一块吗?就一块,我好饿。你别让我……让黎总知道行不行?"

西伯利亚寒流跨越几千公里,包裹住银城这座国际大都市。晨光熹微时,小雪仍在下,依稀可听见北风卷着雪粒撞在窗上的声音。

余小鱼拉开窗帘,玻璃上凝着一层雾气,她用手指划了几道,看见空地上的雪已经化了。

南方的城市留不住这样晶莹剔透的礼物。

"新年好。"

江潜端着托盘走进卧室里,丝绸睡袍上染着红茶馥郁的香味:"刷牙吃点儿东西。11点我们出发?"

余小鱼回身,给了他一个大大的拥抱:"江老师,新年好呀。"

托盘里放着茶杯和两个塔帕斯,今天面包搭配的是用黄油煎过的蘑菇和黄瓜沙拉,清爽可口。

"有点儿黑眼圈,"江潜抚过她的下眼睑,"不过不明显。"

"都是你,晚上不睡觉。"余小鱼轻哼一声,去浴室洗漱。

昨天接完那通电话,两个人就没心思继续了,晚饭后江潜跟她商量去他家过元旦,后天去鸿运来,然后就独自在书房里待到午夜,不知道在忙什么。

余小鱼翻来覆去睡不着,到了凌晨1点,他总算洗漱完上床,背朝她侧躺,睁着眼。

她轻易就察觉到他有心事,很重的心事。

但他不说,她就没问。

半夜她醒了一次,江潜不但没睡着,还把电脑搬上床了,靠在枕头上看文档。

"放假还熬通宵,小心我告诉你爸哟。"余小鱼坐到车里,扯着围巾抱怨起来。

路上结冰,江潜开得很慢,笑道:"你告诉他吧,他把我赶到你家去。"

"那好啊!你想吃什么?我让我妈准备着……"

"不要米饭就行。"

元旦路上车少,半个小时就到了江家别墅,一拐进路口,余小鱼就发现从院子到楼房都焕然一新。花园里的草坪修过了，石子儿径旁多出好几株剪出造型的绿植，她一下车就兴高采烈地跑去拍照："哇！！！这是你请园艺公司的人修的呀？"

江潜也没想到，略微惊讶："花园是管家在打理。"

管家站在大门口不敢贪功，连忙说："这是董事长前几天叫人弄的。"

"他花钱就弄出这个？"江潜看着一溜儿修成表情包的树，脸都绿了。

激动之情溢于言表，余小鱼给每棵树都拍了好几张照片："江老师，你爸爸好有品位！你看这个小鳄鱼多可爱啊，有抱枕头的、喝酒的、捧花的，还有这个，跟蛋糕上的一样！你看你看，它还抱着鱼！"

江潜不知道他哪里做错了，老天爷要这么惩罚他，这一老一小两个人为什么对这个……这个奇奇怪怪的微信表情包这么热衷？他第一次看到还以为是绿色的恐龙，结果她说是鳄鱼，很像他。

很像他？

他和这个抽象的生物有一丁点儿相似的地方吗？！

门前台阶上，他爸穿着大棉袄，抱着猫笑呵呵地招手："闺女，快进来啊，外面冷。"

然后他又自信地对江潜说："儿子，你看我找人修的树怎么样？邻居都说好。"

江潜彻底无语。

他只是跟他爸说女朋友给他定做了一个印着表情包的生日蛋糕啊！

他嘴真欠啊，就不该跟家长说这些……

很好！

很好！！

让他们高兴去吧！

新年第一天，好晦气……

整个街区的人都看见了……

他爸是不是还跟所有看见的人说，这些奇奇怪怪的东西像他的宝贝儿子啊……

江潜告诉自己，要冷静。

元旦不能发火，否则今年的股票要跌的。

欲扬先抑，今年是欲扬先抑，好兆头。

他做完了一整套心理建设，双手推着余小鱼进门，摘了围巾，脱了大衣："去洗手，吃饭了。"

厨师端着菜肴从厨房里出来，礼貌地打招呼："先生，您看见外面的树了吗？"他指着窗外笑道，"还有两只打羽毛球的小恐龙，真可爱啊。"

江潜深吸一口气，从餐厅的落地窗望向后院，只见那两只打羽毛球的玩意儿踮着脚，伸着胳膊，右边那只胳膊和拳头之间连着一条彩灯。

他的肩膀被拍了拍。

"你知道为什么挂彩灯吗？"

江潜面无表情地看着他爸。

"因为他打羽毛球手断了，哈哈哈！"

"哈哈哈，手断了！"余小鱼跟着大笑，捶着桌子。

江潜捂住额头。

他忍无可忍，来回踱了几步，这边不能发火，那边也不能发火，只能恨恨地对刚才说话的厨师说道："是鳄鱼，不是恐龙！"

厨师做了一桌12道菜，每盘分量都不多，三人一猫能吃完。

余小鱼坐在江潜和他爸中间，左右都是给她夹菜的，鸡鸭鱼肉塞了满嘴，饭碗里堆成小山。

江铄和小姑娘聊了几句家常，教训儿子："你看人家就不挑食，这是好习惯。你多大的人了，这不吃那不吃的。"

江铄又伸手摸他儿子的裤子，皱眉："你就穿一条啊？南方天气湿冷湿冷的，到老来风湿关节炎，疼死你。我不是给你买了棉毛裤吗？怎么不穿？"

余小鱼边吃边笑，笑得肚子疼。

江潜烦得要命："你出去看看，大街上哪有男的穿棉毛裤？现在单裤都加绒，进屋就有暖气，冷什么！你自个儿穿，别叫我穿。"

"你都30岁了，不会以为自己还是年轻小伙子吧，熬夜、喝酒最伤身了！"

江潜觉得自己需要降压药，拿筷子尾指了一下身侧的人："她也没穿。"

"我穿了。"余小鱼幸灾乐祸地提起裤脚给他看，"今天气温到零下了，我不穿的话我妈要骂的。"

"你瞧瞧，你瞧瞧，人家怎么就那么听话！"

江潜要窒息了，快速地把碗里的饺子吃完："我吃好了，你们慢用。"

他把同样吃好的大橘猫一抱，扛上楼。

"真伤心啊，小白眼儿狼。"江铄摇摇头。

余小鱼捂着嘴打了个饱嗝儿:"叔叔,你也吃啊。"说着她夹了一块糖醋排骨给他。

"我高血脂吃不了。好孩子,你吃吧。"

大厨厨艺高超,调味酸甜不腻,肥瘦相间入口即化,余小鱼啃着今天的第八块排骨,说:"每次过节江潜都回来吗?"

"过年和中秋回来,我平时也忙,其他节日都在外面应酬。"江铄喝了口鸽子汤,"我就盼着再干几年退休,得个清闲。这么干太累了,身体受不住啊,要不是为了……"

他咕哝的声音低下来,眼里流露出一丝伤感。

余小鱼把汤喝完,端起碗筷:"叔叔,我也吃好了。"

"孩子啊,放下,有人收拾。你们两个玩吧,叔叔等会儿出门去公司。"

她乖乖地"嗯"了一声。

为了迎接新年,江铄让人把别墅里里外外都打扫了一遍,添了新绿植,仿佛换了栋楼,她都快认不出来了。

余小鱼去江潜房里冲了个澡,准备美美地睡上一个午觉,洗完他还没回来,于是去猫屋找人,结果猫屋里只有打呼噜的大橘。

他跑哪儿去了?

她想了片刻,往楼上走,经过露台和书房,在一扇门前停下。

门虚掩着,里面传来纸张翻动的声音。

余小鱼敲敲门。

"请进。"

这个套间一年到头都锁着,空中飘浮着细小的尘粒。江潜把窗打开了些,站在书架前,低头看一本册子,左手端着一杯咖啡。冬日的阳光铺在他的身上,把黑色大衣染得发白,像落了层雪。

她踏着长长的影子走过去。他放下杯子,脱下大衣把她严严实实地一裹,拢进怀里:"这里没开暖气,穿这么少要感冒的。"

"你在看你妈妈的东西吗?"

"嗯,好久没来了。"

余小鱼伏在他的胸口上,听着他缓慢的心跳:"很难受吧。"

"还行,习惯了。"

北风贴着外墙吹过,拂动她的几缕细软的发丝,如春草般撩着他的脖颈,他不禁垂首吻了吻她的额头。

余小鱼抬头环顾四周,这个书房连接着卧室,装修风格与别墅迥然不同。地毯是绣着花草的暖色系，墙壁刷成米黄色，四面都挂着风景油画，贴满了老电影的海报。大床垂着欧式帷幔，旁边是一个三层陈列柜，装的全是各种各样的玩具娃娃，有兔八哥、匹诺曹、小飞象、史迪仔，还有好多她不认识的卡通形象，好像把迪士尼的玩偶店都搬空了。

这座房子以前一定不是现在这样的吧。

江潜单手揽着她，把册子放回书架上。她好奇地问道："这是什么？"

"我母亲的日记。"

她泄气地"哦"了一声。江潜笑道："我给你，你也看不懂。"

余小鱼不服气地重新抽出日记本："我真看了啊？"

"嗯。"

日记本扉页上贴着阿兰·德龙演佐罗的剧照，还有年轻的杰克和露丝，余小鱼翻过去一页，就知道他为什么这样说了——字都是方块字，可她就是看不懂，日期的数字也很奇怪。

"我母亲有失写症，从小写出来的字就是镜像翻转的，所以一直没上学，我外公在家里教她读书。她以前几乎不写字，我认字之后才开始陪着练，后来发现我能读懂镜像，就没改了。"

"我在钟潭福利院看到你妈妈的照片了，她笑起来有点儿害羞。"

"她很内向，不怎么说话，总是一个人待在书房里，最怕麻烦别人。她喜欢小孩子，面对成年人会很紧张，去家族聚会就更痛苦了。她的家族很大，规矩也多，亲戚都认不全，逢年过节还要坐在一起吃饭。"

"听上去就好头痛。你妈这么内向，到底是怎么喜欢上你爸的？"

江潜指了指墙上的电影海报："我爸会跳面包舞。"

"啊，就是卓别林在《淘金记》里跳的！"余小鱼叫起来。

"他们结婚前没有感情基础，结婚后我爸能逗她笑，她就喜欢上了。"

"没有女生不喜欢有幽默感的男生吧。"

江潜缓缓道来："其实我爸最初是刻意讨她喜欢，他是我外公的上门女婿……"

20世纪80年代，赵家在省里是第一大族，但好像遭了诅咒，到了他外公赵竞诚这辈，没有一个男丁活到70岁。赵竞诚只有赵柏霖一个女儿，可这女儿一生下来就没了妈，还从胎里带了个怪毛病——别人给她洗澡，碰到胸口她就要哭一整天。不仅如此，因为有书写障碍，赵柏霖还不能正常上学，以至于她几乎没见过生人，性格敏感自闭，身体也弱，隔三岔五就得去医院。

这个女儿给赵竞诚不知道带来了多少麻烦,可她是个乖孩子,没有一点儿脾气。赵家辛辛苦苦地把她养到20岁,别人提起这姑娘,必定是"远近闻名的美人""活的林黛玉",但没有一个人上门提亲,因为亲戚人多嘴杂,外面传她有精神病,割过腕,谁娶谁倒霉。

赵竞诚愁破了脑袋,他身体不好,走之后没人照顾女儿怎么办?他觉得给女儿找个丈夫,比让亲戚吃绝户好多了,权衡之下,便盯上了自己班里的一个学生。

学生叫江铄,靠国家奖学金在A大读了四年书。

毕业前夕,江铄本来要服从分配回老家,赵竞诚把他叫到办公室,问他愿不愿意留在银城工作,可以介绍他去招商局当秘书,并且表示自己有个女儿,到了适婚年纪。

江铄一听就知道是什么意思。人家都说赵教授的闺女是精神病,嫁不出去。她有一次来学校找她爸,班里同学都躲着她走路。

一开始他不愿意,可想了又想,这机会实在太好了。

江铄家里本来有三个哥哥两个弟弟,全夭折了,只活了他一个。那个年代高考,千军万马过独木桥,全县统共就出了他一个大学生,考上的还是A大,属于祖坟不只冒青烟,还放了串震天响的鞭炮。他离开家那天,县长都眼含热泪给他鞠躬。

爹妈知道赵教授给他说媒,就写信过来,无论如何也要让他留在银城光宗耀祖。血气方刚的小伙子,一门心思往上爬,连教授的女儿长什么样都不知道,就卖了自行车去商场里买了条丝巾、两个西瓜,拎着薄礼上门,送完了也不坐下喝茶,在人家家里干了一晚上活儿,擀面、烧饭、洗碗、拖地,保姆都没他能干。

赵竞诚很满意他的态度,这事就这么成了。

江铄本来也没把这姑娘当妻子,觉得尽义务照顾好就行了。但是,一见真人,他下巴都惊掉了,本以为娶了个精神病,没想到娶了个天仙!这姑娘不是正常得很吗?她不歪眉斜眼,说话也口齿清晰,穿碎花长裙,抱个米老鼠娃娃,低头坐在沙发上,就是个害羞的小女孩儿,不知道那些风言风语是怎么传出来的。

结婚当晚赵柏霖很怕,这姑娘连手都不让他牵。他想着这样下去不行,老丈人还以为他欺负女儿。于是他就跑到新房的餐厅里,拿了两根筷子,插了俩苞谷面馍馍,在龙凤高烛前惟妙惟肖地跳了一支《淘金记》里的面包舞。

那姑娘看着墙上活泼跳跃的影子,"扑哧"一笑,酒窝甜得跟喜糖似的。

江铄一下子就看呆了。

他们结婚两年后,就有了江潜。名字是赵竞诚取的,取"潜龙勿用"之意,为了提醒初露锋芒的江铄,行事要低调,小心谨慎。

有了孩子后,麻烦也一桩接一桩,赵柏霖不能喂奶,一喂奶就抑郁,抱孩子不小心碰到胸口的话,江铄就得使出浑身解数安抚她的情绪。孩子大多时候是他带,喂奶粉和米糊养大了,所幸这孩子除了有跟他妈一样的病,其他地方真没得挑。

等江潜上了幼儿园,三口之家就稳定下来了,赵柏霖也逐渐变得开朗,时不时带孩子参加好友聚会,让他跟在身边做公益。后来江铄进了恒中集团,工作越来越忙,没法儿天天检查孩子的功课,就按老丈人的意思把他送去英国,读寄宿制贵族学校。

8岁的孩子,一个人拖着行李箱离开家,连那边的监护人都没见过,江铄现在回想起来都觉得自己狠心。可这孩子很给赵家和江家争气,他话少,心里全是事,憋着一股狠劲儿,别人但凡对他有一点儿不满意,他能暗地里下苦功做到更好。他在学校跳级念完,奖项拿到手软,就没有一次让父母失望过。

江铄发现这儿子养过头了,是在五年后妻子的葬礼上。他哭成了泪人,一句话都说不出来,而13岁的儿子站在一旁,冷静地和来宾握手,俨然是个成熟的大家长。

江潜放冬假回国,一下飞机就接到噩耗,父亲还在赶来的路上,他便独自去了老家办事。还在上中学的江潜,两夜没睡,硬是把后事办得井井有条,一些父母去世的中年人都没他头脑清醒。

葬礼结束了,江铄还想不通,妻子怎么会没有一点儿征兆就自杀呢?她这些年都恢复得差不多了,还在等儿子从英国回来给她带奖杯。他只是出了趟差,回来就成鳏夫了。他们告诉他赵柏霖从老家的小洋楼上跳下去,脖子被栅栏扎穿,当场就没命了。

等江铄失魂落魄地回到银城,儿子交给他一本日记,是儿子在宾馆收拾遗物时发现的。

江铄看完就疯了,拿着刀要去赵家索命,被病入膏肓的老丈人拦住。

赵竞诚说:"你没证据,凭一本在他们眼里精神病人的日记,就能把人抓住?抓住了又能怎样?你还有儿子,为你儿子想想,他已经没了妈妈,你还要让他没了爸爸？"

说完赵老爷子就咽了气。

此后17年，父子俩相依为命，再也没有和赵家私下有过来往。

"就是这本日记吗？"

余小鱼看着扉页上的日期，起始日是2003年的某天。

江潜躺在自己卧室的床上，枕着后脑勺儿"嗯"了一声。

她对着镜子，一页页地翻。可以看出赵柏霖手写很困难，笔画僵硬，歪歪扭扭的，像小学生的字迹。

日记不是每天都写，赵柏霖是按心情记录事件。比如，"非典"时期她去社区做义工，她会写感到自己活得有价值；得知儿子被网球砸到胸口，一连换了三个心理医生，她会写感到很愧疚，把悲伤乳头综合征遗传给了这个好孩子。

余小鱼翻着翻着，眉头越皱越紧。

她还记了些别的东西，比如做梦。

"梦到小时候他摸我，叫我不要说出去，否则爸爸就不要我了。我生来就是一个有缺陷的人，爸爸已经为我付出了许多，不能再麻烦他了。

"讨厌这样。他脱我的衣服，捏我的胸，说我哭起来好看。江铄突然进来了，牵着阿潜，我哭着跪下了，好怕他们不要我。糟糕的梦，醒来不敢见他们。阿潜敲门问我蛋糕怎么做，他想给我过生日，我又哭。他不知道他妈妈是这样的人，我不敢抱他，他那么干净。

"我好像是拿刀杀了他，后来怎么样，不记得了，醒来觉得不如杀了自己，以前也割过腕，太疼了，想死总是很难。我真笨，他说什么我都听，他说他是我弟弟，别人都讨厌我，只有他喜欢我，所以才经常来家里看我，跟叔叔伯伯们说我的好话。他还在上中学，怎么做得出这样的事，我为什么就相信他了？我好担心阿潜，他一个人在外面上学，跟我那时候一样大，什么都不懂，会不会有人也这么对他？我问江铄，江潜的学校会不会教生理课，他脸红了，说应该会教吧。都是我的错，我不敢跟他说为什么，只有老是问。等阿潜回来了我要跟他说，妈妈以前受了欺负，妈妈是个很笨的人，阿潜绝对不要这样，不可以被人欺负，他是我的宝贝，要好好的。"

余小鱼的眼泪流了出来。

她怕自己哭出声，他更难受，就把日记本合上了："我放回去，你睡一觉吧。"

她抽了几张纸出门，倚着墙，走廊里的风吹干了脸上的泪痕。

"我觉得我好多了。昨天去福利院捐书，江铄来接我，谢阿姨说他长得斯文。他要是长得丑，我才不喜欢他。晚上接到电话，二堂哥的电影还没拍完就患肺癌走了，在老家出殡，我们都要去奔丧。江铄要出差，我就没让他去，我一个人出门没关系的。

"骨灰当天下葬，我们分批回祖宅，要在灵位前磕头。我看见他在角落里跟一个孩子说话，问她的脖子怎么磕着了，还动手动脚。我到处找她的妈妈，没找到。阿潜在国外会不会遇到这样的人？我一想就出汗了，走过去叫他滚，小女孩儿趁他不注意跑掉了。他很惊讶。他一定以为我不敢大声说话，说我再妨碍他，他就告诉江铄我很脏。我说你不怕死就去说，你再这么干，我就告诉大伯，让所有人都知道你是什么货色。他立刻变脸了，说明天找我好好谈谈，有东西要还给我。"

余小鱼翻过这页，后面都是空白。

最后一篇日记，写于2005年12月26日。

她深呼吸几下，默默走回赵柏霖的房间，把本子放到书架上。

一种幽暗的抑郁如有生命力般从纸上剥离下来，弥漫在空气中，冻结了从窗外射进来的阳光。

世上为什么会有这样的事？

为什么那些痛苦的、不公的后果，是由善良的人来承担？

赵柏霖已经死了17年。

如今这样的惨剧是否还在发生？

拜托了，一定要成功。

2023年伊始，一桩落水案被调查组重新审理，真相公之于众。

此前，恒中集团和盛海国际遭到匿名造谣，立案后警方抓获嫌疑人若干名，其中一名惯犯在接受讯问时透露其所在的团伙大行违法之事，利用网络放贷、诈骗钱财，将受害者套牢后暴力胁迫还款。2019年，该罪犯威逼一名受害者不成，伙同另一名罪犯将其推入江中，制造酒后失足落水的假象。

去年12月的经济法治工作会议上，《日月》杂志社经济版主任针对当今盛行的现象提出建议，引发政府重点关注。在此背景下，银城市全力肃清经济毒瘤，规范市场主体。一时间，民间小微借贷平台偃旗息鼓，相关金融企业门可罗雀，法人无迹可寻。

城东工业园区。

一辆面包车停在探骊网的办公楼下,司机戴着口罩,没好气地教训一群毛头小子:"动作快!收拾完没有?"

那些人抱着电脑、文件、办公用品,蚂蚁似的往车上搬。

"五哥,B姐怎么还不回来?咱们公司都要关了?"

"多嘴什么!等会儿来人检查,你没收拾干净,连你也进去。"陈五低咒一句,打了个电话。

"赵总,我们快干完了,B姐说下午1点警方要来人搜查,只要搜不出重要物证就没问题。委屈您先在里面住几天,您小叔不会不管您的。"

他站在大门口,朝楼上挥挥手。

赵柏盛坐在办公室里,点了根烟:"我知道,他跟我说过了,这一阵辛苦你们了。黎总什么时候回国?"

"B姐说要把戏拍完。您知道,她工作起来很拼命,但绝对不会耽误别的事。过年她肯定要回来,和大赵总一起回老家拜祖先。"

赵柏盛笑了声:"也亏她有心,跟我小叔快30年了,等下个月他们俩结婚纪念日,我给他们添个彩头。"

赵竞业是20世纪90年代去澳门出差,和黎珠在饭局上认识的。当时黎珠红遍亚洲,人人都以为她看不上赵竞业,可这二人偏偏就一见钟情。赵竞业当年30岁不到,自贸区的青年才俊,一表人才的单身汉,黎珠喜欢他写在眼睛里的野心。

才认识七天,两个人就秘密举办了婚礼,因为财产分割问题,多年来没领证。赵竞业对黎珠好得不得了,什么资源都给她,什么都敢放手让她做。在赵柏盛看来,说到底,她再红也不过是个戏子,婚后就应该在家里红袖添香,但她爱演戏,赵竞业就从来不拘着她。

除了七年之痒那会儿,赵竞业与秘书发生了关系,其余所作所为,赵柏盛自叹不如,他下辈子也没法儿为一个女人做到这种程度。

当然,黎珠对他也死心塌地,帮他敛财、铺路,国内国外两头跑。除了生孩子,这世上女人能为男人奉献的一切,她都做了。她创办的两家企业——探骊网和海珠网,就是为了赚钱帮丈夫笼络人脉。人力鞭长莫及的,真金白银能做到;本人干不了的脏活儿累活儿,自有虾兵蟹将替他们干。

赵柏盛不过是这群虾兵蟹将中一个发号施令的罢了。因为他姓赵,所以才能在利益网中有今天的位置。赵家是名门大族,在各界都有叫得出名字的人物，现在赵竞业是族长，别人都听他的话，才能团结配合落得好处。

赵柏盛面对一群从首都来的调查员，丝毫不慌。从搬完东西到警方来人这两个小时内，他甚是无聊，把自己锁在办公室里，打开手机，熟练地输入一串境外网址，登录账号。

首页还是那几类视频，没有新花样。他点进右侧的菜单栏，照片板块显示"3k+"的更新提示，几千张来自世界各地的照片以滑动展示的形式出现在屏幕上。

图片下是每分钟更新的评论，语言种类繁多，满屏的感叹号和问号。

他进入个人主页，打开相册。在这个隐秘的暗网上，上传照片的主人公是日系的，关注者有2000多人，不过很久没有更新了。

直播刷到一半，楼下传来汽车喇叭声。

赵柏盛不紧不慢地退出网站，理了理领带，舒适地靠在椅子里，静候那群人进来问话。

"你在看什么，笑得这么开心？"

"哦，没什么，就一个小网站。"唐顺鑫答道。

他把页面关掉，跳回微信程序，对颜悦调笑："你不会喜欢的，女的看了要骂街。"

颜悦靠着车后座，好奇地问道："那李先生看这种网吗？"

"他？这我可不知道。"唐顺鑫说，"但据我所知，看上去越正经的人，玩得就越花。我瞧他身边那个情人资质平平，胸大无脑，想必有别的特长。你这种人见得多了，对吧？"

颜悦下午出了片场，唐顺鑫送她去李明的别墅。李明喜欢黎珠给他的这份薄礼，最近一周都把她叫去作陪，没让严芳出席。

你这种人。

唐顺鑫说的这四个字本应掀不起什么波澜，但她心头就是刺痛了一下。

那一瞬间，她生出一种冲动，想打开车门，撒开腿沿着这条公路狂奔到森林里，让所有人都找不到她。

尖厉的声音把她的神思拉回来。

"你爸一把年纪还在外面找狐狸精，你得空跟他说说啊，我气得心脏病都犯了！我躺在家里，你姐也不来看一眼，她炒股倒是赚了几百万元，一分钱都不给我啊，养个女儿有什么用！金宝，你有没有在听我讲？"

微信语音回荡在车里，唐顺鑫不胜其烦："妈，我知道了，你别喊。我姐回来了？"

"回来个屁！你爸给她安排相亲，她跑了，我派人去找她，还没个信儿，不知道这死丫头躲哪儿去了！有本事飞到天边呀，她的本钱还不是你爸给的！"

唐顺鑫敷衍："那我帮你们找找。我正有事，不方便听语音，你给我留言吧。"

关掉微信，唐顺鑫转头对颜悦叹气："家家有本难念的经。屁大点儿事，就知道烦我。"

颜悦笑道："你妈这是信任你。"

"屁！她只想找个地方吐槽。"

到了李家别墅，唐顺鑫把她放下："我不打扰你们了。要是你能把玛丽亚的位置替下来，我当黎总的面叫你一声姐姐。"

颜悦摇摇头："你可别抬举我，严女士是个狠人，我没她狠，发自内心敬佩她。"

唐顺鑫"哈哈"一笑，开车走远了。

每次来别墅，门口的保安都会换人，颜悦报了名字，电话里传来一个慵懒娇媚的声音："爱德华临时出门了，你请进吧。"

她挑了一下眉。

花园的停车场里，除了严芳的跑车，还停着另一辆小车，车牌号她没见过。

李先生不在家，有人来做客了？

屋门是开的，玄关处放着一双纯白的高跟鞋，钢琴声从客厅里如溪水般流淌出来。

这栋拉博卡区的海边别墅被设计成古典风格，带着点儿摩尔情调，顶高4米的白色大厅建有6根雕花立柱，撑起刻着日月星辰的拱顶。西面建有一扇巨大的半圆形彩绘飘窗，此时夕阳西下，淡金色的余晖透过五彩斑斓的琉璃照在三角钢琴上，有种圣洁缥缈的视觉效果。

而弹琴的人更是美得空灵，如头顶光晕的天使。

"这首曲子不难，你记得每天练一个小时，很快就能熟练的。"女子合上琴盖，"今天的课就上到这里吧，我后面还有一个学生。"

严芳坐在沙发上，捧着一杯薄荷红茶："乐老师，真是谢谢你了，这个你收着。"

她把桌上打开的盒子往前一推，里面放着一串红玛瑙项链。

钢琴老师摆摆手："你千万别这样啊，我刚来阿根廷不久，人生地不熟，第一堂课就收你这么贵重的礼物，让别的华人知道了都以为请不起我。"

严芳也不勉强，给她斟了杯茶，笑道："听说你在巴西有房子，都定居了，怎么跑来阿根廷教课？"

乐茗低下头喝了口茶，面上依旧维持着安静的微笑："我买的是二手房，卖我房子的人给我介绍工作，说这里在拍电视剧，剧组有录钢琴曲的需求，因为女主角是个钢琴家。后面剧组到巴西、秘鲁，我也要跟去。"

严芳这时才看向走廊，好像才听到客人的脚步声，热情地站起来，拉着颜悦的手向乐茗介绍："那你一定见过颜小姐吧，她就是女主角。"

颜悦一直倚着石柱观察她们，不动声色地挣脱严芳的手，惊奇地说道："您就是乐老师啊，前几天助理还跟我说呢，就是没见过，我拍戏太忙了。我今天来严姐这儿做客，没想到就遇上了。"

实际上她根本没听说过。剧组什么时候找的配乐师？

乐茗连忙跟她打招呼："颜小姐，你比电视上还漂亮。你们聊吧，我先走了。"

"剧组给您开的工资不够吗？还要赚外快？"颜悦好奇。

乐茗笑了一下，轻声道："我想挣点儿自己的钱。"

乐茗拎起包，像只轻盈的鸟儿离开了别墅。

大门"咔嗒"一声关上。

严芳拍了拍沙发："颜小姐，你坐。"

颜悦抿嘴望着她，脑子里还回荡着乐茗刚才的那句话。

严芳抬起眼皮："坐啊，我又不是狮子老虎。"

颜悦缓缓坐下，离她半米远，倾身理了理蕾丝裙摆。

"颜悦，"严芳吹了吹热茶，升腾的蒸汽遮住她未施粉黛的脸，"我怎么瞧你有点儿眼熟呢？"

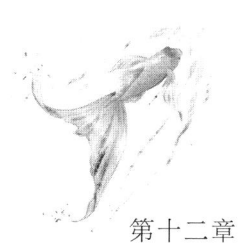

第十二章
年会小公主

"我怎么瞧她有点儿眼熟呢?"

余小鱼伸着脑袋看手机里的合照。楼外白雪皑皑,恒中总经理办公室内,暖气开到最大,她热得只穿了一件长袖连衣裙。

夏秘书捧着红茶吹了吹:"这人叫乐茗,长得漂亮吧?她是个钢琴老师,之前跟邓总在一起过,为了躲他的夫人,堕胎去国外定居了。我陪她从银城飞到巴西,住了两周才回来,把潜总一个人丢在日本了。"

余小鱼"啊"了一声:"我想起来了!这个人住在心理医生办公室楼上,我见过她一次,问谢曼迪的事情来着。她说话很温柔,气质很好,真看不出来是第三者……"

"小夏,你的出差补贴已经批过了。"江潜在办公桌后改着幻灯片。

夏秘书立即道:"谢谢潜总。我在巴西这些天,跟乐茗混熟了。她这个人没心机,根本就不知道邓丰和赵柏盛他们在谋划什么,邓丰只把她当金丝雀,所以从她身上挖不出有效信息。她先去了萨尔瓦多,办好了酒庄的交接手续,然后跟卖给她酒庄的人去了阿根廷。你们猜怎么着?"

余小鱼很捧场:"怎么着?"

"好家伙,这个卖酒庄的一眼就看上她了!这男的叫李明,背景特别复杂,没人知道他有多少财产,但有两点我们是清楚的。第一,他喜欢经验丰富的女人;第二,他的亲弟弟是赵竞业的靠山。"

夏秘书叹了口气:"乐茗把我当朋友,告诉我李明对她特别殷勤,又是送礼物，又是约她看演出。我跟她说不要沾这个男人，尤其初来乍到，人生地不熟，你跟他处关系，就是白白搭进去。可她这人，说得难听点儿就是懦弱没主见，李明想带她去阿根廷，她就去了，又不想让别人说她花男人钱，就在当地教华人弹钢琴。"

"她没法儿拒绝呀。"余小鱼在江潜的杯子里吸溜了一口咖啡，苦得脸都皱了，掏出自己的保温杯灌白开水，"你都说那个李明背景复杂，她在国内连邓丰这种地位的男人都不能反抗，怎么反抗一个有钱有势还有背景的人？更何况她一个人刚移居异国，不敢跟华人闹僵的。她弟弟有红斑狼疮，需要吃药维持生命，光靠教钢琴不够支付药费，所以邓丰找她谈恋爱，她就答应了。"

江潜抬头："你怎么知道她家里的情况？"

"谢曼迪跟我说的呀。"

夏秘书也惊到了："谢曼迪什么时候跟你说的？"

"就江老师从日本回来之前，她请我吃饭……"余小鱼懊恼地咬住舌头，"哎呀，说漏嘴了……"

江潜皱眉问："她请你吃饭干什么？她心思太多，没准儿把你卖了。"

她凑近他的耳朵，极小声地道："你小姨妈想为以前的事道歉，又不好意思直接跟你说，就跟我说了一堆她搜集的恒中管理层的八卦消息，可能觉得我会转达给你帮上忙吧。"

江潜扯了一下她的麻花辫，轻斥："什么小姨妈？！"

然后他坐回去继续敲键盘了。

夏秘书很有眼力见儿："没别的事我先出去了，你们聊。"

然后她抱着文件火速地离开。

余小鱼"嘿嘿"笑，用胳膊肘子碰他："大外甥好没礼貌！"

江潜板着脸道："坐正了，往我身上靠什么！我在工作，上一边玩去。"

她手脚并用贴上来，挂在他身上又磨又蹭："江老师，你原来不是这样的，人家叫你认真工作，你就一心二用，一边开会一边……"

他脖子一颤，喉结动了动，按下锁门键。

他不会那么大胆吧？余小鱼指着玻璃："你们办公室从今年开始都没装百叶帘了。江老师，你清醒一点儿，不要做出让你爸爸痛心疾首、咬牙切齿、功亏一篑、放到微博上可以给演员热搜挡枪的事情来。"

去年董事长通过了一项决议，大楼11月进行改装。这栋老楼的办公室和会议室里的帘子全部撤下，新租的办公楼更规范，所有房间全用玻璃，上下透明，中间用磨砂的，若是里面有人站着，务必做到从外面能看见头和腿。

这样的装修，是为了减少职场骚扰，对恒中来说是一次尝试。

江潜合上电脑，外接屏还亮着。

"撩完就想走？"

余小鱼无所畏惧："这里是办公室，万一有人路过，江老师，你就完蛋了呢！"

她的话音刚落，江潜一把将她拽下来，放到大腿上。

余小鱼呆了："啊？"

一瞬后她反应过来，慌忙地抬头左右瞅瞅，还好外面无人。她舒了口气，用胳膊撑着想站起身，突然被一股大力拽住，重新坐了回来。

"江老师，我错了，你别开玩笑。"她软语，转了转眼珠，蜻蜓点水般亲了一下他的脸，"松手嘛。"

这时他侧后方的走廊里有两个员工经过，余小鱼赶紧把头一低，脚一收，屈膝跪坐在他身上。

还好这张人体工学椅特别宽敞，有扶手挡着，他身材又高大，坐直了能够把她的身形完全遮住，从背面看不出异常。

那两个员工说说笑笑地走远了。

江潜把空调温度调低，反手扯下椅背上的黑色长风衣，"哗"的一下披在身前。

风衣下钻出个小脑袋，头发被摩擦出静电，在他眼前一根根竖起来，像只炸毛的猫咪："你别乱来，他们会看到的！"

江潜低下头看着她，那么小一点儿，就在他怀里，睁着黑溜溜的眼睛，娇声娇气地让他松手，怕人瞧见。

他凑近她的耳朵，被锁在笼子里的阴暗的心思像藤蔓一样爬到喉咙里，让声音都变得陌生："我在这儿，你怕什么？他们就算看见，难道敢走漏一个字吗？"

时间在拥抱中一分一秒溜走。

窗外的天空褪去最后一点儿蔚蓝色，两个人在苍茫的暮色里相拥，直到屋内黑下来，汗水的气味蒸发在空中。

江潜轻拍她的背："困了？"

她浅浅的呼吸传来。

一眨眼她就趴在他身上睡着了。

他有点儿遗憾，轻声道："今天的花还没拆。"

他的视线落在墙角的包裹上，里面是一束五色的金鱼草，国外培育的新品种，从意大利空运过来的，来配他的"鱼"。

6点刚过，冬季的夜幕已经降临，楼下华灯初上。

江潜怕外面的动静吵到她，把她放在沙发上，只开了壁灯，用热毛巾轻柔地把她的身体清理干净，然后换了衣服坐在椅子上静静地看着她沉睡的脸。

没看一会儿，电话就响了，是夏秘书。

"邓总的夫人捉第三者捉到公司来了，邓总不在，她正在闹呢，几个人都劝不住。"

"现场有哪些人在？"

"就几个秘书、我，还有实习生。"

"不传出去让媒体记者知道就行了，你们该下班的下班。"江潜不想管这种闲事，挂了电话，转头一看，余小鱼揉着眼睛坐起来了。

"吵醒你了？"他坐到扶手上，垂首吻了吻她的脸，"对不起。"

她穿上鞋，带着鼻音咕哝："我饿了，还是回家吃完饭再睡吧。"

"好。晚上想吃什么？"他给她披上羽绒服，把墙角的金鱼草抱起来，塞到她手里，揽着她往办公室外走，"饿得厉害的话就在公司楼下吃吧。"

"随便……"余小鱼打了个哈欠，没走两步，就听到前面在吵架。

江潜锁了办公室，拎着电脑包出来，看她往不远处探头探脑，无奈地说道："没什么好看的，家务事。"

八卦是人类的天性，余小鱼聚精会神地听了一会儿："你们首席执行官的老婆来公司打第三者啊！可是乐茗已经出国了，她不会不知道吧？"

一道歇斯底里的女声高高地响起："好啊，你们知道！是不是都知道那个狐狸精出国了，就瞒着我一个？"

余小鱼看着前方穿着貂皮大衣的女人向自己冲来，不由得惊叹她耳朵好灵，一闪身躲在江潜后头："这位女士，你别激动！我也是听说的。"

那个女人满面怒火，脸上化着精致的妆容，看起来有30多岁，但脖子上的皱纹显示她并没有那么年轻。她从左边看，余小鱼躲到右边，她从右边看，余小鱼挪到左边，江潜受够了这种老鹰抓小鸡的把戏，举起一只手，示意她离远点儿："邓太太，请你尊重点儿，这是我女朋友。"

听到这个称呼，女人气不打一处来，双手交叉在胸前，鼻子里喷出一股气,转身站直了:"你们还知道我是邓丰的老婆!这死鬼,不知道躲哪里去了,整天就避着我,手机也关机,秘书也说不知道!我今天就住在他的办公室里,明天管理层开年会,我看他来还是不来!"

"这里空调温度高,空气太干燥了,您先喝点儿茶。"

听到这清冷如泉的声音,余小鱼往人群里瞧去,只见谢曼迪端着一杯茶走过来。

按电视剧里的套路,此时正牌夫人正在气头上,应该一巴掌把茶水打翻,然而邓太太看到她,伸手接过杯子猛灌几口,顺便还拍了两下她的肩,语气瞬间缓和下来:"你一个实习生,先回家吧。我也是没办法,才来公司里找他,辛苦你刷卡带我上楼了。"

"阿姨,您别这么说。"

几个秘书瞪着谢曼迪——就是你把"鬼子"引到咱们村的?

谢曼迪尴尬地笑了笑,拉着邓丰的秘书:"姐,我不是……"

"我是你们邓总的老婆,她来我家拿文件,我就让她带我来公司,她一个刚毕业的大学生,敢说不吗?"邓太太不耐烦地对秘书大声道,"快开门让我进去,等那死鬼回来!他要不回来,你们赵董回来,我也要找他!就是他把我们家老邓往歪路上带的!该死的赵柏盛,自己那方面不行,教唆人吃喝嫖赌倒有一套,老娘才不管他是哪家畜生下的崽,捧着哪家狗碗吃泔水,不把他摁到马桶里我名字就倒过来写!"

秘书:"您别急,我这就开,这就开。"

"扑哧。"余小鱼见邓太太横眉看过来,赶紧捂住嘴,贴着江潜的背。

邓太太骂完了一通,揉着太阳穴往首席执行官办公室里走,嘴里恨恨地说道:"一路货色!一路货色!这栋楼里的男人没一个好东西!姓赵的最坏,20年前当个部门小领导就了不得了,我们做销售的女的,哪个没被他耍过?不要脸的男人,出了事就赶跑人,以为我不知道吗?搞得别人离婚又赔钱,做那种营生,惨得要死……就姓赵的这种人能混好,就这个下三烂带坏了我们家老邓!"

门"砰"的一声关上,走廊里安静了。

秘书们暂时舒了口气。

"没事就都回家吧,今天周五。"江潜道。

人就都散了。

余小鱼抱着花,和他走到电梯处,谢曼迪背着包等在那里。

她仍是一副冷冷的模样,带着几分傲气,对江潜点点头:"江总。"

"是你跟她说邓丰在外面找了情人?"

谢曼迪挑眉:"我只是在去邓总家送合同的时候不小心掉了张证件照。看来邓总这段时间要花很多精力安抚家属的情绪,帮不了赵柏盛的忙了。"

余小鱼钦佩不已,她做这种事就跟玩一样。

两部电梯门同时开了,江潜叫谢曼迪:"一起吧。"

电梯里三个人都无话,到了一楼,余小鱼听见她缓缓吐出一口气,好像把胸中积存多年的郁气都呼了出来。

"谢同学,拜拜。"

谢曼迪对她挥挥手,嫣然一笑:"学姐再见。"

余小鱼望着她的背影,对江潜耸耸肩:"她还是不好意思和大外甥打招呼呢。"

"就你会贫嘴。晚饭吃什么?"

"澳门烧鸭饭吧,就楼下那个陈光记,我妈也会做,尝尝他家的。"

还没走进去,烧腊的香味就扑鼻而来。店面很小,屋里只有五张方桌,临街的玻璃柜用铁钩吊着十几只红亮亮的烧鸭,下方摆着盛满卤味的不锈钢盘子。

客人一落座,老板就把饭端上来,叼着烟赶苍蝇:"2300比索,给美元就送咸柠七。"

剁好的烧鸭皮脆肉嫩,用筷子一戳直冒油,黑椒汤汁浇在白米饭上,香得出奇。但黎珠只吃了两棵青菜、两块鸭肉就停下了,连墨镜也没摘。

"比阿特丽斯,这家做得不合你胃口?它可是整个拉美地区最正宗的烧腊店,不比你们澳门的陈光记差。"对面穿着花衬衫的中年男人笑道。

黎珠喝了一口咸柠七,露出完美的笑容:"李先生,谢谢您的邀请,我明早还要出镜,吃得太多脸会肿。我知道您除了约会,从不请人吃饭,今天肯定是有事要跟我说……"

"五魁首啊,六六六啊!……喝,快喝!"

店里只有两桌客人,最里面靠墙的那桌穿着工作服的华人,是旁边建筑工地的,正喝酒划拳在兴头上。

吵吵嚷嚷的声音让黎珠皱了皱眉,继续关切地说道:"是不是上面对老赵有什么疑问?"

"哦,当然不是。"李明十分客气,"我弟弟对你家那位没话说,都十几年的老相识了,能有什么问题!其实啊,是最近上面风头紧,他也不太好插手,让我知会你一声。"

"您既然这样说,我们也不好再勉强了。"黎珠握着玻璃杯,身子稍稍前倾,压低声音,"有人说,那位上个月被查了,我们这些外人也不知道实际情况,冒昧地问您一句,是不是真的?"

李明还是那副好脾气的模样,手指在木桌上叩了叩:"你们夫妻俩都是聪明人,能问出这话,心里就有数了。我跟你说话也不绕弯子,是真的,但局里什么也没搜到,我们暂时是安全的。"

黎珠松了口气:"那肯定,因为东西已经转移到您手里了。"

李明微微一笑,转头对后厨喊道:"老板,我的快递到了吗?"

"到了10天了,先生,你还没取嘞,都要给烟火熏坏了!"

布宜诺斯艾利斯的玫瑰宫附近有几家中餐馆,老板时常要从国内进些原材料,华人找他们拼单寄小件要便宜些,这家烧腊店就是一个小型收货点,包裹都放在后院的仓库里。

不多时,老板拿来一个小盒子,放在桌上:"要猪脚吗?剩了两只,半价给你们。"

"打包吧,谢谢。"

李明呷了口廉价的白酒,当着黎珠的面拆开盒子,里面是一个小型平板电脑和一个拇指大小、刻着"LI MING"字样的黑色U盘。

他笑着拍了拍电脑:"空的。这年代,就联了网的东西最……"

声音又被那群喝酒的工人盖了过去。

"你不喝就是看不起我!"

"哥,我才从医院里出来,真不能喝了,我老婆要骂的……"

那几个人爆发出一阵哄笑:"刚领证,三句话离不开老婆,小梁,你没出息啊!"

"——最不安全。"

李明把嗓门儿提高一些,拿出U盘,放在黎珠跟前,意味深长地道:"这个才是重点。我让你看它,是因为后面可能还要交由别人保管,赵家是一个备选。在这个地球上,阿根廷虽然是离中国最远的国家,但飞机两天就能到,我们需要做两手准备。说实话,我最不担心的就是你们把这玩意儿给丢出去,一荣俱荣,一损俱损,不是开玩笑的。"

又一阵大笑响彻屋子,那桌站起一个人,摆着手:"哥,你们喝,我……我去放个水。"

"瞧他脸红成这样,哈哈……"

"外面右拐是洗手间。"老板挥刀"咚咚咚"地砍着卤猪脚,头也不抬地叫道。

客人摇摇晃晃地经过门口,李明把U盘拿在手里,盘核桃似的盘了几下:"小伙子,你不想喝就不喝!别惯着他们。"

李明又对黎珠道:"我就是受不了这酒桌风气才出国的,怎么这陋习都带到国外来了?老赵平时在国内少不了应酬吧,真是辛苦了。"

"也是工作的一部分,应该的。"黎珠问,"这U盘里是……?"

"是无论我们这方哪个人拿到都会小心保存、舍不得删的东西。要命,但必要时刻能救命。"李明把U盘放进腰包里。

黎珠扶了一下墨镜,神情又变得轻松起来,含笑望了眼那桌醉醺醺的工人:"您这顿饭请得值。"

赵竞业跟她说,既然查到了李明的弟弟,他这个在国外做大生意的哥哥恐怕也会被查,他的私人别墅和国际快件并不安全。

那么看起来最不安全的地方,就最安全。

忙碌的餐厅老板、喝酒的工人、巷子里嬉闹的拉丁裔小青年,谁也不知道这桌吃烧鸭饭的两个人在谈什么。

李明把盘子里的烧鸭吃完,斯文地擦擦嘴:"老板,好了吗?"

"来了,来了!拿好,慢走啊。"

他拎着猪脚和黎珠走出小店,8点多钟,天上的星星被烧烤的烟雾遮盖,一片漆黑。

黎珠的车停在巷口,对面是一片由中国公司承建的工地,此时几个华工拿着手机在相关部门的标志前拍抖音,中气十足地解说他们的工作目标,背景充满"叮——叮——"的施工噪声。

"这些人还怪开心的。"李明摇头,"我漂泊在外,总想回中国看看父母,奈何身不由己。"

黎珠跟着赵竞业多年,也耳濡目染学到了一些特色知识,笑道:"这是他们老板给的任务,点赞数量与绩效挂钩。我公司员工也拍上班的短视频,这叫'吸引路人粉'。"

"时代在变化啊,现在都这么搞了!"

待那辆豪车载着两个人消失在夜色中时,从洗手间里走出来一个人,扶着墙,手机放在耳边。

"江先生,他拿的好像是U盘、芯片之类的……我喝了两杯,没怎么看清。之后可能要存在别人那里,估计里面是名单、交易记录吧,反正是休戚相关的东西。"

"对,真是巧!我下班跟几个同事在工地旁边吃饭来着,没想到他跟一个女的也在店里。女的看不出年纪,但是特好看,戴着墨镜也好看。"

"她就是探骊网的老板黎珠——赵竞业的妻子,公司注册用的是她葡萄牙籍的名字。"

"等等!不会是那个电影演员吧?"

万里之外的中国,江潜在厨房里挂着蓝牙耳麦,左手一颠,锅里的煎蛋和培根就翻了个面,右手在另一口锅里炒芦笋和蘑菇。

"就是她。太谢谢你了,梁先生,这个消息对我们非常有用。听说你结婚了,我送些薄礼上门,请你们不要推辞。"

梁斯宇连忙说道:"不用,不用!楚晏跟我说小鱼送过了,一套进口餐具,可贵了!她送的就是你送的嘛。"

"不一样。你一直在帮我,没道理让我女朋友代劳送礼。"

"江先生,应该的,小鱼她爸跟我是师徒情分,他死得不明不白,我也不甘心,所以你两年前在巴西找到我打听消息,我就答应了。不过以后我就帮不上你了,我干完这个项目就辞职回国。"

"好,等你回来我跟小鱼请你们吃饭。"

挂了电话,梁斯宇想起那个魁梧善良的建筑工人,叹了口气。

他刚从 A 大毕业就被外派到巴西,江潜找上他,问他想不想为余国海做点儿事。一开始梁斯宇不明白,他远在天边,能派上什么用场?后来他就知道,江潜需要人在承建方里做耳目,他所供职的相关部门是整个拉美地区最大的建筑承包商,李明买下的别墅区是他们建的,区域经理逢年过节就要拎着礼品去见大客户。以前双方关系近,去年开始就疏远了,因为领导听说李明搞投资是为了洗钱。

梁斯宇的单位消息灵通,他知道李明的弟弟与赵竞业的关系,也隐约知道赵竞业是探骊网的后台。

要想给余国海报仇,探骊网必须关门,这就意味着也得让它上面的靠山像多米诺骨牌似的倒台。

听上去就难。

但他们已经准备三年了。

早餐是培根、煎蛋和面包,放在微波炉里保温。冰箱里有午餐便当盒,里面是昨晚从陈光记打包的卤猪脚，配上新鲜的蘑菇芦笋和北非小米。

余小鱼睡到 8 点多起床时，江潜已经准备好两顿饭出门上班了，恒中今晚开管理层年会，他要把工作都安排到白天做完。

反观她，银行的信贷部门从 12 月下旬到春节都没什么事，闲得发慌。她这时又觉得这个工作消磨了人的积极性，整天待在舒适圈里，没有突破。

同事们要么在电脑前学特许金融分析师课、注册会计师课、金融风险管理课、编程课，要么学外语，余小鱼用了一下午时间，决定报名考个雅思，不然她年纪轻轻就这么闲，心里过意不去。

5 点 30 分，公司的前台姐姐已经拎包回家，大厅里的灯暗了，工位上只剩余小鱼一个。她之所以留到现在，是因为会议室里的审计员还没抽完凭证。她们正在做信贷审阅，要一本一本地翻查文件夹，很花时间，她得等她们做完之后把文件夹都锁回档案库里。

她看看表，恒中的年会 7 点开始，江潜让司机来接她，晚高峰路上堵，感觉有点儿来不及了。

余小鱼静悄悄地走到会议室外，一个高级审计员带一个小朋友正在里头热火朝天地翻查文件夹："这里，看到没有，批准时间是否有经理双重签名，你都要填到底稿里的。公司背景写几句就行了，不要写得那么复杂，又不是大银行，写得越多越容易被老板提问……"

"嘿！"她敲敲门，"你们做得怎么样了？"

高级审计员抬头，笑着双手递上一杯幽兰拿铁："余老师，下午点的，差点儿忘了给您。我们做得差不多了，就是还有点儿细节要补充。"

余小鱼谢过，和气地坐下来："你们有什么问题吗？"

"噢，没有。"小朋友答道。

高级审计员瞪了她一眼："谢谢余老师配合，有问题我们会发邮件汇总给您的。您要下班了是吧？真不好意思。"

余小鱼说："没事，车还没来呢，我再等你们半个小时？"

"好的，好的！我们尽快。"

她喝着奶茶，看着她们埋头苦干，有点儿不忍心："其实你们可以明天再做，全年抽 25 家贷款客户，一周的时间，每天做五六家就可以了，能做完的。"

高级审计员一边敲键盘一边叹气："不行啊，余老师，年审我手上还有别的项目，明天就得去其他公司下田（审计行业术语，指去客户办公地办公。）了，让这孩子一个人做我不放心。"

小朋友没意识到事情的严重性，开玩笑："姐，你再做做就可以跳槽到这种外企了呢。"

"别贫嘴，快点儿做，做不完我不帮你担着。你以为跳槽这么容易？能走我早走了。"

墙上的挂钟一分一秒地走着，到了6点，底稿还剩两行没填。

余小鱼道："就剩两家公司了，明天让她一个人来，可以的。"

高级审计员不放心："还是……"

"我看她干事挺勤快，今天一个人做了十几家，很厉害了。熟能生巧嘛，明天做起来会更快。那两家公司的资料不多，是我写的贷后报告，她要不懂就来问我。"

"可是还有财务老师那边的业管费抽凭证，运营老师那边的同业对账……"

"没关系的。小妹妹，你今天见过我那几个同事了，记得她们坐在哪儿吧？"余小鱼低头问。

小朋友看着她亲切的眼神，局促不安的神情平静下来，"嗯"了一声，转头道："姐，我行的，业管费抽凭证、同业对账我都知道怎么做，你明天跟经理去别的项目吧。"

"好吧。余老师，真不好意思，本来是我们的工作，却让你费心了。"

"没事的，你们都回家吧。"

等这两个人把文件抱回档案库，余小鱼关了灯，锁上门，和她们一起乘电梯下楼。

小朋友很喜欢她："余老师，听说你是新来的，原来在哪里上班呀？"

"在一家券商。"

"我也在券商实习过，还是做审计累一点儿。"

余小鱼笑道："你们金融组不做上市项目，也没存货要盘点，相对来说已经很轻松了。当然，行业有特殊性，不能和银行中后台比。"

小朋友羡慕："余老师，我以后也想像你这样。"

"嗯？我也加过班，被人教训过哟。"

"不是，我是说也想像你这样，虽然加过班、被教训过，但还是会对别人很温柔。"

高级审计员在一边连连点头。

"就是因为吃过亏，才会这样呀。"

高级审计员摇头："我见的大多数是自己淋过雨，所以要抽走别人的伞。"

"不是所有人都这样嘛。"余小鱼笑着和她们告别,"小妹妹,明天见。"

"嗯,好!"

一辆黑色豪车停在办公楼下,司机为她打开车门。余小鱼高高兴兴地坐上车,抱起后座上粉白相间的洋牡丹,伸手拍了一下副驾驶位的头靠椅:"江总今天怎么亲自来接我呀?"

江潜回头,捉住她的手,在戒指上吻了一下:"不想看首席执行官的家庭伦理剧,就溜出来了。怎么这么开心?"

"刚才有人说以后也想像我这样,"余小鱼托着腮,颇为怀念,"我以前对沈老师说过一样的话呢!人家还管我叫余老师,嘿嘿……"

路上堵了半个小时,他们到菲丽葩大酒店的时候年会已经开始了。

恒中的高管云集一堂,大厅有鸡尾酒会,8点之后进包间里吃大厨的特制套餐,据说午夜还要换场地打麻将、做足疗。

迎宾人员把两个人引进贵宾换衣间里,余小鱼傻眼了:"我把羽绒服脱了,穿这条连衣裙不行吗?"

江潜道:"全场的女士都穿了礼服,我给你拿了一件,穿这个不出挑。你要是想被人盯一整晚,不换也行。"

"那我还是换吧。"她尿了,又好奇,"江老师,你的西装怎么也要换?"

"年会一身黑,不吉利。"他无奈。

余小鱼走进隔间里,架子上挂着一件蓝色的鸡尾酒裙和配套抹胸,地上还有一双白色镶钻高跟鞋。她的第一反应就是找裙子的标签牌,结果没有,不知道多少钱订制的。

"啊啊啊,我昨天晚上为什么没洗头?!"她小心翼翼地把裙子取下来,对着穿衣镜比画了一下,懊恼地用手扒拉几下头发。

"小鱼,需要我帮忙吗?"江潜敲门问道。

男生换衣服怎么那么快啊……余小鱼脱了一半,用裙子掩着胸口,把门开了条缝儿:"进来,进来。"

她穿好抹胸,脱了鞋,伸进裙子里,拉上肩带,余光扫到镜子里的男人,目光不由得被吸引住了。

江潜站在她身后,低头给她拉上拉链:"不喜欢吗?发什么愣?"

"喜欢。"她回头笑眯眯地说道,"江老师,你品位不错嘛!"

他以为她在夸他选得不错:"谢谢,小鱼穿什么裙子都好看。"

镜中映出一抹湖蓝色的身影，仿佛是厚重的地毯上生出了一株轻盈的蝴蝶花。由深变浅的雪纺纱层层堆叠出花瓣造型，随着身体的摆动绽放出俏皮可爱的弧度，精致繁复的刺绣间点缀着无数碎钻，被轻纱一罩，宛如花朵沾了夜露，流淌着春天的月光。

她两只手握起黑发，想扎个丸子头，裙子随着动作稍稍上提，露出光滑的小腿，脚上蹬着一双亮闪闪的水晶鞋，像个朝气蓬勃的小公主。

"就披着，好看。"江潜忍不住俯首吻她，手臂环住她的腰，呼吸灼热。

"早知道要穿这种裙子，就去理发店弄一下头发了。"余小鱼放下头发嘟囔，"你别这么大力气，要把纱压塌了。"

那一瞬，他突然不想让她穿这件裙子出去，让那些人都看见。

这么漂亮的花。

比他每天精挑细选的还好看。

他好想……

江潜不放手，把她逼得连连后退，抵到镜子上，发出一声闷响。她躲开他热切的嘴唇，扯着他的衣袖，又羞又急："你不许想那个！不许想！"

这时有人敲门。

"潜总，董事长说您再不出来，他就要上家法了。"

夏秘书的声音拯救了余小鱼，她再不出去，就要被就地正法了！

江潜直起身，整了一下领带，挽着她出门。

"晚上回家也不许想。"余小鱼咕哝。

"想什么？"他侧首问。

"就是……就是那个嘛。"她的声音都低到地缝儿里去了。

7点刚过，董事长的新年讲话就开始了。

江潜携余小鱼一进会场大门，就吸引了众人的视线，高管和场务人员、服务员纷纷看过来，或是惊讶，或是艳羡。

"那就是江总的女朋友？"

"好像是第一次带来出席正式场合……"

"你忘啦？路演那天也是她上场的，长得像齐藤由贵。"

江潜仿佛没听到这些窃窃私语，携人踏着红毯一路朝前走去。

不同于平日干净利落的冷色调衣着，他今天穿了一套棕红窗格的法兰绒西装，复古款高腰裤用背带固定住型，笔直地垂到鞋面，越发显得肩宽腿长。酒红色的牛津鞋与马甲扣、暗红的羊毛领带遥相呼应，为他高傲清冷的气质增添了一抹暖色,雪白的帝国领衬衫、胸口叠成白帆的口袋巾又让他明亮得像一颗行走的钻石。

矜贵而不过于冷淡,耀眼而不过于锋利。

从头到脚,恰到好处。

"镜头拉到最大,对准他们俩拍。"《日月》杂志社的记者激动地对摄像小哥说。

"桐桐姐,ME的孟总跟他谁会穿?"

"孟峰哪有他这么好的衣品,都是我给他瞎配……"

台上的江铄瞪了迟到的儿子一眼,继续中气十足地对着话筒念词儿。这小子一出现,都没人听他讲话了,不过小姑娘这打扮倒是好看,跟童话里的小精灵似的,就是缺条亮闪闪的项链。

过年要不要给她买一条大金链子?或者把孩子他娘的嫁妆拿出来送?

江铄左思右想,差点儿念错新年贺词,清了清嗓子,速战速决,接下来交给首席执行官讲话。

邓丰上了台,大家都看得出他在强打精神,他老婆在公司里吵了一天,他使出浑身解数才暂时把她劝回家,得以来参加年会。

江潜带着余小鱼在第一排落座,左右都是董事席,空了一个位子。

"赵柏盛没来啊?"

余小鱼环顾四周,隔着几个座位看到一个熟悉的身影。沈颐宁身着银色长裙,容光焕发,正手持高脚杯和邻座的人说话,举手投足间优雅自如,美得不可方物。

她也看到了余小鱼,笑着打了个招呼,走到第一排,江潜左边的董事看到她,很有眼色地让座,自己坐到赵柏盛的空位上。

"小鱼,新工作怎么样?"

"谢谢沈老师关心,我那工作挺好的,就是太闲了。"

"那好啊,有空来我家做客。"沈颐宁拉着她的手,捏了捏,"这小手,肉肉的,有福气。江总,你捉到一个小天使,可别欺负人家啊。"

"他就知道欺负我。"余小鱼闻着清新的柑橘香水味,有点儿想往沈颐宁身上贴,沈颐宁展颜一笑,伸手把她揽住。

江潜无奈,反问:"我什么时候欺负你了?"

余小鱼靠在沈颐宁的肩上,睨着他不说话,眸子里都是嗔怪。

搞得他像夜夜笙歌似的。

江潜受不了这俩人腻在一起,看样子沈颐宁最近跟谢曼迪的关系有所好转，以前她除了握手，很少跟别人有肢体上的接触，今天乍一看，颇有种人逢喜事精神爽的感觉。

他把余小鱼往自己这边拽。沈颐宁调侃："好小气，我抱抱这孩子都不行。"

她放手的时候，余小鱼听见极低的一声"谢谢"。

有些事，不必挑明了说。

"姚总让公司对外统一口风，赵董是因病请假一段时间，所以不出席任何活动。"沈颐宁喝了一口香槟，正色道。

江潜压低嗓音："他已经在局子里了。"

"但会被保释。"余小鱼接道。

沈颐宁轻声道："月咏最近很忙，就是上面整治灰色平台的事，查得很严，他们单位的特别工作组每天都加班。探骊网是铁定要关门的，可只要查不到赵竞业，就不触及根本。"

江潜打开手机，给她看了条微信。

"确定？"

"嗯，我这边分别收到两个人的消息，装有证据的U盘在李明手上。只要我们拿到，通过戴老师的关系交给上面，一切就能定下来了。"

沈颐宁看到微信的备注名，微微诧异，江潜点开那人的朋友圈，全是精修自拍照、配着风景照的文艺句子。

"这不是……？"

"信得过，"江潜说，"我表妹。"

他看着她的头像，是张穿粉色纱裙的半身照，背景是某个场合的红毯。

这让他想起了第一次注意到她，是三年前在商场里，她刚出道，给某个奢侈品店走秀，当时他觉得她的脸眼熟。

原来是长得像她的父亲，他的二表伯，曾经的华语圈大导演。

"她是你表妹？"

这下换成余小鱼震惊了。

"非婚生的。"

余小鱼点点头，消化了这个超级大八卦。

可颜悦真的只凭这点儿血缘关系就愿意帮他吗？

江潜看出她的疑惑："她小时候，我母亲帮过她。"

赵柏霖？

余小鱼立刻想起了那本十几年前的日记。

"啊，我知道了！"她感慨。

上次颜悦哭着打来电话，受了那么大委屈，仍然倔强地坚持。作为一个普通观众，余小鱼并不知道她这些年都经历了什么，也许她光鲜亮丽的外表下，内心早已千疮百孔，一丝的温暖都能让她铭记终生。

网上爆料她看过，颜悦少年时的经历让人咋舌。博雅传媒的老板看中她漂亮机灵，把她签下来，一有重要场合就带她去。黑粉和对家揪着"靠潜规则拿资源"这点骂了好几年，比演技差流传得更广。

余小鱼觉得自己没有资格评判一个遭受了那么多痛苦的人，因为她的日子就像上辈子修来的，跟人家比，不知幸运了多少倍。

台上的邓丰讲完话退场，三个人的交谈也到此为止，沈颐宁去和别人寒暄了。

"去包间里吃饭吗？"江潜问她。

余小鱼很纠结，她不太饿，但是想体验一回米其林星厨的手艺，又怕被人拉住问这问那。

他补了句："顺便把你介绍给我的同事。"

"那就去吧。不过我只负责吃饭，不回答'你是如何追到实习导师'这种问题。"她鼓起勇气。

江潜笑道："'怎么会和实习生谈恋爱'应该是针对我的难题吧，要是答不好，明天传出去，集团股价就跌停了。"

"那你想好怎么说了吗？"

"一律不回答。"

"就不能说点儿好听的吗？比如说我太可爱、太聪明、太有魅力了……"

他解释："这是个陷阱，预设了双方人格、地位不对等，我又没在你实习期间做什么。"

"你做了，你偷偷亲手背！"余小鱼小声道。

江潜无辜地望着她。

"好吧，是我先亲了你。"她狐疑，"江老师，我每次这么叫你，你会不会有负罪感啊？"

江潜顿了一下，这他要怎么说？

他从容不迫地低声道："这是情趣。"

余小鱼红着脸掐了一下他的胳膊。

"余同学，过年怎么安排？"他笑着问。

"呃……就回家胡吃海塞学打麻将呗。"

"想出国玩吗？"

提到旅游，余小鱼的眼睛就亮了一下。

江潜知道她一直想出国玩，但一来没时间，二来要存钱，他不开这个口，她绝不会主动提。

"我在南美有项目上的事要办，最多两周，那边现在是夏天，你要不要跟我一起去度假？"

"去阿根廷吗？"

"几个国家都可以。"

"那你过年不回家，你爸爸怎么办？"

"他带猫回老家过。你要是想旅游，我们小年夜就去你家，可以把他叫上吃顿饭。"

阿根廷啊……那是地球上离中国最远的国家，世界的另一端，她以前想了好多遍的地方——因为他在。

余小鱼兴奋地说道："春节七天假再加上年假，应该没问题，我们公司就是假多。"

"那我叫行政部的工作人员订票。你可以提前看看有哪些想去的地方，我带你去。"江潜对那边很熟，他自己就能做向导。

其实江潜还有另一层考虑在里头：心理咨询师建议结婚前两个人一起旅游一趟，时间越长，越能看出问题。

等旅游回来，她说不定就可以答应了。

江潜的思绪飞得很远，连婚房要买在哪个学区都想好了。

余小鱼打断他的幻想，拉着他朝楼梯走去："我下周一有事情干了，给老板写请假邮件！晚上回去我就查攻略……"

"跟我请假？请什么假？我招你来是烧钱的吗？还旅游散心，又不是结婚度蜜月，你真有脸说啊！你这几天是怎么回事，魂不守舍的？"

片场的凉棚下，黎珠把烟在桌上碾灭，对着手机大发雷霆："什么叫暂时没你的戏份要拍了？演成那样，今天发挥好了，明天就得意忘形，不看着其他演员怎么演，尽想着偷懒！你现在就给我回来……"

"黎总，我现在在李先生家。"

助理递上一瓶冰水，搁了就溜，生怕被殃及池鱼。黎珠拧开瓶盖，灌了一口，冷笑："抱上大腿了？你给我记住，我才是你的老板，签你来拍戏,你不好好拍就滚蛋!当初是谁求着我要女主角试镜的?"

那边沉默了一刻,声音弱了不少:"黎总,我是想好好拍戏的,但是……这几天状态不对。抱歉,刚才是我的要求太过分了,我下午回来,您看行不行?"

"以后再敢找借口,黑料、热搜我就不压了。博雅签的艺人那么多,你以为你是谁?赶快给我调整好状态,是你压力大,还是我压力大?"

发完火,黎珠就把电话挂了。

五月广场南边的公寓外,颜悦头昏脑涨地关机。

三天前,严芳说她眼熟,问她有没有改过艺名。她心乱如麻,一时间不知要怎么回答,胡乱搪塞了两句,所幸李明这时回来了。颜悦没心情陪他打高尔夫,找了个理由离开,路上严芳给她发了个地址,约她今天在自己的公寓里见面,弄得她这几天都心神不宁。

这个公寓是严芳上一段感情生活的产物,开旅馆的西班牙老头儿给她买的,第一和第二层出租,第三层自住,分遗产时李明帮她找律师从几个西班牙小崽子手里抢过来。楼房建于19世纪,外墙遮蔽着浓绿的爬山虎,里面没有电梯,一进大门,阴凉的空气就冲散了夏日的炎热。

颜悦顺着楼梯慢慢往上走,三楼的门是开着的,可以看到放着钢琴的客厅,楼道里堆着扫把拖把、空鞋架,一只壁虎从枯死的盆栽边蹿过。

这房子已经很久没人住了。

"进来吧。"熟悉的声音在屋里响起。

严芳站在玄关处,披着丝绸睡袍,双手抱胸,从上到下打量着这个年轻的女人。颜悦被这手术刀般的目光看得不舒服,背后起了层鸡皮疙瘩,也不跟她客套:"你叫我来什么事?"

"把门关上。"

颜悦带上门,动作一僵,暗骂自己没出息,干吗要听她的?

严芳坐到沙发上,对着酒瓶灌了一口:"爱德华跟我说,你身份证上的名字是'严月',跟我一个姓,月亮的月。"

"嗯,怎么了?"

严芳盯着那张面无表情的脸,嘲讽:"行啊,你现在大了,就装不认得我了。"

颜悦嗓子发干,桌上没有杯子,她舔了舔嘴皮,笑了一下:"那又怎样?你还能在李明面前认我?说吧,你是想从我这儿讹钱,还是要我帮你牵线傍个导演?"

她跷起二郎腿,看似轻松地靠在沙发上,和严芳并排坐着。

"你这叫什么话!我现在日子过得好好的,要你添什么乱!你还是多顾着自己吧!"

严芳的声音顿时尖厉起来,终于有了颜悦当年熟悉的模样。她用酒瓶敲着茶几上的小型手提箱,发出"铛铛"的响声:"这是我给你的。"

颜悦冷着脸不言语。

她见颜悦不拿,不耐烦地打开盒盖,金灿灿的色泽映在白墙上:"500盎司黄金,差不多100万美元,我只有这么多。你拿着它走吧,不要再出现在我们面前。"

这话像锥子一样刺痛了颜悦麻木的神经。她把那盖子拍上,忍不住叫出来:"我走?走到哪儿去?我身不由己,走得了吗?"

严芳厌恶地看着她,把酒一饮而尽,用方言骂了句脏话。

颜悦听懂了,气得直发抖,站起来往地上狠狠地啐了一口:"我恶心?是啊,我下贱!可你就有脸了?你生出我这样的女儿,把我像个物件一样送人,你就不恶心了?"

"你!"严芳怒火中烧,瞪着她把酒瓶往地上一砸,"你敢这样跟我说话?!"

"啪嚓"一声,玻璃碎了满地。

颜悦条件反射地往后退了一步,双手抱住肩。

严芳满意地扬了一下嘴角,冷哼:"我要是知道你是我女儿,能这么做?"

颜悦垂下胳膊,幽幽地望着她。

一时间,屋里陷入寂静中,窗外传来小贩吆喝卖水果的声音。

"你这是什么眼神?"严芳被她盯得发毛,也站起身,撩了撩丝袍,倚仗身高优势俯视她,"金了你不要就算了,你在打什么主意?"

颜悦还是沉默。

严芳的语气中带了一丝警惕,她问:"你不会还想留在他身边,不想走吧?"

她拍拍胸口,扭头看向窗外,深呼吸,好像急需新鲜的空气,一只灰鸽子触到她阴冷的眼神,"扑棱棱"从阳台飞走。

"我再给你转5万美元,再多没有了。"她与颜悦擦肩而过,打开大门,举手指着外边,"走。"

眼睛刺痛。

颜悦胡乱地抹了两下眼睛，干干的，没有一点儿水渍。她放心地笑出来："你怕了？妈——我这么叫你，你惭愧吗？"

不等严芳回答，颜悦走近几步凝视她，手臂抱在身前："当然是不惭愧的。你只要还剩那么一丁点儿良心，有那么一丁点儿当妈的自觉，就不会对我说出这样的话。你不是我妈，你是李明的姘头！"

颜悦用手戳着她的胸口，继续道："你怕我把你辛苦找来的男人抢走，是不是？你看他经常找我，怕我比你年轻、比你漂亮，李明会厌倦你，收回给你的钱、给你的首饰，还有他装模作样的甜言蜜语……你是有多害怕啊，才会这么急着把我赶走！"

严芳"啪"地打掉她的手，气极反笑："你懂什么？！我已经跟他五年了，你才认识他多久！"

"五年不也把你赶到这种旧房子里吃灰吗？他厌烦你这个50岁的老女人了！"

听了这话，严芳双目圆睁，鼻孔里发出"呼哧呼哧"的声响，像只暴怒的母狮子。她指着颜悦，手颤抖着，终究没把那一巴掌扇下去。

她转身从沙发上拿起包，从里面掏出个东西，握在手里示威似的挥了挥："你胡说八道什么？！你什么都不知道！他把身家性命都交给我保管了，要不是这里清静，我才不来这套房子！我在布宜诺斯艾利斯有三个别墅、五个公寓，我犯糊涂才来这个西班牙老鬼的脏窝里躲着！"

她嘲笑："你一个二十几岁的小崽子，痴心妄想攀高枝儿，还嫩着呢！"

从她拿出那个黑色的小玩意儿起，颜悦就移不开视线了，好不容易在晃动中看清是个U盘，好像刻着什么字。

那是……？

还好她没放在保险箱里！

这神情看在严芳眼里，就是震惊到呆住了，她继续得意地说道："爱德华不是那种喜新厌旧的人，我是跟他最久的，看得最明白。我2005年出国，到现在17年了，吃尽了苦头，总算混成现在这样，我可不会让好机会溜走。"

她看着如花似玉的女儿，一丝警觉又出现在脸上："你不要打他的主意，懂吗？啊，也是，你都习惯了，对吧？可惜爱德华离开中国太久了，要是你来南美，倒是可以问他要点儿资源，国内他真不熟。"

颜悦只觉得全身血液直冲天灵盖，呼吸急促，四肢都在愤怒中麻木了。

"谁都可以这么说我,谁都可以……"声音颤抖着,颜悦终于控制不住尖叫出来,用尽全力摇着她的肩膀,一下子把她推到墙上,"只有你没资格!"

"我小时候你是怎么养我的?我才五六岁啊,你挣了钱就去买酒,喝了酒就打我,我才那么点儿大啊!

"你带我去我爸的葬礼,要我讨人喜欢,多要点儿礼物,那个男的对我说什么你都装聋,转身就走!有人来跟他说话,我趁机跑了,空手来找你,你把纸杯里的茶泼到我身上,说生了我没用!"

她拽起严芳的手指,摸自己的脖子:"妈,你摸到了吗?就是这儿,好烫啊,十几年都好不了。我睡不着啊,我老是梦到你揍我的样子,你一出现我就认出来了……这些年你有想起我吗?你知道我过的是什么日子吗?你出国了,穿金戴银吃香喝辣,我呢,偷鸡摸狗,好不容易进了娱乐圈,又是一场噩梦!我有钱了也还是吃不饱啊!"

额角青筋都暴了起来,她声嘶力竭:"你没资格教训我,是我不想找别的工作吗?是我不想读书大学毕业吗?是我不想吗?!但凡我有个正常的妈,穷点儿也不要紧,我有手有脚,我可以一个人养活两个人,可老天不给我机会啊!大冬天,12月,你把我一个人丢在街头,让我自生自灭,我太饿了,偷东西进了少管所,出来他们要把我送到儿童福利院。我不想去,再也不想被人摆布了,逃走了,还好有老乡开店收留我,给我一口饭吃。我就算是个畜生,也知道人家养我,我要干活儿报答,可在那地方我能干什么?他们能教我什么?不过是混饭吃的本事罢了!我只想一天天地活下去啊!"

干涩的眼睛流不出一滴泪,她就这么直勾勾地看着严芳,像来索命的游魂。

严芳靠在墙上,避开那血淋淋的眼神,用力地推开她,半晌,开口道:"除了这些金砖,我再给你10万美元,够补偿了。以后不要让我再看到你。"

颜悦"哈哈"大笑。

这凄凉的笑声刺破鼓膜,龙卷风般在楼道里扫荡,"啪嗒"的一声,扫帚倒了。

颜悦回头,有人站在门口。

"对不起,打扰了。"乐茗安静地垂着脑袋,扶起扫帚,"玛丽亚,李先生让我来给你上课。"

严芳掏出棉质手帕,擦去脸上的汗。她想起来了,自己昨天才跟李明说这段时间住在公寓里有些寂寞。

看来他还是很把自己的话放在心上的。

她笑了，给客人倒了杯茶："乐老师，你进来吧，先坐，钢琴在那儿。"

乐茗走进来，始终低着头。

"喂，这箱子太重了，我拿不走。"颜悦看了看乐茗，平静下来，转身对严芳道。

见她肯收，严芳松了口气："我给你拿个登机箱。"严芳说完便走回房间。

包在沙发上放着。

颜悦咬牙盯着它，往前走了一步。

要现在偷吗？

严芳要是发现U盘没了，就会告诉李明。李明知道，绝对会跟黎珠说。

"颜小姐，我刚来，什么也没听到。"乐茗轻声道，打断她的思考，"黎总在剧组里发火，你还是快回去吧。"

颜悦突然握住她的手。

乐茗很不适应这样的接触，缩了一下，可颜悦握得紧紧的。

"她知道李明和你的关系吗？"

"我不明白你在说什么。"

因为吵架太激动，颜悦的手很热，但声音格外冷静："你是新手，我是老手，一眼就能看破。"

乐茗使劲地抽出右手。

颜悦指了指乐茗的新项链，有价无市的玻璃种翡翠，不是一般人能弄到的："我记得你说想挣自己的钱，还作不作数？"

说罢，她便闭了嘴，望着沙发上的包。

这时严芳拖着登机箱出来了："你自己装吧，没密码。"

颜悦抱起装着十几公斤金砖的小箱子，气喘吁吁地放进登机箱里，拉上拉链，费劲地竖起来，拉着拉杆就走。

乐茗不知道里面是什么，跟上去："太重了，我跟你一起抬下楼梯吧。"

"不用，她力气可大了，一个人行。"严芳摸着撞在墙上的肩膀，阴阳怪气地说道。

"还是……"

"好吧，乐老师，我等你回来。"

"你这箱子里装什么了？这么重。"

江潜单手提起20寸的登机箱，上下掂了掂，箱子还是四年前出差时用的那个，上面的草莓贴画已经褪色了。

"就是电脑啊，烧水杯啊，吹风机之类的。"余小鱼叉着腰，"江老师，你以前拎它的时候都不嫌它重。"

江潜无奈："那些生活用品不用带，我们不住酒店。"

"你不是说可以去好几个国家玩吗？"

"嗯，我们住在家里。"

一听这话，余小鱼就知道自己肤浅了。

他在南美三年，做的还是房地产生意，肯定在当地有房，听他这意思，是每个国家都有房子。

有钱人的世界她不懂。

她决定把他上次给的那张打印的房产清单找出来，对着看一下，然后再规划旅行路线。

她跟公司领导请假很顺利，签证也加急在办，下周五走，2月4日回来，5日还能和家人过元宵节。她整天就乐呵呵地念叨这事，离上飞机还有好几天时间，就已经把随身行李收拾好了，还差个要托运的大箱子，她准备少装点儿衣服，多留点儿空间装纪念品。

这是她第一次出国呢，而且是和喜欢的人一起！

今天是腊月二十四，南方小年，过了11点，两个人就去江家别墅吃午饭。厨师休假了，江铄起了个大早，调了三盆馅儿，在厨房里包饺子。

"你不去帮你爸啊？"

"我一上手他就要训话，跟副驾驶位坐了个教练似的，就不能让他看见我干活儿。"

同一个世界，同样的家长。余小鱼非常理解。

江铄干活儿很利索，不一会儿饺子就包好了。还剩大半碗香菇木耳丁，他焯了一袋马兰头，切碎混一起拿香油拌好做了春卷，放在冰箱里冻着。

他还一边做一边数落儿子："养你有什么用，回家就知道看手机，背后说你老子坏话！能不能成熟点儿？人家小姑娘都知道哄我开心。"

然后江铄解下围裙，掏出一个印着生肖兔的红包，眉开眼笑地说："孩子，拿着啊，留着当零花钱。"

余小鱼瞅瞅江潜，小眼神被抓住了。

"你别看他，叔叔给你的压岁钱，跟他没关系。"

她甜甜地笑:"谢谢叔叔。"

这个红包轻飘飘的,摸起来很薄,余小鱼收了塞进包里,偷偷问江潜:"你爸80年代上的大学,是不是年轻时很文艺啊?"

江潜在微信群里发红包:"没有,他就是一个乡下人。怎么问这个?"

"你说他会不会给我写了封信,塞到里面……"

江潜拍了一下她的头:"想什么呢。"

"你拍人家的头干吗?该长不高了!"江铄瞪他,"手机搁一边去,吃饭了。要不要辣子?"

"要。还要腊八蒜。"

"要就自己舀,还要我伺候你?"

江潜把手机一扔:"你吃没吃降压药,火气真大,就这样晚上去人家吃饭?"

"我睡一觉血压就下来了。"江铄笑呵呵地给余小鱼盛饺子,又把调料小车推过来,"牛肉大葱的、三鲜的、酸菜猪肉的,尝尝看。叔叔不知道你的口味,要香菜、蘸料自己加啊。"

三种馅儿的饺子用了三种包法,余小鱼夹了一个柳叶饺,咬了一口,油汁扑了出来,葱香四溢。

"叔叔,你做的饺子比饭店做的还好吃呢!"

江铄高兴:"是吗?趁热多吃几个,蘸点儿喜欢的料。"

江潜吃着自己碗里的饺子,眼睁睁地看着余小鱼拿了一瓶酱油、一瓶番茄酱,倒了点儿在调味碟里,津津有味地吃起来。

他跟他爸对视一眼,不约而同地沉默了。

"南方人的口味真创新啊,哈哈。"江铄好半天才说。

希望晚上去亲家那里不要吃到什么奇奇怪怪的东西……

事实证明江铄多虑了。

下午4点江铄拎着冻好的春卷,跟两个孩子去鸿运来,余妈妈已经准备好了粤式茶点,让余小鱼的小表弟端上桌。

什么黄金糕、马蹄糕、萝卜糕,口味很正常,没有"创新",就是甜了点儿。

余家在银城如今只有五个人,都来齐了,余妈妈买了好些生猛海鲜,在厨房里忙活,舅舅舅妈陪着江铄说话,小表弟缠着江潜帮他做数学题。

余小鱼进厨房给她妈帮忙,不一会儿就摸着鼻子回来了,跟江潜说:"果然不能随便干活儿,我一拿刀,我妈能从我动手能力差上纲上线到在职场不会看领导眼色。"

江潜伸手一捞，把她拉到腿上："那换换差事，你来辅导张嘉信，我去厨房。"

然后他吻了她一下，站起身就走。

"啊啊啊，你不能这样！"余小鱼要抓狂了。

"姐，你迟早得辅导小孩儿做作业的。"张嘉信拿着铅笔，语重心长地说道。

"我才不！让他干！"

张嘉信把作业本合上，神秘兮兮地问："你们准备什么时候生宝宝？"

余小鱼一个头两个大："怎么乱问，婚都没结呢！"

"迟早的事嘛，家长都见面了。"

"那也不一定要生吧……"思绪飞了一下，她下意识地看向厨房，江潜正撸起衬衫袖子洗菜，跟她妈有说有笑的。

他好像不想要孩子。

因为他遗传了他妈妈的悲伤乳头综合征。

但对她，江潜这个病是很少发作的，以后说不定能治好……

余小鱼甩甩脑袋：她在想什么呀，还远着呢！

张嘉信托着下巴："姐夫那么帅，我要是有小外甥女，那得多好看啊……"

"像我就不好看了？"

"那更好啊，长得像你比较招桃花。"

余小鱼笑着弹了一下他的脑门儿："就会贫嘴！"

她还是很喜欢小宝宝的，家风如此，全家人走在路上看到小婴儿都要逗两下。

一大一小不做作业，拿着手机打游戏，打完两局，饭也做得差不多了，余妈妈喊她端碗筷。

因为小情侣要在国外过春节，小年夜的饭菜特别丰盛，鸡鸭鱼肉摆了一桌，余妈妈还把亲家带来的春卷蒸了一盘，大家拍了好几张照片，举过杯就开始吃了。

余小鱼坐在妈妈旁边，特别有自豪感，她虽然不会做饭，但有个全能的妈，什么菜都会做。

江铄催婚心切，不摆半点儿架子，舅舅灌了他三两白酒，到后面江潜代他喝了。一顿饭其乐融融，到了8点多，大家酒足饭饱，舅妈和小表弟把桌子收拾干净，拿出余家准备好的一箱自己种的苹果和一箱淡干海参，不是什么贵重的礼物，聊表心意。

江潜有了醉意，在院子里吹风醒酒，余小鱼给他送来酸梅汤。他不要汤，就要抱着她，不撒手。

"松开，人家看到了。哎哟，汤洒了……"

她努力把汤递到他的嘴边。酒喝多了，他就比平时话多，握住她的手腕，笑："小鱼，我没醉。"

"知道，快喝。"

"我们……"

"嗯？"余小鱼等他说出那两个字，但他好像突然醒酒了，没往下说，坐在石墩上，就着她的手把酸梅汤喝完。

她有点儿失落，转移话题："我要不要跟我妈说，你爸给了我多少压岁钱啊？这是把下一代的压岁钱都给了……"

江潜就含笑望着她，拉着她的手，不说话。

"我还是第一次见到支票！"

她吃完午饭就忍不住拆了红包，里面并不是富有文艺色彩的信，而是一张5万面额的个人支票。

"他想送车送房，怕你不收，才给了一点儿压岁钱。"

"这是一点儿吗？"余小鱼匪夷所思。

江潜捧住她的脸，亲了一口："我们小鱼配得上一切好东西，一张支票算什么！以后我给你……"

"哎呀，你别说了。"余小鱼脸红了，牵着他回屋里。

"小鱼，我好开心。"

北风呼啸着刮过小院，她忽然听到耳畔传来低低的声音。

他的话暖如篝火，照亮了这个寒夜。

第十三章
阿根廷度假

阿根廷首都布宜诺斯艾利斯位于南美洲大陆东侧,西接物产丰饶的潘帕斯草原,北临拉普拉塔河,与乌拉圭隔岸相望。布宜诺斯艾利斯是全球重要的港口城市之一,这座有"南美小巴黎"之称的城市自16世纪建立以来就船运发达,贸易兴盛,市区生活着300多万欧洲移民的后裔,五彩斑斓的街头彩绘和热烈奔放的探戈舞为它增添了浓郁的艺术气息。

此时正值一年中最热的时节,余小鱼一下飞机,就被扑面而来的热浪熏了个趔趄。她和江潜、夏秘书从法兰克福转机,上飞机前还是白雪纷飞、天寒地冻,半天之后,已经在赤道以南汗流浃背了。

她从来没坐过这么长时间的飞机,总共30个小时的航程,躺着也睡不着,只能闭着眼睛休息,双脚一落地,困意就无法抵挡地袭来,填入境单都拿不稳笔。

还好过海关排队不长,两个小时后,三个人顶着烈日出了机场,子公司的车早就等在外面了。从埃塞萨国际机场进市区开了一个小时,余小鱼蔫蔫地窝在后座上。虽然困得要命,但窗外喧闹嘈杂,她只能揉着眼睛,试图让自己清醒一点儿。

江潜把她揽在怀里,手指在车窗上点着:"我们走的是五月二十五日大道,那一片种的是塞波树,城市的绿化是不是很好?"

城区绿树成荫,街头巷尾开满了五颜六色的鲜花,一路行来赏心悦目。大道两旁遍布咖啡馆、餐馆,人来人往的商业区十分热闹,随处可见短袖短裙的青年在马路边吃冰激凌。

车从国会广场附近的立交桥拐进七月九日大道，余小鱼立刻被眼前巨宽无比的一条路吸引了目光。

"这是世界上最宽的马路，有18个车道，今天还行，不堵，过节的时候全是人。"

大道纵贯蒙塞拉特区，车子一路向北，依次经过方尖碑、哥伦布剧院，司机指着外面："余小姐，你往右看，我们公司就在圣菲大街上，旁边有家摩根士丹利，往东走几百米就是圣马丁广场，这几天可以让江总带你散散步。"

"好呀！"

江潜揉揉她的脑袋，说："有精神了？"

她一头栽倒在他的肩上："还是好困……"

"坚持到晚上再睡，时差就倒过来了，好不好？"他亲了亲她的额头。

副驾驶座上的夏秘书也打了个哈欠。她一个月之内倒了好几次时差，过年还加班，不多给点儿补助，这工作没法儿干了。

好在江潜是个有良心的老板，吩咐司机："先把夏秘书送到柏悦酒店，然后再去别墅。"

"小花姐，你这几天忙不忙？"

夏秘书笑道："这要看情况。我住的那条街有很多高档品牌店，要是不加班，可以陪你逛逛。"

江潜看了她一眼，她心领神会地点了点头。

放心，她一定不会当电灯泡，下班就自个儿歇着。

10分钟后，车停在阿尔维尔街上的酒店门口，夏秘书下了车。

酒店所在的雷科莱塔区是传统的富人区，香水店、高奢店鳞次栉比，到处是拎着购物袋的有钱人。棋盘状的街区十分规整，七拐八绕往西走，经过公墓，往南几百米就是别墅区，林荫道边的小楼洁白典雅，掩映在茂盛的玫瑰丛中，隐约能听见犬吠。

"就是这里吗？"

"嗯，你要打出租车就记住赫拉斯地铁站，走几步就到了。"

这个街区地段极好，往北有阿根廷国家图书馆和艺术博物馆，往南有医院，周边吃饭、购物的场所一应俱全，西边就是夜生活丰富的巴勒莫区。

下了车，余小鱼深呼吸几口，带着花香的清风冲散了些许疲惫。

难怪这座城市的西班牙语名字是"好空气"。

别墅半年没人住，由管家定期打理，知道江潜要回阿根廷度假，管家提前买好了生活用品。房子从外面看是一座典型的欧式独栋别墅，进了家门却是新潮简约的设计——和他在银城的公寓一样，黑白色调为主，缺乏装饰品。

管家是当地人，一见面就热情地给了余小鱼两下贴面礼，然后用口音浓重的西班牙语跟江潜说了点儿事。

江潜回管家几句，带着余小鱼来到一楼后院，蓝色的游泳池边趴着一个褐色的大家伙。

"江老师，你还在阿根廷养猪啊？！"

那只毛乎乎的"猪"听到声音，懒洋洋地回头瞥了她一眼，扭头继续泡在水里晒太阳。它头顶站着只喜鹊，正在薅毛做窝。

江潜笑道："这是水豚，最大的啮齿动物，邻居出差了，暂时放在这儿养着。"

"水豚居然跟小猪一样大！我从来没见过……"

他牵着余小鱼的手，蹲下身，给它闻了闻。水豚太懒了，一点儿也不想动，她轻轻地在它身上挠了挠，它"啪"的一声倒在地上，舒服地眯起小眼睛，翘起四只黑色脚蹼，露出圆滚滚的肚皮。

喜鹊飞到石榴树上鄙夷地看着。

"三年前一个委内瑞拉客户请我吃饭，吃无花果烤小水豚。我看不下去，就把它买了下来，打过疫苗放在家里养着，回国前送给邻居了。它叫奇力（Chili），是个温顺的好'姑娘'，虽然是群居动物，但不喜欢和同类待在一块儿。"

"那你还叫人家小辣椒？"

"第一次见，它在厨房里啃了我的右手。"江潜挑眉。

余小鱼好奇："怎么想到要救它？你吃小猪小羊也没同情它们啊。"

"客户跟我说，大斋节期间，这东西是当鱼吃的。"他意味深长地道。

余小鱼眨眨眼："我什么都没听懂，什么都没听懂……"

布宜诺斯艾利斯东北的巴勒莫公园中，有一汪蓝莹莹的湖。

黄昏时分，最后一抹火烧云从西边褪下，天空透出奇妙的淡粉色。余晖柔柔地洒在湖面上，若是仔细看，水中黑色的礁石正在缓慢地移动。

晚风中飘来优美动听的旋律，湖畔的玫瑰花园中，有一名年轻的姑娘正在弹奏钢琴，她穿着纯白的衣裙，除了长发上的一个蝴蝶夹子，全身再无多余的装饰。大概是她弹得太好听，岸边一个"礁石"竟然伸开四爪，晃晃悠悠地走了过来，最后安静地趴在离钢琴 3 米远的台阶上，露出万分享受的表情，仿佛陶醉在这迷人的乐曲中了。

"卡！"导演喊。

颜悦舒了口气，站起身，把钢琴上放着的半个苹果往那儿一丢。

那只黑乎乎、湿漉漉、体长近 1 米的水豚更加陶醉了，"咔嚓咔嚓"地咬着苹果，吃得很香。

水豚身后是一面茂密的玫瑰墙，开满了粉白、鹅黄的花，挡住众人的视线。此时墙后走出一个拿着琴谱的女人，导演和她说了几句。

"颜小姐，这条过了，他说你刚才的手型摆得很好，看不出来不会弹琴。"乐茗来到三角钢琴边。

这部电视剧是现场收音，为了增强真实效果，剧组找了人现场弹琴配乐。

"辛苦乐老师了。"颜悦笑盈盈地说道。

她转身看着朝自己挪动的几只动物，又低低地骂了一句："什么脑残作者写的小说，人家弹琴引蝴蝶，她写引水豚。拍十几遍才过，老娘都累死了，傻水豚，猪一样。"

听曲子的水豚爬到她的脚边，她打开琴凳盖，拿了一截备用的甘蔗，撕掉保鲜膜蹲下身喂它，揪着毛撸啊撸："小傻子，替我多吃点儿。"

那边助理喊了一声，颜悦连凳子都没来得及合上，把甘蔗留给它啃，甩甩袖子快步走过去，又不爽助理看自己笑话，使唤助理跑腿去买柠檬苏打水。

遮阳伞下，黎珠冷着脸端坐，最近她的心情非常不好，动辄就开骂。

颜悦不想在这个时候惹她，把头一低，装乖巧。

"这几天态度还算可以，但你仔细地看剧本了吗？刚才那个镜头是怎么回事？最基本的台词还念错！……"

黎珠数落了十几分钟，终于骂完了。颜悦点头如捣蒜："您说得太对了，就是这样，我下次一定改。"

旁边有人提醒时间，黎珠看了眼手表："今天的戏拍完了，你回去好好琢磨。我对你严，是为你好，像你这样没整容过的演员少，整过的脸都僵了做不出微表情，你要利用好你的优势。"然后她就把包给保镖拎着，利落地上车。

今晚她要和海珠网的几个客户吃饭，他们来南美看完别墅和酒庄，定下来要买。这件事办完,赵家与这几个客户的关系就能更近一层,想移民到海外的富豪很多,背景深厚,即使李明那边不能帮赵竞业,也有其他路可走。

颜悦看着她的豪车消失在玫瑰园中,环顾四周,大家都在收工,只有导演还在跟摄像师讨论明天的安排。

她在人群中锁定乐茗,悄悄地走过去,拍了乐茗一下,指着小树丛:"乐老师,我想跟你再说说,去那边?"

乐茗摇摇头:"我赶时间,晚上还有一节课要上。"

颜悦咬了咬唇,这女人真是油盐不进。之前颜悦在严芳的公寓里跟乐茗套近乎,贿赂都拿出来了,可乐茗一问三不知。

放屁!

颜悦觉得她肯定听到了一些,她就在门口站着,至少知道严芳跟自己的关系。

她就是胆小,怕惹事。

颜悦不是个耐得住性子的人,拉住乐茗:"我知道,是李明逼你的,你想离开他。"

"你在说什么?我听不懂。"乐茗语气平和地道。

"严芳随身携带的包里有个东西,只要我拿到,李明就完蛋了,你相信我。他背后有人,我背后也有人,你听说他弟弟最近被盯上了吧?"

"没有。"乐茗依然很平静。

一只水豚凑到乐茗身边,把她的腿当成树干靠着。她俯身摸了摸它的下巴,它享受地瘫在地上。

颜悦不死心:"乐老师,你要什么条件,跟我说,能做到的我绝对帮你,我做不到的,叫朋友帮你。你离开邓丰跑到巴西定居,不就是想和过去一刀两断吗?你现在又在干什么?和以前过一样的日子?"

乐茗皱了皱清秀的眉头:"你怎么知道邓丰?"

"我还知道他老婆在公司闹得天翻地覆。"

乐茗淡淡地说道:"他已经跟我没关系了。"

"乐老师,你只要帮我把严芳包里那玩意儿拿出来,我……哎!你别走啊!"

"我不会跟别人说。颜小姐,你也别再找我了。"

乐茗转身,水豚也立起四肢,她轻轻伸脚将它拨开:"这只饿了,你拿点儿水果喂它吧。"

然后乐茗头也不回地离去。

颜悦恨铁不成钢，踹了一脚灌木丛，也不敢大声骂："胆子比兔子还小！"

难道自己真的看错了？

但乐茗那天在别墅里的眼神，说的那句话，颜悦太懂了。

乐茗是个吃过亏、有文化的人，那么就不会甘愿一辈子当笼中的金丝雀。

如果有选择……

如果有……

颜悦看着原地打盹儿的水豚，拍拍它的大屁股，叹气："你多舒服啊，在动物园里整天吃了睡、睡了吃，不像你的亲戚，被人做成菜端上桌。"

水豚睁着一双黑亮的杏仁眼，静静地望着她。

她发自内心地疲惫，茫然不知接下来要怎么办，向前走了几步，这猪一般的动物还跟在后头。

整个片场都在忙碌，无人注意她这个每天都挨骂的女主角。颜悦既轻松又失落，把水豚招呼到玫瑰花架下，打开琴凳，拿着果盘往地上一撒："都给你，明天我就不来了。"

"咚"的一声，有什么和苹果一起砸在地上。

颜悦一个激灵，赶紧捡起来，那一瞬她以为自己看花眼了。

手里这个东西，不就是严芳从包里拿出来炫耀的"身家性命"吗？

怎么会出现在琴凳里？

左右无人，她小心翼翼地吹了吹上面的浮灰，上面刻着"LI MING"的字样。

裙子上没口袋，她就塞到胸罩里，站在那儿发了好一会儿呆。

这是……？

黎珠教训她那会儿，乐茗在这儿喂水豚。

这个东西这么容易、这么轻松就到了手上，颜悦感觉自己在做梦。

"好家伙！"她跺了一下脚，"乐老师，还是你牛！"

真是人不可貌相啊！

终于撑到了来阿根廷的第一天晚上，余小鱼在别墅里草草吃了几口饭，洗了个热水澡，躺上床。

江潜去健身房了。她实在困得不行，打开空调先睡。床和银城公寓里的是同款，她一闭眼就不省人事，不知过了多久，黑暗里的声音把她吵醒了。

余小鱼睡眼惺忪地按亮手机，才9点多，身边空荡荡的。

"吱呀——"

门开了。

余小鱼坐起来，在床头柜上摸保温杯，防备地攥在手里。

一个黑影从门外移了进来。

不大。

她松了口气，打开台灯，房间骤然亮了，那只胖乎乎的动物正端坐在门口，无辜地望着她。

"奇力，你怎么进来了？你不是在游泳池里睡觉吗？"

水豚在光滑的瓷砖上趴下来，闭上眼。

"哦！一定是空调房里凉快。"余小鱼跳下床，怕冷风把奇力吹感冒，双手把它挪到窗边，"好了，睡吧。"

她闻了闻手上，没味，这个"小姑娘"挺干净的。

水豚好像不喜欢这个位置，慢腾腾地朝床走去，余小鱼觉得从它的耗子脸上看出了一丝精明。

"呃，你不会还要被子吧？你身上都穿着毛大衣。"

水豚站起来，足有半米高，余小鱼目瞪口呆地看着它毫不费力地爬上床。

柔软的床垫往下一沉。

"这是我的床……下去！下去！"

地板光滑，摩擦力小，可上了床的水豚，她根本推不动，费了九牛二虎之力也没能把它弄下去，只能气鼓鼓地坐在被子上干瞪眼。

它硕大的头枕着小爪子，睡在软乎乎的被窝里，十分安详。

"好吧，我可不下去，这关乎人类的尊严。"

余小鱼把灯一关，重新躺下。

奇力浅浅的呼噜声传来。

她在沉入梦乡之前，忽然想到一个问题——江潜养它的这三年，不会也是这么睡的吧？！

晚上11点，江潜开完会，披着睡袍走进卧室里。

感应壁灯亮了，柔和的光线照在床脚上，他毫不意外地看见床上睡着两个小家伙。他们挨得很近，都快抱在一起了，她的头发散乱地搭在水豚浅褐色的干燥的皮毛上，让他觉得自己格外多余。

江潜当初把它养在家里，就发现它很怕热。夏天外面温度太高了，一直泡在水池里也吃不消，它是个聪明的哺乳动物，会偷偷开门溜到屋里来吹空调。吹了还不满意，它要找个软和的地方躺着。他第一次从睡梦中惊醒，发现自己枕边睡着个什么玩意儿，冷汗都下来了。

他有种上辈子作了孽的感觉。

江潜走过去，将水豚一抱，它还没醒，在他怀里打呼噜。

他单手从柜子里拿出一床蚕丝被，铺在地上，把奇力一丢。

"以后不许上床。"

奇力被弄醒了，脾气仍然很好，细声细气地叫了一声，水汪汪的黑眼睛看着他，好像在说："哥哥，你现在怎么都不让人家上床睡了呢？"

江潜躺到水豚睡过的被窝里，把空调温度调低，抱着余小鱼睡了。

"江老师……"

"嗯？吵醒你了。"江潜吻了一下她的鼻尖。

"你以前是不是都抱着它睡的……"

"没有。"

"瞎说……它抱起来好舒服……"

说实话，江潜也感觉很舒服，就是毛硬了些。

他斩钉截铁地说道："我没那个癖好。睡吧，明天带你出去玩。"

一觉睡到10点多，余小鱼觉得自己的时差倒过来了。她坐起身，发现床上的水豚不见了，江潜也不在屋里。

拉开窗帘，盛夏的阳光从落地窗外射进来，充满了整个屋子，照亮了地上铺的发皱的薄被。窗外就是清澈的蓝色游泳池，池边有一顶大遮阳伞、一张沙滩椅，水豚正在有假山和水草的小区域里泡澡。

看来它夜里是被搬下床睡觉了，睡醒后自己跑出去。

"美好的一天开始啦！"她打开窗，忍不住伸了个懒腰。

这栋别墅被设计成"U"形结构，卧室处在弧度的中央，站在落地窗前可以看见两侧的房间。左边的饭厅里，管家正在把装着菜肴的盘子端上桌，右边的工作室里，江潜坐在电脑前，像是在开会。

厨房的窗子开着，食物奇异的香气飘过来，余小鱼的肚子嘹亮地叫了几声。她踩着拖鞋快速地去浴室里刷牙洗脸。

睡了15个小时,她快饿死了!

由于他们起得太晚了,管家做了一顿特别丰盛的早午餐,还铺了一条印着国旗的蓝白桌旗,摆上各种漂亮的餐具。

管家只会简单的英语,两个人用手势比画一通,倒也互相能懂。余小鱼知道了,原来,管家看她是第一次来阿根廷,特别想给她秀一手当地特色菜,所以起了个大早,去菜市场采购了最新鲜的果蔬和肉,恨不得全塞进她的肚子里。

管家做完饭就要走,她儿子在国家青年人足球俱乐部里踢球,周末有比赛。

"我儿子踢得好,想去巴塞罗那。你知道吗?巴塞罗那。"她自豪地说,

她拎起桌旗的一角,余小鱼才发现这块布中间是阿根廷国旗,垂下来的末端印着世界杯的标志,还有某个著名球员抱起大力神杯的照片。

"知道!"

"中国的足球怎么样?"

余小鱼打了个哈哈:"踢得和水豚一样好。"

管家表情遗憾地走后,余小鱼去工作室叫江潜吃饭,结果他还没结束会议。

余小鱼一个人兴致勃勃地坐到饭桌前,给自己系了条雪白的餐巾,右手拿刀左手拿叉,像汤姆猫看到小鸭子一样眼放绿光。

最中间是个长方形餐盘,用绿色生菜和切成瓣的牛心番茄围边,中间放着八串烤肉,垫着洋葱圈、酒腌青橄榄和火腿薄片。剔了骨的各种肉被剁成大块,串在长长的签子上,用炭火烤到焦黄流油,有的撒上了红色的辣椒粉,有的涂抹着用欧芹、牛至、蒜末、油醋汁混合成的奇米丘里酱,还有的是用胡椒和盐腌制的原味。她迫不及待地抓了一串,大口咬下去,奶香奶香的肉汁在嘴里爆开,鲜得舌头都要化掉,潘帕斯草原出产的优质牛肉即使不蘸任何酱,烤出来单放盐也很好吃。

餐盘周围放着六个银质点心盘,呈半月形摆开,里面装着各种小吃,都是两人份。最左边的盘子里是巴掌大的炸菜合子,不过里面不是韭菜鸡蛋粉条,而是用辣椒和孜然调过味的土豆牛肉馅儿,相当符合中国人的口味。紧挨着的是四寸比萨形状的普罗沃莱塔奶酪,撒上香草碎烤到表面焦脆,是纯纯的热量炸弹。再右边是朴实无华的炸油饼、羊角面包、用鹰嘴豆和菠菜做成的薄饼,还有裹着椰子粉的焦糖牛奶夹心饼干。

又是脂肪又是碳水又是糖,哪有不好吃的道理?余小鱼每样吃了一点

儿就七分饱了，又啃了四个大烤串，觉得这顿饭吃完到晚上都不用吃了。

她打了个饱嗝儿，拿起左手边精致的筒形锡壶细细观赏，上面雕刻着配有枪炮的西班牙人征服南美沿海的图案。马黛茶浓郁的香气从壶口飘出来，里面还插着两支银质吸管，末端有细网过滤茶叶。她吹了吹热茶，小小地吸了一口。

"呸！"

苦得她喷了出来。

她倒了点儿在茶杯里，放上一片柠檬、些许蜂蜜，这才能喝进去，嘴里还有些回甘。

这茶倒是挺刮油的。

江潜终于开完会出来了。他今天穿了一件长及脚踝的墨蓝色长袍，胸口敞开，腰间松松地系着一条金丝带，沐浴着阳光出现在走廊里的时候，余小鱼眼睛都移不开了。

"早午餐味道怎么样？"

"你开会开摄像头了吗？"

"不穿正装就不开。"江潜坐下来，诧异地看着她。

余小鱼很满意这个回答，把盘子推到他跟前："管家手艺超级棒，我已经很努力在吃了。"

说着她又打了个嗝儿。

她撑得坐不住，站起来捧着茶杯："江老师，我们今天去哪儿玩啊？"

江潜用吸管吸了口马黛茶。煮得这么浓，她肯定加糖了。

"吃撑了就沿着七月九日大道逛逛，有可以拍照的建筑物。"

"你的工作都解决啦？"

"不解决怎么办，没法儿陪你玩。"

余小鱼"嘻嘻"一笑，在他脸上亲了一口："多吃点儿啊，逛街很累的。"

江潜想着他确实要多吃点儿，早上教大区经理婉拒那几个想买房子的人，教得很费劲。那些人是和黎珠一起来南美的，背景不俗，现在这个节骨眼儿上，恒中不能沾染任何与赵竞业、李明那一派有关联的人。

三年来，这边的 HENZ 项目做得很规范，同时作为海珠网的移民投资标的之一，他暗地里搜集了一批证据和信息，已经足够了。

所以，现在没有必要再冒险和他们谈买卖，要做的是明哲保身，把恒中摘干净。

"江老师，你吃呀。"余小鱼把炸菜合子、奶酪饼、面包、饼干一股脑儿倒在烤串盘里。

江潜哭笑不得地道："这些是给你准备的，我也吃不完，剩下的放在冰箱里吧。"

又是脂肪又是碳水又是糖，哪有全部吃完的道理？平时他的早餐就是酽茶加鹰嘴豆菠菜饼，配几片火腿，这么多肉类都是放在午餐吃的。

余小鱼显然和他想法不同，她觉得这么好吃的东西不当天吃完简直太可惜了，拿了几个保鲜袋，把点心都装进去，准备带着路上吃。

"明天我一定少吃点儿。"她信誓旦旦地自言自语。

巴西，萨尔瓦多。

这座古城位于南美大陆延伸出的一个半岛上，濒临大西洋，是16世纪葡萄牙人来到这片土地后建立的第一座城市，城中小巷四通八达，保留着大量文艺复兴和三角贸易时期的遗迹。由于建在山丘之上，陡峭的山坡将它分为上、下两城，下城在旧时是商人和平民的住所，上城则矗立着巴洛克式的典雅建筑，其中一部分如今已成为各国大富翁的度假别墅。

日影西斜，一架直升机飞越托多斯桑托斯海湾，在深蓝色的海面盘旋一阵，接着便飞往上城区，在一栋私人别墅的屋顶上停下。

黎珠摘了墨镜，走下飞机，长鬈发在海风中如旗帜般飘荡。她穿着黑色的防风衣和牛仔裤，头颈轮廓在夕阳中形成一个完美的剪影，飞行员看直了眼，依依不舍地同她告别："再见，美人。"

"谢谢。"

褐色皮肤的当地用人等在天台入口，依次手捧鲜花、毛巾、置物架，听见她会说葡萄牙语，都彬彬有礼地向她问好。

黎珠出生在中国澳门，祖母是葡萄牙人。黎珠小时候在西班牙上学，后来家道中落，回国进入演艺圈谋生，汉语、英语、葡萄牙语的作品不知拍了多少。这次南美之行，剧组里只有她不用请翻译。

用人引她走入别墅大厅，丰盛的晚宴已经准备好了。新鲜的贻贝和巨大的龙虾装在长桌中央的银质塔状托盘中，周围用古董瓷器盛着肥嫩的烤鸡、下午刚钓的石斑鱼和会走路的海胆，山珍海味与当地的特色菜摆了满满一桌，供八个人享用。

赴宴的人里有黎珠陪同看房子的客户，也有没见过的，长桌主位上坐着李明，神情与上次在烧腊店里比起来严肃了许多。

"各位到齐了，就开始吧，都别拘着。"李明举起水晶酒杯。

黎珠是最后一个到席的，由于是在场的唯一的女士，座位被安排在李明左边。众人举杯之后，她笑着给李明介绍海珠网的客户，又简明扼要地说了一下公司的移民业务。李明也指着一个人道："这位是唐老板，你没见过他。他儿子我们都认识，就是阿根廷的小唐。"

"原来是唐顺鑫先生的父亲，久仰。"黎珠敬了他一杯。

唐先生在美国待久了，中年发福，看起来很激动，站起来和她碰杯："您好！我是唐继寿，做海运生意的。我可知道你啊，你演的电影我太喜欢了！现在的演员大多是网红脸，演技也差，稍微认真点儿就被吹什么'天花板''肯吃苦'，哪有你们那时候敬业。幸亏你还肯继续演，不然我跟我老婆都没剧可看了！吃完饭能给我签个名吗？"

黎珠笑道："当然，唐先生，您过奖了。我正带着公司的艺人在南美拍戏，女主角就挺敬业的，剧上星之后，您和您太太可以关注一下。"

"哦！我家金宝跟我说过她。小姑娘嘛，漂亮就行了，不用要求太高。"唐继寿不对她辣眼睛的演技抱任何期望。

黎珠用刀叉切割着盘子里的牛排："唐先生，话不能这样说，我也是从那个阶段过来的。她进影视圈不久，多拍几部就熟了，态度还可以，倒是有些演员，我想看粉丝脸色捧他们当男主角，都实在下不去那个手，他们的态度一塌糊涂。"

唐先生拍马屁："是的，您是专业的，肯定比我们外行人眼光准。"

黎珠优雅地把牛排送入口中，不想再跟他说话了，"唐先生，您叫我的名字就行了。"

"好的，比阿特丽斯。"

黎珠嘴角的笑容淡下来。

李明适时地提点道："唐老板，她开了几家公司，和你一样是生意人。她爱人是赵竞业，或许你知道。"

唐继寿又抓住了重点，恍然大悟道："啊，我知道！我女儿在银城上过学。赵太太……"

"你叫她黎总吧。"

"哦对，现在的女人都不喜欢让别人叫她'谁的太太'。黎总，不好意思，我自罚一杯……"

黎珠虽不喜这人，但也没把他当回事，全程注意力放在李明身上。后者不显山不露水，虽然看得出有心事，但半个字也没吐露。

三天前，李明只身一人从阿根廷飞往巴西的家中，走得很急，也很隐秘，到达后才给众人发了邀请函。

他宴请海珠网客户的意思很明确，等于直白地跟黎珠说赵竞业的前途他管不了，让这些有背景的人多费些心思，想得帮手找他们，不要找自己。

至于为什么邀请在美国开公司的唐继寿，还有几个陌生的商人，她就拿不准主意了。

怀着疑虑吃完这顿大餐，她终于等到了李明发话。

"大家与我的关系都很好，我在国外40年，能让我在这里招待的客人，都不是等闲之辈。自己人嘛，能敞开了说。"

他抿了一口高脚杯里琥珀色的葡萄酒："除了黎总，我和在座的各位都有生意上的往来，包括这几位的亲戚。"

黎珠并不惊讶地看着李明指向海珠网的客户。到了一定的高度，人与人之间的联系比想象中还要密切。

李明继续说："我这里有六份资料，本来是一份，现在分装在六个U盘里，都是与你们自己名下、家人名下公司有关的交易信息。有密码，不到万不得已，我不会给你们，也没必要。因为这些资料是我这方的备份，你们和我的交易自然也有存档，内容大致是一样的。你们的东西我管不了，也查不到你们头上，但我需要把我的记录暂时给人保管，必要时进行销毁。"

他叹了口气："我是个商人，贪钱，着实不想毁掉这些，里面可是我的养老金啊。我就盼着风波过去，能在大西洋上买个小岛，每天清清静静地过日子。最近国内的人来南美调查，把我阿根廷的几处房子搜了个遍，很快就会来巴西、秘鲁、智利，他们想知道我赚了多少钱，拿着钱干什么去了。真晦气！不过是他们搜不出来，就会回国了，我要做的就是让他们找不到。"

"李先生，为什么只有六个？"黎珠问。

"在座诸位的公司是最主要的，其他交易又小又多，用不着这么操作。"

"那为什么要分成六个？就塞在一块儿，给一个人保管不行吗？"有人问。

"哦，六六大顺，图个吉利。你们知道我最信这个了。"

黎珠喝着酒沉思，其他六个人互相沟通了一下，推出一人表态："没问题，我们不用看也知道里面大概是什么，等那些人走了，我们再想办法把U盘还给您。至于我们那边可能造成影响的资料，该删的删，该藏的藏，您就放心吧。"

李明露出了今晚的第一个笑容,依然温和儒雅:"多谢。我给大家准备了一日游项目,好好享受,我就不打扰各位了。"

举杯喝完酒,他穿好外套站起身,走了几步,似乎突然想起来:"哎呀,看我这记性!黎总,等会儿用人带你去我们这里最热门的景点,你拍电视剧用得上。"

他又看向唐继寿,笑得有点儿暧昧:"唐老板,你过来一下,你问我的那个生子秘方……"

"噢,来了!"

萨尔瓦多古城繁华热闹,晚上9点多,不少商铺还开着门。

黎珠和导演沟通完,走出取景地,听到大街上有环保组织的人在演讲。

那小伙子说现在全球变暖,雨水增多,海平面上升,很多小岛被淹了,人类只有团结起来,尊重自然,善待上天生养的万物,才能渡过难关。

面对天灾,西方有挪亚方舟,中国有大禹治水。

黎珠认为面对问题,要主动解决,不能轻易屈服于形势。

她拿出手机,李明的别墅里有信号屏蔽仪,一顿饭的工夫,手机上有许多条消息未读。她把屏幕调到最暗,点开其中一条,敲了几个字。

那边秒回:"菜好不好吃?"

"好吃,但我胃口小。"

"天气怎么样?下雨吗?"

"不下,太阳很大。"

"国外小偷多,注意看好包。"

"有保镖看着。"

黎珠不由得扬起唇角,说正事:"李明把硬盘分成了六份,给了不同的人保管,没给我。"

那边的人思考片刻:"这恐怕是疑兵之计。李明一向谨慎,分六个U盘,风险太高了,任何一个被上面拿到,后果都不堪设想。"

黎珠问:"为什么他要这样做,还招待我们吃饭?"

赵竞业回:"因为他不确定在座的人哪个不可信,谁要是把U盘交出去,他就知道是谁出卖了他弟弟,他在趁自己还有能力的时候清除异己。那U盘里的资料,我不信他真给了,也许是个空盘。"

"那为什么我没有?是他信任我吗?"

赵竞业解释："因为你是个女人，掀不起风浪。说得难听点儿，你上桌都是他看我的面子。这些人就是这样的，思想很迂腐，你别生气。"

"我不生气，我习惯了。今天还有个卖轮船的油腻男说女演员只要漂亮就行了，去他的吧！不懂还装，最烦这种人。"

"早点儿睡吧，明天你还要拍戏。"

"嗯，这部戏不能赔钱，我得认真。"

黎珠每次给赵竞业发信息，他都会很快回复，平心而论，他对她确实不错。两个人秘密结婚快 30 年了，她那么暴脾气，只跟他吵过一次架，那次之后他就再也没对她耍过心眼儿。

认识七天就闪婚，放在现在也是令人难以想象的。他迷上的是她的外表和性格。他从来没跟她谈过什么情爱，日子一天天过去，最后她变成了他的家人。

黎珠把手机扔进包里。天幕漆黑，星月当空，古城的灯火在海浪声中摇曳，空灵的歌声从山顶飘荡而下，消失在无边的墨色大海里。

一个乞讨的小女孩儿端着碗，干枯的头发被风吹得蓬乱，在门口眼巴巴地望着她。她随手掏出 500 比索的绿票子扔进碗里，然后大步沿着石子儿巷走向前方。

铃声响了。

"喂？……阿五，你越来越糊涂了，这种小事也来烦我？你和原来一样做掉……还有什么可废话的！"

来阿根廷的前三天，余小鱼就把布宜诺斯艾利斯最出名的景点打完了卡。江潜去公司的时候，她就一个人出去溜达，逛商店、买小吃、去博物馆，晚饭后牵着水豚在大街上遛弯儿，都玩疯了，一点儿也不想他这个男朋友。

计划中要在阿根廷待四天，再去巴西的里约热内卢看基督山，在萨尔瓦多住一晚海景房，然后飞到秘鲁的山谷里看印加遗址、玩滑翔。江潜在当地有私人飞机和别墅，很方便，还可以带奇力一起去。

今晚她和江潜去哥伦布大剧院看《卡门》，这是世界上面积最大的歌剧院，前前后后建造了 20 年。剧场里灯光璀璨、金碧辉煌，那叫一个气势恢宏，余小鱼忍不住拍了九宫格照片发朋友圈。

她上班之后屏蔽了一大堆人，后来觉得麻烦，就干脆不发朋友圈了，也不转发领导的文章给公司做宣传，这还是头一次发朋友圈。

9点30分歌剧落幕,她软磨硬泡让江潜带她去成人酒吧,想看看里面什么样。她以前只去过那种吃吃喝喝的酒吧。

他把车开回别墅,她不情愿地叫起来:"你就带我去看看嘛!我又不捣乱。"

"你在车上待着,我去拿护照。"说完他就出去了。

这里的酒吧想进去还实行实名制吗?

余小鱼无聊地抱膝歪靠在后座上,等了10分钟,车窗被敲了一下。

一辆银色摩托车停在外面。

"哇!你还换衣服了?"余小鱼吃惊地看着戴头盔骑着摩托车的江潜,开门跨上摩托车的后座。

江潜刚才回屋迅速地换了一身服装,看歌剧穿得太正式,直接进酒吧会被笑话,她的小裙子倒是方便,什么场合都能穿。

"车也要换。"他无奈地说道,"治安不好,这车太显眼了,会被划。"

这辆车虽然不是什么名贵的车,却是他很喜欢的一辆,上周刚从邦瀚斯拍卖行拍下。六缸发动机、双顶置凸轮轴、双涡轮增压器、六速手动变速箱,经改装最大输出功率约为410千瓦——已故的保罗·沃克在《速度与激情4》里座驾的输出功率。

因为演员的身高恰好和他的身高一样,各种定制的设施用起来十分顺手。

"不就是一辆车吗?哪个流氓没事划这个?"余小鱼对车没有概念,就觉得这辆车没他在国内的车好看。

"这车很能跑。"

"哦。"

"它真的很能跑。"

"哦。"

余小鱼没兴趣,拍拍黑骑士的肩:"走吧,摩托车也很能跑!"

即使是夜晚,风中也带着一股挥之不去的热气。进入亮着霓虹灯的街区后,气氛逐渐热闹起来,随处可见勾肩搭背、握着啤酒罐的青年。水果店的老板正在收摊儿,橘黄、彤红的橙子、苹果被一筐筐地抱进屋里,即使隔了半条街,也能看见一大团蛾子绕着灯在飞。

江潜载着她兜了几条街,生意好的几家酒吧外排着长队,墙上贴着驻唱乐队和探戈舞者的海报。

"就这家'金枪鱼'吧,口碑好像不错。"她打开软件搜了一下评分。

江潜把摩托车停在外面,牵着她的小手,排在队伍末尾。店里10点钟才开门,等了一会儿,来玩的顾客沙丁鱼般呼啦啦拥进去,等到余小鱼要进门时,服务员却伸臂拦了一下。

"小姐,你到21岁了吗?"

"到了,到了!"

阿根廷21岁成年,余小鱼觉得他眼神太差。

这种地方不是很容易就能混进去吗?居然还查得这么严?

江潜拿出她的护照给服务员看了一下,这才得以进去。

"江老师,你的护照呢?"

江潜笑道:"我不用。"

亚洲人本来就显年轻,她看着更小,跟西方十几岁的中学生差不多大,进酒吧不被拦就怪了。

一进去,倒是和想象中的有所区别。

这里并没有闪到令人眼瞎的灯光,也没有蹦迪的辣妹帅哥,大家都坐在座位上聊天儿,跟服务员要酒单。里面有一桌台球,已经有人占了位置,大厅中央有一个舞池,主持人正在旁边调试音响设备,一对跳探戈的青年男女在舞池边和客人们打招呼。

这家店评分高的主要原因就是开场舞跳得好,外加酒水种类多。在余小鱼期待的目光中,那对舞者迎着幽蓝的光束上场了,钢琴旋律一响起,除了端托盘的服务员,众人的视线都转移到他们身上。

"他们表情好严肃啊。"余小鱼奇怪,跳舞不应该高高兴兴的吗?

"探戈就是这样要求的。"江潜找了个空的双人高桌坐下,叫来服务员。

她看向墙上的海报,有表演者的名字和曲目,还有简短的介绍,不过都是西班牙语,包括酒单上的酒,她是一个单词也看不懂,就让他代点了。

今晚的女舞者穿得比海报上更加亮眼,一条蓝色带亮片的裙子,高衩开到腰际,和穿灰西装的男舞者相对而立,随着舒缓的音乐一步步走近。

余小鱼是第一次现场看探戈舞,靠身材优势挤到了最前排,只见他们的手举在空中握着,充满了张力。女人的裙摆在快速的舞步中翻卷,闪着繁星般华丽的光芒,她像一株夏夜里的葡萄藤,在闷热的空气中扭动、伸展,躁动不安地轻颤,寻找着依附。舞伴深沉如海的眼神落在她的身上,如有千钧之力,两具躯体远离又靠近,旋转又静止,每一次踢腿都带着无比澎湃的激情,每一个怀抱中的后仰都诉说着隐秘的欲望。

节拍如心跳，目光如爱抚。

想要又抗拒，不安又大胆，最终在肢体的纠缠中臣服。

一首《阿丽尔和卡里巴诺》（Ariele e Calibano）火花四溅。

一曲舞毕，酒吧里掌声雷动，喝彩声此起彼伏，余小鱼跟着旁边几个外国女孩儿一起喊破了嗓子。

她兴奋地跑回座位："江老师，你会不会跳探戈啊？"

江潜看她这么开心，笑了："不会，我不想跟人有身体接触。"

"啊，我一激动就给忘了……"

她感觉这个舞很适合他。

她有点儿失落地拿起酒杯，江潜看在眼里，提醒她："这是我的酒，给你点了桑格利亚。"

"我不要喝桑格利亚，我喝过那个，没有成人酒吧的感觉。"

她高傲地仰起脸，从他的杯子里喝了一大口，一瞬间脸都皱了。江潜还没来得及拿烟灰缸给她吐，她已经咽了下去，扶着桌子呛咳着，眼冒金星。

"这个酒好烈啊……"

江潜哭笑不得，他点的是43度的绿牌威士忌："我没加冰都不喝，你这么一口下去，过几分钟就得晕了。"

她挠挠头："我压一压这个味道。"

说完她便把自己那杯红色的桑格利亚"咕嘟咕嘟"灌进肚子里，呼出一口气。

"怎么……怎么好像跟我上次喝的度数不一样……？"余小鱼觉得自己有点儿拿不稳酒杯了。

江潜没想到她混着喝，愣住了，刚想给她拍几下背，后面一个白种男人凑过来把手搭在她的肩上。

"小可爱，我们跳舞去吧？"

江潜对那流里流气的法国男人说了句滚，手上一拽，余小鱼头昏脑涨地坐到了他的腿上。

"哦！"

法国人和同伴举着啤酒罐起哄，嬉皮笑脸地朝他竖了个拇指，走去台球桌那边玩去了。

余小鱼趴在他的怀里，手软软地在他的胸口上摸索："江老师，他说什么呀？"

"说你可爱。"

"嘻嘻,那我过去谢谢人家。

"刚才那个小哥哥好帅啊,眼睛好蓝……"

江潜搂着她的腰的手一紧:"等会儿过来个绿眼睛的,你就喜欢绿眼睛的,是不是?"

"嘻嘻嘻,我也喜欢绿眼睛的,像波斯猫一样。"

余小鱼继续大着舌头说:"再坐一会儿,肯定还有人来搭讪,哈哈哈!这里帅哥好多呀……"

"好啊,你就坐着,看谁来找你。"

"江老师,你不吃醋吗?你吃个醋嘛。"

"我为什么要吃醋?"江潜从容不迫地教育她,"等会儿没人来你就死心了。"

"不可能!我这么有魅力……"

江潜往威士忌里加了几块冰,喝了一口,瞎说:"那个法国佬品位与众不同,所以才喜欢你这款,西方人都喜欢金·卡戴珊那样的。"

余小鱼受到了伤害,摇头:"不可能,不可能!"

江潜就陪她坐着。她手里端着空杯子,像个守株待兔的小农夫,守着他这树桩子傻乎乎地等猎物往上撞。

半个小时过去,没有一个人来。

吧台的调酒师看到她,觉得这小姑娘都喝蒙了,睁着一双黑溜溜的大眼睛,不知道自己坐在哪儿,还总冲他甜甜地笑,好像他敢拎着几瓶酒去她男朋友那里找碴儿似的。

他又不想死。

调酒师见的客人多了,世界各国的都有,第一次看见这么有气势的东亚男人。

酒吧里空调的温度调得很低,江潜穿着纯黑的丝质长袖衬衫,下身也是一条纯黑的廓尔格裤,颈上的银链条让他的气质巧妙地与这里的夜生活相符。

他给那个小姑娘披上自己的外套,从脖子到膝盖都遮了起来,戴戒指的左手环住她的腰,一个占有的姿势。那双黑眸冷淡地俯视着面前经过的人,右手微微摇晃着加冰的威士忌,价格不菲的铂金表在腕上反射出银光。

冰块碰撞杯壁,发出响尾蛇般"咔嗒咔嗒"的轻响。

无人敢上前搭讪。

调酒师对她做了个口型，耸耸肩，可惜用的是西班牙语。

余小鱼的笑容垮下来。

"我觉得这个大叔对我有意思，"她扭头认真地对江潜说，"可是他的头好秃啊。"

"还等不等了？"他把酒喝完。

她觉得自己等了很长时间，都有点儿想上洗手间了，心灰意冷地道："那就回家吧。这家的人都没品位，下次我换一家。"

"好啊，我陪你去。"

"我成年了，带着护照一个人去就行。我觉得可能是你坐在这里，看起来很凶的样子，他们都不敢过来。"

江潜弹了一下她的脑门儿："酒醒了？"

余小鱼很疑惑："我什么时候喝酒了？"

她低头看了一眼手机时间："才11点，我们上哪儿吃午饭？"

"哎呀！有好多人给我点赞，开心。"她点开微信，朋友圈积了100多个赞，还有十几条评论。

其中一条令她有点儿震惊，是程尧金问她什么时候来阿根廷了。

程尧金可是从来不给人点赞评论的。

"来三天了，后天去巴西玩。"

余小鱼回复完才发现微信里也有留言，程尧金问她住在哪儿。

"你可以住在我这儿，不收你钱。"

"不用啦，我是跟我男朋友一起来的，住在他家。你不会也在阿根廷吧？"

程尧金不在线，余小鱼发完就没管了。

走出酒吧，她抬头望着天，咕哝："怎么大中午天都黑了……？是要下暴雨了吧。"

空调外机的水滴到她的胳膊上。

"啊，快跑，已经开始下了！"

江潜把她拎上摩托车："坐好，抱紧我，掉下去就要被雨冲到大西洋里喂鲨鱼了。"

"嗯嗯，好的！"她乖乖地把脸贴在他的后背上。

昨晚喝多了，严芳被电话吵醒时还是头痛。

"喂?"

男人温和的声音传来:"玛丽亚,我回阿根廷了,你明天下午 5 点去咖啡厅把 U 盘给我,就是情人节那天我们去的那家。"

"啊?……好的。"严芳硬着头皮道。

"没事吧?"男人感到她有一丝犹豫。

"没,我给你就是了。爱德华,我有点儿不敢出门……"

男人释然:"没事,那些盯着我的人已经走了。明天见。"

放下电话,严芳舒了口气,拨通另一个号码:"成交,我给你 10 万美元。"

"20 万,我说过,你犹豫一天,就涨一倍。"那头年轻女人的声音十分得意。

严芳暗骂一声,又无奈地说道:"好好好,20 万,下午 2 点整在巴勒莫公园外的比萨店里见,咱们一手交钱一手交货。你敢耍花样,我找人把你做了。"

"哎哟喂,大姐,我哪敢啊!我就挣点儿外快。U 盘我留着又没用,拿到手都没打开过,我对那个贱人的东西没有任何兴趣,她跟哪些大款交往过,我一清二楚,随时都能爆料,用得着你这玩意儿?"

挂了之后,严芳狠狠地啐了一口:"杀千刀的小助理,跟她学的,胃口大得很。"

U 盘是三天前不见的。

严芳对李明言听计从,他说把东西放在她这儿暂存几天,不叫人找到,她就搬来这栋老公寓里猫着,自从进了门就没出去过,来过这里的人只有颜悦和钢琴老师。

因为不出门,她也不每天把包打开来看,大前天李明给她发消息,说他回巴西了,她这才想起看一眼。她不看还好,看了冷汗都冒出来了——包里只有她那堆化妆品,倒空了也没发现 U 盘的踪迹!

她心里第一时间有了个猜测。第二天,乐茗来上课,她就旁敲侧击地问,乐茗说颜小姐似乎对她那款限量版包包感兴趣,上次她去房里取行李箱,颜小姐拿着包看了一会儿。

果然如此!

严芳知道自己猜中了,除了这个与她作对的女儿,还有谁会拿她的东西!

钢琴老师柔柔弱弱的,守规矩,又胆小,窗外小青年在街上拿着刀斗殴都能把她吓一跳，自己就算把包敞着放在沙发上，她也不会动里面的物品。

严芳很懂颜悦为什么这么做，这个小崽子就是想让她在李明那儿失宠。丢了他的"身家性命"，她能有什么好下场？

她只把U盘给颜悦看过，那天她被气得神志不清了，以至于不记得拉上包的时候U盘在不在里面。

严芳万分懊恼自己的莽撞，但颜悦当天那番话，多多少少唤起了她一点儿作为母亲的愧疚之心，她没把这事告诉李明。

但事情无论如何得解决。

若是直接去问颜悦要，肯定被赶出来，可U盘必须得重新到手。

第二天，她就拿出勘察男人的功夫，去剧组拍摄的场地外等了大半日，打算想个法子混进去，不料有意外收获。

傍晚7点，一个戴帽子的女生从公园里出来，嘴里骂骂咧咧的，正跟手机里的朋友发语音吐槽："三流艺人还逞这么大威风，演个女主角了不起啊，把老娘当牛马使唤！地上那么多矿泉水，她非要喝柠檬苏打水，让老娘去买。敢情不是她跑腿，她不知道累！我还不是为了还房贷……听到怎么啦？我还要爆料呢！等我再搜集一波黑料，卖给狗仔队！"

是颜悦的助理。

严芳跟着她进了比萨店里。

只要有共同憎恨的人，交涉就异常轻松。

严芳半真半假地对那名助理说，颜悦来阿根廷后攀上了她男人，自己费尽功夫搜了颜悦的许多黑料，放在U盘里，准备交给男人，让他远离这个心机深沉的女人。结果被颜悦发现了，两个人大吵一架后，颜悦把U盘拿走了，扬言要在男人面前反咬一口。

助理知道颜悦最近和一个姓李的男人走得近，信以为真，爽快地答应帮严芳找到U盘，但是要钱。

严芳本以为她要一两百万，结果助理开了个白菜价，自己脖子上的一条项链都不止那么多钱。她装作被狠宰了一笔，说自己没有钱，以防后面对方要涨价也有商量的余地。

助理就在颜悦的房间里搜，第二天就把U盘找到了，给严芳发了张照片确认。

"找到了，但给你是另外的价钱。"

严芳看她干得太顺利了，这时又觉得她开的价太高，不就是在酒店的房间里找一圈吗？对她来说，仅仅是举手之劳。于是严芳试图压价，助理生气了，说拖一天就涨一倍，不答应，她就扔到海里去。

没想到今天李明就要自己还U盘，严芳只好答应下来，到了时间，便匆匆地赶往约定的地点。

威士忌和桑格利亚效果叠加，余小鱼在床上瘫到11点，太阳都晒屁股了。

水豚在枕头边趴着，看到她睁开眼，欢喜地"嘤嘤"直叫，仿佛发现她没死。

余小鱼摸摸它的圆肚皮："姐姐没事，就是喝多了。"

奇力又叫了一声，爬下床，走出卧室。

这家伙竟然能走得这么快？

余小鱼恍了会儿神，听到有人按门铃。

"来了！"

江潜不在家，她草草抓了件外套披上，在电子屏上看到有个外国大叔站在花园外，西装革履，手上拎着一个环保袋。

"谁啊？"她用英语问。

"邻居！"大叔喊。

余小鱼走到花园里，水豚兴冲冲地随她出去，看到新主人就跑到铁门边蹭。大叔蹲下身挠挠它的下巴。看见水豚"啪"的一下躺在草丛里，她心里酸酸的。

它怎么对谁都这么亲热？

大叔用口音浓重的英语和她说了两句，大意是从秘鲁出差提前回来了，麻烦江先生这几天照顾奇力了，所以带了点儿当地特产感谢他。

"这些是我在自家田里挖的，我把它们卖到中国去，可赚钱了。江先生吃了如果觉得好，也帮我多卖卖。"大叔说。

余小鱼问他能不能让奇力明天再回家，她很喜欢这孩子。大叔二话不说就答应了，临别时还热情地给了她两下贴面礼。

"磨蹭什么？你不是喜欢和我睡吗？"她愤愤不平地赶着水豚回屋。

过了半个小时，江潜发消息说他晚饭回来吃，中午给她在餐厅里订好了位置。

余小鱼昨天吃香喝辣，想养养胃，叫他取消餐厅的预订，又洗了点儿水果，拿破壁机熬点儿玉米粥对付一顿午餐。

她叼着苹果，蹲在地上看大叔送的秘鲁特产。环保袋里是三个一斤多重的萝卜头，不是中国常吃的那种白色光滑的，是一个紫的、一个红的、一个淡黄的，表皮有点儿发皱，还带着泥土，显然是刚挖出来的新鲜货。

"南半球的萝卜长得真鲜艳……"

怎么吃啊？炖肉吗？

她正思考着萝卜的烧法，门铃又响了，这次是个陌生的中国人，也拎着袋子。

"您好，江潜不在家。"

"小姐，我把东西放下就走，就一点儿心意。"男人态度毕恭毕敬。

"您是哪位？"

男人报了个名字，说想找芳甸资本做A轮融资，这次来阿根廷谈合作，听说芳甸的合伙人正好在这儿。

余小鱼把花园门开了，让他在有树荫的台阶上站着。她不敢随便替江潜收生意场上的礼物，当即打了个电话。

"你问他里面是什么，太贵重的就不收了，然后把储藏室里的香槟给他拿一瓶。"

"好的。"

她去拿了酒，打开门："先生，您送的是什么？"

男人支支吾吾片刻，露出有点儿尴尬的笑容："就是一些绿色有机的乡下特产，不是什么值钱的东西，但在国内挺知名的。让您见笑了。我们公司还在创业初期，钱都省着花，过海关我怕他们收税，就拆了包装托运，落地后换了几个玻璃罐装，都是刷洗干净消过毒的，江先生放心吃。这些绝对不是三无产品，有资质认证的。"

余小鱼一听不贵，就收下了："谢谢，这酒您收着。"

男人捧着香槟，受宠若惊："早就听说江先生待人客气，果真如此。我先回去了，下次过节再来拜访。"

他走后，余小鱼打开礼袋，里面有个文件夹，粗粗一翻，是打印出来的公司战略幻灯片，还有几张名片，估计生产资质证也在里头。文件夹边就是三大罐坚果，玻璃瓶洗得锃亮，看起来确实用了心。

"这个腰果看上去好棒！比我买的味道强多了……哇，这个好像是松露切片！这个是榛子？"

看起来都挺好吃的。

喝完玉米粥，她又在沙发上躺了一会儿，打开微信给妈妈发旅游照片。程尧金终于回微信了，只说了个"是"字。

看来大冬天，大家都想去温暖的地方度假，她也不例外。余小鱼想问她在不在布宜诺斯艾利斯，约她吃个饭也好，又觉得她不提就算了，上大学那会儿别人找她，她从来都不应的。

2点的时候管家拎着新买的菜来了，开始打扫卫生。明天他们就要启程去巴西，管家想给他们做一顿双人晚宴。余小鱼觉得管家做的菜虽然好吃，但是太油了，这几天她的胃有点儿吃不消。

"我们来做中国菜吧！"

管家没吃过正宗的中国菜，听到这个提议也很高兴。余小鱼来了劲儿，发誓要在最强辅助下做出一顿能入口的饭菜。

晚上6点30分，江潜结束了一天的工作，看着她发来的微信，心中生出一股不妙的预感。

"记得少放点儿盐。"

"你别小看我，按视频教程来的，都做完了，大妈说可好吃了！我给她带了一份回去。"

他不免惊讶，迫不及待地想回家看看她到底做了什么菜。

他开车回去的路上，颜悦的电话打过来。

"我听黎总说你来阿根廷了，我已经把U盘弄到手了，明天找个地方见面。"

豪华酒店里，颜悦打开浴室的梳妆柜，在巧克力包装纸里摸索，话音戛然而止。

江潜察觉出不对："怎么了？"

颜悦慌张地叫起来："它中午还在，怎么没了？！我真没骗你，李明新找的情妇，那个叫乐茗的把U盘偷偷给我了，我不拿到肯定不会给你打电话⋯⋯怎么没了？昨天还在，中午还在，我真没动过⋯⋯"

剧组实行封闭式管理，所有人每天片场和酒店两点一线。黎珠勒令她拍完戏就回房间里琢磨剧本，外人进不来，这几天李明也没叫她去别墅，她根本找不出机会把U盘当面交到江潜手上，只能放在自己的房间里。

因为以前发生过小偷撬保险箱偷珠宝的事，她就没把U盘和首饰放在一起，天天换着地方藏。今天导演说她太累了，上镜不好看，让黎珠给她批了一天假。她这才有机会明天出门,哪想到这么个大宝贝却不见了踪影。

"问酒店服务员调监控,看谁进过你的房间。"江潜皱眉。

颜悦又愤怒地尖叫一声。

他听到她在那边咒骂,什么脏话都用上了。

"不用看监控了,是严芳拿走了!她下午给我发消息,我拍戏没带手机,才看到!"

"严芳?你是说你……"

"她不是我妈!她眼里只有那个老男人!"颜悦在房间里踱来踱去,七窍生烟,"她以为是我从她的公寓里偷的,还威胁我,她居然有脸威胁我!她说没告诉李明,是看在我是她女儿的分上!还有那个乐茗,我就没看错她,为了把自己摘干净,就往我身上推,敢做不敢当的货色……"

"你先不要急,U盘没了就没了,还有机会。你拍戏情况怎么样?"

颜悦灌了几口柠檬苏打水,提到这个,她的情绪稳定了一些:"老样子,黎总天天骂我,剧组的人也看不起我,老娘还非要演出个成绩来给他们瞧瞧。我那个助理也在暗地里使绊子……"

她停顿了一下,想起什么,火冒三丈:"我的助理肯定有问题!她早看我不顺眼了,能进我房间里的不是酒店服务员就是她,没别人!等她回来老娘整不死她……"

江潜知道她跟这个助理一直互相嫌弃,但这时也不好说她对助理太苛刻,以免对方怀恨在心,被外人利用。

出乎他的意料,颜悦的声音渐渐低下来:"我整她好像也没用啊。屋里没监控,没证据,东西已经丢了,又抢不回来。"

她呆呆地盯着白墙:"我怎么什么都做不好呢?她背地里骂我,我就装聋好了。我要是对她客气一点儿,不天天往她身上撒气,她就不会偷U盘了吧……"

江潜道:"说不准。如果真的是她,严芳肯定给了钱,就算你跟她无冤无仇,她为了钱也会这么做。你应该知道她是哪种人。"

颜悦点点头,立马不自责了:"我傻了,还替她说话!她打心眼儿里瞧不起我,我没道理给她好脸色。你说我们俩工作都不容易,她怎么就不能体谅我一下呢?我靠男人赚钱,那是我愿意的吗?"

她叹了口气:"不说了,我要看剧本了。你跟你女朋友好好度假吧。"

江潜颇为动容,可他不能自上而下地对她说安慰的话,只能道:"一旦有事就联系我。"

他一进家门，食物的香气就飘进鼻子里。

"小鱼真棒。"江潜脱了鞋，换上家居服，还没看到饭菜就顺嘴夸了一句。

餐厅里打扫得干干净净的，桌上摆着两副陶瓷餐具，中间有两荤一素一甜点，还有一个咖啡壶，远远一看十分高档。

余小鱼站起来，隆重地给他介绍："前菜是蒜蓉烤生蚝，素菜是腰果炒西芹，主菜是萝卜炖牛腩贴饼子，甜品是松露焦糖布丁，还有我做的榛果拿铁！我把邻居大叔送的萝卜和客户送的坚果都用上了，中西结合、南北融汇，是不是很聪明？"

"是，我们小鱼最厉害了。"他笑着洗过手坐下，谨慎地夹了一筷子西芹。

不咸。

翠绿的芹菜炒得爽脆鲜嫩，配上油脂丰富的腰果，清淡健康，比饭店做的都不遑多让。

他夹了一筷子到她的碗里："菜也要吃，不要光吃肉。"

余小鱼舀了好几勺牛腩，这个炖得实在太香了，阿根廷的牛肉质量特别好，加了几种香料也没把奶香味压过去，一口接一口根本停不住。下午做菜花了三个多小时，她负责翻译视频教步骤，切菜焯水、翻炒焖煮都是管家大妈做的，她在一旁打下手。果然，专业厨师就是靠谱儿，学什么菜都快。

江潜把两个烤生蚝吃完，才开始吃主菜，她这时已经把一张玉米面饼咽下了肚，志得意满地道："我觉得下次可以挑战陈宗明老师的葱烧海参，只是缺一个王者级帮手。做菜也没什么难的嘛，就是洗洗切切麻烦，锅里炒两下对我来说还是很简单的！"

江潜自己做了许多年简餐，深知预处理才麻烦，炒两下谁不会？刀工、腌制、火候才是难点。但他不能扫她的兴，情真意切地说道："你学习认真又勤快，葱烧海参算什么，再练一段时间，布袋鸡、八宝葫芦鸭都不在话下。"

余小鱼被他夸得都要飘到天上去了："我肯定是有这个能力的，就是懒，不想做。"

"嗯？"

她放下筷子,紧张地望着他:"怎么了?"

江潜放下咬了一口的萝卜:"有点儿辣,焯过水了吗?"

"萝卜需要焯水吗?视频里是切了直接炖的啊。"余小鱼眨眨眼。

除了辛辣,味道还有些奇怪,不是中国那种水分足的白萝卜,吃起来口感很好,香叶、桂皮的味道在舌尖化开后,透出一点儿淡淡的清苦,吃完又回甘。

他在英国上学时第一次去菜市场,把欧洲防风当成了黄色胡萝卜,买回来炖牛骨汤,吃一口就吐了,从此对长了个萝卜样的食材都心有余悸。

这玩意儿……

"那你吃牛腩,牛腩好吃!"余小鱼打断他的思绪,殷勤地把牛肉夹到他的嘴边。

"谢谢,"他咬进嘴里,眼睛含笑,"确实味道很好。"

牛肉用铸铁锅文火炖煮了三个小时,所有香料的味道都融合在肉里了,闻起来就让人食欲大增。肉质软烂入味,嫩而多汁,带着油脂的纤维入口即化,咸中带甜,嚼起来倍感满足。

这道菜除了萝卜,可以称得上非常美味。

江潜从小就不挑食,但很挑做饭的水平,今天这顿因为是她下厨做的,所以只有吃下去,没有吐出来。余小鱼看到他津津有味地用餐,那叫一个开心,她不想吃的他都解决掉了,包括秘鲁大萝卜。

因为管家带走了一些菜,分量正好,三个菜光盘,吃了个九分饱。最后还剩甜点和饮品,她站起来给他倒咖啡:"你尝尝这个榛果味的咖啡,我把榛子放破壁机里加牛奶和焦糖酱打成糊糊,没加巧克力和奶油,直接和意式浓缩混合在一起。管家说这样油脂少点儿,喝着健康。"

江潜尝了一口这个特制饮料,点头:"不太甜。"

咖啡还有一股清新的坚果香气。

"我就知道你喜欢!"余小鱼笑开了花,"我加了七个榛子,味道可香了,打粉的时候在房间里都能闻到。你再试试这个松露布丁。"

最普通的蛋奶布丁盛在漂亮的甜品盘里,淡黄色的表面光滑如玉,顶面有一层红褐色的焦糖,撒了一层黑色的松露碎屑,是用奶酪刨子擦出来的。

他挖了一勺送入嘴里,眉头顿时皱起来。

"这是什么松露?"

"就是客户送的呀,已经切好片了。"

江潜挑出一小片碎屑，细细地嚼了嚼，咸，还有点儿酸苦。

特别难吃。

余小鱼讪讪地说道："我听说松露本来就不好吃，就是稀少，所以高档餐厅才用。你不喜欢就不吃了嘛。"

她做布丁的时候也尝了一丁点儿，是真难吃，尝完就吐掉了，但是这玩意儿刨完了像巧克力一样，拍照很上镜。

江潜不喜欢浪费，既然是她用心准备的，便三下五除二吃完，包括她那份布丁上的国产松露屑。

一桌空碟子被放进洗碗机里，余小鱼伸了个懒腰："我先去冲个澡，然后收拾行李。明天早上我们要几点起来？"

"7点可以吗？飞到里约热内卢要四个小时，飞机落地后我们正好吃顿午饭。"

"好啊！"她做了个"没问题"的手势，哼着小曲去了浴室。

江潜去房间里收自己的衣服。他准备了好几件古巴领的度假衬衫，有蓝有红，都是很多年没穿过的。大学毕业后，他就没度过长假了，希望这几件衣服如今穿上身不显得突兀。

泳裤、睡袍、浴巾……

他一件件叠好放进箱子里，抹去头上的汗，把空调温度调低几度。水豚趴在旁边望着他，挪了个位置，避开风口。

墨镜、防晒霜、香水……

汗珠从他的脖子后滴下。

江潜把空调温度调到最低，水豚冷得直叫，用带蹼的爪子扒拉落地窗。他站起来打开窗，让这小东西走到室外。

天真热，也许是要下雨了。

他把电脑装进箱子的夹层里，又拿了两双运动鞋，拉上拉链的一瞬间，觉得有点儿不对劲。

好热。

不是天气，是他的身体烧起来了。

江潜迅速地去拿了登革热试纸、抗原，15分钟后，都显示阴性，肺部也没有不适，但身体里那股火越燃越旺，空调完全压不住。

怎么回事？

他去浴室里，含了一大口冰凉的薄荷味漱口水，脱下所有衣物，打开花洒。

是吃的东西不对吗？

她到底给他吃了什么？！

他关了花洒，围上浴巾，强自镇定地去餐厅找剩下的食材。

她说邻居送了萝卜……

江潜猛地打开冰箱，红、黄、紫三个"萝卜"被保鲜膜包着，每个都被剜了一大块。

他感到一阵眩晕。

他和这个邻居往来不多，但知道那人是卖绿色有机食品的，在秘鲁有几十亩农田，从来没听说过种萝卜白菜。

那人明明种的是秘鲁玛卡，特优等级，还得了国际金奖！

哪是什么特产萝卜？！

他深呼吸几下，把手放进冷冻室里冰了一会儿，关上冰箱，又去找中国人送的"坚果"。

礼品袋里有三个玻璃罐，其中一罐是腰果，另外两罐不知道是什么东西，反正不是她说的"黑松露、榛子"。

江潜翻出文件夹，找生产证，幻灯片最后一页有张说明书掉了出来，他一看，差点儿窒息——肉苁蓉、风流果……

这些都是些什么鬼玩意儿？？

送他这些干什么？！

等等，他好像全吃了……

生蚝。

腰果。

玛卡炖牛腩。

苁蓉布丁。

风流果拿铁。

江潜掐着眉心，大步走回浴室，放了满满一浴缸的凉水，就在里头泡着，还把门反锁了。

这个时候她可千万不要来找他。

她千万别来，一进来就完了。

紧要关头，她的声音远远地响起来。

"江老师，你在洗澡吗？这箱子收拾完没有啊？"

"江老师，你在里面吗？"她走到门外，敲敲门。

不在。

他不在。

江潜紧紧地闭上眼，咬紧嘴唇，不让喘息声漏出来。

门把手被转动了几下。

"你干吗锁门啊？我又不会把你怎么样！"余小鱼嘟囔，"你不在上洗手间的话就开开门，看我穿这个怎么样，还不错的话我就把它带着。"

"江老师？"

他模糊地哼了一声。

她觉得奇怪，又有点儿担心，"咚咚"地敲着门："江老师，你是不是不舒服，别锁门啊，生病了要看医生的。"

"我在洗澡，没事。"他嗓音沙哑地回应。

浴室里有水流的声音。

余小鱼的心情重新变得轻松起来，娇嗔道："那你看看我穿这个好不好看，就看一眼嘛。"

她在外面等得有些失望了，过了很久，门终于开了一条缝儿。

"你在搞什么呀……？"她抱怨。

江潜在看到她的一刹那，脑子里轰然一响。

"好不好看？"她有点儿脸红地问他。

她前天逛街时新买的比基尼，可贵了。

江潜感到自己的体温急速上升。

没用。

泡凉水根本没用。

"江老师！"余小鱼有点儿生气，使劲地推开门，"就算不好看，你也不用冷冰冰的不说话吧！"

他看着她气势汹汹地走进来，往后退了一步、两步，在镜子里看见一张因气血上涌而涨红的脸。

"啊，我知道了，"她恍然大悟，露出一个不怀好意的笑，"你肯定躲在这里看小电影，要不然怎么会锁门，哈哈哈……不打扰你继续——哎呀！"

瞬息之间，江潜匆匆地说了声抱歉，把她往肩上一扛，拖进了两米多长的大浴缸里。

拜一桌特制食品所赐，这晚余小鱼最终没能连续睡上两个小时。

她处在一种迷迷糊糊、半梦半醒的状态，只知道每隔一阵，江潜就要把她薅起来。她说口渴想喝水,他就给她冲电解质饮料;她说肚子饿,他就喂她吃饼干和巧克力。极致的疲惫挥之不去地缠住她,月亮下沉,东方泛白,直到第一缕阳光照进屋里,她才得以安眠。

江潜醒来时,电话都被打爆了。

他不知今夕何夕,闭着眼摸到手机,跟飞行员说昨晚食物中毒休克了,行程取消。

他挂了电话之后才睁眼,余小鱼趴在他的胸口上,还在睡,眼角泪痕未干。

他揉了揉太阳穴,低下头,手指极轻地抚过她的脸。

房中寂静,阳光温柔。

他们一觉睡到下午4点。

不想这一碰,她就醒了,撑开红肿的眼皮,黑葡萄似的眼珠蕴含着水汽,看到他近在咫尺,那点儿水汽就越来越浓,很快汇聚成小溪,"哗哗"地流了出来。

她困难地扭头,房中触目惊心,暧昧的气味弥漫在房中。

余小鱼伏在他怀里,抽抽搭搭地哭起来,又没力气,哭两声就停一下,然后接着流眼泪,肩膀都抖不动了。

江潜心疼得要命,大手轻抚着她的背,把她湿漉漉的小脸按在心口上:"不哭了,不哭了……"

余小鱼哭得更大声了,用小尖牙咬他的肉,然后发现张嘴都没劲儿,喉咙里发出小兽般的呜咽。

可怜得要死。

江潜抱着她,摩挲着她的后颈,轻声哄:"下次不会了。饿不饿?想吃什么?我去给你做。"

"好疼……"她哭得嗓子都哑了,"你讨厌……讨厌……"

"嗯,是我不好。"他把她往上提,让她侧靠在自己的臂弯里,吻她的睫毛,"不哭了,我让你打,好不好?"

他拿起她的小爪子,往自己身上捶了几下,然后"嘶"地吸了口凉气。

余小鱼把他的皮肤咬破了。

"解气没有?"他忍着刺痛,揉揉她的头发。

她还在哭:"你就不知道收点儿力气吗?"

她从来没见他这么失态过。

江潜叹了口气。

"你出去！出去！我不要再看见你了，大骗子！"

他捏捏她的腮帮子："哦，你给我吃的那些东西就一点儿问题也没有？"

"你觉得难吃就倒掉啊，干吗一口气全吃完？"

"不能浪费食物。"他严肃地说。

"那上次你还倒掉我做的鸡胸肉！"

"那个真没法儿吃。"江潜有点心虚。

"烦死人了！"余小鱼又哭，"你干吗非得讲出来……？"

江潜把手臂当成摇篮摇着她："好好好，我以后都不说了。睡这么久对身体不好，起来坐一会儿吧。"

"我要上洗手间。"

"那我抱你去。"

"你滚开！"

余小鱼头晕眼花地坐起来，脑子都疼蒙了，浑身上下没有一处肌肉是正常的。江潜看她连下床都不会了，还是把她抱到浴室外面，举起一只手："我不进去，你慢慢来，不急。"

然后他去洗漱做饭了。

余小鱼痛不欲生地挪到马桶上，忽然想起今天晚上订好票的里约演唱会，满腔悲愤不能用言语表达。

江潜在厨房里煮马黛茶，顺便把冰箱里三个玛卡扔进垃圾桶里，只留下腰果，给她当零食吃。

他这辈子都不想再看见萝卜、松露和榛子模样的食物了。

他正煮着茶，烤着面包，门铃响了。

邻居站在花园外，神清气爽地和他打招呼："江先生，昨天那位小姐说晚上送奇力回来，但她忘了。"

"抱歉，可以让她再养几天吗？我们本来今天要去巴西的，有事耽搁了，去之前还给你送去。"

"没问题！对了，江先生，我种的玛卡怎么样？我想找你帮忙开拓一下中国市场……"

"谢谢您的好意，"江潜打断他，"我对那东西过敏，昨天吃了一口，一晚上没睡好。"

"啊！我很抱歉知道这件事……再见。"

邻居听出他的声音有点儿冷，做了个鬼脸，扛着鱼竿离开了："本来想带我的小奇力去钓鱼呢……"

江潜关上门,听到卧室里传来抓狂的喊声:"你赔我的巴西假期!!你赔啊!!!"

他舒了口气。

精神还挺足的。

第十四章
狂飙惊魂

与此同时,距离别墅不到一公里的奥地利街某个咖啡馆里,一对中年男女正在交谈。

"爱德华,你还要走吗?"

严芳隐隐感到不安。她跟了李明五年,从没见过他这么频繁地更换居住地点。

虽然他向来神龙见首不见尾,只有别人找他,没有他找别人,但他那是行事低调,有时候在某个乡间酒庄里一住就是半个月。

"这个我说不准,得看实际情况。"李明在她面前仍然表现得轻松悠闲,喝了口咖啡,"那些人已经离开阿根廷了,你可以搬回来。"

"有件事想和你说,"严芳心里打着算盘,"我最近炒美股,亏了30万……"

"最近市场不好,你投的那个领域被政策管制了,下次就有经验了。"他握着U盘笑眯眯地说,"这个东西没被人看见吧?"

严芳连忙说道:"当然没有,你说的我时刻都记着。"

"谢谢你,我还有事,先走了。"李明很满意她的听话。

"爱德华……"严芳看着李明披上外套,踌躇地叫了他一声,他好像反应过来,"我送你回公寓吧。"

"嗯,我收拾收拾东西。"

严芳一直念着她被颜悦的助理宰的那20万美元,可一直到李明把她在公寓门口放下,他都没开口提。

他明明知道她想找他要钱。

这不太正常。

以前他都会问要多少,顺便给她买几款首饰。

严芳察觉到了,但他装听不懂,她也没说破。这男人要是生气了,后果很严重。

只是暂时窘迫,她想:等那些调查他的人回国就好了。

李明看着严芳走进公寓楼里,眼中有淡淡的轻蔑。

若不是查得紧,他可不会把这么重要的U盘放在她手上,现在阿根廷这边安全了,他没道理继续让她保管。

这女人都从他身上捞了多少钱了!他也就是看她懂事,不吃醋,没脑子,才把她留在身边。现在这节骨眼儿上,他手里的余钱都转到瑞士银行去了,剩下这点儿是用来给调查员看的,得省着花。

他不再想她,用流利的西班牙语叫司机:"去北港区,德雷克船运公司。"

6点钟,太阳离海平线尚有一段距离,道道金光透过玻璃洒进来,十分明亮。

德雷克船运公司的总经理办公室里,唐顺鑫站着奉茶,他父亲唐继寿和贵客坐在沙发上,两个人你一言我一语,相谈甚欢。

唐继寿看了儿子一眼,唐顺鑫会意,端着茶盘出去,把门关上。

"唐老板,你这儿子有眼力,处事又成熟,将来前途不可限量。"李明夸奖。

"哪里哪里,我还羡慕你到现在不结婚,自由自在!有小孩儿就不知道添了多少麻烦,我家就金宝一根独苗儿,我跟我老婆既怕溺爱他,把他养废了,又怕委屈他,在外面一个人吃不好睡不好。"

"听说他还有个姐姐,是跟唐太太一起在美国吗?"

"哎哟,您可别提了。"唐继寿摇摇头,用闽南方言骂了一句。

李明虽然听不懂,却也知道不是什么好话,笑了笑:"孩子有什么错,好好教育就行了,犯不着生气。"

"不提这些扫兴的。"唐继寿问,"李先生来找我,到底是为什么事情?"

李明直言:"唐老板,你来阿根廷看儿子,我本不该来打扰,但有一件事要单独和你说。你对我而言实在太重要了。"

唐继寿想起在萨尔瓦多赴宴时,他还专门把自己留下,让当地巫师传授生子秘方,这份心意确实很到位。

"承蒙您看重,我是个普通人,就靠本本分分做生意过日子。"

李明道:"唐老板我不瞒你,我弟弟给我的钱,五分之四都投在你家公司了,所以他们要查,你跟我们的联系是最紧密的,不过不要担心,你们一家是美国公民。"

"这个我知道。"唐继寿点头,"就是您的投资帮我这些年把业务拓展到全球的。"

"说来惭愧,我弟弟在国内树敌众多,他手下人心已经不像以前那样齐了。我上次把六个U盘分给你们,其实只有你手里的是真的,这么做的目的是想看看,谁会把证据交上去卖了我。"

"啊?"唐继寿惊讶地叫了一声,随即又站起来,弯腰道,"这叫我怎么担得起,您太看重我了!"

"放在你这里,比放在其他人那儿安全得多。"李明意味深长地笑道,从口袋里掏出另一个刻着字的黑色U盘,正是严芳给他的,"这个也交给你暂时保管,大概一个月。事成之后,我不会亏待你们唐家。"

唐继寿沉吟了一会儿,郑重地说道:"既然您信任我,我没有拂了您面子的道理,一定好好收着它。您要是想拿回去,随时跟我说。我老唐粗人一个,没读过什么书,在商场打拼这么多年,讲的就是信誉。"

李明伸出手,和他握了握。

"我就不请你吃晚饭了,后面还要见人。令公子在南美历练,有什么困难就跟我说。"

"多谢您了!您放心,今天和我说的这些话,我绝不会说出去。"

太阳终于从海面落下,天色暗蓝。

贵客走后,唐继寿把儿子叫来办公室。

"情况不妙,李明是靠不住了。你跟我回波士顿,咱们爷儿俩把账算一算,看怎么把他投的那些钱撇干净。"

唐顺鑫叫了比萨外卖,嚼着一块饼:"爸,你担心过头了吧?"

"你懂什么!"唐继寿哼了一声,"你爹我能把生意做得这么大,靠的就是市场判断,谁在我眼前撒泡尿,我都知道他上不上火。"

唐顺鑫给他爸一块比萨:"这个挺好吃的,芝士给得足。"

"就知道吃!"唐继寿瞪了儿子一眼,接过来咬了一口,咧嘴笑道,"嗯,味道不错。"

没白疼他的好金宝。

父子俩吃着晚饭，唐顺鑫问他："李明跟你说什么了？"

"他把两个有交易证据的U盘放在我这儿暂存，真是烫手的山芋啊。"唐继寿叹道，把东西递给儿子，"收好，锁进保险箱里。"

"那……咱们要交出去，还是留着？"

"当然得留着，他这人多疑，不会一直放在我这儿，我就盼着他赶快拿走。还有一点，我答应的事，从来就没有反悔过，人家提到我，都是'那个讲信用的老唐'，要是交出去，我成什么了？！自己心里都过意不去！"

唐顺鑫接着道："也对，李明通过我们家公司给他弟弟洗钱，洗了好几个亿，U盘里不知道有多少交易记录，被人发现就完了。"

唐继寿叹道："那天在他家吃饭，桌上就我一个是外国籍，我们家对他来说是最安全的。安全归安全，可我们目前也不太顺，得留条后路。"

唐顺鑫懂了："爸，你给我姐找的那个亲家，原来是风险对冲啊！"

"没错，要是把李明的钱撇干净，我们家损失相当多，更何况去年东欧冲突不断，原材料成本大幅上涨，公司亏了一大笔，全指望你姐的彩礼呢。'低娶媳妇高嫁女'，你姐这个亲家可是我跟你妈辛辛苦苦物色的。亲家公最讲义气，咱们家要是出了事，他能不帮吗？"

对方也是华裔家庭，若说门当户对，那真是抬举他们唐家了。准女婿也是看中他女儿长得漂亮，学历又高，更重要的是有财运，炒股赚得盆满钵满，都抵得上海外子公司一年的利润了。

唐继寿又欣赏地拍了拍儿子的肩："全球子公司中也就你管的这家没亏钱！你有我当年的风范！今天突击检查把你吓了一跳吧？"

唐顺鑫傻笑几声。

5点多，他正在办公室里跟人说话，秘书突然敲门说他爸就在门外，他都呆了。

他转移话题："爸，这好事，你就不往我身上想想？他家不是还有个女儿吗？他家女儿身材可火辣了，还是哈佛大学的高才生。"

唐继寿拍了他的脑瓜儿一下："你给我争气些，将来要什么样的姑娘没有？娶了他家那个闺女，有你气受的。你妈说她好吃懒做，客人来了连茶水都不端，不会干活儿的女人，咱家不能要，结了婚你伺候她？"

"哎呀，娶回来调教调教就好了嘛，我还真挺喜欢她的，有个性。爸，你看……"

"我说不许就不许。有个性，对我们有什么好？像你姐有个性，说要跟家里断绝关系呢！"

唐顺鑫就乖乖地闭了嘴。

提到女儿，唐继寿又头痛了："你认识的朋友到底靠不靠谱儿？叫他找个人，到现在都没消息。"

唐顺鑫一顿，咽下嘴里的比萨："您老人家就别急了，干正事要紧。他们正在找呢，到时候肯定给您送到美国。"

"绑也要给我绑来！"唐继寿狠狠地骂了一句，"养她这么多年，像什么话！"

"好好好。爸，我要跟底下经理过账，这是车钥匙，你先叫司机送你回家，大门密码跟美国的一样。大后天我订了张学友演唱会的贵宾席票，咱们一起去看啊。"

唐继寿高兴得手舞足蹈："好哇！到那天谁约我我都不去，我要去听张学友的演唱会！"

等他离开后，唐顺鑫松了口气。

"咔嗒。"

屋里响起一声细微的动静，刷着斑马纹油漆的墙上竟裂开一道缝儿，一扇隐蔽的小门凭空出现。

这间30平方米的办公室其实由两部分构成：办公用的会客室、放着小床的休息室。

此时，一个年轻女人走出来，长头发、金耳环、钻石链，穿着黑色绸子吊带裙。

"姐，你听到了，我可是帮你说了，我来结婚，可爸不让。"唐顺鑫无辜地摊手，触到她冷冰冰的眼神，语气软下来，"看演唱会的时候我再劝劝他。"

他姐姐的声音里没有一丝温度："我帮你把公司的窟窿补上了，不然他今天查账，肯定气得脑出血。你答应过我，把这桩婚事拒了，用什么方法我不管，我只要结果。"

唐顺鑫暗骂一声，低头把桌上的两个U盘收进裤兜里："姐，真的太谢谢你了。这个家里也就我替你说话，你再给我点儿时间好不？我跟那群朋友说了，他们不来真的，就是做个样子给爸看，要真敢对你做什么，你就报我的名字。"

他姐姐挎着包，头也不回地走出门。

高跟鞋的声音消失在走廊里，窗外已经完全黑下来了。

余小鱼的巴西假期泡汤了,她根本下不了床,也不想动,在微博上刷着张学友演唱会的词条,每天睡前都满腹怨念,恨不得啃江潜两口。

都是他!她都答应妈妈去现场要签名当生日礼物了!

南美巡回演唱会在里约热内卢、布宜诺斯艾利斯、乌斯怀亚举行,阿根廷几个城市的票早就卖光了,这意味着她只能眼巴巴地看别人去疯狂支援。

到手的鸭子都飞了,还不能跟妈妈说真实原因。

擦伤好得很快,两天后她能下地了,但走路都抬不动腿,就跟爬了海拔1000米的高山似的,肌肉酸得离谱儿。

秘鲁萝卜和中国草药太可怕了。

也就是江潜体力好,还能去公司工作。

转眼间春节七天假就过去,她还有一周可以享受,忍痛把巴西的行程缩短成两天,只去里约,然后去世界最南端的城市看企鹅。做短途计划的时候她没忘瞅一眼银城新闻,市领导春节慰问养老院、福利院、不停工停产的企业,经常出镜的某个著名企业家却没有出现。

"赵竞业挺低调啊。"

"他上面的人正在被调查,电视台可能接到通知了,所以谨慎处理。"江潜下班回家后看着当地报纸,转头对余小鱼道,"沈颐宁说赵柏盛今天被保释出来了,这段时间应该都不会出现。"

"嗯。"她虽然知道这个结果,但心里依旧很难受。

什么时候赵家才能彻底倒啊?

江潜喝了口咖啡,继续说:"赵竞业这个人,韬略是有的,也能干实事,银城的经济发展离不开他的功劳,但他这些年贪了很多,也不计较钱来得干不干净。他走得太顺了,没吃过什么亏,所以不如一些靠资历才得到重用的人爱惜羽翼,上了年纪又容易感情用事,迟早要跌跟头。跟赵竞业一比,无论头脑、手段还是眼界,赵柏盛都没有半点儿像话,倘若不是忠心耿耿、鞍前马后地效劳,赵竞业是不会保他的。"

在企业查询网站上,探骊网已经显示注销,高管被抓了几个,都是替死鬼,公司倒闭时,作为创办人的黎珠还在国外拍戏。

"感情用事?"余小鱼好奇。

"他和他妻子感情不错,也重视宗族血缘关系,太放任亲属作威作福了。他妻子就是黎珠,博雅传媒、探骊网和海珠网的老板。"

"就是那个大满贯演员?"

"是的,她现在还带着公司艺人在这儿拍戏呢。"

"我的天哪,时间管理大师……"余小鱼感慨,"她有这能力干什么不好,非要谋财害命!"

江潜抖了抖报纸:"谁知道呢。"

"江老师,你们的'项目'进行到哪一步了?"

他摇摇头:"举步维艰,颜悦还把刚到手的物证弄丢了。但常言说'塞翁失马,焉知非福',我工作十年,学到的就是不要计较一时的得失,既影响心情,也影响判断。"

"江老师,我相信你们能做到!"余小鱼凑过来,"如果一个项目你干了三年以上还搞不定,那就没人能搞定了。我上班之后见了那么多人,还是觉得你和沈老师的能力最强。"

他笑着接受了她的恭维:"这话你说可以,我是万万不能说的。"

"因为目标要反着立是吧!"余小鱼思索,"学霸都会在成绩出来前说自己考得不好,这是一种神秘的祈祷仪式。"

江潜看完报纸,把咖啡杯放进洗碗机里:"看来余同学很有心得啊。"

"嘿嘿,我不是学霸,是学酥,看着还行,一碰就碎。"

余小鱼抱着水豚,把它挠得发出呼噜声:"江老师,我明天想去拉博卡区逛逛,你能不能把车借给我呀?"

江潜皱眉:"我明天约了客户。"

"我一个人可以的嘛,还特地带了翻译的国际驾照!"

他弯下腰,扶着她的双肩,认真地注视着她的眼睛:"那你答应我,要注意安全。碰到儿童要钱,你别给,陌生人找你帮忙,你也不要答应,有人让你开车窗,你不要下车,先看周围有没有摄像头。"

"嗯嗯!知道了!"

江潜从架子上拿出一把车钥匙,余小鱼又说:"我想开你那辆蓝色的,颜色亮,和街景特别搭,拍照好看。"

他迟疑须臾,还是把车钥匙给她了:"开慢点儿。"

"哼,还心疼啊,又不是豪车。"

江潜说:"你不熟悉路况,轻点儿踩油门,它特别能跑。"

"哎呀,知道啦!"

第二天还不到9点,余小鱼就被江潜从被窝里拎出来了。

他把她往车里一放:"离合器会踩吗?"

余小鱼打了个哈欠,睡眼惺忪地用手扇了扇风:"你别看不起人,我学的是手动挡,科目二、科目三都是一次通过的。"

地下车库里停了十几辆车,这辆蓝色的是他最近常开的一辆,放在靠近出口的位置。

江潜拎着公文包坐到副驾驶位,系好安全带:"好,那请余同学送我去公司吧。"

"啊?"余小鱼呆了,她还没洗脸刷牙呢。

江潜整了整领带:"我需要确认你能安全驾驶,看得懂路标。我们按考试标准来,你把它开回来再补觉,想睡到几点都行。"

她"哦"了一声,摇动手柄。

"先要发动。"

余小鱼揉揉眼睛:"我睡蒙了,这个不算啊,不算,我从头来。"

她开门下车,穿着粉色的小睡裙绕车一周,弯腰看了眼车底:"没有猫猫,检查好了。"

然后她上车系上安全带,调整座位和镜子后,发动车子、踩离合、挂挡、打左灯、按喇叭、松手刹。

车子慢慢地移动。

"很好,继续。"江潜看着她认真地开。

他的语气太严肃了,余小鱼瞬间回忆起当初在驾校被教练支配的恐惧,心中一紧,离合器松得太快,车子就这么停在了出库的坡上,还直往下溜。

她眼看不好,一脚油门,车"嗖"地冲出地下车库,惊跑了花园里喝水的一群麻雀。

江潜被减速带震得一晃,好像不能接受这个事实:"科目二和科目三一次通过?"

余小鱼也被这一下给彻底晃醒了,拍拍胸口:"我家车是自动挡的,我就学车的时候开过手动挡的。"

"你多久没碰过车了?手别离开方向盘,别看我,看路。"

"呃,半年吧。"她心虚地实话实说。

江潜觉得放任她一个人在异国他乡开跑车简直就是在给 A 股抄底,连车带人都得赔进去。正要委婉地劝她换一辆自动挡的车开,她开口:"江老师,我保证把你安全送到公司,你把导航打开。我刚才是手生,这会儿找到感觉了,你坐稳!"

她的声音清脆而响亮,说话间她已经开过了第一个十字路口,左右环顾路况，大小臂呈90度握着方向盘。

江潜把到了嘴边的话又咽了回去。

小姑娘胆子挺大的，就算不稳，也让别人觉得她有底气。

他从一开始就喜欢她这点。

他把导航调成中文，不说话了，静静地看着她开。

余小鱼觉得今天是个黄道吉日，路上人不多，3公里的路程开了一刻钟，一切顺利，再也没犯低级错误。江潜只有在必要时提醒她几句，给她讲这辆车的性能特点，但她注意力都在路标上，只听进去"加速很快、能换六个挡"。

到了公司，她让江潜下车，自己倒库。江潜站在办公楼前看她颤巍巍地倒车，转方向盘像拧螺丝似的，最终成功地停进了车位里，和两边的车头平齐。

余小鱼长舒一口气，眉眼弯弯地说道："江老师，怎么样？"

"小鱼真棒。路上开慢点儿，不要急，遇到事就给我打电话，刮了蹭了都有保险，撞了也没关系。"

他单手撑在车门上，目光含笑："车坏了能再买，宝贝可就这么一个。"

余小鱼拉住他的领带，在他的唇边吻了一下，学着电视剧里的桥段，用手指勾一下他的下巴："去吧，小美人，下班了我来接你，哈哈哈！"

她踩下油门，一溜烟儿冲了出去。

"开慢点儿！"

江潜捏了把汗，半个小时后收到她平安到家的微信，才在会议室里放下心。

再多一个这样的孩子，他真管不过来了。

余小鱼到家后睡了个回笼觉。她这几天睡得特别多，江潜怕她恢复不好，弄了好些别人送的鲍参翅肚、燕窝红枣来炖汤，顿顿要塞四两肉三两米下去，还补不少维生素、钙片、鱼油之类的，坐月子的人都没这么讲究。

不过好处就是余小鱼睡眠质量极高，气色红润，毛发旺盛，就跟水豚似的。

中午江潜不回来吃饭，她就让管家大妈做了盘清爽的牛油果三文鱼沙拉，配上玉米饼和西柚果汁，吃完休息了半个小时，1点的时候顶着高温出门了。

天上多云，并不晒，余小鱼悠悠闲闲地以每小时30多公里的速度开，觉得自己简直是天才，第一次在国外开车都没被交警拦。她信心十足地一路向南,从马德罗大街开到韦尔戈大街,走走停停,一个小时后到了拉博卡区。

这个区域在布宜诺斯艾利斯东南,是探戈的发源地,靠近马德罗港,许多意大利移民的后裔在此安家落户。过去穷人们只能用铁皮盖房子,为了好看,就用船厂的油漆把房子刷得五颜六色,形成了彩虹街区的特殊景观。她把车停在勒扎玛公园北边的巴西路上,对面就是国家艺术大学和政府机关,她觉得这里安全一些,不会让无业游民把江潜的宝贝车给划了。

余小鱼脖子上挂着相机,边走边拍,走着走着都快蹦起来了。这条小路两侧都是上了些年头儿的民房,许多游客在房前拍照打卡,街道上种着大片植被,有娇艳芬芳的玫瑰、如火如云的赛波花、大朵的绣球,还有开了两个月快凋谢的蓝花楹。此时太阳冲破云层,幢幢花影映在明黄的窗户和蔚蓝的墙壁上,使街区在午后的阳光下显出一种繁盛的静谧,极具艺术情调。

"我要是有一栋海边的小房子就好了,想刷什么颜色就刷什么颜色。"她满怀期盼地自语。

本来想先去逛国家历史博物馆,结果一抬头就看见了轮渡码头的标志,牌子上还画着一条船,写着一个"C"开头的单词。

余小鱼精神一振。

这种地方,她还没去过呢!

她拍够了街景照,轻快地从桥上走过,粼粼海水倒映出游客们的身影。

工作日下午2点多,装修豪华的"幸运之星"号大船里仍然人满为患,有牵着贵宾犬的富太太,也有精神萎靡的青年,他们都指望在这个地方碰碰运气。作为一个在红旗下长大的乖孩子,余小鱼只是进来逛逛,30分钟后,她走得大汗淋漓,找了家船上的酒吧吃下午茶。

服务生看这小姑娘长了一副好说话的模样,无比热情地给她推荐了自家的某种招牌甜品。余小鱼听他描述,觉得一块巧克力蛋糕加上一杯冰橙汁值不了多少钱,就没去看菜单,等结账看到数字,才知道自己被当成肥羊狠狠地宰了一刀——付完钱,她兜里一枚硬币都不剩了。

吧台后的调酒师是个人精,看出顾客不满意,怕她在软件上写差评,就笑着跟她聊起了人生,还秀了一手技术,变魔术般调了一杯五光十色的鸡尾酒。

余小鱼正聚精会神地看着,忽然眼神一飘。

调酒师身后就是一楼大厅,熙熙攘攘的人群穿梭其间,刚才好像有个熟悉的身影飞快地走了过去。但人太多，她没看清，喝了口柠檬水，突然想起微信里的回复，"哎呀"了一声，拎起包就走。

"小姐，您不办会员卡吗？"调酒师在后面喊。

"不办，我穷！"她头也不回地高声道。

她追着那道影子出了大船，拿出包里的相机，对着远处就"咔嚓"拍了一张。这相机是乔梦星上次送她的，顶尖品牌，拍东西特别清楚。

余小鱼把照片放到最大，画面左上角的女人穿着黑色长裙，鬈发披肩，戴着墨镜，皮肤白得发光，海风吹起她的裙摆，露出小腿上一枚黑色的荆棘文身。

余小鱼撒开腿就朝那儿跑，挥着手提包，兴高采烈地喊："程尧金，你等等我呀！"

广场上的人并不多，可风很大，把她的声音盖了过去。

她穿着球鞋，已经跑得很快了，但程尧金跑得更快，不一会儿就到了海仙女喷泉那边，掏出车钥匙按下，树荫下一辆银色的车"嘀"的一声开了锁。

树丛里走出几个棕色皮肤的外国男人，把车子团团围住，此时又有两个穿夹克衫戴鸭舌帽的青年从侧后方跑来，凶神恶煞地喊着西班牙语。余小鱼就算听不懂，看这情形也懂了——他们在阻止程尧金上车，好像要抓她。

原来她在大厅里走得那么快，是因为后面有人追吗？

"喂！我叫警察了！警察！"她扯着嗓子用英语拼命大喊。

起初那些阿根廷人以为她是路过管闲事的，朝她竖起中指骂了几句，并没停下脚步，但程尧金听到声音，回头一瞧，脸上露出惊讶又焦急的神情，对她做了个"走"的手势。

这就让堵程尧金的小混混儿发现她们俩原来认识，其中两个人改变方向，朝余小鱼走来。

"你快走！他们是来抓我的！"

程尧金从车边躲了过去，一咬牙把高跟鞋脱了，抬手就砸出去一只，正中一个人的膝盖。

那人用西班牙语痛叫一声，恶狠狠地瞪着她，他的同伙不知从哪儿拿出一根钢筋，对着她的车就是"咣当咣当"几下，把车前盖砸出坑。

程尧金看到自己的车被砸，气得脸色发青，用手指着他："我咒你祖宗十八代！"

"跟我走，我有车！先过桥！"余小鱼跳起来挥手，率先折回去，把追兵甩在身后。

程尧金把另一只高跟鞋丢出去，光脚在被太阳晒得滚烫的水泥地上飞跑。两个女孩儿一前一后过了桥，拿出大学体测的劲儿一路狂奔，引得路人纷纷注目。

余小鱼抓住这个时机，想喊拐卖，话到嘴边竟然忘了那个英文单词怎么说，只能口干舌燥地大叫："他们卖女人！他们卖女人！"

有外国游客吃惊地打电话报警，与此同时，小混混儿里也有人拿起手机拨电话，不知道在找谁。

余小鱼远远地从树丛间看见一角明亮的海湾蓝，按下钥匙，锁开了，她三步并作两步跑到跟前，拉开门跳上车，火速系上安全带发动车子，急急慌慌地灌了口矿泉水，招呼程尧金："快快快！上车，上车！"

程尧金一阵风似的跑过来，半个身子已经坐进了副驾驶位，身后一只手蓦然拽住她的包，把两个人都吓了一大跳。余小鱼拿起手边的硬家伙就往外扔，砸到那个男人的额头。

"去死啊！"

程尧金往他的裆部狠踹一脚，手一松，男人抱着包倒在人行道上。

"砰！"

车门关上。

余小鱼重重地踩一脚油门，手刹不知拉到几挡，短短几秒之间，仪表盘上的数字从0飙升到60，车子如离弦的箭一般冲了出去。

车沿着坊间的小路飞驰，道旁的房屋、树木、行人都变作模糊的影子。余小鱼紧紧地盯着前方，超车、按喇叭、转弯，时不时瞟一眼后视镜，见那些人没有跟上，微松油门，车速降了下来。

十字路口处撞上红灯，她满头大汗地拍着方向盘，从包里掏出手机，刚打开备忘录找报警电话，屏幕一黑，自动关机了。

手机用了5年，无太热，15%的电量直接归零。

"垃圾手机！！！我的充电宝呢？！"

她心急如焚地在包里翻着，突然"啊"了一声，5分钟前砸在那个人头上的东西，好像就是她的充电宝！

"用你的手机，趁现在快报警，我们开到最近的警察局去。"

"我的手机和银行卡都在包里，被他们抢走了。"程尧金恨恨地道，"报警没用，这些人是老地头蛇了，我们西班牙语又不熟，肯定要吃亏。"

这下余小鱼傻眼了，呆呆地道："那你有钱吗？我的现金都花光了。"

程尧金摇摇头。

余小鱼安慰她："没事，等会儿随便找家商店，我刷卡买个东西，让老板给江潜打电话。"

话音刚落，程尧金扭头叫了声"不好"，只见那些人抄近道追了上来。

绿灯这时亮了，余小鱼被她一叫，神经顷刻间绷紧，手刹拉到最大，车子"嗖"地弹了出去。

"两辆黑色车，"程尧金替她看着后方，记下车牌号，"没你这车快，估计他们想找条路线把我们截停。"

"停他个鬼！我这车可能跑了！"余小鱼给自己壮胆，油门踩到底，冷汗"哗哗"地从背后流了出来。

手机用不了，没有导航，两个人都不清楚路况，只能在街区里被追着瞎转悠，程尧金略一思索："我们走大路，往北边中心城区开。"

又到了一个路口，离绿灯变红还有10秒钟，余小鱼急得团团转："哪边是北？！哪边是北？！"

她打开车窗看太阳，嘴里念叨高中地理："南半球夏天太阳东南升……我去！到底哪边升哪边落啊？"

后面的车主直按喇叭，骂她磨磨蹭蹭地堵着不走，她心一横，准备直行，程尧金指着左前方急忙说道："那辆车从绿化带插过来了！"

"过来就过来，我怕他？！"余小鱼咬紧牙关，在黄灯倒计时的最后一秒冲到了右边的公路上，关右灯打左灯，拐到快车道上。

车子误打误撞地开上了大路，这条路特别宽，有四条车道，稀稀拉拉地跑着几辆货车。

"是晚高峰还没到吗……？"余小鱼看到前面限速每小时60公里的牌子，感觉有点儿不对，城区车能跑得这么快？

程尧金紧张地左右看路标："糟了，这好像是往南出城的路，所以没什么车。该死的，他们又追上来了！"

"往南就往南吧！"余小鱼顾不得那么多，心里直跟江潜说抱歉，这一趟开下来，他这车必然得被贴罚单，她刚才超速太多了。

"我们不能出城，否则更难找到人帮忙。"程尧金担忧地说道。

公路两旁种着高大的奥布树，深绿的树冠后露出一片圆房顶，有白有红，像是希腊圣托里尼岛的那种度假屋，俯瞰着阳光下碧蓝的大海。

程尧金瞬间有了主意："那边是富人住的别墅区，他们不敢乱来，我们开到里面去。"

"好!"

余小鱼找了最近的一个路口开下去,后面的车穷追不舍。她眯了眯眼,两只脚压在离合器和油门上,手刹一拉,立刻把那两辆车甩出十几米远。

"今天就让你们开开眼!"

程尧金握着车顶的扶手,汗也下来了:"你悠着点儿……"

话音未落,"哐当"一声,车把路口的大号垃圾桶撞翻了,塑料瓶、一次性饭盒、烂水果、菜叶、蛋壳散了满地,苍蝇"嗡嗡"乱飞。

瞬间,两辆黑车也风驰电掣地到了路口,"哐哐"两下,把横在路上的垃圾桶撞飞到人行道上,稀黄的污水"哗"地泼了一玻璃窗,商店老板怒发冲冠,跑到外面破口大骂,把路过的流浪狗吓得"汪汪"直叫。

余小鱼瞥了眼后视镜里漫天泼洒的垃圾,吸了口凉气:"这都能跟!"

她抬头看看那片度假屋,建在海边的山上,大致了解方位后,凭借车窄的优势拐进了一条小巷里,紧跟在一辆车后面进了别墅区的门里,和迎面开来的豪车擦肩而过。

这种小路铺着石子儿,速度一快,就颠得要命,难以控制车身,程尧金心惊胆战地看着她刮了好几辆豪车,还惹得一辆越野车狂按喇叭,说道:"这是你男朋友的车吧,他要赔不少钱了。"

"我也不想,可我们在逃命啊!"余小鱼硬着头皮道,"这样江潜还能知道我们在哪儿!"

程尧金:"也是。"

余小鱼又严肃地说道:"我有一句话,不知当讲不当讲。"

"你说。"

"与开豪车比起来,撞豪车更刺激,我有点儿理解砸你车的那个流氓了。"

程尧金翻了个白眼:"别开玩笑了,看路!"

车爬着坡上山,前方视野变窄,植物茂盛起来,仿佛进入了现代都市中一个隐蔽的热带雨林里。林荫道旁整齐地种着棕榈树,园丁在给草坪浇水,一眨眼,好像有什么东西飞了过去,水管"噗"地爆开,喷了他满脸。

"什么玩意儿?!"

园丁还没反应过来,又有两个影子从路上闪过,水管被压成了花洒,打着圈儿对着他猛喷。

"讲不讲社会公德啊?!老子要报警!!"

园丁的咒骂声在风中飘远，余小鱼暗暗心急：怎么还甩不掉？这些人可真大胆，别墅区也敢乱闯。

这一恍神儿，前方出现数栋欧式小楼，每个楼边都有横着栏杆的地下车库。她灵机一动，对程尧金说："找找哪家没杆子！我们进地下车库里躲着。"

两个人左顾右盼，可视线所到之处，家家都竖着"禁止泊车"的标志，余小鱼七拐八绕，利用绿树的遮蔽暂时得以喘息，焦急万分之时，一辆灰色车从右边道上开来，径直驶入一栋别墅敞开的院门。

这栋别墅与其他房屋比起来更大，有个庄园式的古典雕花大铁门，房型设计得像个小教堂，西面镶嵌着一扇极为亮眼的彩绘玻璃窗。

车在玫瑰花架边停下，当余小鱼看到从驾驶室里出来的人时，精神一振，心想：这可真是天不绝人路，有缘千里来相会！趁大门还没关，她声嘶力竭地招手喊起来："乐老师！乐老师！是我呀！"

那个穿着白色连衣裙的年轻女人一愣，余小鱼踩着油门就开进来了，抛下一句"对不起，等会再跟你解释"，直奔地下车库开了下去。

"谁？"

乐茗脸上满是疑惑，重新走上车，跟着那辆蓝色车开进地下车库里。花园里巡逻的保安看到这场景，以为是客人，按遥控器关上大门，也顺着坡走了进去。

余小鱼在保安的引导下把车停在水泥柱旁，这个角度，从门口看不见他们。

地下车库里阴凉而安静。

她降下车窗，和程尧金长舒一口气，对视一眼，激烈跳动的心脏久久无法平静。

还有事要做。

余小鱼强自镇定，对着后视镜理了理头发，开门走下车，不料双腿一软，差点儿摔了个跟头。

保安连忙扶住她。

"谢谢，我没事。"她气喘吁吁地低语，声音颤抖。

"你是……？"

清如泉水的声音在面前响起。

余小鱼抬起头，展开一个笑容："乐老师，你不记得我了？我几个月前上过你家，咨询你钢琴课的事，你想起来了吗？"

"啊，是你！"乐茗有了点儿印象，但还是想不起她的名字，"你找我干什么？你怎么在阿根廷？"

程尧金从车上下来，走到她跟前："乐老师，我是她同学，我们春节来阿根廷旅游，今天在马德罗港碰上了抢劫的。我的随身物品都被抢了，她的手机没电了，那伙人特别凶悍，看我们上车了还在追，我们不熟悉路，误打误撞开到这儿，刚巧看到你。你能让我们待一会儿吗？这里是别墅区，他们不敢惹有钱人，等他们走了我们再回酒店。"

余小鱼道："我们还想报……"

"已经报过警了，你不要担心。"程尧金打断她的话。

余小鱼想起她说那伙地头蛇有内部关系，乐茗一报警，说不定他们就找到这里来了，转言道："乐老师，你能给谢曼迪打个电话吗？她有我男朋友的手机号、秘书的号码，我男朋友就在市里，我还没通知他。"

乐茗点了点头："这栋房子不是我的，你们最多只能待一个小时，房主来之前必须离开，他不喜欢陌生人。"

她又对保安说："她们是我的朋友，有劫匪在追她们，包和钱都丢了，所以到这里来躲一下。如果有人来问，你就说蓝车往小区后门开了。"

保安很有正义感："我这就去，有人来问我就这么回答，没人来问我就打电话给你。这里是李先生的住所，从来没有劫匪敢来这儿抢！唉，现在市里的治安越来越差了。"

保安说完就走出去了。

乐茗从手机里找出谢曼迪的号码，余小鱼看出她有所犹豫，说道："乐老师，我们是好人，不信你问谢曼迪，她知道我们。"

"现在国内是早上6点，她不一定接……"

乐茗把电话放在耳边。

余小鱼屏息静气地等着，没想到"嘟、嘟"了四五声后，那边接了："喂？"

"曼迪，我是乐茗，抱歉这个时候打扰你。是这样的，我这边有两个女生旅游时被抢了，找我求助，说她们认识你，你有其中一个女生的男朋友的电话号码。"

谢曼迪还在床上，声音有点儿迷糊："谁啊？"

乐茗看了眼余小鱼，后者报了自己的名字。

"叫余小鱼。"

"哦！"谢曼迪好像醒了，"她怎么了？"

"她的手机没电了,她同学的包被抢了,她想让你打电话通知她男朋友……"

余小鱼示意乐茗把手机给自己,清了清嗓子:"学妹,麻烦你告诉江潜,我跟我室友程尧金在一起,我们俩正在被当地帮派追,那群人很凶,怎么也甩不掉,路人报了警但可能没用。我们在拉博卡区的别墅里,想回他的公司,但不认识路,这里只能待一下,因为不是乐老师的房子。对了,我开的是他的车,路上太急,蹭了几辆车,可能会有人打他的电话,让他有个心理准备。"

"好。你们为什么被追?抢劫还能追车?"谢曼迪反应很快,一下子抓住了重点。

余小鱼看向程尧金,路上连喘口气的时间都没有,自然也没空问她为什么被追。

性质肯定不是抢劫,没见过抢劫砸游客车的。

程尧金接过电话:"是我,你哥的前女友。"

乐茗露出听了个大八卦的表情,余小鱼一个头两个大,仿佛又回到了硝烟弥漫的婚宴包间里,带着程尧金往地下车库里面走。

"嗯?我想起来了……程小姐,风水轮流转,你也有今天?"谢曼迪从床上坐起来,语气愉悦。

程尧金低声道:"你不是要听原因吗?我爸妈逼我相亲,我跑了,我弟给钱让人来抓我,要把我押回美国结婚。"

谢曼迪睁大眼睛:"你逗我呢?"

余小鱼也震惊了,没想到是这个理由。

这是家人能干出来的事?

"我说完了,你还要问什么?"程尧金面无表情。

"真是相亲相爱一家人哪!"谢曼迪幸灾乐祸地说,"你自求多福。告诉余小鱼,我现在就打电话给江总,你可以跟我说谢谢了。"

程尧金握着手机,不说话。

那边的人没挂,就这么僵持着。

余小鱼实在受不了,对着手机说了好大一声"谢谢",结束通话,跑了两步,把手机还给站在地下车库入口处的乐茗。

"乐老师,"她有点儿不好意思,"你这里有没有水啊?还有,如果可以,我想给手机充点儿电。"

乐茗皱了皱眉:"要是我家,我肯定让你们进来。"

看着余小鱼垮下来的脸，她叹了口气："你们在这儿等着，我让保安拿两瓶水，你先用我的充电宝。从现在开始50分钟内，你们必须走，走的时候把充电宝给保安就行，可以吗？"

"好的！谢谢乐老师。"

乐茗摇摇头："我没帮什么忙，之后的事也不是我能管的。"

说罢她就走了出去。

10分钟后，保安把两瓶水送了下来，还有一双宾馆用的拖鞋。

程尧金穿上鞋，用生疏的西班牙语跟他说了几句，然后对余小鱼道："刚才那些人一家一家地问，已经走了。还好隔壁没有人，不然就露馅儿了。"

"走了就好！"余小鱼拍着胸口。

两个女孩儿坐在地上，膝盖都发软。手机充上电一开机，余小鱼就给江潜打了个电话。

"小鱼，没事吧？"他立刻接起，声音中满含担忧。

"暂时甩掉那些人了，就是房子的主人快回来了，我们得离开。"她无奈地说道。

"谢曼迪跟我说过了。你们去小区前门的商场，车先随便停一个地方就行，我现在跟司机来接你们，你们在商场里等着，不要动。"

"江老师，你快点儿啊。"她这时候鼻子一酸，差点儿哭了。

江潜听着她带了鼻音的声音，心疼得话都说不出来，深呼吸几下，才柔声道："小鱼最勇敢了，不怕，车上有定位系统，我能找到你们。"

"嗯！"

程尧金看着余小鱼挂掉电话，眼里有些许羡慕，余小鱼抬起眼，程尧金就把脸转了过去。

"你爸妈……"

程尧金冷笑一声："公司经营不善，他们亏了很多钱，想把我卖给一个华裔家族做媳妇，说不嫁就是不孝。我跟他们说，我没有'孝'这个玩意儿，该有的孝心都在照顾我奶奶的时候消耗完了。

"我弟看我炒股赚了些钱，合伙经营的公司又上市了，就跟我说要是我能帮他把阿根廷子公司的窟窿填上，就有办法让我爸不逼我结婚。我傻，真信了！他整天不干正事，工夫都花在结交各路人上，我爸给他的钱，他早花光了，又暗地里以子公司的名义向总公司借钱，还瞒着我爸变卖资产，把公司掏空了。"

"你真帮他补了啊？"余小鱼皱眉。

"我看在以前拿他的信用卡消费的分儿上，用积蓄给他补了，他却没履行承诺。前天他才说找道上的朋友做做样子给我爸看，可你今天也看到了，我的车都被砸了，这叫做做样子？我猜他是怕我一走了之，摇钱树没了，还是得抓回美国嫁出去，给唐家大赚一笔。说到底，唐家的钱到最后都是他的，他才是我爸妈亲生的儿子，我不过是个装点门面的工具。"

她抹了抹眼睛。

余小鱼拍拍她的肩："你千万别再管他们了，你有钱，又有头脑，他们就看不得你这样，你过得越好，他们越生气。"

程尧金叹了口气，浑身脱力地靠在车门上。

半个小时过去，手机电量充到了40%，余小鱼觉得差不多了，重新发动车子。

"小区前门的商场……"她一边往花园外开，一边回忆来时的路，当时开得太快，只顾找路口，没注意周围的建筑。

"我问一下保安。"程尧金跟保安一通比画，顺利地弄明白了商场的位置。

余小鱼从包里掏出几块巧克力给保安做谢礼，他很开心："路上小心，我们阿根廷没你们中国治安好。"

"你还知道中国的治安？"程尧金诧异。

"对呀，房主就是中国人。"他指着保安室背后墙上的联系电话，"你看，这是他的名字。哎，他怎么提前回来了？我跟他说你们走错路了，快走吧！"

余小鱼挥挥手，赶紧把车开走了。窗子还没关上，程尧金回头看着那辆红色车开到花园门口，后座下来两个中国男人，正朗声笑着："这里就是寒舍，比您家可简陋多了……"

这声音有些耳熟。

程尧金忽然想起刚才保安指着的名字——"LI MING"！

那个人……

不就是前天才来德雷克船运公司和她爸密谈的李明吗？！

弹指间，她脑子里闪出一个几乎可以称得上疯狂的念头，但又立刻打消了。

她不想再惹事了，最好的方案是偷偷回美国，挂失银行卡，拿着保险单索赔，把丢的钱弄到手再考虑下一步操作。

"你接下来要怎么办？"余小鱼问。

"我先去警察局办个丢失证明，再回美国。还好我的护照和其他卡都放在酒店里，不然就难办了。不过那个包是我公司上市时其他合伙人送的，丢了可惜。"

"这是破财消灾，它替你挡了灾！"

程尧金微微勾唇："你说是，那就是吧。前面往左。"

眉心还没来得及舒展开，神情就一凛，程尧金说："糟了，那些人还在！"

余小鱼慌忙地看后视镜，只见一辆车不知何时跟了上来，有个穿黑短袖衫的男人从后窗探头，做了个鄙视的手势，脸上挂着阴冷的笑。

"他们两辆车，肯定有一辆追出小区后门，没找到我们，另一辆就在前门守着！"程尧金分析。

"看我甩掉你！"

余小鱼气不打一处来，猛踩油门，身子往下一沉，车在小巷里闪电般飞过，轮胎和石子儿碰撞出火星。

她跟着程尧金的指示往前开，小区大门遥遥在望，弹指间便擦着道闸冲出了门，道路顿时变得宽阔。江潜说的商场被她们抛在了身后，当下绝不能去那儿了，只能找新的地方躲着，反正车上安装了定位系统，余小鱼有信心他能找到她们。

傍晚的天空如火烧，路上的行人比一个小时前更多了，步履匆匆地走过商铺。

眼看那辆车就要追上，前方却是学校路段，有一群穿校服的中学生扎堆走出校门，即将踩上斑马线堵住路。余小鱼急中生智，打开窗，指着学校同一边的侧后方激动地尖叫，喊了个当红球员的名字："啊啊啊！是那个冠军！！！"

"哪里有他？！"

"阿根廷的英雄！！！"

"我们去找他要签名！！！"

学生们一听到这个名字，都跟疯了似的往右边跑，校门口一秒钟变得干干净净，半个人影也没有，连那辆车上的流氓都在往她瞎指的人群中看。

"好家伙，球王可真管用啊！"她感叹着通过路口。

这只是缓兵之计，不一会儿，那辆车又出现在后视镜里。程尧金看着谷歌地图说："前面是住宅区，路很窄，我们下车去巷子里吧，江总应该很快就来了。"

这辆蓝色跑车太醒目了，容易被发现。

余小鱼思忖片刻："好，你给他发个定位。"

她加速甩开追兵，开出百米后，当机立断把车停在一棵粗壮的梧桐树后。两个人猫着腰从绿化带里悄悄溜过，混入菜市场前人头攒动的人群中。

正是晚高峰下班时刻，这里人流量特别大，到处是拎着菜篮子的老太太、腆着肚子的大叔、推着婴儿车的父母、结伴而行的小青年，猫猫狗狗都聚在卖西红柿的露天摊位边，还有人牵着葵花鹦鹉来遛弯儿。

她们穿过喧闹的菜市场，跑进狭窄的街道里，这片区域与寻常街区相比更加陈旧，两边都是年久失修的七八层老楼，是经济繁荣时代遗留下来的产物。布宜诺斯艾利斯是一座方格城市，街区被纵横交错的小道划分为一个个小方块，导致十字路口繁多，楼间距小，太阳西斜时更是有一面照不到光线。两个人在楼房的阴影里疾速奔跑，用路边停泊的车辆做掩护，不记得经过了几个路口，即使汗如雨下，也不敢稍做停留。

程尧金穿着软底拖鞋很不方便，不一会儿后脚磨破了，不留神被石块绊了一跤，流了点儿血。她努力静下心，环顾四周，可是剧烈的运动太耗体力，精神无法集中。

余小鱼给江潜发完最新定位，舔了舔干燥的嘴唇，问："你还能走吗？"

程尧金重重地捶了一下墙壁，用方言骂了一句。

"咦？这是什么？"

余小鱼把她的拳头挪开，下面是一张贴在墙上的纸，墨迹已经被雨水冲淡了。

"是租房信息。阿根廷通胀太严重了，很多人出国，留下不少空房子。"

空房子？

余小鱼抬头望去，这栋楼有七层。借着暗淡的天光，她看到有的阳台上堆着杂物，显然久无人居。

纸上的日期是一个月前。

"我们上楼看看。"

程尧金不解："这里都是底层住户，治安也不好，我觉得不会有人给我们开门。"

余小鱼笑道："这你就不懂了，在国内租房，为了方便中介的工作人员带人看房，很多房子是不关门的。我看这里的房子如果不锁，就可以从外面打开，江潜的办公室和别墅都是这样的。"

程尧金同意了："那就上去躲一躲。"

余小鱼搀扶着她，走进了黑洞洞的楼道里。

底下三层都亮着灯，到了第四层开始黑了，楼梯扶手上结着蜘蛛网。她们在每扇门前都试着转动门把手，终于在第六层一间贴着招租信息的房外停下。

程尧金把门开了条缝儿，往里一瞧，空荡无人。

"真有你的！"

余小鱼给自己鼓鼓掌："都是毕业那会儿租房子的经验，你没租过肯定不知道。"

她一把扯下门上的招租纸，两个人进了房里，锁了门，拉上窗帘，打开灯。这是一间面积80平方米、三室两厅的公寓，主人显然刚搬走，家具杂物还没清理，厨房里锅碗瓢盆齐全，就是破破烂烂的。

"这拎包入住的好房子，放在银城不得月租上万元啊！"

她一屁股坐到沙发上，打开手机，电量就剩10%了。她生怕又出现紧急关头关机的情况，没开流量联网，给江潜发短信说了楼房号，也不知道他现在到哪儿了。

两个人才歇下来不久，就听到楼下有说话声，赶紧把灯关了。

这条街很僻静，此时天色渐暗，人行道上没有路灯，难以看清窗外的景物。程尧金竖起耳朵，分辨出几个词："我上去……车不远……就在这儿……"

还有狗叫声。

余小鱼也发现了，汗毛直竖："他们带了狗！你弟弟找的是什么专业帮派啊？"

"实在不行，我就跟他们走，到美国也有机会逃。"

"那怎么行！你爸妈不把你当女儿，他们连这种人都能找来对付你，还怕没有别的手段？我们先躲在这儿。"

程尧金看着她："对不起，把你拖进来了。"

"说什么呢！我还指望买你公司的股票发财呢。"余小鱼的语气里带了点儿责怪。

脚步声清晰起来，两个人都闭上嘴，趴在门上听外面的动静。

过了一会儿，男人的说话声在楼道里响了起来。

"他说啥?"余小鱼小声说。

"骂娘。"程尧金啐了一口,"没种的家伙。"

一股幽幽的冷气从门缝儿外渗入,余小鱼几乎可以闻到一墙之隔的狗味。

就在这时,门板剧烈地一震,吓得两个人连连后退,好在没叫出声。

"我知道你们在里面,快出来跟我走,不然就要受罪了!"男人蹬着门,用口音很重的英语粗声粗气地说。

程尧金红着眼,咬住嘴唇,退到厨房里,死死地盯着门口。

"砰!"

就在两个人合力把厨房门关上的同时,公寓的房门被什么东西大力砸开。

男人和狗扑了进来。

余小鱼和程尧金用身体抵着门,互相从对方眼里看到了拼死一搏的决绝。

"不想死的话,快出来!"

男人握着榔头,抬脚猛地往前一蹬。

门一开,他蹬了个空,上身直挺挺地倒进厨房里,急忙撑住门框。

灯光乍亮,一口平底锅迎面挥来,正中前额,然而人还没倒。余小鱼急了,双手舞着锅又敲了两下,男人像一头被激怒的老虎,狂吼着朝她扑来。

"我去,他骨头好硬!"

她踉跄后退几步,拿起手边一切能扔的东西朝他扔去,慌乱中听到惊恐的尖叫。

"打狗腰!别打头!"

程尧金被那条中型杜高犬扑在地上,拼命蹬着脚不让它咬下来。狗张开大嘴露出獠牙,喉咙里发出低低的嘶吼声,一副凶恶的狼相,口水直往她身上滴。

眼看男人举着铁榔头就要砸下来,余小鱼右手掀起墙上挂的锅铲,左手从燃气灶上抓起生锈的锅架,伸臂一扔,甩到程尧金身前。

"铛!"

这一扔的同时,铁榔头敲在锅铲上,震得她整条手臂发麻,危急时刻竟一点儿力气也使不上,锅铲落地,身子也朝阳台倾去。

"刺啦"一声,短袖衫被墙上的挂钩撕出个大口子,昏暗的灯光下,雪一般白的肌肤露出来。

男人眼里露出毫不掩饰的贪婪,把榔头在手里掂了掂,嘴里说着她听不懂的话,步步进逼。余小鱼扶住灶台,紧张地环顾周遭,能扔的大物件都被她扔完了,只有……

程尧金还在跟狗殊死搏斗,这烈性犬极为难缠,若是给它咬中了,必然扯下一块血淋淋的肉。脖子已经被狗爪划出血痕,程尧金使出吃奶的劲儿不让它低下脑袋,快要坚持不住时,只听一声响亮的"接着",一个东西从空中抛了过来。

东西还没落地,程尧金就闻到一股刺鼻的气味,下一秒,那瓶子撞在狗头上,鲜红的粉末洒了一地。

是开盖的辣椒粉!

杜高犬被呛得连连打喷嚏,口水乱飞,程尧金屏住呼吸,趁它偏头,拿起带棱的锅架就往狗柔软的肚子上一通狠敲。杜高犬痛叫着,四脚朝天翻到瓷砖上,她怕它爬起来,捡起辣椒瓶,把里面的辣椒粉全往它脸上撒,最后用平底锅给狗肚子来了个三连击。

鲜血从狗嘴里溢出,泛着白色泡沫。

她这才喘着气站起,一抬眼,"啊"地惊叫出来。就在她斗狗的时候,余小鱼被那个男人压在阳台的水泥地上,上衣被扯掉了,裤子也漏出一条腿,腰部裸露在外。男人粗暴地扯余小鱼的胸罩,用膝盖压着她两条乱踢的腿,闻声扭头,见这个亚洲女人拿着"武器"朝自己走过来,并没动,反而露出一个狞笑。

程尧金心觉不妙,手腕突然传来一股大力,平底锅掉在地上,身体也被人从后面抱住。

"完了!"

她脑子里闪过两个大字。

"你怎么才来?!"男人朝抓住她的同伙抱怨,"只说那个女人不能碰,没说这个女人不能碰,你把她带出去,等我一会儿。"

他的同伙看到地上昏迷流血的狗,一个巴掌扇在程尧金的脸上,怒喝:"敢杀我的狗?!"

程尧金也吼起来:"我弟弟是唐顺鑫,克里斯·唐,德雷克船运公司的总经理!他没给你们钱吗?!他怎么跟你们说的?"

地上的男人听得懂英文,大笑起来:"你弟弟只跟我们老大说把你找到,活着交给他,可没说不能打啊,也没说要管别人。送上门来的女人,不要白不要！"

满腔悲愤几乎要把程尧金焚烧殆尽，她一滴眼泪也流不出来，想笑，面部又僵硬得动不了。

她弟弟。

她同父同母的弟弟！

男人低下头，继续脱衣服。

"你别动她！我跟你们走！我跟你们走！你要是动她，我杀了你们！！"程尧金红着眼嘶喊。

"哈哈哈，你杀呀！"男人解开裤链，"别动！"

他勒住余小鱼的脖子。

看到余小鱼憋得满脸通红呼吸困难，程尧金目眦欲裂，然而身不由己地被人往厨房外拖，十个指甲抠住门框，说："他给了你们多少钱？我给双倍……不，三倍！你们别动她！你们有我的包，里面有银行卡，拿去，都拿去！"

"我们都有你的包了，你还给包里的钱，当我们傻啊！过会儿车就来了，到时候我们就分钱。"

"我还有更多！你听我说……"

千钧一发之际，男人骤然松开程尧金，发出一声痛苦的闷叫，再也没有哼第二声，两眼一翻朝后倒去，裤兜里的东西掉了出来。

他身后站着一个高大的身影。

程尧金呆了一瞬，还没反应过来，江潜一只手动作极快地捡起地上那把格洛克手枪，拉开保险栓，枪口对准压在余小鱼身上的人，另一只手把沾血的酒刀丢进风衣口袋里，眼神冰冷至极，压抑着暴怒。

"你别开枪！"男人看到枪，眼里闪过一丝畏惧，示威地把余小鱼拽起来当人质，还没继续使力，手指就一阵剧痛。

"啊呀！"他疼得下意识地甩手，余小鱼松开牙齿，由于体重轻，被这一下直接甩了出去，后脑勺儿磕到栏杆上，发出"咚"的一声响，回声阵阵。

"呸！喀喀……疼死我了！"她两眼发花，捂着脑壳叫道。

等钝痛过去，视线变得清晰时，江潜已经和小混混儿缠斗在一起，腿一绊，两个人合抱摔在地板上。这小混混儿不知有哪国血统，块头极大，浑身都是结实的肌肉，如钢板一样硬，她刚才根本就没法儿挣脱，此刻他从地上奋力坐起，把江潜压在背后，爆发出大吼，想翻身扼住江潜的脖子。

江潜戴着羊皮手套，争斗中没能抓住那男人的胳膊，双脚便借力在对方的腰部一蹬，身子往后滑开半米远，伸手一抓，握住地上的锅铲。只见长长的柄在空中转了一圈，猛击中男人的鼻梁和眼睛，趁他下意识地举手护住脸的工夫，江潜背靠橱柜，单膝跪立，右臂绕过他粗壮的脖颈紧紧地勒住，左掌在他脑后用力地往前推。

一个致命的裸绞。

不过四五秒钟，余小鱼裤子还没穿好，那躺在地上的彪形大汉就悄无声息地倒下去，身躯触电般抽搐了两下，在江潜松手后眼睛一闭，头歪向一边。

程尧金给她拉上衣服，嗓音低哑："没事了……没事了。"

"江老师，你别松开啊！"她看江潜站起身，急得跺了跺脚。

江潜一个箭步把她捞到怀里，脱下一只手套，在她身上匆匆地摸索着，确认是否受了伤。余小鱼看他完全不顾地上的男人，拎起锅铲，对着男人光秃秃的大脑门儿敲了好几下。

"咦？真的晕过去了，我还以为是装的。"她咕哝。

他手劲儿可真大，这么一下子就把人撂倒了。

"他一时半会儿醒不过来。"江潜说，"小鱼，我们走。"

"江老师，我脑壳疼……"

他眼里满是心疼，轻轻地撩开她的头发，她磕到的地方肿了个红包，但没什么大碍："我吹吹，不疼了，不疼了。"

然后他连吹了好几口气。

程尧金忽然想起来，对江潜道："他说一会儿车子就要过来，你带人了没？我们赶紧走。"

"带了一个保镖，楼下只有两个人，解决了。"

江潜重新戴上羊皮手套，一脚踹开厨房门口昏迷的人，揽着余小鱼大步流星地往客厅里走，低头对她做了个嘘声的手势，拿起座机听筒放在耳边，手指"噼里啪啦"地按了几个数字键。

"您好，拉博卡区警察局。"一个女声立刻响起。

"这里是卡洛斯梅洛街788号，坐标是C1163ADD，有人在居民楼里斗殴，还听到了枪声，请赶快来。"

江潜用标准的西班牙语快速地说完，把座机重重地一推，掏出克洛格，抬手对着厨房门板连开三枪。

座机扯着电线落地，插头冒出火星，仿佛是被他怒火滔天的眼眸点燃的。他微微喘着气,把枪一丢,垂目看向怀里安然无恙的人时,苍白冷厉的脸色才有所缓和。

墙漆被震落,纷纷飘洒在翻倒的听筒上。这一串动作行云流水,快如流星,余小鱼震惊地张大嘴,回过神儿时,已然被他带着跨出了公寓门。

等帮派的人来了,他们就会和警车撞个正着。

"别回头看,脏。"江潜轻吻了一下她的额头。

三个人出了居民楼,夜幕已经降临,两辆车停在路边。

"我把那两个晕过去的崽子拖到地下室去了。"保镖用西班牙语跟江潜讲了几句,是从流氓嘴里撬出的信息。

江潜听完,问程尧金:"唐顺鑫是你什么人?"

"我弟弟。"

他皱了皱眉:"你现在想去哪儿?"

"回我住的酒店,最早明天回美国。今天多谢江总了,小鱼是担心我,才陪我逃了一路,请不要怪她。"

余小鱼拉着她的手:"你回酒店不会又遇到那伙人吧?"

程尧金笑笑:"是我认识的人开的酒店,我没用护照登记,很安全。"

"你回美国跟我说一声啊。"

"好。"

江潜叫保镖:"你陪程小姐回去,一直到她上飞机。"

他又给了她一个装着现金的钱包:"还你上次的信用卡。"

程尧金道完谢,和保镖坐进不起眼的黑色车里,江潜领着余小鱼上了另一辆银色的车,宽敞的车型让她一坐下就伸直了腿,长长地舒了一口气。

两辆车相背而驰,瞬间开远了。

绕过街角,城市华灯初上。河中荡漾的水波倒映出古老的塔台,汽船载着游客从桥下经过,船身彩绘着"阿根廷爱你"的字样,放着轻快悠扬的探戈舞曲,岸边乘凉的居民啃着面包朝游客们挥手致意。

下午的一切好像一场梦。

余小鱼筋疲力尽地躺在后座上,抱着靠枕,和江潜说着出门后的惊险经历,声音从兴奋变得平缓,越来越低。

"我的跑车呢?"

江潜握着方向盘,心想:小丫头还挺牛,这时候还惦记她的车。

不对,那车什么时候成她的了?

他从后视镜里看不到她的脸,红灯时回头一瞧,她抱着靠枕迷迷糊糊的，眼睛都睁不开了，还望着他露出一个傻乎乎的笑。

"还笑，差点儿被人……"他说不下去了，想到当时自己闯进屋子里时看见的画面就心有余悸。

凌迟不过如此。

"你的车被人砸了，在厂里修。"

"要修好啊，下次我还开它……"

余小鱼含糊地说，在桨声灯影里沉入了梦乡。

第十五章
海边的别墅

车在繁华的马路上疾驰，司机和保镖一言不发，程尧金坐在后座上，头靠在车窗上。

金黄银白的霓虹灯像珠宝的光华，忽明忽暗照着她的脸，散乱的鬓发间露出几缕血痕。她望着马德罗港口载歌载舞的人群，一口郁气生生哽在喉咙里，眼里的悲哀沉淀为一片死寂，在欢快的乐曲声中又慢慢变成磐石般的坚定。

灯光闪闪烁烁，大脑走马灯似的回放着过去的画面，一点一滴，从小到大，由远至近。她被回忆戳得鲜血淋漓，体无完肤，直到人山人海的广场上传来巨大的礼炮响声，她才得以从旋涡里抽身。

布宜诺斯艾利斯将于下个月举办狂欢节，从1月下旬开始，每周六晚都有小规模的表演。此时五月广场极具节日氛围，到处是戴着鲜艳帽子、穿着奇装异服的艺人，有玩杂耍儿的、吹泡泡的、专门和游客照相的，还有一队街头音乐家敲着小鼓在玫瑰宫前演奏，引得行人聚集。

程尧金不由得也朝那儿看去，贝尔格拉诺将军雕像的右前方贴着海报，和打鼓的音乐家离得很近，宣传的却是另一场演出，用中西双语写着《1月29/30日 19:00，贝莱斯体育场：歌神南美巡回演唱会》。

她一个激灵坐直了，当即叫司机："先送我去另一个地方，离这儿不远，然后再回酒店，拜托了！"

她心脏跳得很快，然而这个大胆的想法一经生出，便再也无法动摇。

她不能放过这个难得的机会，一定要试试！

车按指示从玫瑰宫北边的小路向西开，经过玛卡莎·纪尧姆桥，再往北几百米，停在拉奎尔公园附近的一个街区里，车牌避开摄像头。这片区域夜晚十分宁静，海浪声中偶尔听得几声犬吠，富户的别墅门口种植着大片香茅草、薄荷叶，蚊虫比别处少了许多。

程尧金从树后走出，大大方方地走到一户院子前，推开花园的栅栏门，顺着小径走上台阶。

一只威猛的德牧在葡萄架下站起身，看到是她，摇摇尾巴，又趴下打盹儿了。

这里是唐顺鑫在马德罗港的家，母亲给他买的，怕阿根廷治安不好，连狗都给他从美国的家里空运了一条。

程尧金本科毕业后刚去波士顿的时候在家住了一段时间，和那几条狗混得比人熟，狗喜欢人，就是一心一意地喜欢，不会有假，而人类的嘴惯于编造谎言，吐出恶毒伤人的字句。

她来过这个房子一次，半个月前一下飞机，唐顺鑫就把她接来谈补足公司款项的事，对她十分殷勤。这次唐继寿来阿根廷看他，父子俩就住在里面，重要的东西应该也放在里面。

她试了试美国家里的密码，门开了。

晚上7点多，保姆已经下班回家，而唐家父子拿着贵宾票去听张学友的演唱会了，整栋二层小楼里只有她一个人。

程尧金想了想，上楼走到书房，拉开所有抽屉，并没有找到目标物。

她的目光在房内扫了一圈，落在书桌后的保险箱上。唐继寿那天让儿子把U盘放到保险箱里，会是这个吗？

保险箱不大，盖着一条白色的亚麻蕾丝罩，也是家里的同款，显然母亲对儿子的照顾到了无微不至的地步，恨不得把波士顿的家都给他搬到这里来。

试一试，不行就算了。

她这样想着，没抱什么期望地输入八位密码，输了家里三个人的生日，都不行，输自己的，更不行。

她弄了一刻钟，保险箱显示输入错误次数太多，锁死了。

程尧金注视着这个死皮赖脸就是不开的保险箱，在它的上面拍了拍，用保镖的电话打给司机："叫个搬家公司过来，我要搬行李，就一个重物。"

她抿着唇走出书房，情绪有点儿低落，路过虚掩着的房间："等等……

还有两个行李箱,不多。"

她推开两个卧室的门,床上很乱,堆着球衣、裤子、文件夹,地上摊着 28 寸行李箱。

程尧金想起在办公室里偷听到的对话,唐继寿和唐顺鑫要回美国,把李明的投资撤干净,看这光景,两个人明天就要上飞机,今晚有演唱会,所以匆忙地出门了。

冥冥之中有什么指引着她,让她蹲在唐继寿的黑色行李箱旁,拉开夹层的拉链。

里面是降压药、护照和一个他 50 岁生日时唐顺鑫给他买的皮夹。程尧金一翻开,就看到一张唐顺鑫小时候的照片,抱着个大西瓜,骑着木马,笑得很开心。

这张照片是在中国拍的,她记得那天,是弟弟 3 岁生日,他们举家回乡,唐继寿夫妇带着儿子去县里的照相馆里拍照,让她在家陪奶奶。

奶奶打麻将输了几千块,和牌友说了一句:"要是我儿媳妇头一胎生的是金宝就好了,再养一个干什么,费事!"

她 6 岁,晚上对菩萨许愿:能不能把我塞回妈妈的肚子里?

她不想被生出来。

奶奶、爸爸、妈妈都是这么想的。

唯一一个不这么想的就是弟弟,他想要一个能给自己玩具、听自己话、照顾自己的乖姐姐。

程尧金压住胃里的恶心,移开视线,把皮夹里的东西一股脑儿倒在床上,除了照片,还有银行卡、零钱、大额纸钞。

"U 盘!"

她低低地叫了一声。

竟然真让她找着了!

就是当时在唐顺鑫的办公桌上看到的刻着字的黑色 U 盘,里面存着唐家和李明见不得光的交易,唐继寿把它放在了钱包里。

谁拿到,谁就掌握着德雷克船运公司的秘密,可以决定公司的股价走势,甚至左右唐家的命运。

还有一个。

程尧金飞快地翻着箱子,没有,又翻背包,也没有,她立刻去唐顺鑫房间的箱子里找。

不出意外,第二个 U 盘放在相同的地方,只不过钱包里的照片不是全家福,而是某个不知名的火辣的比基尼美女。

她还想抽几张钞票,又嫌脏,就站起身,手里握着战利品快步走下楼,给司机打电话:"不好意思,把搬家公司退了吧,我现在就过来了。"

她从冰箱里拿了一瓶苏打水、一包三明治,狼吞虎咽地吃着,走出别墅大门,关门前不忘对客厅的摄像头做了个鄙视的手势。

德牧看她出来,又站起来摇尾巴,她把三明治的面包皮掰了点儿给它。

"以后咱们就不见了。"

狗听不懂,疑惑地歪着头,汪了两声。

程尧金摸摸它颈上的毛,孤身走入苍茫的夜色中。

不远处,大西洋的潮汐拍打着海滩,涛声阵阵,响彻云霄。

还不到 8 点,银色轿车开到雷科莱塔区的别墅,熄火时余小鱼还没醒。

江潜静静地看了她一会儿,终于狠下心,把她摇醒。

"嗯?"

"下车。"他语气淡淡地说。

余小鱼揉着眼睛,瞄了眼电子屏的时间,她才睡了 20 分钟,又累又困,全身都没劲儿,朝他张开双臂。

江潜不抱她,冷着脸把后车门打开。她小小地哼了一声,打了个哈欠,蔫头耷脑地走向楼梯,破短袖衫挂在身上直晃荡。

她在楼梯上等江潜开门,回头却见他站在台阶处,挽着脱下来的风衣,脸上没有一丝笑意。

余小鱼迟钝地想起来,他找到她之后,好像就没笑过,一直是这个严肃的神情,好像谁死了。

呸呸呸!

她还没事呢。

他身后空荡荡的,少了好多车,余小鱼又打了个哈欠,"江老师,你派了多少人来找我们啊?叫他们都回来吧。"

"派什么人?我又不是道上的,只有我和司机、保镖三个人在找。"

"那这么多车去哪儿了?"她咧嘴问,"我还以为是去找我们了。"

江潜看她还没心没肺地笑,怒火攻心,喝了一声:"站好!不许嬉皮笑脸的。"

余小鱼浑身一抖,彻底醒了,眼圈又一红:"你吼什么呀……"

余小鱼触到他凝重的目光，尾音立刻消失了。

她无辜地望着他，黑眼珠雾蒙蒙的，好像要滴出水来。江潜逼着自己不去看她这副委屈的表情，盯着她破损的衣服，背后又渗出冷汗："你说，今天的事，错了没有？"

"没有。"她极小声地道。

"大点儿声！错了没有？！"

"我……我……"余小鱼百口莫辩，不敢看他焦急的眼睛，低着头来了一句，"我就是没错，我朋友有难，我看到了怎么能不帮？"

"你就是这样帮的？"

"那还能怎么样嘛！人家追她，她的车被砸了，我就带着她开车逃。江老师，你不知道那些人追得有多紧，我根本没法儿到你说的商场去……"

"还说？！"他严厉的声音突然拔高。

这一声把余小鱼给镇住了，她呆了几秒，嘴唇颤抖着，"哇"的一下哭了出来。

她眼泪直往下淌，两只手抹着脸，嘴里还碎碎念着："我……我就是没错……我就是没错！你什么都不知道，还凶我！呜呜呜……"

江潜用车钥匙猛地砸了一下电表箱，"铛"的一声，余小鱼吓得连哭都止住了。

"不许哭！好好说话！"

他看着她强忍住泪意的小脸，和一抖一抖的双肩，心里如刀割般疼，又气得够呛。

她知道他接到谢曼迪的电话时有多着急吗？

她知道他看到那辆被砸碎玻璃的蓝车时，有多恨自己来迟了吗？

她知道他在居民楼下发现新鲜的血迹，差一点儿就疯掉了吗？

她知道他一进门就看到那个男人压在她身上撕衣服，费了多少意志力才忍住杀人的冲动吗？

保镖跟他说那是这里势力最大的地下团伙，无恶不作，她一个手无寸铁、没有经过训练的女孩子，小小的、蜜罐子里泡大的一个人，整天跟他撒娇，要他抱，说话都软绵绵的，怎么能对付得了七八个持有武器的青壮年！

江潜这辈子都不愿再回想发生在那栋老公寓里的事。

而她居然还说，下次还想么开车，觉得刺激，觉得像在拍电影！

她知不知道自己遭遇的是什么样的危险？

她想没想过一旦出事，他要怎样面对无法挽回的后果？

最坏的可能性呈现在面前，恐怕他会抑郁发作，和母亲一样从楼上跳下去。

江潜脸色铁青地望着她。

细碎的抽泣声响起，而后止不住地变大，哭声再次回荡在空旷的地下车库里。

余小鱼对着他，哭得上气不接下气，残破的袖子在空中抖动着。

江潜今天是铁石心肠，任她怎么哭都不为所动。他绝对要让她认识到错误，竭力把声音放低些：“要提开车是吧？那我们就从开车说起。你开车的技术很好吗？敢在居民区里几秒内加速到每小时100公里？！你知不知道交警给我打了多少个电话？你路上蹭了多少辆车？”

他指着身后空缺的车位："能接受赔款的倒好，限量款的车主不收钱，我拿自己的车叫夏秘书谈好赔给人家，这倒是其次，万幸没撞到人！"

余小鱼张口结舌，她……原来蹭了那么多车吗？

她心虚了，吸着鼻子说：“你就是……就是心疼车！又不是我想开那么快，是后面有人在追我们啊！你能不能换位思考一下，要是你，你能不开快？”

江潜被她气得头晕目眩，扶住栏杆："我是心疼车？你以为我心疼车？！我气的是你没有金刚钻还要硬揽瓷器活儿，港区赌场附近那么多出租车，你偏要自己开！撞了人怎么办？别人家里没有父母儿女吗？把自己撞了怎么办？我在阿根廷给你买个棺材，把你装进去，运回银城给你妈和你舅舅看吗？我宁可把自己装进去！"

余小鱼哭着跺脚："你咒我！你怎么能咒我！你收回去！你快收回去！呸呸呸！"

江潜血压飙升，身子一晃，好不容易站住脚，觉得自己需要速效救心丸。

他举起一只手，深呼吸，放慢语速，"好，我收回去，你听我说，我在跟你讲道理。"

余小鱼"嗯"了一声，抹了把眼泪："这才像话。"

她说什么？

江潜喘了好几口气，忽略这句本该属于他的台词，缓和道："在这种人生地不熟的情况下，你的最优选择应该是出租车，景点的司机都懂英语，他们根本不用地图，只要多给点儿钱，就能想法子把追兵甩掉。在车上你让司机给我打电话，然后报警，这比你自己开车要省时省力得多。你错在高估自己的实力，万一运气差点儿，脑子转得慢点儿，你们两个人全完了。"

"可是我没现金！"余小鱼理直气壮地说，"我唯一的选项就是自己开车，而且你说这车特别能跑。"

"我不是给你换了钱放在包里吗？昨天还在！"江潜匪夷所思。

"我……我……"

江潜一看她这样子，就知道有事瞒着他，走上几级台阶，轻声道："你说实话，我不骂你。"

余小鱼看了他半晌，磕磕巴巴地小声道："我在'幸运之星号'上花光了，一个硬币都没有了。"

……幸运之星号？

江潜没开口，过了几秒，僵硬地道："我知道了。"

然后他机械地抬腿走上台阶，开门，走进屋。

"江老师！"她追上来。

江潜甩开她的手："别扯我的衣服。"

那一刻，余小鱼突然很害怕，从背后抱住他的腰大哭起来，无论他怎么拂开她的手，她都紧紧地勒着不放。

余小鱼的眼泪浸湿了江潜的衬衫，江潜手里的风衣掉在地上。

"江老师，你别生气，我……我不是故意的……你别不要我，呜呜……江老师，你抱抱我……"

胸口像被压了块巨石，传来一阵阵的钝痛，江潜用尽全身的力气，把她小手拉下去。

余小鱼蒙了一瞬，泪汪汪地凝视着他，脸上的灰尘和泪水混在一起，花得像只流浪猫，声音难以置信地颤抖："江老师，你是不是……是不是不要我了……你是不是讨厌我了？"

再多一秒江潜就要忍不住了，他给她胡乱擦了两下眼泪，捡起风衣，说了句"好好反省"，狼狈地逃去客卧，锁上门。

"江老师……江老师，你开门！"

她在外面一边哭一边挠门，撕心裂肺："你不要我了对不对，你都不抱我……"

他坐在椅子上，掐着自己的手腕。

正在睡觉的水豚被吵醒，用门牙顶开落地窗，走进来坐到他身边嚼叶子,默默地陪着。

这一整夜,江潜都没合眼。

第二天余小鱼醒来的时候,主卧里只有她一个人。

12点,管家大妈把做好的午餐放在桌上,快离开的时候看到她洗完澡出来了,关切地问她眼睛肿成这样是怎么回事。

余小鱼一下子就趴在桌上哭了,大妈急得要给江潜打电话,她制止了,哽咽道:"我跟他吵架了。"

大妈挑了挑眉毛,指着饭菜说:"那你更要好好吃饭,吃饱才有力气吵。"

然后她笑着用西班牙语感叹一句:"年轻真好!"

"真没有同情心,居然还笑得出来。"余小鱼擤完鼻涕,大口大口地吃着牛肉卷饼。

江潜中午都是不回家的,她没有费工夫问他,到了下班的点,她也没有联系他,微信对话框里还是昨天一连串的表情包。程尧金倒是说她已经找机场的警察办完丢失证明,上飞机了,让她好好休息。

怎么能好好休息?

昨天晚上她在门外哭了几个小时,哭着哭着就睡着了,醒来时是在床上,衣服还没换。

敢情他就把她从地上捡起来,扔到主卧去了。

回忆起昨晚他生气的样子,她的眼泪又要流出来,她赶紧告诉自己不要想那个坏人,他那么凶,还吼她,爸爸都没那么吼过她。

余小鱼去洗了把脸,试图让自己看上去精神一点儿,可黑眼圈和红眼皮太明显了,在镜子里看上去像一条化了烟熏妆的大眼泡金鱼。

"我叫咬咬,是一只小鳄鱼……"

铃声响起,是德语的《小鳄鱼之歌》。

中文谐音听起来有无数个"傻瓜",她今天才换的。

余小鱼忐忑不安地坐到床边,踌躇了半分钟,才按下通话键,没说话。

那头的人也没想让她先开口,开门见山地道:"你到地下车库来,我在下面。"

"我才不下去。"她嘟囔。

10分钟后,她上完洗手间,吃完饼干,浇完盆栽,喝了几口水冷静下来,觉得要跟他说清楚,她今天、明天、后天、大后天都不想看见他。

余小鱼对镜子里的自己点点头,自我鼓励:"不就是跟他说句话嘛!说完让他滚,我就回来刷剧。今天我要通宵刷剧。"

她穿着睡衣踩着拖鞋从楼梯下去,雄赳赳气昂昂地走到地下车库里,等看到昨天那辆海湾蓝、保险杠断了、车身也凹下去一小块的车时,气焰顷刻间弱了大半,磨磨蹭蹭地走到车旁,还没开始清嗓子演讲,就被一只手拖上了副驾驶位。

"你干吗?!"她不情不愿地坐在座位上。

"系安全带。"

"我不系。"

"不要让我再说一次。"

余小鱼瞪了他好几眼,腹诽着系上。

"你这车还没修好,能开吗?"

江潜不说话,目不斜视,打着方向盘开出地下车库。

"你要带我去哪儿?"

她问了好几遍,他都没回答,把车开上大道。

余小鱼心里打鼓,他不会要带她去事发地点,然后重演一遍昨天的交通事故吧?

不,肯定不会!他就剩这几辆车了,没别的豪车可以赔人家。

她哼了一声,扭头看着窗外川流不息的车辆。

大楼从密集变得稀疏,灯光从明亮变得暗淡,经过港区,车还在继续行驶。天上挂着半弯月亮,陪他们一路南下,在夜幕中越来越亮。

他不说,余小鱼便也不问,低头玩手机,就这样过了一个半小时,不知开到了哪个旮旯儿,海浪的声音远远地传来。

江潜踩下刹车,终于冷冷地说了今天的第三句话。

"你不是喜欢刺激吗?我带你去找点儿刺激。"

"咔"的一声,安全带被解开。

没等余小鱼反应过来,江潜将她拽到腿上,把自己的安全带从她背后绕过去。

粗粝的带子贴着肩胛骨,摩擦得皮肤微痛,她竖起眉头,一只手使劲地推搡着他,另一只手还没摸到插扣就转了个方向,紧张地攥住他换挡的手。

"你干什么?!"

"我说过了。"

话音刚落,两侧车窗外的景物又开始移动。

余小鱼吓了好大一跳:"你把我放下去,你不能这样开车!你放开我……"

江潜单手握着方向盘,扯开领带往后一扔,把她的脑袋按在胸前堵住嘴,踩下油门。

"嗯嗯……"

她感到车子飞快地往前驶,心跳瞬间加速,狠狠地一口咬下去,企图让他清醒过来。

他吃痛的吸气在她的头顶响起。

"嘴倒是厉害。"江潜直视前方,加了一挡。

车子蓦然加速,余小鱼往前一倒,鼻子磕到他坚硬的胸膛,疼得眼花缭乱。她怕他在盛怒之下做出什么可怕的事来,强自镇定想和他辩一辩,可他压着她的头,根本不让她开口,任凭她怎么咬都不松手。

江潜被她的小尖牙啃破了皮,硬是一声不吭,把车开下高速公路,打着远光灯朝沙滩奔去。

大风呼啸,涛声越来越近,余小鱼出了一背的冷汗,使出吃奶的劲儿挣扎起来,好不容易才抬起脸叫道:"你是不是疯了!到底要做什么?!"

借着惨白的月光,她看见这里是一片荒无人烟的石滩,车灯照亮的地方布满细碎的石块,海岸线就在二十几米开外,末端被浓墨般的黑暗吞噬。

下一秒,江潜把灯关了。

车停了。

黑暗中传来浪涛拍击礁石的巨响,透过车窗,震得她鼓膜发麻,她从来不知道大海能这样咆哮。

越看不见,就越害怕。

余小鱼心如乱麻,下意识地打他,手腕被擒住塞到他的背后,夹在外套和衬衫之间。

"你——"

话音消失在引擎的怒吼声里。

车再次跑起来的那一刹那,巨大的恐慌犹如一张铁丝网,把她牢牢地捆在他身前,丝毫动弹不得。她听见他换挡、鸣笛、踩油门,车子在海浪声中轰鸣着向前冲去,犹如一场自杀式的袭击,她的眼泪终于一下子涌了出来,好像大梦初醒般喊道:"停车!你停车!"

她声嘶力竭地喊着,车轮在飞驰中碾过石块,震得车身持续晃动,惊恐的叫声被抛上了浪尖，又突然间塌下来。

黑暗里，江潜的声音冷若冰霜，带着隐隐的疯狂："我今天就陪你刺激到底。"

他疯了……他疯了！

余小鱼脑子里什么也想不了，对着他又咬又掐，可是没有用，短短几秒之间，仪表盘上的数字飙至100。

"怕了？"他沉声问她，握着方向盘的手臂青筋暴起，"跟我一起死，怕了？"

闪电般的车速带来失重感，她几乎窒息，仰头大口吸入氧气。云层移开，月光洒下来，她艰难地转头，泪眼蒙眬中看到大海以快得出奇的速度朝自己逼近。高高腾起的海浪形成一堵墨黑的高墙，张牙舞爪地倾压下来，雪白的浪花、深渊般的天空、漫长不见尽头的海岸线，一切都带着人类无法抗衡的力量，即将把这只渺小的钢铁玩具卷入其中，撕扯粉碎。

车灯一开，眼前豁然大亮，她看清了汹涌的海水离车尚有距离，流着眼泪拽住他的衬衫领子，满眼绝望地恳求，却说不出一个字。

江潜扫了一眼她无助的模样，将车头打了个弯，一脚油门踩到底，朝夜空下的沙丘冲去。

"这就是你昨天的速度，10秒上每小时200公里，记好这种感觉。"他咬牙道。

"啊！"

余小鱼再也不敢看了，把脸埋在他怀里，只感觉车子要离开地面飞起来，衣服都在往下坠，死死地抱住他的腰。

前方一个大下坡，车头悬空扬起，而后如海鸥般俯冲下去。那一刹那，恐惧到了顶点，她闭着眼摇着脑袋尖叫，耳朵里灌满狂风和海浪，攥着他的衣服企图把这可怖的场面抛至脑后……

车轮贴着沙地，重重地撞上一块大石，猛地跳了一下，"咣当"摔在地面上，随着重力往下滑。

江潜挂到最大挡，瞬间冲出几百米。

车速表盘指向最大值，一个急刹，车里散落的物品扑在风挡玻璃上。

过了片刻，喘息声才在狭小的空间里回荡起来。

"还超速吗？"

"还敢找死吗？"

江潜垂下眼，过度惊吓令她在他的臂弯里昏睡过去。

他抹去她眼角上晶莹的泪水，打开车窗，让清凉的海风吹进来。

苍茫的月色下，海滩上停着一辆熄火的孤车，无声地面对着大西洋。

布宜诺斯艾利斯省，恩塞纳达。

盛夏的海边夜风清凉，玫瑰花馥郁的香气萦绕在古罗马式的庭院中，脚步经过立柱走廊时，淡金色的顶灯应声而开，照亮了落地窗后的别墅大厅。

江潜怀里的人感觉到光线，缓慢地睁开了眼睛。

"到家了。"江潜低头吻了一下她的额头。

这栋海景别墅坐落在山崖上，出门就是11号公路，距布宜诺斯艾利斯市70公里，交通方便。在阿根廷的三年，他常来这里度周末，也常在短途车赛中跑这条线，因此十分熟悉沿路地形。车子今天没修完，但性能没有受损，若非如此，他绝无把握带她在海岸上摸黑儿开那么快。

她被他吓坏了，也累坏了。

江潜抱着她走上楼，放到绣着金色玫瑰的大床上，解下三面纱幔。他的豌豆公主倦怠地窝在枕头间，像一只被吵醒的猫咪，脸颊蹭着被褥上的刺绣，在他的爱抚下懒懒地翻身，露出雪白柔软的肚皮。

江潜躺下去，把她拢进怀里，一边轻柔地抚摩，一边低声道："知道错了是不是？"

余小鱼细细的"嗯"声在帐中响起。

"只要你说一句对不起，我就不会这么生气。你明明知道为什么，就是不说，害得我今天去了公司，白天都在想你，一件事也没办成。"

"嗯……"余小鱼把脸贴在他的心口上，蹭了蹭，"对不起。"

江潜被她蹭得心都化了，恨不得把昨天的自己吊起来抽一顿，胸口酸胀："我说过，会永远和你在一起，你怎么不相信呢？你那么跟我哭，真当我的心是铁打的。"

"你都不抱我……"她带着鼻音说。

他把她抱得紧紧的："我现在抱，好不好？昨天你情绪上来，我没法儿在那种情况下跟你讲道理，我得让你知道，车开那么快是对生命不负责任，只有这一次，没有下次了。"

"你凶我……"她的眼泪又出来了，表情可怜兮兮的。

"以后都不凶了，只要你乖乖的，遵纪守法。我怕的不是给你善后或给人家赔礼道歉，怕的是你在我看不见的地方逞强，伤了自己。你想过你朋友坐在副驾驶座上，看你在居民区里 5 秒加速到每小时 100 公里，是什么感觉吗？为了逃生这么做情有可原，但你不该说'还想再来一次'。今天是为了让你知道，刺激的事很危险，一次偶然的幸运会让你高估自己的实力，下次事情真来了，再想复刻成功，就很难了。"

她嘴一撇。

江潜摩挲着她被安全带刮红的背，问："疼不疼？"

"疼……"余小鱼泪汪汪地看着他，"你凶我，我肚子疼腿疼脚疼，哪里都疼。我头上还撞了个包！你看你看……"

她把脑袋凑过来，江潜拨开她浓密的黑发看了看，哪有包，早消肿了。可他还是揉着吹了吹："好了，睡一觉，包就没了。"

他刚支起上身，她就扑在他的腰上，哼唧着不让他走，眼眶里盈盈的水快要滴下来。

江潜心疼死了，啄吻她的脸："我不走，就在这儿陪你，只是去一下浴室。"

她不说话，就把他牢牢地抱着。

"这么黏人，我不在怎么办啊！"他无奈地叹了口气，把她打横抱起，"那我们去洗澡，然后再睡觉。"

她重重地点了一下头，破涕为笑。

晚上 11 点，别墅里的灯都灭了，窗外有蟋蟀和青蛙的低鸣。

余小鱼枕在他的胳膊上，闭着眼还在絮絮叨叨地抱怨他怎么可怕怎么凶，声音渐渐低下来，变成安眠的呼吸。

江潜等她睡了才肯放空心神，冷不防又想起一个严肃的问题——她喜欢小孩子，要是以后家里多一个这样的怎么办？

他不得辞职在家绞尽脑汁哄两个啊？

想到这里，他感到未来非常严峻，担忧得都睡不着了。

辞职就辞职吧。

能天天多看着她一点儿，他也放心些。

这个不让人省心的小丫头。

这夜一觉酣甜，清晨的日光从纱窗外移进来，鸟鸣"啁啾"，微风拂面。山坡下的大海呈现出清澈温和的浅蓝色，宁静得像一匹微带褶子的丝绸，竖起耳朵，可以听到细微的浪花声。

余小鱼喜欢这样的大海，在窗帘的缝隙里看了很久，转头望着他沉睡的脸。

她还是第一次看见他睡着的样子，每天总是他先起床，然后把她拎起来洗脸刷牙吃早饭，她甚至不知道他的闹铃什么时候响，因为他可以做到只响一声就立刻关掉。

昨天……他也很紧张吧。

她知道他是想让她换位思考一下，她开着那辆跑车在街区里逃命，给他带来了多少恐慌，做过就算了，她竟然还在回家的路上炫耀似的对他讲述经过。

他气她没有考虑到他的感受。

家里的长辈老说她做事有点儿莽撞，这是她从小到大没有真正遇到过危险的缘故，她总相信一件事的结果是好的，就算发生意外事故，也能逢凶化吉。

但她想到认识的人，想到这个世界上发生过的一些事，其实并不是这样的。她的运气要比旁人的好一点儿，已经是金字塔尖那1%的幸运儿了。

她何其有幸拥有这样的生活。

余小鱼偷偷地亲了一下他嘴角，稍稍抬起身子，这么一点儿动静，就让他"唰"地睁开了眼睛，把手臂搭到她的腰上。

一个不用经过大脑的条件反射性动作。

她望着他，黑眼睛弯成月牙儿："早上好呀，江老师，我不会跑哟。"

"早。"江潜凝视着她，嗓音带着一丝刚睡醒的沙哑。

他的目光那样温柔，含着微微的笑意，好像在看一道可以许愿的彩虹。早晨的阳光在这张脸上投射出一条玫瑰花枝的影子，把眉宇衬得安静而隽永，她不禁用手指轻轻地触碰，认真地描摹起他的轮廓。

他的眼睛形状有些长，瞳孔深黑，眼尾不上翘，也不下撇，是端庄持重的君子样，可偏偏又生着内双和一对卧蚕，若说是桃花眼，平常看人时却没有那样缱绻的神采，而是有种疏离感。他的睫毛很密，摸上去比蝴蝶的翅膀硬，惯于挡住风霜，遮住情绪，垂眸敛眸的时候，谁也不知道他在想什么。

他的鼻梁很挺，不同于拔地而起的高山，带着一抹出尘的秀气，像泼墨画里照水的峰峦。下面淡红色的嘴唇总是闭着，看着高傲冷淡，亲吻时比丝绒还要温暖柔软，时尚杂志认为这样饱满的唇珠生在一个男人脸上是很性感的，但绝不会有人用"性感"这两个字形容他。

他脸部的线条和眼神都太锋利了，只有零星几个片段才会柔化，连抱着她翻云覆雨的时候，都能显出一股沉沉的压迫感。

她更喜欢他此刻这样，迎着阳光温柔地笑。

美好得不像话。

只属于她一个人。

"看够了？"

江潜捉住她的手，捏了捏。

她还有另一只手，不依不饶地继续往下摸，划过他的下巴、凸起的喉结……她听到他吸了口气。

余小鱼装没听到，趴到他身上，做出一副愧疚的模样，蹭着他左边的胸膛："江老师，你这里疼不疼呀……？"

那里被她咬过两次了。

昨晚跟她说什么来着？

太刺激的事，很危险。

她是听一半漏一半。

江潜一翻身，她的声音就消失在喉咙里了。

因反叛而产生的刺激感持续了两天，压迫着神经，让程尧金极度劳累。

拖着行李箱出了机场，北风卷着纷飞的大雪迎面扑来，终于给头脑降了温，程尧金把貂皮围脖儿裹紧了些，摸出一根电子烟，心烦意乱地等网约车来接。

她不想坐出租车，首都的本地司机话太多了。这次秘密回国，她要来办一件事，没有心情跟任何人聊天儿。

从阿根廷回到美国，只过了24个小时，她就换了手机和号码，跟公司请了长假，把几栋房子托中介卖了，手头存款全部转入瑞士私人银行账户里，然后匆匆地收好行李，登上飞往中国的早班机。

5分钟后车来了，她报了酒店名，点开手机通讯录，没有迟疑地拨了个电话。

"你好，请问哪位？"另一头熟悉的男声响起。

眼神没有一丝波动，她说："是我。戴昱秋，我有事要咨询你，你看什么时候方便，我们在银城见个面。"

戴昱秋正在办公室里写文件，听到这个声音，下意识地去拿茶杯，盖子没拿稳掉在桌上，发出清晰的"当啷"一声。

"咯咯……程尧金，你回国了？"

"你什么时候有空？"

戴昱秋踌躇片刻，用机械的语气道："不好意思啊，我在首都出差，这几天不回银城。"

"那正好，我刚下飞机，就在这儿。"

他忍不住问："到底什么事？我们已经……"

"我们已经分手了，你不要以为我找你是为了叙旧。"

程尧金望着高速公路一侧白雪皑皑的平原，压低声音："我手上有个东西，想举报一家公司洗钱。你不是学法律的吗？我想咨询你这个事情要怎么操作。"

戴昱秋吓了一跳："就你一个人？你怎么掺和这种事？"

"你别管。什么时候见？"

"明晚找个地方商量吧。"

"谢谢。"

"先说明，我只给你建议参考啊，你悠着点儿。"他皱眉喝了口茶，"我奉劝你，如果没有损害到你的切身利益，就别……"

对方已经挂了。

程尧金点开地图，在西城区找了家咖啡厅，一分钟不到就给他用短信发了时间和地址。

微信已经删了，她现在只有他的电话号码。

戴昱秋的性格她清楚，抛开私德不谈，公德是有的，要是找他谈专业和工作上的事，他不会因为私人矛盾带情绪，也不会说谎、推托。

所以别人大多评价他"老实、勤恳"。

程尧金想到上一段持续四年的感情，内心毫无波澜。原来才半年吗？她怎么觉得大闹婚宴、把叉子往他手上扎已经遥远像上辈子的事了。

人家都说"情场失意，商场得意"，她回了美国，公司股价一路飙升。如果可以，她还想再闹一次，闹大点儿，说不定财运会更好。

她读商学院那会儿就开始进入社会打拼，自知脾气不适合当员工，只能当老板，一个职场菜鸟拿着炒股赚来的钱养几个小菜鸟，跌过的跟头不计其数。这几年的经验让她深知要办成一件事，有时不可避免地要跟看不顺眼的人合作，甚至想方设法求他们。

但她是个只看结果的人。

就是因为这种心态，初创的公司拿到投资上市了。

程尧金想到给合伙人写的请假邮件，她说自己的腰椎出了问题，要回国做手术休养两个月，也不知道两个月能不能顺利地办完。

那天她躲在唐顺鑫的办公室里录了音，后来看新闻，国内确实调查力度加大。说实话，她对这些事件一点儿兴趣也没有，也不清楚李明和他弟弟是谁，干过哪些事。

她要做的只是给唐家当头棒喝，试想要是把这两个U盘和录音举报上去，内容公开后，德雷克船运公司的股票至少会暴跌，股东撤资，外国人对这类负面消息非常敏感。

现在只要有任何能打击到唐家的事，她都会去做。

想到自己在阿根廷受的罪，她恨不得把他们一家三口打包送到监狱里，可惜没那个能力。

"小姐，要停在哪儿？"

程尧金指了一下前面的路口。

再过几天就是元宵节了，司机师傅笑呵呵地道："祝您新春快乐，阖家团圆。"

她笑了一下："谢谢，我不圆，您圆吧。"

江潜端着果盘走进卧室里，站在床边看了一会儿，坐下来。

窗外的月亮比昨天圆满了些，潮声也比昨天更大，就快到正月十五了。

"醒了就吃点儿水果吧。"

叫了两声，没反应，他弯腰掀被子，余小鱼一下子用被子蒙住头，两条光溜溜的腿露在外面，把床蹬得"咚咚"响。

"别动！针头还没拔！"

他拔萝卜似的把她从被子里拔出来，拎过左手，动作轻快地拔掉针头，托住她的背扶她坐起来："好了，下次别那么……"

"你不许说！"她满脸通红地捂住他的嘴。

她睡得太久，江潜给她量了血压，测了指标，然后在床边挂了瓶生理盐水。快输完的时候她醒了，又渴又饿，但是不好意思叫他，一想到早上自己在他身上作威作福，就恨不得找条地缝儿钻进去。

怎么回事啊？

他不就是对她笑了一下吗？怎么就变成那样了？

这就能把她弄得晕倒输液，简直滑天下之大稽！

江潜被余小鱼捂着嘴，举起双手，做了个投降的姿势，她才收回手，把脸埋在膝盖上。

"没有笑你,快吃点儿东西,要饿坏了。"他揉揉她的脑袋,从盘子里拿了半个剥好的山竹,在她眼皮底下晃了晃,"吃不吃?"

余小鱼闻到浓郁的果香,抬头一口咬住,嚼着山竹肉,两只乌黑的眼睛疑惑地打量着他:"你怎么就没事呢……?"

"因为你缺乏运动。"江潜无奈地叹气,给她戴上一次性手套。

"我身体很好的!"余小鱼瞪着他。

她忽然想起什么,"唰"地捋起睡裙,对他露出小肚子,低头道:"我是不是有一点儿腹肌啦?"

然后她颇为得意地"嘿嘿"笑了两声。

江潜哭笑不得,摸一摸她滑溜溜的肚皮:"你这叫什么腹肌!想练的话我陪你练,不过不准叫累。"

"你烦死了,老是想那种事!"

"我说的是在健身房里练。"江潜摇头,"慢慢吃,不急,我去厨房烤点儿面包,马上就好。"

"我要吃肉。"她饿得眼放绿光。

"嗯,炖了牛尾汤,给你一个人吃。"

江潜出去之后,余小鱼把水果一扫而光。不知道是不是水果酸甜开胃的缘故,她更饿了,连10分钟都等不了,下床上了个洗手间,摇摇晃晃地走下楼,吸着鼻子闻食物的气味,肚子"咕咕"直叫。

厨房对着花园,有一个开放式料理台,此时烤箱里亮着灯,明火灶上架着两口锅,油烟机开到最大,落地窗也开了一点儿。江潜系着围裙,卷着衬衫袖子,在平底锅里加了点儿烟熏红椒粉翻炒,一团煎到焦黄的食材在空中颠来颠去,比土豆丝粗,也不是西葫芦丝的颜色,冒着大蒜和橄榄油的香气。

"这是什么呀?"她趴在料理台上看他炒菜,很好奇。

"你过去一点儿,要被烫到了。"他关了火,拿了个餐垫,把平底锅放在她手边,挤了点儿柠檬汁进去,"吹一吹再吃。"

余小鱼戴着塑料手套抓了一把,放进嘴里嚼了嚼,外面又香又脆,里头的肉鲜香软嫩,带着红椒粉的甜和柠檬的微酸,味道浓郁极了。

"是鱼?"

"鳗鱼苗。"

"我要让我妈学做这个。"她又吞了一大口。

江潜没告诉她这玩意儿是昨晚坐他的私人飞机从西班牙空运过来的,

要在原产地拍卖获得，只笑道："你妈妈开店够辛苦了，想吃的话我下次再给你做。"

烤箱"叮"的一声，他从里面拿出两根切好片的法棍，放到盛鳗鱼苗的锅里，再揭开铸铁锅的盖子，一股牛肉的浓香顿时溢满了整个厨房。汤炖了三个小时，在炉子上冒着黏稠的泡泡，四块焦褐色的小牛尾浸在番茄、胡萝卜和洋葱熬制的红色汤汁里，他用锅铲翻动几下，把一束百里香挑出来扔掉，食指在铲面上快速地一抹，放到舌尖上尝了尝。

"汁收好了，要酸奶油吗？"

"要。"

江潜就转身去落地窗边的冰箱里拿，刚打开冰箱门，猛地向后跳了一大步。

"怎么了？怎么了？"余小鱼跑过来。

"没事，你过去，别站在这儿。"

他硬着头皮，默念着"我看不见，我看不见"，飞快地把一盒酸奶油拿了出来，放到灶台上，关了火就去找杀虫剂。

才走了一步，从窗外爬进来的那东西"嗖"的一下朝江潜迎面飞来，他全身都僵了，双手抓着料理台，身子向后紧贴台面，几乎要陷进去。

"哎？"余小鱼叫了一声。

"别怕，我来把它弄出去……"他冷汗都下来了，从嗓子里挤出一句话。

那只长着翅膀、足有五六厘米长的昆虫好像认准了他，"嗖"的一下飞到他手边的台子上，离他不到半米的距离。

他呼吸紧张，几乎站不住脚："杀虫剂……你帮我拿一下杀虫剂，就在客厅……"

"啪！"

说时迟那时快，一个巴掌以迅雷不及掩耳之势拍住了虫子。

江潜震惊得张开嘴。

"蟑螂，"余小鱼用平淡无奇的声音说，"捉到了。"

她把这只油光锃亮的大蟑螂攥握在手心里，江潜都能听到蟑螂拼命挣扎、用触须和带粗毛的腿划拉塑料手套的瘆人声音，只见她面不改色地用左手脱下手套，反着把蟑螂包在里头，熟门熟路地拧了几圈封口，最后打了个结。

蟑螂在里面爬动。

余小鱼拎起手套在他面前晃了晃，郑重地说道："江老师，你别怕，我们宿舍里的蟑螂都是我打的，我室友看见魂都吓飞了。要是母蟑螂就不能打死，会爆浆，就是那种'噗'的一下生满地的小宝宝，小宝宝在卵鞘里面，拖鞋压不死，杀虫剂也不管用，我每次就活捉了，扔到屋子外头去。要是正好烧完水，还可以用开水烫死，冲到马桶里，就是会有一股烧煳的气味……"

"拿走，别给我看这个！"

那只恶心的蟑螂离江潜不到3厘米，隔着一层薄薄的透明塑料对他怒目而视，他满脸痛苦地转头，眉头都锁成"川"字了。

他在英国多年，遇到的都是德国小蠊，最大的也没指甲盖儿大，用餐巾纸就能轻松摁死，后来到南美领略了什么叫美洲大蠊，长相极其丑陋，生命力极其顽强，大搞消杀也根除不了。

她晃了晃袋子："哎呀，你不要怕嘛，它才这么一点点大！我跟你说啊，克服恐惧的第一步就是直面恐惧……"

"拿走！门外就是垃圾桶，赶紧扔了！"

"男生都是胆小鬼。"余小鱼对他做了个鬼脸，用脚把落地窗踢上，悠悠闲闲地出去扔蟑螂。

别墅的花园里有两个大垃圾桶，她扔到放干垃圾的里面，盖紧盖子。她回来时饭菜已经上桌了，江潜正在给料理台和地板喷消毒液，叫她："手伸出来。"

"我又没直接碰到它……"

"它的两根须那么长，都能擦到你的手了，不消毒怎么行？"江潜想到刚才乱晃的蟑螂须，一阵恶心，在她肉乎乎的小手上挤了一大坨消毒液，用力地给她搓了半分钟。

"好麻烦……我本来就要去洗手的。"她抱怨。

"行了，现在去洗手吧。"

余小鱼一闻到食物的香味就饿得不行，不跟他斗嘴了，跑去洗手间。

江潜把瓶瓶罐罐都收好，抹了把额上的汗，解下围裙的一瞬间，忽然意识到一个问题——她的胆子怎么那么大？

他认识她四年，似乎除了不存在的鬼，就没有什么东西能让她害怕。

他好像……总把她当成小姑娘对待，生怕她这里磕了那里碰了，怕她换灯泡站不稳跌下来，出门遇到人贩子，上班被人欺负，开车会撞树。

可她只比他小5岁，再过几个月就26岁了，像她自己说的那样，其实已经不小了。

江潜坐下来,用勺子盛了碗牛尾汤,慢慢地吹走热气。

那么,早上她说他可以那样做……

是认真的吗?

她愿意和他生一个孩子吗?

他让她感到安全吗?

晚饭很合胃口,余小鱼吃得连面包渣儿都没剩下。

吃饱喝足,她窝在沙发上看电视,听不懂西班牙语,却看着电视剧"咯咯"直笑,两只脚搭在茶几上晃来晃去,江潜收拾桌子的时候,不禁老往那儿瞟。

怎么看都……

他有一种,让她生孩子就要遭天谴的感觉。

江潜暗暗叹了口气,准备回布宜诺斯艾利斯就买个验孕棒准备着,要是没出意外就再好不过。以后他不能在床上惯着她,一时冲动的后果很棘手,证也没领,婚也没结,让她有了孩子,他良心真过不去。

其实他并不是不喜欢小孩子,只是觉得教育起来麻烦。父母把他养大成人,不知花费了多少心血,付出了多少精力。他的悲伤乳头综合征是遗传的,从小到大让他吃了不少哑巴亏,比如喜欢打篮球,但绝不能上场自己打,只能做一些没有肢体接触的运动,别人问他为什么,他只能找借口搪塞过去,因为说出真实原因大家会笑。他不想让自己的孩子也这样。

一想起学生时代看过的关于生育的纪录片,他就开始担心了,他怎么舍得让她在熬过九个多月的孕期后,还要面对接下来漫长的教育挑战?

他的小鱼应该一直开开心心的,他有她就够了。

江潜心事重重地坐到沙发上,把电视音量调小,还没开口,余小鱼就耷拉着嘴角,仰头望着他:"江老师,你又要教训我了。"

他愣了一下,斟酌言辞:"我只是想和你谈谈。"

她抱住脑袋,很头痛的样子:"不想听,你教训我两天了,我都认错了。"

不是那件事,是生宝宝的事。

他看着她的眼睛,犹豫半晌还是没能说出来。

余小鱼好像知道他要说什么,轻哼一声:"我做事从来就不会后悔的。你别这么沉着脸,好像我把蟑螂扔你身上了似的。"

这句话太过生动形象,江潜忍不住抖了一下衣服。

她又说:"我知道我在干什么,我也知道你是什么样的人。江老师,我认识你四年多了,我觉得你什么都好,就是有两点,一是喜欢憋着想法不说,二是恨不得在一个时间点把今后50年的事都安排好,预测到所有风险。现在呢,第一点有所改善。"

然后她转过头,把音量调大,继续翘着脚看电视了。

江潜满腹的话都无处诉说。

他想跟她谈,却反过来被她教育了。

过了一会儿,余小鱼清清嗓子:"我说你喜欢憋着,你就真憋着不说。你到底要谈什么?"

江潜沉默须臾,把她搂进怀里,用下巴蹭着她的头发:"我忘了。"

"真是个好理由呢。"

"顺其自然吧,"他说,"你决定就好。"

"江老师,喜欢一个人是可以不用退让的。"她低头捏着他的手指。

"我的选择很多,每一种都有坏处,都有好处,不存在退让。我让你决定,是因为我想做出让你开心的选择,你要是不开心,我怎么选都不会满意。"

他吻了吻她柔顺的头发,继续说:"我有许多害怕的事,生活中变数很大,有很多问题没法提前预料到,所以就习惯了把一件事考虑得很详细。现在和小鱼在一起,该担心的还是会担心,但是小鱼很勇敢,我也应该有信心,对不对?还没发生的事情我就不去想它了。"

她伏在他的肩上,眼睛弯弯的。

江潜扳正她的脑袋:"不过,下次不要再这样,不打招呼就……"

"啊啊啊,你快忘掉,忘掉!"

"怎么忘?你第一次那么主动……"

"你刚才怎么忘的现在就怎么忘嘛!"

江潜勾起唇角,闭上眼,拿起她的手指抵在太阳穴上,做了个把记忆抽出来的动作:"好了,已经忘掉了。"

余小鱼在他的脸上亲了一下:"江老师,你说我开心了你就开心,真的吗?"

"嗯。"

"那我想吃一盒冰激凌!就是冷冻室里的香草巧克力脆皮……"

"不行!你刚喝完热汤,还输液了,怎么能吃冷的?肚子要疼了。"

"你说的,你说的……"

她抱着江潜左摇右晃,他不为所动:"明天再吃。"

"大骗子！大骗子！"

他一下子压下来："吃什么？我晚上还没吃饱呢……"

江潜向来是个说到做到的人，第二天中午让余小鱼吃了一盒，但是她觉得，他好像不想带她回布宜诺斯艾利斯了。

等迟来的夏秘书把他叫回首都开会时，冰箱里的养生补品已经下去一半，余小鱼后知后觉地想起一件恐怖的事——她的假期余额快要告罄了。

巴西没去，秘鲁没去，乌斯怀亚也没去，她这两周就耗在阿根廷了，还只去了两个城市，真是浪费！

等到2月3日早晨被他抱上私人飞机，她依依不舍地看着窗外正在远离的高楼公路、绿树红花、山丘大海，心底的悲愤无法用语言形容。

她醒得太迟了，甚至还没来得及和水豚小宝贝告别！

江潜喝着咖啡看报纸："以后有的是机会，明年再带你过来玩。那时候奇力说不定都生小水豚了，你要是喜欢，我问邻居要几只带回中国养。"

明明把她的年假强扭成了蜜月，他这会儿又西装革履，装得人模人样、体贴入微。

果然资本家都是虚伪的。

"举报一般有四种手段，来访、电话、信件、邮件，正式的流程必须按规矩走，我可以帮你上交物证。"

首都西城区的咖啡厅里，程尧金第二次和戴昱秋见面。上一次她简要地说明了情况，他惊讶之下回去打听内部消息，考虑之后再给她回复。

屋外积雪未消，摩天大楼的玻璃反射出冬季阴灰的天色，凛冽的朔风呼啸着穿梭而过，拍打着大街小巷的门窗。手里的意式浓缩咖啡冒着热气，程尧金喝了一小口，微微出汗，把外套脱了，露出包裹着窈窕身材的黑裙。

戴昱秋多看了她一眼，低下头，声音保持着公事公办的冷静："按理说每个地区的机构都能受理举报，但走流程环环审查下来很慢，而且李明的弟弟不是一般人，这可不是小事，举报人风险很大。"

"审查大概需要多久？"

"这个我真没法儿跟你说具体的时间，因为不在我的能力范围内。我相信你说的李明通过唐家洗钱销赃的事情，但你得给我点儿时间，我看看这些东西要交给谁，得找个可靠的、资历老的人交上去，加速受理进程。"

"我记得你父亲就是相关机构的，很有人脉。"

提到他爸，戴昱秋抿了抿嘴："你让我想想。这两个加密的U盘、一份录音，如果你信得过我，就放在我这里保存，我一旦找到合适的人，就帮你交。"

他心里有点儿打鼓："你真的考虑好了，要这样做？"

"我再考虑也是一样的结果。我想让唐家不好过，现在只有这个机会。"

程尧金从包里掏出一个透明的小袋子，放在桌上推到他面前："无论成不成功，都谢谢你了。你这人虽然渣，但工作上没毛病。"

戴昱秋苦笑："你走之后我就从家里搬出去住了。"

"我前几天还跟你妹妹通过电话，你不在家，她估计挺乐的。"她挑眉，披上大衣拎包站起。

"你这刚坐下就走了？"

"还有别的事吗？"

"没有，你住在哪儿？我开车送你。"

"不用了，有人来接。"

"男朋友？"戴昱秋脱口问。

"关你什么事？你帮我交东西，我自有重谢。"

"千万别，收礼被查到会被处分的。"

程尧金点点头："好吧，再见。"

说完她就毫不留恋地走出了咖啡厅。

戴昱秋的拿铁还没喝完，一个人坐在窗边，看她上了一辆车，转眼间就消失在人海里。

四年里她从来没和他说过再见，她很讨厌这两个字。

但不过半年，她心里就已经无所谓讨不讨厌了。

半个小时后他走出门，谢家的车来接，是以前给母亲开车的司机，送他回大院。他来首都没住单位订的宾馆，而是住在外公家。外婆几年前去世了，家里就剩孤零零一个老人，总念着小辈，他从银城过来出差，外公高兴得很，问他爸爸怎么样，继母怎么样，妹妹实习读书有没有困难。

戴昱秋提到父母可以和外公说笑，提到谢曼迪就哑巴了。外公很奇怪，问他是不是和妹妹吵架了，听说他搬出去住，很少回家，谢曼迪打电话来也不提哥哥。

事实上戴昱秋离家之后仔细地复盘过和谢曼迪的关系，他确实把她当妹妹，但这份家庭关系培养的亲情并不足以概括他对她的感情。

他喜欢她长得漂亮，有个性，聪明，喜欢她吊着他，不给他回应。

他像一头拉磨的驴，盯着面前的小胡萝卜，越碰不到，就越想。

可以概括为"犯贱"两个字。

从小到大，别人都说他老实，但他也不是那么老实。他会追一个女生，心里想着另一个女生，去比较她们身上的相似点。他把程尧金追到手，无微不至地宠着她，就好像把没有血缘关系的妹妹也追到手，实现了突破禁忌的热血恋爱。

结果就是程尧金当众给了他一巴掌，谢曼迪回家也给了他一巴掌，对他说滚，她只是跟他玩玩，想看他到底能为她做到哪一步而已。他的心思被揭穿了，她最多只能帮他瞒着爸爸，因为那也是她的爸爸。

他这个妹妹一直有点儿坏，爱把别人踩在脚下，看人笑话。以前她的坏在他眼里是一种魅力，是因为她从来没对家里人使过坏，可如今她把婚宴上的火气全撒在他身上，他发现自己招架不住了。

谢曼迪不知道对戴月咏讲了他什么坏话，过年回家，戴月咏很生气，问他是不是对沈颐宁有意见，原来相处得挺好，怎么看到爸爸再婚了就要搬出去住？连他妹妹和沈颐宁的关系都没那么僵了，大家同桌吃饭，就缺他一个人。

戴昱秋气得发笑。

对沈颐宁有意见的人，应该是谢曼迪才对！他爸找了谁给他当后妈，他没有任何意见，怎么现在反过来了？他不回家，是因为谢曼迪不想见他，他做哥哥的，总不能把她赶出家门吧？

但他又不好说是妹妹在拱火，万一让他爸查出真相，他就完了。

马上就到元宵节了，戴昱秋宁愿和外公在首都过，也不想回家受气。

他在车上握着程尧金给的物证袋，里面有两个黑色U盘和一支录音笔。他回想着她干脆利落离去的身影，又想到和他疏远的谢曼迪，不得不承认半年来对这两个女孩儿的感情都渐渐淡了，因为她们不在他跟前，而且毫不掩饰对他的鄙夷。

他再贴上去，就是尊严扫地了。

这种心态应该在男生里很普遍吧？不止他一个人这样。

反正他没有什么损失。

戴昱秋给自己做着心理建设，点开微信通讯录，翻找认识的人。

私底下虽然撕破脸，但大家都是成年人，既然程尧金找他咨询专业上的事，他是不会敷衍的。

第十六章
塞翁失马

地球的公转带来一年四季，从盛夏时节到冬天的末尾，原来只需要三十几个小时。

飞机落地时赶上立春，处在东亚大陆北回归线上的银城气温已经转暖，北风没有两周前那么冰冷刺骨。纵然如此，下飞机时余小鱼还是被裹了个严实，江潜嫌她穿得不够多，恨不得把她塞到羊毛大衣的口袋里。

"我不冷……"她嘟囔。

"飞机上有空调很热，外面很冷，一热一冷很容易感冒，你妈妈看你穿得这么少，肯定说我惯着你。"

"你都没穿羽绒服，还说我。"

江潜握着她冰凉的小手，热度源源不断地传来："我不怕冷，你身子有点儿虚，手这么冰，回家给你好好补一补。"

"还补？再补就成水豚了！"

余小鱼想到这段日子吃的那堆天南海北、奇奇怪怪的补品就有点儿绝望，他是真不知道收敛啊……

明天是元宵节，妈妈和舅舅一家都去江家吃饭。她一想到错过了演唱会没要到张学友的签名，就特别心虚，打了他好几下："都是你，都是你，我没法儿跟我妈交差了！"

江潜笑着把她抱上车后座，一副胸有成竹的模样。

"先生，去公司还是回家？"司机问。

"我约了人,先去七森,然后把她送到我爸那儿。"

余小鱼吃惊:"你回来不休息啊?直接去谈项目?"

"我在飞机上已经休息过了,时间紧迫。"他捋了捋她的头发。

余小鱼饶是知道他一贯很讲工作效率,也不由得佩服,这个人的精力真旺盛。

路上不堵,一个小时后到了西三环,司机把江潜放下来。

余小鱼叮嘱他:"你晚上别喝太多,早点儿回来。"

"嗯,不喝酒。"

她朝他挥挥手,车子继续开了。

司机还是原来那个大叔,她见过几次,只要江潜在车上他就很沉默,人一走就成了话痨,用本地方言问她:"小姑娘,你去南美玩了哪些地方?好不好玩?"

余小鱼跟他聊了起来,就当为家庭聚餐提前打草稿了,讲得绘声绘色。

她忽然想到一个问题:"江潜很喜欢车啊,我看他无论中国还是外国的车库里都存了一大堆车,各种牌子都有。"

"那当然啦!"司机大叔兴致勃勃地说道,"江总以前在欧洲上学的时候就是赛车手,他性格比较内敛,也不跟别人打篮球、踢足球什么的,就喜欢一个人开车。达喀尔拉力赛你知道不?"

"听说过。"

这是世界上最艰苦的越野拉力赛,每年举办一次,分为汽车、摩托车等不同组。赛事虽然以西非之角达喀尔命名,但线路多变,沿途环境极为恶劣,经常要穿越无人区、沙漠和草原,几乎每年都有参赛者死亡,十分考验车手的耐力和冒险精神。

"……那年拉力赛在南美举办,跑阿根廷—智利—秘鲁这条线,江总是汽车组参赛选手里最年轻的,才20岁,跑出了总成绩第十一名,他爸高兴得飞过去接他。"

"哇,他从来没说过!"

表面上安静高冷,原来江潜玩得这么猛,难怪敢在海边公路上开到时速300公里……想到这儿,她脸一红。

司机激动地说:"那年的冠军开的是悍马,董事长要给他买一辆冠军同款,江总说不,他就要开自己的车。有个性!"

"为什么呀?"

"德国有个车手,赛绩很牛,零几年那会儿开江总同品牌的车拿了冠军，江总喜欢她的开车风格。"

"哦……"

"你别看地下车库里什么车都有，平时换着开，但越野赛江总都是开那一辆。回国前江总在南美又参加了一次。那届受伤的车手可多了，江总在沙漠里遇上沙尘暴，腿被铁板划了个大口子，还硬是在第五赛段冲到前三，到了终点他爸看到伤口血淋淋的，都快吓出心脏病了，把他大骂一顿，说他不要命。那小子还冲他爸笑，给他爸气得哟……我就劝董事长，年轻人血气方刚很正常，等以后有了家室，就能体谅父母了，孩子还小呢，意识不到。"

"可不是嘛……"余小鱼若有所思。

居然还教训她，他才是最喜欢刺激的人！

"高管压力都大，各有各的发泄方式，江总属于爱好特别健康的，你跟他结婚，眼光不错噢。"司机意味深长地说道。

健康是健康，就是强度太大了。余小鱼默默地想。

"叔叔，我才跟他谈了半年……"

"快了嘛，明天你们两家吃饭能不说这个？"

余小鱼挠挠头。

"江总是个好人，心善，适合处对象。"司机补了一句，"可惜他不是银城本地的，不然我就撮合他跟我女儿了，哈哈哈！"

七森俱乐部。

江潜从三楼的总经理办公室里出来，乘电梯下楼，碰上一个背书包的男孩儿。

"你好。"

他打了个招呼，目光聚焦在这孩子的脸上。男孩儿长得像母亲，五官清秀，皮肤很白，从外貌上看不出任何与父亲的联系。

"晚上好。"严家宇也问了声好，无意与他说话，继续低头刷微博。

屏幕很亮，文娱热搜的第一条是"#颜悦回国前与水豚合影#"。

博雅传媒和芳甸资本签了对赌协议，三年之内净利润要达到八位数。这部根据小说改编的偶像剧是他们今年的重头戏，自从演员入组以来，双方一直在营销造势，期望播出后爆火。剧组在南美拍摄了三个多月，还有一小部分的国内戏，预计这个月杀青。

严家宇点开词条，看到图片上精修过的美丽女人，关掉了微博小程序，把手机放进裤袋里,垂眼盯着空荡的电梯角落。

江潜想起刚才他母亲痛苦的表情,颇为唏嘘,这么一个孩子,孪生哥哥被害成那样,出了事家里都没来认亲,而那个探骊网的管理人……

电梯门开了,严家宇走出去,身影消失在大厅门外,江潜则去了包间。

江潜约的客户已经到了,是个做生意的,四十几岁,态度很客气。

"谢谢江总对我老婆公司的投资,帮了她大忙。江总喝什么酒,我来买单,您千万别推辞。"

江潜点了杯西柚汁:"我开车,不喝酒。初次见面,我带了一瓶香槟,您拿回去。"

客户打开礼袋,一看就笑了:"早就听说江总有两个爱好,一是赛车,二是收藏酒。这礼重了,特级珍藏款啊。"

江潜自如地应道:"也不是什么有价无市的酒,我刚从阿根廷回来,本来准备拿一瓶当地的葡萄酒,又想起您也是从南美回来的,就换个口味。说起来,倒是我们公司的疏忽,没有提前通知您,让您白跑一趟看房子。HENZ 项目的那几栋别墅您相中了,但有人出更高的价钱,还是熟人,把那一片包圆儿了,我们实在不好推辞。"

这个客户正是被黎珠领着看房子的那几个人之一,在海珠网办理移民的,在萨尔瓦多参加过李明的晚宴。

"没事,天底下的好房子多着呢,而且不瞒江总,形势所迫,我们一家不准备搞投资移民了。"

"哦?"江潜露出感兴趣的神色。

服务员把冷热菜端上桌,带上门出去后,客户凑近他,神秘兮兮地说:"我岳父劝我们不要碰李明那一群人的事。他弟弟外强中干,今年肯定要倒霉了,下面那群人也要跟着倒,黎总虽然对我不错,但她是赵竞业的夫人,跟他们同枝连气,我们家想来想去,虽然这么做有点儿不厚道,但还是决定不掺和了。"

"不掺和的意思是……?"

客户看起来很信任他,大概是因为背后有人撑腰,没有顾虑,对他讲述了在萨尔瓦多的事。

"李明那天请我们吃饭,把六个 U 盘分给大家保管,说每个里面都存着跟各人公司相关的大笔交易记录。给我的 U 盘,我春节假期结束后就交给上头了,结果里面都是乱码,不知道其他人拿到的 U 盘,是否也是障眼法。"

江潜道："你把物证上交，李明不知道你把他卖了？"

"嗐！江总，他们这些人呢，太自傲，总认为自己大局在握。李明这个做法，是在钓鱼耍大家玩，想在六个人里分辨出不可信的人，等后面风头过了，第一个清算报复，杀鸡儆猴。但你想想，这个思路只适用于能东山再起的情况，李明高估他弟弟的能力了，他们还有东山再起的机会吗？我判断，没有！"

江潜笑着敬了他一杯："受教。"

"别，我们也是家里消息比较灵通，所以这样想。我跟你说这个，是为了打消你对我老婆的疑虑，她这家公司干干净净的，没什么灰色的玩意儿，家里也不会出事，就是创业初期，经营能力可能弱了点儿。她找了好几个风投公司，人家都不肯投，上周芳甸资本出手就是这么一大笔，真是雪中送炭，我代她谢谢您。"客户双手举杯和他碰杯，一饮而尽。

"创业初期，谁都不容易。"江潜道，"投资经过分析师考量，能通过就说明公司在市场上有竞争力。"

客户知道自己老婆的管理能力稀烂，也就公司卖的男性专属保健品完美地契合市场偏好，绝对没那个资格攀上芳甸资本。江潜的这番漂亮话卖了他一个人情，他便也巧妙地回了一句马屁："像江总这样资产净值高的人群，投资最看重的已经不是收益了，而是个人兴趣和社会意义。"

坦白地说，江潜对客户老婆的公司派人送来的"国产松露""奇怪榛子"毫无兴趣，甚至产生了心理阴影，也不觉得做这个产业是一件有社会意义的事。他在阿根廷看了礼袋里的名片、查了法人资料后决定投资，完全是因为她丈夫是海珠网的客户，和黎珠关系亲近。

没想到还有意外收获，这个客户竟是李明的座上宾。

江潜忽略他的夸奖："您还记得赴宴的人都有谁吗？除您之外，还有哪五个人拿到U盘？"

客户报了几个名字，回忆："吃完饭，李明把唐继寿单独叫去了，感觉他对唐老板很看重。我听说李明是美国德雷克船运公司的大股东。"

江潜知道这家公司，他几年前在巴西看美洲杯时，认识了一个叫唐顺鑫的男人，是阿根廷德雷克公司的老板，相当年轻，人很机灵圆滑。

他是唐继寿的儿子，也是程尧金的亲弟弟。

程尧金当初在大排档外甩给自己的那张信用卡，背面就写着他的中文名。

江潜思索片刻，有了头绪，略微放松心情，和他笑谈起南美的风土人情来。

江家别墅。

下午江铄收到儿子的微信，说要见客户不回来吃，把小姑娘一人丢在家里，让他看看冰箱里还剩什么菜，随便做点儿。厨师要元宵节后才来上班，江铄就撸起袖子下厨，炒了一盘葱爆羊肉，烧了一盘糖醋茄子，炖了一锅酸菜肉丸汤，又拍了一小碟黄瓜，寻思着小姑娘吃大米饭，就给她弄了碗蛋炒饭，自己拿两个坨坨馍泡着汤吃。

余小鱼把他的手艺狠狠地夸了一通，夸得他心花怒放，笑呵呵地说起年轻时在农村种地干活儿的往事来，又问她在阿根廷玩得开不开心，那边的菜好不好吃。

"好吃是好吃，但吃多了就腻了，还是中国菜合胃口。"

"哎，那叔叔以后再给你做。"

"哈哈哈！叔叔，你和江潜好像啊，他也会做饭。"

江铄笑道："他做的都是老外吃的，我吃不惯，你要是想吃西餐就找他，想吃北方菜就找我，我过年回村还帮着他们做大锅饭。"

"叔叔，今天司机跟我说江潜开赛车，我还不知道！"

"这小子没和你说啊？"江铄挑起眉，"有快五年没开了，肯定是当时我把他骂得太厉害，他现在还怵呢。谁叫他不注意安全，带着那么大一个伤口开车，差点儿就感染了。这孩子脾气倔，就得时不时敲打他一下。"

余小鱼疯狂地点头："是呀，就要这样。他小时候肯定做过不少惹你们生气的事吧……"

江铄摸着下巴："嗯，这倒没有，他挺乖的，不过做了不少傻事。"

吃完饭，他就精神抖擞地从书房搬下来一摞相册，给她翻："你看，这些是他小时候的照片，是不是傻乎乎的？哈哈哈！等到了幼儿园大班他才变聪明。"

余小鱼抱着相册，从皱巴巴的小婴儿开始看起，听江铄兴致勃勃地讲："他刚生下来时才五斤二两，我们怕他长不高，给他灌了许多奶粉。不知道是不是奶粉对大脑发育不好，等到一岁半他会说话了，分不清红色和黄色。我指着草莓跟他说，阿潜，这个是红的，然后又指着香蕉，说这个是黄的，问他有没有记住？

"他说：'爸爸，我记住了。'然后我指着他的红袜子，问他这是什么颜色，他犹豫半天，说是红的，我又指着黄帽子，他想了想说是黄的。我们都以为这毛病好了，等到第二天，他妈妈拿了个柠檬给他玩儿，他啃了一口，说'妈妈，这个草莓酸'，给他妈妈吓得，以为生了个色盲。"

"哈哈哈！"

江潜拎着袋子进门时，听到客厅里爆发出一阵大笑。

他爸正和他女朋友坐在沙发上，拍着枕头，指着相册，笑得前仰后合。他爸一边笑一边断断续续地讲："还有这张，他跟我回老家，在大鹅脖子上拴了十几个氢气球，一屁股坐上去，说要坐着鹅飞上天……"

余小鱼笑得直抽抽，肚子疼死了。

江潜走过去把相册一关，没好气地说道："回房间关上门笑去，扰民了。"

"不嘛，你爸还没说完呢……"

"不许说了！降压药吃没吃？回去吃药！"江潜把他爸拽起来，又将几本相册丢到他怀里，往楼上推。

"还是小时候好玩，长大了脾气这么差……闺女，你以后别生个这样的。"江铄笑着迈上台阶。

这一句话把余小鱼给整不好意思了，抿唇睨着江潜。

"生什么生，你自己拿泥巴捏三胎玩！"江潜黑着脸。

待笑声消失在楼梯上，他才走过来，不情不愿地坐下。余小鱼憋着笑给他顺背："不生气，不生气，你小时候多可爱啊，和糯米团子一样。"

他把脸偏过去，脖子都红了。

"喂，你以后想生个什么样的？"她问。

"别跟我一样就行。"

"你是不是就怕跟你有一样的毛病啊？"

他叹了口气，没说话。

"也是能控制的，你看你现在过得不挺好的嘛。"余小鱼安慰他。

江潜岔开话题："不说这个了。有事找你室友程小姐，你把她的手机号码发给我吧。"

"什么事呀？"余小鱼把程尧金美国的手机号码发到他的手机上。

"她父亲的公司给赵竞业的靠山洗钱，还有个存证据的U盘，我想问她知不知道这件事。她跟家里关系不好，或许……"

"你就死心吧！程尧金那个性子，不会跟外人说的，你要了也没用。"她坏笑，"江老师，你要不要贿赂我？也许我能帮你问到哟。"

江潜在她的脸上亲了一口："这样行不行？"

她抱住他的腰："不行！"

他又对着她的嘴唇亲了一口："这样呢？"

"不行！不行！"

江潜变戏法儿似的从茶几上的袋子里拿出一个小盒子，在她面前挥了挥："那这个呢？"

"哇！是冰激凌小蛋糕！"

余小鱼伸手就去抓，他一下子把她压倒，在她的胳肢窝和腰上挠起来："刚才不是笑得很开心吗？继续笑啊！"

"哈哈哈……你别弄了，我怕痒，哈哈哈……江老师，我错了，你起来嘛，我帮你，我帮你……"

江潜在她粉嘟嘟的唇上啃了好几下，才满意地放开，打开蛋糕盒子："张嘴。"

"你爸晚上给我做了好多菜……"

"我的贿赂你要不要？"

"嘻嘻，但是我还有一个胃吃甜品。"

余小鱼"啊"张开嘴，他喂了一大勺："好吃吗？"

"好吃，这个不甜！"

"那我下次再买这家的。"

四寸的冰冰爽爽的小蛋糕很快就进了深渊巨口里，江潜给她倒了杯茶，手掌揉了一把圆滚滚的"鱼肚"："又长了点儿肉，稳中向好。"

余小鱼吃得舒舒服服的，靠他的肩上："你急不急？要是急，我今晚就给程尧金打电话。现在波士顿还不到9点，她肯定还没起床，等会儿我再打。"

"也没那么急，这两天打就行，还在过年，跟人家说这个有点儿晦气。"

"那我后天帮你问她，你具体想知道她家哪些事？"

"就这件事，她要不想说，问得太详细也没用。"

余小鱼摊手："好吧。"

元宵节这天是个好天气，太阳一大早就从梅花枝头升上来，融化了院子里的薄雪。

值此良辰美景，戴昱秋却没法儿心平气和地跟电话那头的父亲说话。

"爸，我没在外头找女朋友，就是想和外公一起过节，这不是出差正好住在外公家嘛，他腿不好，我又不能把他搬到银城过节……您说什么呢？！别听曼曼的，我不反对您跟沈姨结婚，外公外婆都没话说，我能有什么意见？她就是瞎猜！您再问多少遍我都是这个回答，不存在故意不回家吃饭的事情，您别多心好不好？不存在！我出差回来就给您请罪，行不行？"

戴昱秋挂了电话，抹了把汗，更年期的男人太暴躁了，根本没法儿沟通。

书房里外公喊了一声："昱秋，跟谁打电话呢？这么大脾气。"

"呃……跟我爸，因为点儿小事吵架了。"

"你爸最近工作压力大，他那位子不好坐，你得体谅着他点儿。"外公摇着轮椅进房，慈祥地看着他。

"嗯，我明白。"戴昱秋也知道上面在如火如荼地调查，他爸在特别工作组里如履薄冰，就怕踏错一步。

"这是什么？"外公指着桌上的文件夹。

"有份资料要快递给我爸，我拿不准要找谁，还是让他上交吧，他比我懂，也有资格直接跟负责这个的领导打招呼。"戴昱秋把程尧金给的透明塑料袋装进文件夹里，正要揭开胶封，门铃响了。

"我去开。"

他放下东西，往猫眼里一看，惊了，打开门："王主任，您怎么来了？"

来人是他以前实习时单位的大领导，平时跟他没有联系，只见过几面。

王主任对他点点头，提起手上的保健品："还在年节里，我来拜访一下你外公，他退休前在学校教过我。小戴啊，你别拘着，又不是在上班。"

戴昱秋连忙接过礼盒，请王主任上座："您要是昨天跟我说一声，我就安排好饭店了，我外公最喜欢跟学生一起聊天儿，他平时一个人，怪孤单的。"

"哎哟，小王，你怎么来了？"外公从房里出来，雪白的眉毛高兴地扬起，"快坐，好久没有学生来看我了。"

王主任看到他，神情立马一变，满面笑容地迎上去，拉着他的手："我坐坐就走，中午还要和我儿媳妇家吃饭，就不打扰您老享受天伦之乐了。您家这个孩子我是见过的，好得很哪！我记得他实习那会儿很低调，我想多给他锻炼的机会，还怕他以为是看在他爸和您的面子上，年轻人嘛，都想凭自己的本事上进。"

戴昱秋有点儿尴尬地笑了声，弯腰给领导倒茶："您小心烫。"

然后他又把人家拜年时送来的糕点摆了几块在桌上，不声不响地回了屋。

前领导说这话，着实让他有些郁闷。他爸戴月咏因为办事能力强，人又温厚，所以受人尊敬。可就因为这个，单位领导对他的期望值过高，去年领导让他代表部门写个材料，他写得十分一般，其中还有个成语因用的不恰当挨了批评，同事们就背后嚼舌根，造谣他是靠他爸的关系走后门进来的。

所以现在只要有人提起他爸，他就如坐针毡。

戴昱秋在书房里踱步，看着敞开口的文件夹，突然心中生出一股不甘的怨气，又不那么想给他爸了。

非要让他爸来交吗？

他自己找人不行吗？

要是他爸收到，指不定把他骂一顿，说他在节骨眼儿上添乱，增加工作负担。

虽然是个捷径，但他戴昱秋是走捷径的人吗？

他凭自己的本事考进大学、考进单位，他就算不是戴月咏的儿子，能力也不比谁差。

戴昱秋把文件夹里的物证掏出来，皱眉犹豫着，想着到底要找谁交这个麻烦的玩意儿，冷不防听到外面传来一声："是啊，老戴也不容易，谁干他的活儿都得焦头烂额。我大哥这边最近也收到几个匿名举报，是关于那位手下的……"

他精神一振。

实习的时候他听说过，王主任有个大哥，也是圈子里的，很久以前和戴家的叔伯共事过一段时间。

王主任继续跟外公说："走流程太慢了，所以他们直接放信箱里。我看那位危险了，现在就缺一个重大的证据……"

戴昱秋凝神听了一会儿，确认了他说的是那个重要人物的名字。

他之前有所耳闻，程尧金跟他提到的"李明"是海外用的假名，他在首都根基深厚，家中这一辈只有他在国外经商。

戴昱秋沉思着，没注意墙上的挂钟已经指向 11 点 30 分。

客厅里，王主任站起身，依依不舍地道："我儿子发微信催我了。老先生，您别见怪，下次来这儿出差，我一定叫上几个同学，陪您喝一杯。"

"这就要走啦？"外公高声道，"昱秋，送你的领导下楼，把那鱼肝油给他带一罐。"

"哎！好。"

戴昱秋穿上羽绒服，把物证袋放进口袋里，左手拎着鱼肝油匆匆地出去："王主任，我外公腿脚不便，我替他送你上车。"

"别别，你陪陪老人家。"

王主任嘴上虽这么说，却还是让小伙子先一步出了门。

大院里寒风刺骨，戴昱秋深吸一口气："王主任，我这里收到一份东西，想呈交给您。"

"什么东西？"

戴昱秋低声道："您不是跟我外公说，缺一个重大的证据吗？"

"要给他们定罪，还缺一个经济方面的重大证据，证明赵竞业和他背后的人都有参与。"

银城的大院别墅里，戴月咏惋惜地对沈颐宁说："要是有这类证据就齐全了，我们做起事来就快得很，但目前我们没有渠道弄到手，再等等看吧。"

沈颐宁宽慰道："不急在这一时，江总那边还会帮忙的。不说这个了，刚才昱秋给你打电话，说什么了？你怎么发那么大火？"

"我叫他元宵节回来吃饭，这小兔崽子先斩后奏，在首都就是不回来。你说他到底怎么回事？！我们一结婚，他变脸比翻书还快，以前我都没看出来！"

沈颐宁微不可闻地叹息："不是因为这个，你别老抓着昱秋不放，他对我没有敌意。"

"那他怎么就过年回来了一趟？"

沈颐宁不好跟他说，是因为兄妹俩半年前吵了架，谢曼迪一直在父亲面前挑拨离间发泄火气。沈颐宁想了想，说道"这孩子在单位压力大，去年他不是被领导批评了吗？单位里的人说他是你的儿子，靠关系进去的，所以他现在有意疏远家里。"

戴月咏震惊得睁大眼睛："有这种事？我怎么不知道？"

"你呀，忙成那样了，耳朵里哪里听得到八卦消息？"

沈颐宁劝他："孩子的问题，让他自己解决，谁年轻时没干过几件错事？你就安安心心地忙你的工作。昱秋都27岁了，你别老把他当青春期的叛逆小男孩儿。"

"唉，他要是在外面找个女朋友，元宵节不回来还情有可原，就一直单着！他不是……那个吧？我思想很开明的，这种事我不会说什么，总感觉他有事瞒着我。"戴月咏说道。

"你想多了！人家找了女朋友，又不一定告诉你。"沈颐宁笑出声，"好了，去吃饭吧，都12点了。"

保姆殷勤地把饭菜端上桌，谢曼迪已经坐着了。她吃饭不等人，喝着碗里的乌鸡汤，皱眉："阿姨，你下次少放点儿红枣，太甜了。"

"哎，好的。"

"曼曼，你又来了，整天挑来挑去，这个习惯很不好。"戴月咏在她身边坐下，尝了一口汤，"这不挺好喝的吗？爸爸给你夹个鸡腿。"

"不要，你给她夹吧。"谢曼迪用筷子尾指了一下对面的沈颐宁。

沈颐宁笑吟吟地看着父女二人，戴月咏对她摇摇头，露出了个无奈的表情。

曼曼小时候是真乖，吃块肉都看大人眼色，长大就放飞自我了。

谢曼迪自从肯和他们同桌吃饭，总要找点儿借口摆出一副差脸色，找几句戴昱秋、保姆、沈颐宁的碴儿，好像是被人拿枪指着脑袋逼上桌的。

如此这般，她心理才平衡，才能接受"自己没有像原来那样讨厌沈颐宁"这个现实。

但在戴月咏眼里，这已经是极大的进步了。

因为只有三个人，保姆做了五菜一汤，分量不多。保姆前脚刚走，谢曼迪又开始讲了。

"爸，你换个阿姨吧，她做的菜不好吃，她做排骨都不炒糖色。"

"我觉得很好吃啊！再说，咱们也没时间换人。"

"以前那个就不错，"谢曼迪说，"还是我找的呢。"

"嗯，那你去跟家政公司的人说再换一个，爸爸给你打钱。"

提起那个保姆，戴月咏也想起来："你找的阿姨确实不错，干活儿麻利，还会做葡式蛋挞，我加班当夜宵吃挺好的。你要是喜欢，就再把她叫来干。"

"算了，人家有自己的生意，再说吧。这个阿姨做的也将就能吃。"

一顿饭就听女儿在挑刺儿了，戴月咏头痛地扒拉完碗里的菜，说："好了，你自个儿玩去吧，我睡完午觉跟你沈姨去看她家的老太太。"

谢曼迪瞄了沈颐宁一眼，又低下头"哦"了一声。

下午 4 点，戴月咏拎着水果跟沈颐宁来到疗养院。

这家疗养院在东城区，是银城档次最高的疗养院，有钱也不容易弄到名额。沈颐宁母亲的病房是一个单独的小屋，护工队伍 24 个小时待命。

老太太已经在里头住了 20 年，换了肝后，身体越来越衰弱，脑子也不清醒了，偶尔能坐起来说几句话，更多时候则是插着鼻饲管躺在床上。

"今天老人很有精神，你们二位来得正巧。"护工笑道。

沈颐宁眼里流露出欣喜，让戴月咏在客厅里稍等，快步走进卧室里。为了让老人住得舒心，这间房被沈颐宁布置成她家 90 年代的模样，桌椅、窗帘、钟表都是她从家里搬过来的，时常清理，干净得一尘不染，墙上还挂着父母的黑白结婚照。

老太太年逾古稀，正靠在床上戴着眼镜看书。老太太虽然身子瘦弱，但皮肤白净，布满皱纹的面庞依稀有年轻时的风采。

沈颐宁在床边坐下，鼻子有点儿酸："妈妈，你睡醒啦？"

老太太盯着小说，翻过一页纸："嗯。你爸出去买菜了。宁宁啊，学校里有没有男孩儿欺负你？"

沈颐宁强忍住眼泪："没有，没有人敢欺负我。"

"噢，那你遇到合适的男孩子可以处个对象，不过要保护好自己呀。"

"好。"

沈颐宁上次来还是去年三月，之后母亲脑血管破裂，昏迷了很长时间，她一直没机会说自己和戴月咏结了婚，今天把人带来了，就在门外。

她刚想提，老太太就合上书问："那个追求你的小伙子，你要不要试着处一处？"

沈颐宁意外："谁？"

"就是你学校的那个呀，经常来家里看我的……"老太太艰难地从枕边拿起手机，调出相册给她看，"喏，这个小伙子，人不错，就是看着有点儿显老。"

沈颐宁一怔。

照片上，戴月咏在削水果，老太太偷拍的，有点儿模糊。沈颐宁往前翻了好几张，最早的时间是 2017 年。

那时她只和他见过几面。

"他什么时候来看你了？"

"哎呀……我不记得是哪天了。他来过好几次，我问他是不是想追求你，他都害羞了。这小伙子家是首都的，虽然出身不凡，但身上没有纨绔习气，挺老实的。"

沈颐宁抽了张纸巾，抹抹眼睛："妈，我跟他结婚了。我把他叫进来吧？"

老太太睁大眼睛，拍着床叫起来："什么？！你结婚怎么不叫我和你爸去？！宁宁，你刚上大学，怎么就随随便便结婚了？谁给你写请帖、梳头发呀？"

沈颐宁的眼泪又流下来，她说："妈妈，下个月我就46岁了，是个……是个大人了。"

老太太震惊地望着她："你在说什么呀？是你糊涂了，还是我糊涂了？"

老太太倒在靠枕上，捂住脑袋，嘴里"呼哧呼哧"地喘着气，手也抖得像筛糠。沈颐宁慌了，高声叫道："快来人！"

护工闻声进来，一番检查后给老太太输液。戴月咏十分焦急，也不敢说话，像根木头似的站在床边。

老太太晕了几分钟，悠悠转醒，眼神迷茫地看着女儿。

"宁宁……现在是什么时间了？"

"快5点了。"

眼角渗出一滴泪，老太太说："妈脑子不好，刚才忘了，你爸在医院里走了……"

"妈妈，你别伤心，还有我在。"沈颐宁拉着她的手，贴在脸上。

老太太静静地抚着女儿的脸，忽然道："宁宁，你把那孩子带回来，让妈看看吧。"

沈颐宁如遭雷击，僵了片刻，问："什么……什么孩子？"

"别瞒着妈了……妈不行了，走之前，想看看那孩子……是男孩儿还是女孩儿？"

沈颐宁想抽出手往后退，可母亲握得那样紧，执着地盯着她，眼里带着恳求："妈不怪你，你还那么小，外面那么危险……她多大了？她长得像不像你？"

"妈妈……你怎么知道？"她声音发颤地问道。

"傻孩子，我是你妈呀，怎么会不知道呢？你每次过生日，都要买两个蛋糕，她跟你一天生日是不是？"

沈颐宁张了张嘴，干涩的喉咙里发不出一个音，下一秒，便崩溃地扑在妈妈的怀里号啕大哭起来。她从来没有这样哭过，这些年受的委屈和埋藏在心底的愧疚都随着眼泪一股脑儿冲出来。她摇着头撕心裂肺地叫着："妈妈……对不起，妈妈……我把她丢掉了，我对不起她……我不想把她丢掉的，是他们逼我的……我怎么忍心啊？她是我身上掉下来的肉，我生了她一天一夜啊。妈妈，我好疼啊！"

老太太心疼地拍着她的背。房中回荡着痛苦的悲泣声。

一只手轻轻地搭上沈颐宁的肩膀。

"我把曼曼带过来，陪老太太吃晚饭吧。"

沈颐宁难以置信地抬起头，脸色苍白，眼泪顺着面颊滑落："月咏，你……"

戴月咏摸摸脑袋，有点儿不好意思地说："我是有点儿傻，但也活了快50岁，早就明白了。我这就开车回家接孩子。"

他转身走出几步，又回头，笨拙地道："那个……老太太，我真是宁宁的学长，比她大两届，法学院的，没骗您。"

然后他给满头的汗扇了扇风，红着脖子往外走。

他还没摸到门把手，一个人影就"啪"地推开门，差点儿把他撞个趔趄。

"我的老天爷！"戴月咏吓了一大跳，"你怎么来了？！"

谢曼迪把冷冻汤圆往桌上一放，又往床上一坐，眼眶红红的，昂着头："外婆，您不是要看我吗？"

老太太和沈颐宁都被眼前这一幕惊呆了。

谢曼迪咬咬牙，一把抓住老人颤抖枯瘦的手："我是您的外孙女，我叫谢曼迪，今年22岁了。戴月咏是我爸，沈颐宁……"

她抬头，第一次不带怨恨、堂堂正正地直视那女人含泪的眼睛说："是我妈。"

"妈妈，我要告诉你一件事……"

"怎么了，宝宝？"

余小鱼抱着她摇啊摇，有点儿心虚地说："我没……"

江潜在余妈妈身后左手竖起食指，压在唇上，右手举起一张带着签名的贺卡。

余小鱼尖叫了一声，一把抢到手上，兴高采烈地跳起来："你看我给你要到什么了，张学友的签名，写在生日贺卡上！货真价实！"

"啊啊啊！"余妈妈也尖叫起来，母女俩激动得抱在一起转圈圈。

"江老师,你从哪儿弄到的?"等妈妈去沙发上发朋友圈炫耀后,余小鱼舒了口气,笑着瞅他。

"我叫人去了两场演唱会才要到,排了可长的队。"他意味深长地道,"我可不会让你妈失望。"

"真不赖嘛!"余小鱼满意地拍拍他的肩,"下次你再给我要个卷福的签名照吧,我要他在剧照上签莎士比亚的十四行诗。"

"你是在难为我。"

饭厅里,江铄喊了一声:"那边的三个小朋友,过来吃饭了!"

张嘉信一只手拉姐姐,另一只手拉姐夫,屁颠儿屁颠儿地跑过去:"我好饿,我好饿!"

桌上全是硬菜,鸡、鸭、鱼肉摆了一桌,中央放了个盛芝麻汤圆的大盆。今天过节,江家父子俩掌勺,余小鱼负责打荷。他们准备了一下午,把厨房里的机器都用了一遍,切出的土豆丝又细又直,肉排锤得规规整整的。

看着这一桌子的硬菜,余小鱼感动得热泪盈眶。

就是辛苦江潜了,时不时盯她一眼,怕她弄出什么麻烦,把厨房给炸了。

三个小朋友排排坐喝的是果汁,四个大人每人都倒上了一点儿酒,七嘴八舌地说说笑笑。舅舅和舅妈今天穿得特别正式,像参加婚礼似的,余妈妈和江铄倒显得太随意了。

"你舅舅这套衣服选得不错,领带颜色很正。"江潜喝着西柚汁,对余小鱼道。

"你对服装好有研究啊……"余小鱼用手肘捣捣小表弟,"看到没?合格的男生一定要注意造型。"

"我的红领巾颜色也很正。"张嘉信啃着鸡腿说,"你们俩到底啥时候……?"

桌上的大人都看过来,他问道:"啥时候吃完陪我写作业啊?"

江潜心想:这孩子怪机灵的。

这种事还是得有仪式感,他需要挑个适当的时机、适当的场合,提前说出来就没意思了。

余小鱼不知在想什么,捧着汤碗小口小口地喝,从碗沿偷偷地瞟他,眼睛弯弯的。

他夹了一只蒜蓉鲍鱼放在她的碟子里,低声问:"腰还酸吗?"

余小鱼装听不见，重重地拍了一下他的手腕："不要放在我的碟子里，南方人的碟子都是用来盛骨头的！"

过了元宵节，年就算过完了。

正月十六开始上班，余小鱼在公司给程尧金打了微信电话询问，回家后向江潜汇报结果。

"她说是有那玩意儿。我们从公寓逃出来那天，她越想越气，晚上就回她弟弟家了，趁人不在拿了两个U盘，确定里面是有资料的。上周程尧金一回国就把U盘给戴昱秋了，还有一支含有李明、她爸和唐顺鑫谈话内容的录音笔。她想举报李明和唐家勾结，让唐家倒霉。"

江潜觉得事情有点儿太顺利了："戴昱秋？"

"她的前男友，我们学校法学专业的，他爸就是跟沈老师结婚的那个戴月咏。"余小鱼说，"那这样的话，不就再好不过了吗？戴老师是你们这边的人。"

"程尧金除了戴昱秋，还有没有跟别人说？"

"没有。"

"那她有没有通过电话、邮件举报？"

"戴昱秋让她写匿名邮件，这样在程序上合规。"

江潜放下咖啡杯："如果戴月咏已经拿到了东西，沈颐宁应该会第一时间通知我。这U盘还在戴昱秋的手上？"

"这我没问。"余小鱼如实道。

他当即发了条消息给沈颐宁，那边秒回："我不知道啊，月咏和曼曼也不知道。"

江潜对小鱼说："你让程尧金问一下戴昱秋到底把U盘给谁了。如果他还没交上去，就赶紧给他爸。他爸要是拿到这个，特别工作组会事半功倍。"

余小鱼就在微信上跟她说了。

不出10分钟，一个陌生的号码打进来。

"戴昱秋说昨天元宵节，他的前领导去拜访他的外公，他就顺便把U盘给那个王主任了。"

"好的。你换号啦？"

"对，防止被我家里找到。"

"他们已经知道U盘是你拿的了？"

"嗯，家里有监控。但唐家不敢闹大让李明知道，只能私下找我。"

声音外放,她们俩一边说,江潜一边给沈颐宁转述。

半个小时之后,沈颐宁回复:"好事多磨。"

"什么意思?"余小鱼问。

江潜摇了摇头,不由得感慨:"这项目做得跟过山车似的!"

变数真大啊!

银城市某栋大楼。

办公室里,赵竞业坐在办公桌后,沉静地看着今天的《银城日报》,杯中新斟的福鼎白茶冒着热气。

秘书敲门:"赵总,王主任来了。"

赵竞业把报纸叠整齐,在桌面的左上角放好,和蔼地说道:"请他进来吧。"

余光扫过镜子,里面的人两鬓斑白,是许久没有染发的缘故。

他已经56岁了,昨天妻子跟他视频,说他最近老了不少,所以他今早特意叫保姆把西装熨平整,穿上身显精神。

来访者进门后,他才站起,微笑着把已经倒好的茶摆在茶几上:"坐。"

王主任双手捧过茶杯,态度十分恭敬:"过来得匆忙,实在不好意思打扰您。赵总,您对我有知遇之恩,我本该帮您的忙,但身不由己,只能做点儿力所能及的小事。"

半个小时后,人走了,赵竞业在空旷的办公室里踱了几步,面对白墙上挂的草书,摩挲着左手上的戒指,想着刚刚听到的消息。

王主任昨天又拿到一份资料,是两个加密的U盘,还有录音笔,是关于李明和唐继寿的。

他定睛看着那幅书法,这是银城以前一名德高望重的老前辈给他写的。那年他才30多岁,做到了这个年龄能担任的最高职位,拉来了几个国际大项目,人人皆称他是不世出的才俊,前途不可限量,还未曾见过哪个青年有他这样的魄力和手段。

老前辈看重他,临退休想留幅字勉励他,问他有没有喜欢的诗词。

赵竞业只想了片刻,请他写了一幅唐代孟郊的《赠郑夫子鲂》:

天地入胸臆,吁嗟生风雷。

文章得其微,物象由我裁。

宋玉逞大句，李白飞狂才。
苟非圣贤心，孰与造化该。
勉矣郑夫子，骊珠今始胎。

老前辈泼墨挥毫，对他大加赞赏，认为他胸中有日月，细微处得见雄才大略，虽如明珠耀眼，却知道要虚心自强。

一晃20年过去，赵竞业老了。

当年的意气风发逐渐褪去，一股挥之不去的怨愤总是在夜半时分萦绕在心头，让他不能成眠。

论才华、韬略、勇气、家世，他不比别人差。

可就像受到了诅咒，他一直留在银城，怎么也去不了更高的平台，这对他来说是个莫大的打击。

他开始想：如果走不了，就扎根在这里。

他为这座都市辛辛苦苦地服务这么多年，也应从中得到些什么。

现在上头出了事，牵连到他，不知是老天让他渡劫的考验，还是因果报应。

赵竞业把物证袋放进公文包里。

手机突然响了，他看了眼号码，是黎珠。为了避免旁人听见，她从来不在办公时间给他打电话，都是发信息留言，这还是头一次。

他锁上门，接起："出什么事了？"

"一个小时前我回家，家门口怎么有陌生人的车？从窗口看见还有人，我都没敢进去。"黎珠担忧，"你这里不会和李明家一样也被搜了吧？"

"哪栋房子？"

"就是东城你爸妈留下的房子。"

父母去世前留了不少房产，赵竞业婚后为了保密黎珠的身份，一直住在东城这栋清净的老式别墅内，私下几乎不与外人来往。

"那些人拿了调查令，事先也通知过我，我没权利阻止。反正家里也没藏什么见不得人的东西，就让他们搜吧。"

黎珠急了："那我的照片、鞋、包和衣服还在里面呢！"

"你在南美的时候我都运出去了，所有房子里都不会有价值过高的物品。"赵竞业道，"我做事，你放心。"

黎珠知道他考虑事情有多细致，就立刻平静下来了："好吧，我住自己那儿。我这几天可以见你吗？我们好久没一起吃饭了。"

赵竞业笑了笑，刚想答应，又在镜子里看见一抹刺眼的白，喝了口茶："事情多，我都没工夫出办公室，外面也都是盯着我的人，不想出去。"

他还是先染个头发吧。

黎珠有些失望："出了一趟国，都要把我气死了，还没处倒苦水。"

"不气啊，等过段时间我休假，就陪你出去玩。"赵竞业的声音低下来，"对了，我这里有份资料，需要放到你那儿保管。现在我的住所和办公室都不安全，保不齐他们再杀个回马枪。"

"什么资料？"

"你还记得上次我跟你说李明分U盘的事吗？我猜得不错，的确有人背叛了他，偷偷录了音，想把U盘和录音匿名举报给相关部门，但阴差阳错，今天证据到了我手上。"

黎珠惊呼一声。

"这就叫人算不如天算。"赵竞业胸有成竹地说，"要是上面那位真不行了，我把这东西作为呈堂证供交出去，就有把握全身而退。"

"那好，你给我吧。"

城市的另一端，黎珠挂了电话，走出博雅传媒的办公室，脑子里飞快地想着该把那东西藏在哪儿。

小助理抱着一摞文件追上来喊住她："黎总，悦悦姐不在，发微信说晚上一定回来，不会耽误了投资方的饭局。"

黎珠听了，气不打一处来："她又跑到哪儿去了？她别以为回国就可以不抓紧，我不在片场盯着就能糊弄过去！这段时间她不知偷吃了多少，上镜足足胖了一圈，每次教训她，她溜得比兔子还快！"

助理会看眼色，夸道："您对悦悦姐真上心，我就没见过哪个老板这么手把手地教艺人，有您督促，这剧不火就怪了。"

黎珠面无表情："做好你的事，不要因为不喜欢颜悦，就到处给她使绊子。你那点儿心思，我一清二楚。"

助理在原地呆住，怔怔地看她径直去了会议室。

公司签了那么多艺人，自己为什么只对颜悦管教得那么严呢？

黎珠问过自己这个问题。

她是个注重第一印象的人，第一次见颜悦，是在某个合作方的饭局上。

颜悦那时还是只没飞上枝头的麻雀，男人摸着她的大腿，她的眼睛只盯着黎珠。

桌上十几个人，只有黎珠一个女的，颜悦第一杯敬她，然后才是那些男人，尽管从头到尾都没和她说上话。

后来老板觉得颜悦不懂事，饭后等人散了，扇了她一耳光，扬长而去。她不哭不闹，买了根绿豆冰棍儿，坐在马路牙子上有滋有味地舔。黎珠买单出来，刚好看了这场戏，就让司机把她送到竖着节目宣传海报的电视台门口。

那之后，都是颜悦自由发挥了。

本来是报名的最后一天，她这种没有提前内定公司、也没有技艺傍身的素人，只有1%的可能性站在舞台上，可她不知用了什么手段，硬是出现在镜头前。

节目进行到一半，黎珠就把她签了下来。

这个女孩儿有股狠劲儿，各方面条件都不是顶尖的，也没有受过专业训练，可她最拿手的就是利用身边的一切资源，别人觉得她绝对做不到的事，她一顿操作猛如虎，最后偏偏能神奇地做到。

黎珠觉得她和自己有点儿像。

这是一个只看结果的世界，想往上爬的人，应该被给予梯子。

颜悦只给自己争取到三个小时的活动时间。

昨天剧组刚回国，拍摄场地还没搭好，所以她住在公司宿舍里，有外出的机会。公司的车排不开，她好不容易躲开狗仔队叫了辆出租车，自己一个人去七森俱乐部。博雅传媒在东城，七森在西城，一去一来快两个小时，她得抓紧时间。

到了目的地，颜悦拖着两个大行李箱走进大堂里，高声道："人呢？来一个人帮我分。"

下午4点钟，七森不做生意，前台服务员是新来的，听说过她，也在电视上看过她，殷勤地把箱子拉到台后。

"您是颜小姐？"

"对，慧姐呢？她在不在？"

前台服务员立马拨了个电话："慧姐有事，让我们招待一下您。"

动静引来了在茶座里摆龙门阵的女孩儿们，还没到上班的时间，她们没有化妆，年轻漂亮的脸早早地显出疲态，是昼夜颠倒的后果。

"悦悦姐，你怎么来了？"

"你现在发达了，是有钱人了！"

"你还记得我们啊？"

颜悦往沙发上大马金刀地一坐:"快弄些东西给我吃,我饿死了,分完包还要回公司干活儿。"

前台服务员和几个女孩儿打开行李箱,"哇"了一声,里面装的全是名牌小包,各种颜色的都有,在阳光下亮闪闪的。

"真好看呀!"

"这个多少钱?"

颜悦抬起下巴说:"可贵了。"

她招手叫来调酒师,低语:"现在店里有多少个妹妹?"

"23个。"

"新招了俩?"

颜悦"啷"了一声,她在奢侈品店里扫货的时候算漏了人数,本来有两个包想自己留着用的。

前台服务员端来火腿三明治,刚才又有人点了外卖,也给颜悦送上一对奥尔良烤翅、一盒鸡米花,她两眼放光,抓起来就啃,差点儿被噎到。

糖油混合物太香了……

她好久没吃过这么香的食物了。

她吃着垃圾食品,那边二十几个女孩儿已经把包挑着颜色分完了,有个女孩儿欣喜地叫了一嗓子:"小宇,你看悦悦姐给我们从国外带什么了!"

颜悦朝走廊望去,那儿站着一个男孩儿,单肩背着书包,手上拿着一本书。

"喂,严家宇,你过来!"

男孩儿皱了皱眉,像是不喜欢这种氛围,但还是走了过去。

颜悦从挎包里拿出一盒项链,打开在他眼前展示了一下,塞到他的手里:"这是给你妈妈的。我跟她说过,拿到片酬就给店里的妹妹们一人一个包,让她记着答应过我的事。"

严家宇默默收下,抿唇看着她,脸色阴沉。

颜悦以为他是因为没收到礼物很沮丧,在包里翻了几下,拿出一个挂着水豚的钥匙链:"喏,这个给你。"

"我不要你的东西!"他把钥匙链扔回她的身上。

"你这孩子怎么这么说话呢?!"颜悦柳眉倒竖,"看不起我是吧?等你比我挣得多的时候再来看不起我!咱们俩见面的次数一只手都数得过来,我哪里得罪了你?"

"是呀，小宇，钥匙链虽然不是什么贵重物品，但也是一份心意啊。"其他女孩儿都劝道。

严家宇突然吼道："你们都不懂！"

这一声吼让大家都愣住了。

颜悦一拍桌子，站起来："你吼什么吼？！你妈没教过你公众场合不能大声喧哗吗？这几个姐姐比你大，你平时就这么跟她们说话的？你靠你妈养，你妈靠店里的员工养，你妈要是知道你这么无礼非揍得你鼻青脸肿不可！"

严家宇胸口起伏着，涨红了脸，眼里闪动着水光："你……你跟我过来，我有话跟你说。"

这下颜悦也愣了，这副表情……好像她欠了他什么。

"你们玩。"她对女孩儿们说完，就跟着严家宇穿过后堂去了小园林。

严家宇问她："你知道我哥去哪儿了吗？"

颜悦知道严慧文有一对双胞胎儿子，小的叫严家宇，大的叫严家栋，哥哥手腕上有颗痣，还是结巴，就靠这个分辨。虽然是双胞胎，但外人都能看出严慧文偏心，对兄弟二人的态度天差地别，骂大的疼小的。

严家栋从小受尽冷眼，见了人畏畏缩缩，等上了学成绩垫底，更让母亲生厌。他初中毕业后就自暴自弃，没上高中，在外面混，十天半个月不回一次家，严慧文也狠下心跟他断绝了母子关系，此后七森俱乐部里就没了这个人。

"你妈都不知道你哥在哪儿，我怎么知道？"

"我哥死了。"严家宇哽咽道。

颜悦惊讶得张开嘴："不会吧？你别瞎说，你妈根本没提过！"

严家宇抹抹眼泪，将这些年的情况一五一十地愤然说了出来——他这个哥哥为什么借钱，家人为什么不去认领他……他想不通为什么母亲那么恨哥哥，明明他也是她的亲生儿子。

冬天快要过去，风游走在回廊里，带着幽幽的蜡梅花香。

颜悦听到那个男孩是自己的粉丝，心里就明白了几分。她给严家宇递了包纸巾，等他激动的情绪渐渐平复后，放缓语气道："你哥这件事，我是真不知道，我要是知道，看在你妈的分儿上，怎么着也得见他一面，劝他不要借钱。但你说他死是因为我，这就过分了！手脚长在他的身上，脑子也是他的，凭什么要我负责？我说句不好听的，是他管不住自己，人菜瘾大，才造成这样的后果。"

严家宇被她"噼里啪啦"说了一顿,攥着纸巾又哭起来。

"都是成年人了,没点儿骨气!"颜悦骂他,"你要真心疼你哥,怎么不去找那群害他的人拼命,在这里冲我发火?!你妈真是把你宠坏了,走走走,上楼去,被人看到丢脸死了。"

她推搡着严家宇走进楼里,目光扫到茶座那边,严慧文已经下来了,一身黑毛衣,正站在柜台后看电脑。

"你妈知不知道你哥是为了给我……"

严家宇抹着眼泪摇头:"她只知道他欠了债,原因我哥只跟我说过。"

颜悦松了口气,还是把水豚钥匙链丢给他:"拿着,别还我,我还嫌晦气呢。"

电梯门合上,颜悦思索着上次和严慧文的谈话。

其实严慧文并不是那么恨大儿子,毕竟是她生的,要不是因为这件事,她怎么会答应别人监视陈五?她和探骊网有仇,这仇就是这么来的。

这女人很别扭,儿子的尸体都不去认,却会为了他一直穿黑色衣服,不化浓妆,在他死后迅速地苍老。

她这么做到底是为什么?

颜悦想不明白。

"所以,现在程尧金交上去的东西,可能在赵竞业的手上?"余小鱼瞪大眼睛,往嘴里送了一小块牛排。

江潜无奈地说道:"是的,戴老师说,戴昱秋的前任上司早年受过赵竞业的恩惠,不过他们当小辈的不清楚这个。"

"那不是要命了吗?所有努力都白费了!赵竞业和李明是一伙的啊。"

"程尧金的手里还有录音备份,但录音可以伪造,不像U盘里的数据可以切实地查到。"江潜说,"现在就是不知道赵竞业把U盘放在哪儿了,他家不安全。还有一种可能,赵家为了自保,把U盘上交,换个自由身。"

"他不会给赵柏盛了吧?"提到赵柏盛,余小鱼就一脸恶心的表情。

她把盘子里的小胡萝卜挑出来给江潜。

"如果我是赵竞业,就找个最信任的人。赵柏盛虽然是他的侄子,但做事不靠谱儿,而且刚被放出来,深居简出,不好跟他有来往。"江潜把胡萝卜塞到她的嘴里,"这个也要吃,挑食不好。"

"嗯……那就给他的夫人?他们没领结婚证,黎珠是个演员,天天在外面跑,看上去和他没有一点儿关系。"

"也许吧。"

余小鱼不能再想了,再想她的小脑瓜子要爆炸了,于是拍拍江潜:"加油,你们能搞定的。"

她三下五除二吃完晚餐,哼着小曲去洗澡了。

洗完澡她还有活儿要干,出国度假前她报了四月初的雅思,买了一堆辅导书,还没开始看,今天才拆塑封。她说这两个月要埋头苦读,江潜就把公寓的书房给她用,自己在客厅里办公。文件审批到一半,他忽然感到不放心,静悄悄地走到书房门口,往里一瞧,他感觉血压顿时升高了——小丫头披着湿头发,屈着两条腿窝在椅子上,正戴着耳机聚精会神地看电影,一只手转着铅笔,另一只手从盒子里拿奶黄酥饼吃,饼渣儿掉了一桌。

她把这叫埋头苦读?

他取了吹风机走进来,把余小鱼的手机抽走,她仰起脸,只见他黑着脸看她。

她摘下耳机,有点儿心虚:"我都学一个多小时了,休息一会儿嘛。"

"一会儿?这视频进度都20分钟了。"

江潜看了眼屏幕,余小鱼慌得一把抢过来:"你干吗看人家隐私?!"

"看这部电影,余同学,你的口味还挺重。"

"是英文版的,我练听力!"她狡辩,忽然想起来,"听你这么说,你肯定也看过,还教训我!你都不知道看过多少这种电影了!哼,我不查你的浏览记录都能知道。"

江潜面不改色:"我又没在学习的时候看。快点儿,关掉,不是说今天要做一张卷子吗?早做完早睡觉。"

"我已经把听力和阅读做完了,后面很快的。"

江潜撑住桌面,拿过文具盒里的红笔,对着答案改完,听力一片红叉,阅读错了三个选择题。

他指着拼错的单词:"明天再粗心大意错这么多,我也不加班了,就给你一对一辅导。"

余小鱼对他做了个鬼脸。

"好好写作文。"他严肃地说道。

她不情不愿地抽出纸巾擦了擦手,把真题卷翻到最后一页,小声读着作文题。

江潜握住她披在肩上的头发,把吹风机开到最小挡,用热风给她慢慢吹。

窗外的夜雨"滴滴答答"。

屋里的电吹风"呼呼"响。

笔尖在白纸上"沙沙"作响。

她趴在书桌上,左手托着腮,写写停停,又拿橡皮擦一擦,眉头轻微地蹙起。黑色的长发在空中飞舞,像海里柔顺光滑的水草,刷着一层台灯的橘光,流动在他的五指间。

暖融融的牛奶沐浴露香气从毛绒睡衣里飘出来。

江潜放下吹风机,忍不住在她雪白温热的颈后落下一吻,低声道:"要不要……再休息一会儿?"

第十七章
大厦将倾

休息是不可能休息的。

第二天,余小鱼顶着两个黑眼圈去上班。过了年,业务依然很闲,现在没几家外企到国内开子公司,他们银行代表处没有新增的贷款客户,只需每个季度翻新一次贷后报告,每周按时和总部开例会就可以了。

她把自己的事情干完,就坐在工位上做英文卷子了,反正同事们也都在摸鱼。

做不完的话,她回家肯定也做不完,因为有一只饥肠辘辘的大鳄鱼以辅导为名吃夜宵。

她周末也没饿着他吧?

余小鱼愤愤不平地想。

这天下班回家后,她麻溜儿地端着一盘什锦沙拉进书房里,手机留在客厅里,把门锁了,任凭江潜在外面怎么哄骗都不开。

教英语?谁信哪!

这样一来,她的学习效率"噌噌"地往上涨。

余小鱼今天一共做了两张卷子的阅读部分,觉得差不多了,做贼似的把门开了条缝儿,左右看看,然后火速地去浴室。

结果浴室里有人。

她喝了太多水憋得急,转门把手,不料里面反锁了。

什么叫以其人之道还治其人之身啊!

浴室里飘出打电话的声音，隐隐约约，听不真切。余小鱼等了一阵儿，实在憋不住，"咚咚"地敲门："快点儿！不要占用公共资源，你不上就出来。"

话音刚落，门就开了，江潜握着手机，腰下围着浴巾，看这样子，是还没开始洗。

他摸了一下她的脑袋，走去客厅。

"唐先生，我还没找你算账，你倒先找上我了？我和程小姐只见过一面，她和我女朋友是同学，恰巧那天在阿根廷碰上，除此之外没别的联系。冒犯我女朋友的人我处理过了，就不追究你的责任……你不用再说了，以后不要再来打扰我们。"

余小鱼放完水，往沙发上一坐，好奇地问："是程尧金的弟弟？"

"对，他爸手上的U盘丢了，到处都找不到程尧金，犯罪团伙的人告诉他那天我们和她在一起，他有我的手机号，就来问我知不知道她在哪儿。"江潜冷笑，"他还以为我好拿捏，我就算知道，能告诉他？"

"看来他是实在没办法，东西又要得急，所以不得不问你。唐顺鑫回美国了吗？"

江潜说："号码是国内座机，估计他在美国找不到人，就跑银城来了，你室友在银城是不是有房子？"

"有一个。"

"你让她小心点儿。"

余小鱼立即给程尧金发了微信。

过了一会儿，程尧金回复："谢谢。我不住家里和酒店，住A大宿舍，不用护照。"

这倒是个好主意！唐顺鑫肯定想不到她会回学校住，但宿舍那条件……对她一个千金小姐来说，着实很不乐观，读本科那会儿宿舍里全是她买的电器、衣服、化妆品，20平方米的四人间都堆满了，也就余小鱼和楚晏脾气好，才让着她。

"要不你住我租的房子吧？"

"不用，万一他盯上你，别再把你的房子搞乱了。"

"好吧。"

提起房子，余小鱼就想起来她这个月要退租。婚前小屋已经装修完毕，妈妈上周验收过了，她跟房东学姐说15号前搬出去，交半月的房租，没满合同期，押金不退。

她之前搬出来一批衣物，还剩不少，打算存在江潜的公寓里，等新房子味散干净再运过去。15号是周三，那么这个周末就要全部搬完，余小鱼最烦做收纳，但江潜已经帮她出了装修钱，她就不想再叫他出力气了，一个人也做得来。

周六他把余小鱼送到公寓，她就住在这儿，约了明天给房东交钥匙。有小半年没来，沙发上都落了层灰，她一边收拾衣柜一边感慨，谁能想到不过半年，她就暗恋奔现、成功跳槽、国外旅游、谈婚论嫁了呢？

"倒霉的日子终于过去了……希望以后也不要有。"她对着一盘速冻水饺双手合十许愿，拿起筷子香喷喷地吃起来。

翌日是个好天气，天空放晴，万里无云。

余小鱼下午收好了五个大纸箱，下单了7点钟的货拉拉。余小鱼闲下来口渴想喝水，可烧水壶已经封到箱子里了，正巧这时房东打电话，说过会儿就到，路上有点儿堵。

"学姐，我去买奶茶啊，把门虚掩着，你直接进来检查就好了，钥匙在桌上，没有贵重物品的。你喝什么？"

"随便，谢谢啦。"

余小鱼去小区对面的商场里排队买奶茶，要了两杯幽兰拿铁。冬季的天黑得快，就这么十几分钟，回来的时候路灯都亮了。

余小鱼走上四楼，门开着，屋里传来什么声音。

她以为是房东到了，结果看见一个陌生的黑影坐在沙发上翻她的背包。

小偷！

她捂住嘴没叫出来，拍着视频直往后退，这一退，楼道里时灵时不灵的感应灯亮了。那人猛地转过脸，口罩外露出一双黑眼睛，目光惊慌失措，下意识地举起双手。

"着火啦！着火啦！！"余小鱼丢下奶茶撒腿就跑，扯着嗓子喊起来。

不知怎么回事，这个点本应在家烧饭的大妈大爷们都不在家，她从四楼跑到一楼，就是没人开门。身后的男人也在狂奔，她时不时回望一眼，结果脚下一绊，摔在楼前的台阶上，这一摔，男人越过她跑到了前面。

"你别想溜！我报警了！"余小鱼看到不远处有辆车拐弯儿，瞬间有了底气，从地上爬起来追他，加大音量，"有贼！抓贼啊！"

那贼胆子很小，听到叫声蹿得飞快。余小鱼追上去，手都够到了他的卫衣帽子，他大力把她推在草坪上。

"哎哟……"

"丽萨,上!"

只见十几米外的空中划过一道弧线,紧接着一声痛叫,男人被一只壮硕的黑白色边境牧羊犬扑倒在地上。

他挣扎着想推开狗起身,那狗刨出他口袋里的牛肉干和糖纸,鬼精鬼精地瞟了旁边一眼。这下可不得了,另一只又肥又大的金毛不知从哪儿冒出来,一下子跳到他身上,狂摇尾巴跟他要零食,差点儿把他给压死。

刚才那辆车停在花坛边,走下来一男一女,路灯照亮了他们的面孔。

"房东学姐!他趁我不在家偷东西!"余小鱼拍掉身上的草根,跑到席桐身后告状,"他私闯民宅!"

"丽萨,回来。"

听到命令,边牧"汪"地应了一声,姿态骄傲地绕到主人脚后。

而傻乎乎的金毛还流着口水,要跟小偷玩。

"可可,我说了多少次,不要吃陌生人的东西。"孟峄走上前把狗拎开。

他用膝盖压住男人的下肢,手臂勒住男人的脖子,揭开口罩:"余小姐,你认识他吗?小偷可不会从头到脚一身名牌。"

余小鱼走近看他,摇摇头。她从来没见过这个男人。他很年轻,脸很白净,五官端正,此时神态窘迫。

"你是谁?干吗翻我的包?盯着我多久了?"

"回答。"孟峄一用力,男人的脸憋得通红,张嘴竭力呼吸,眼珠都要突出来了,右手徒劳地抓着脖子上缠绕的胳膊。

"我看他想说话了。"席桐拨110。

孟峄松开手,男人咳嗽着吐出一句英文:"我……我是美国人……"

还没说完男人就挨了一拳。

"美国人不知道私闯民宅的后果?警局里说吧。"

余小鱼打量着这个男人,忽然灵光一现。

他长得……有点儿眼熟!

她对着男人举起手机,他拉上口罩捂住脸,不让她拍。

余小鱼使劲拽开他的手:"你是不是姓唐?富二代啊,难怪被我发现那么慌,原来是第一次偷东西手生。"

男人一直低着头。

"你想起来了?"席桐问。

"说话呀!哑巴了?"余小鱼狠狠地踹了他一脚,"你在阿根廷找帮派追我们的时候,可是一点儿也不顾着我朋友是你姐啊!你在中国找不到她,就盯上我了？你怎么不去偷江潜呢？看他人高马大一拳能把你打死是吧？特意趁我一个人出门跟踪，真有你的！你姐还说你是个人精，你怎么不带十几个大汉上门搬我箱子呢？"

席桐和孟峄面面相觑。

几百米外就有一家派出所，余小鱼上楼拿个背包的工夫，警察就赶过来了。

男人始终保持沉默，她把拍的10秒钟视频给民警看，坐实了他入室盗窃的罪名。

"有没有丢东西？"

"没，我包里都是卫生纸、零食，值钱的就一个手机放在身上了。我今天搬家呢。"

几个人到了派出所，男人进了审讯室里，只用英文说了一句"我要找律师"，继续闭着嘴。

席桐说："警官，这房子是我的，租给我学妹了，我不认识这个男的，他一来偷我学妹的东西，二来没有经过我的允许就进我家，这个可以拘留多久？"

"余小姐没丢东西，也就是这个外国人没偷到东西就被你们抓住了，那么就不是刑事案件，按治安管理条例处罚。"

孟峄道："还是先问问他为什么要偷吧。"

民警不抱希望地用中文问了男人几句，男人表示听不懂。

"听不懂？我是加拿大的，跟你说英文。"孟峄冷着脸问了他几句。

这下男人没法儿再装蒜了，硬着头皮谨慎地回答。对方开始还挺礼貌，后面就跟炫词汇量似的开始变着花样骂，把他气上头了，吵着吵着就冒出一句字正腔圆的国骂。

"你不是会中文吗？再说谎就量刑加重了。"民警怒视他。

孟峄勾着唇角，喝了口矿泉水。

接下来的审讯虽然磕磕绊绊，民警倒也问出了点儿东西。

"姓名？年龄？"

"克里斯·唐，23岁。"

"有中文名吗？"

"唐顺鑫。我要联系我的律师。"

"说完再联系！"

余小鱼听他被民警逼着挤牙膏似的讲故事。唐顺鑫说他姐姐偷了家里无法挂失的银行卡，卷钱跑路到中国，家里找不到她，就找上他姐唯一的朋友。

其实这个故事的脉络是对的，唐家装有重要资料的U盘丢了，看监控就知道是他姐拿的，他爸大发雷霆，瞒着李明，勒令他必须找回来，此事甚秘，绝不能让第三个人知道。程尧金公司的人说她回国了，他便立马跟过来，可实在不知她藏在哪儿，走投无路才会出此下策。昨天他跟着余小鱼从江潜的公寓到这儿，在楼下守了两天，最后决定在余小鱼包里放个微型窃听器，结果还没放，人就回来了。

"你怎么会觉得你姐把卡给我了？"

唐顺鑫瞟她一眼，胡编："有人看到她给你了。"

"你姐的电话报一下。"民警命令道。

唐顺鑫嗤笑："换号码了，你问她。"

民警叫余小鱼打电话，她只好当场用微信语音打给程尧金，那边秒接。

"有一位唐先生以为你把唐家的'银行卡'给我了，入室行窃，被我们送到派出所。他说他是你弟弟，警察找你问话，我开免提了。"

程尧金一听就明白了，这是唐家丢了U盘找不到她，来找余小鱼碰运气，不过她也没想到唐顺鑫会亲自下场偷鸡摸狗。

"姐！"唐顺鑫喊。

"程小姐，他是你弟弟吗？"民警问。

程尧金疑惑："我姓程啊，你们有没有搞错？警官，你看看他家的户口簿，有没有我的名字，我没改过名。"

"他是美国籍。"

"我听到他叫姐了，那就是会说中文，说不定是小时候移民过去的？那国内也有户口簿吧。或者你让他出具一下家庭文件，有没有跟我的合照、我的出生证明之类的？"

听到这信心十足的女声，民警倒拿不准了："唐顺鑫，你不会是和程小姐攀关系，认她做干姐姐，企图减刑吧？"

"她真是我姐，亲姐姐！我爸妈都在美国，你让我打个电话给他们就知道了！"

程尧金道："你怎么一上来就乱认亲？我什么时候是你姐？还有你说的银行卡，我根本不知道。警官，我只是认识他而已，你找他要到亲属关系证明再来问我吧，我一定配合。"

说完她干脆地挂了。

唐顺鑫气得仰倒，用方言直飙脏话。

他们一家三口都有绿卡，只有他姐从小在国内上学，户口在他奶奶家。他姐大学时就在银城投资落了户，旧户口簿早扔了。至于合影，他姐八字克亲，没有一张全家福。

要说家属证明，一时半会儿在美国家里还真找不到。

"她知道程尧金是我姐！"

余小鱼摊手："我也是听你叫她姐啊，你没证据，那不就是认的干亲？"

唐顺鑫正要气急败坏地给他爸打电话，余小鱼又道："警官，我虽然没丢贵重物品，但不确定他是不是拿了别的，我搬家把好多东西都塞进背包里了。"

她把破旧掉漆的包放在桌上，翻开来细细地检查。

"我有一颗巧克力不见了！一定是他偷的！他还偷了我的牛肉干！"

"我偷你零食干吗？"唐顺鑫涨红脸叫道。

实则他第一次做这种事，精神紧张就饿得快，没到饭点肚子就叫了。他好不容易等到她离开，在公寓里搜寻一圈无果后，看到包里乱七八糟的全是杂物，还有不少散装的山楂卷、饼干、奶糖，寻思着她也不会在意这些玩意儿，就随手抓了两个。

余小鱼斩钉截铁地说道："我的巧克力一共 12 颗，就是少一颗！"

唐顺鑫压根儿没想到她看得这么细，强装镇定："证据呢？你拍到我吃你的零食了？"

孟峄把一根牛肉干和一张糖纸放在桌上："余小姐，是不是这个？"

"啊！就是！"

"警官，这是我家狗从他的衣服里掏出来的。"

席桐也点头："是的，这是从他的身上掉出来的。"

民警没想到事情发展成小学生吵架了，看了一下巧克力包装纸和牛肉干，确实和剩下的同款，有些犹豫地说："失窃物品价值比较低……"

"不就吃了你一颗糖！我赔你不就行了？"唐顺鑫掏出手机，要给她转账。

"我拒绝赔偿！"余小鱼对民警道，"这是我男朋友前天送我的巧克力，我还一口没吃，他就先干掉一颗！我的巧克力每颗 250 美元，折合人民币 1800 元，单据和快递信息都在，超过 500 元就属于法定意义的数额较大，已经可以给他定入室盗窃罪了！"

说完她就调出微信朋友圈给民警看。

因为有炫富之嫌,但又想让男朋友有成就感,她昨天发了条仅一人可见的九宫格,把江潜哄得可开心了,说下次再买别的牌子的巧克力给她尝尝。

孟峰也道:"警官,我是ME集团的法人,我给我爱人买过同款,它确实属于高价值物品。"

唐顺鑫呼吸一窒。

他只是随便拿的啊,谁知道她把这么贵的巧克力和山楂卷放在一块儿!

既然如此,嫌疑人都认罪了,民警咳了一嗓子:"那该怎么办就怎么办吧。告诉你,请律师的成本还不如你在拘留所里蹲十几天呢。"

"我要给我爸打电话!我要打电话!"唐顺鑫拍着桌子大吼。

一刻钟后,解决了问题的余小鱼跟着房东夫妇走出派出所。

"你放心,我们也有律师,不会只罚款。"席桐说。

"谢谢学姐和孟总,还有丽萨!"

余小鱼把包里的原味牛肉干都塞给席桐了,路边的车里探出一个深黄色的狗脑袋,两眼放光。

"好吧,你也有份。"她挠挠它的下巴。

孟峰推辞:"用不了这么多,可可减肥,吃不了。"

金毛破口大骂。

前方一辆车开过来,停在派出所门前。

"我通知你男朋友了,他过来得还挺快。"席桐笑道。

"江老师!"余小鱼奔过去,一把抱住从车里下来的人,"有人偷了我的巧克力……"

江潜轻拍着她的背,把一束纯白的伯利恒之星塞到她怀里:"我明天再给你买,不生气,好不好?"

"嗯!"

他揽着余小鱼,把手上拎的礼袋给孟峰:"今天真是麻烦席记者和孟总了,这是我们从南美度假带回来的特产,一点儿心意。"

"多谢。"孟峰客气地点头,"江总又这么早下班?"

"我现在周末居家办公,时间比较自由。"

孟峰转头对席桐道:"要不我也这样吧?"

席桐:"你想都不要想。"

不会真的有人居家还能办公吧？！

等那两个人上车离开后，余小鱼坐到副驾驶座上，系上安全带，好奇地问："你给他们送什么了？"

"两瓶葡萄酒、马黛茶，还有一个给孩子的水豚玩偶。"

"学姐家小朋友我见过，超可爱，已经会背唐诗了。"余小鱼露出两个梨涡，"不哭的小宝宝真是天使啊！"

"我看你就是喜欢玩，玩哭了再还给人家。"江潜忍俊不禁。

当晚，席桐拆了大礼包，拿出酒、茶、玩偶，好奇地捧起最底下用泡沫盒装的蔬菜，左看右看。

"孟峰，你见多识广，这是什么？"

男人扫了眼，冲咖啡的手顿了一下。

"贴着金标，是有机萝卜吧。"

"南半球的萝卜可真鲜艳啊，红绿灯似的，就是看着没啥水分，明天我拿它炖个牛腩……"

"怎么不行呢？"孟峰抱着孩子，捏着他肉乎乎的小脸，低声笑，"律律是不是想要个小妹妹？跟爸爸说……"

过了不久，消息从派出所里传出来，唐顺鑫偷鸡不成蚀把米，在拘留所里待了15天。

据说出来后，富家公子哥儿被所里羁押的地痞流氓揍得连妈都认不出来，一见他老娘，哭得一把鼻涕一把泪，喊着要回美国休养。唐家的律师还没联系上余小鱼，就被ME的金牌律师给找上了，表示无论在中国还是在美国打官司都奉陪，敢进他们总裁夫人的房子里偷东西，这简直就是打脸，ME集团要是连一家小小的德雷克船运公司都怕，那还叫什么全球企业五百强？

唐继寿听闻此事，差点儿就脑出血了，这是中了头彩啊！女儿偷了李明要他慎重保管的东西，儿子更出息，闯到全球富豪榜排名前十的商人私宅里偷了一颗巧克力。他对着妈祖像磕头如捣蒜："是我不好！是我不好啊！我没孝敬好您！您原谅我，有什么火、什么不满意的都冲我和媳妇来！让唐家的小辈恢复正常吧！"

他老婆拉着缠绷带的儿子，哭闹着在玉像前把他的手机一摔："你还有脸提我？你在外头找狐狸精，公司都不管了，今年亏了那么多钱，妈祖看在眼里，让你清醒清醒！我是你明媒正娶的媳妇，给你生了金宝，跟着你东奔西跑辛辛苦苦30年，打碎了牙往肚子里吞，你还有什么不满意的？你还背着我找小三，吃了药要跟她生儿子？"

唐顺鑫哭道："妈，你少说两句吧！爸，你要帮我报仇啊，我长这么大哪里受过这气！"

"你明天就去给ME的孟总道歉，跟恒中的江总道歉！我让你去找你姐，你一下给我惹两个大麻烦，嫌我唐家的公司倒得不够快是不是？活了23年，怎么没一点儿脑子，叫个人替你干都比你自己干要好！"

"不是你说千万别让外人知道吗？"

唐继寿两眼一翻，跪在垫子上的身躯直挺挺地向前倒去，脑袋"砰"的一声磕到桌沿上，桌上的供果骨碌碌滚下来。

"老唐！"他老婆尖叫着搀住他。

而唐顺鑫吊着一只胳膊，手忙脚乱地捡地上的苹果和橙子："妈祖别怪罪，妈祖保佑……"

"别捡了，快叫救护车啊！"

西半球鸡飞狗跳，东半球波澜暗涌。

2月末，博雅传媒的新剧拍完了，微博热搜天天挂着路透生图，一段颜悦和黎珠的对手戏片段让真爱粉、黑粉和路人都震惊了。

"我去！这是小悦悦自己演的？"

"啧啧，现在人工智能技术都这么厉害了，还能换哭戏表情呢？"

"完蛋了，要是剧上映没有博主吐槽，我拿什么下饭啊？"

黎珠在公司晨会上听着助理汇报舆情，略微点头："热度达到了期望值，官博那边不要说错话，明天的新闻发布会准备好了吗？"

"准备好了，黎总，您放心。"

"等一下让颜悦来我办公室。"

半个小时后，颜悦低着头乖乖巧巧地进来了。

黎珠换了身衣服，准备出去，指了指桌上的文件夹："这个新片你下周五去试镜。"

颜悦以为自己听错了："啊？"

"是一个关于乡村扶贫的电视剧，主题符合现在的潮流，制片人找的配角都是前辈，只要拍出来就有口碑。男、女主角要求是新人，哭戏很多，我认为女主角适合你，你把剧本拿回去读。"

颜悦拿起文件，草草翻了几页，目瞪口呆："黎总，您这不是折杀我吗？我跟这些老师搭戏，还当主角，这不得被骂死？咱们公司不能光靠黑粉挣流量钱啊。"

"十天内，增重到100斤以上。"

颜悦表面犹豫："这……"

黎珠继续道："入组后也要保持这个体重。"

"我演！我演！"颜悦激动地翻到策划那页，声音又弱下来，"呃……女主角的名字怎么念？"

黎珠不耐烦："以后不要让我再听到这种愚蠢的问题，你既然接了试镜，那就回去自己琢磨，又不是小学生，事事都要我教你！"

"是，您说得对。"颜悦殷勤地给她开门，"黎总，明天的发布会您来吧？"

"来不了，你好好回答记者的问题。"

颜悦看着她踩着高跟鞋离去的背影，顿时觉得压力大，望向手中的文件夹，自言自语："不管了，能吃几天是几天……"

从博雅传媒办公大楼离开后，黎珠来到东五环外的经济开发区。

这片地聚集的互联网企业如今门庭冷落，有几家已经倒闭了。她出国前，探骊网还在正常运作，不过两个多月，办公楼前的大字标就不见了，院门敞开，楼门紧闭，无人修剪的香樟树在转暖的天气里抽出了新芽。

路口的企宣柱上，"探骊网"三个字被物业工作人员手动涂掉，与之相反的方向，"海珠网"的标志仍然存在。

车开到这家公司后门。

黎珠戴着墨镜下车，陈五迎上来，给她打着遮阳伞，递上矿泉水，抹去头上的汗水："B姐，10分钟前他们走了。"

"查到什么没？"

"他们带走了一些客户的资料。"

"赵柏盛呢？"

"在上面。"

"没用的东西。"黎珠低斥一句。

她乘电梯上五楼，会议室里传来男人的谈笑声。

"赵总，黎总来了。"

赵柏盛挂了电话，满面笑容地站起来："三个月不见，黎总又变漂亮了。"

黎珠面无表情，也不落座："你小叔的东西不能再放在这里了，你把它给我，我存在家里。"

赵柏盛的声音很放松："黎总，你家就安全了？虽然外面不知道你们俩是一对，但是他们查来查去，总会发现蛛丝马迹，到时候连博雅传媒都危险。我现在已经被恒中扫地出门了，探骊网关门大吉，海珠网也不让我出面管了，整天没事干，盯着这个宝贝还是绰绰有余的。"

黎珠眼里闪过一丝微不可见的厌恶。

"请你把U盘给我。"她加重语气重复了一遍。

赵柏盛做了个无所谓的手势："黎总信不过我，我还乐得少件任务。"

他撸起袖子，右腕露出一颗黑痣，从书橱里翻出物证袋交给她："你可别把它弄丢了。"

"这段时间，你低调点儿。"

"我还能怎么低调啊，已经大门不出二门不迈了！"

黎珠把东西放进包里，不多言，走出会议室。

之前赵竞业托人寄来快递，有两个带密码的U盘和一支录音笔，黎珠把它们暂时收在了海珠网公司里，由赵柏盛看管。早上陈五告诉她，调查员来公司调查，这边也不安全了。

她听过录音，是唐继寿和唐顺鑫的声音，这么重要的物证，总不可能被小偷从家里偷出来吧？要是间谍录的，应该直接交给有关部门才对。夫妻俩商量过后，推测极有可能是他们自己录的，那就说明唐家背叛了，要对李明一派落井下石。

作为李明弟弟的左膀右臂，赵竞业不能不反击。

黎珠站在窗前，垂目望着楼下瀑布般茂盛的迎春花，打了个电话给李明。

"李先生，抱歉打搅您，是这样的……"

那边的人听完她讲的来龙去脉，知道U盘阴错阳差到了赵家手上，沉默良久。

"噢，谢谢黎总告知我这件事。那天在萨尔瓦多吃饭，我想着你工作忙，不方便老是和赵总在一块儿，就没给你，既然赵总拿到了唐家的U盘，那就麻烦你们好生保管，日后我必有重谢。"

"李先生，我们不求您怎么感谢，老赵重情义，您弟弟对他恩重如山，这是他应该做的。只是国外的事他就算想帮也管不了，还得看您了。"

言外之意矛头直指唐家。

李明笑道:"正好,国内的事我帮不了,但国外嘛,目前还是有余力的。黎总下次来南美,我再请你吃烧鸭。"

没等她说几句客套话告别,他就挂了,听看起来心情非常不好。

黎珠想了想,叫陈五:"送我回璧山别墅吧,再叫些人,把家里收拾收拾。"

银城北四环有一片千禧年前后建的别墅群,因为城市有地理位置优势,不少演员、华裔富商都在这里买了房子。黎珠的别墅是她拿了国际电影节最佳女主角后买的,才买不久父母就去世了,只有她一个人居住,连猫狗也没养,平时很少回来,都是陈五监督保姆按时打扫。

上次在这里长住,还是20年前,当时她还年轻,风头一时无两,却没想到在演艺圈外栽了跟头,心态崩溃,整天就在客厅里抽烟。

新剧拍完,她莫名其妙地觉得自己老了,精力没有以前足了,想在这儿休息一阵,新闻发布会也不想去了。

卸妆洗完澡,黎珠巡视着衣帽间里琳琅满目的衣服,心情舒适放松。她可以清晰地回想起来,里面哪几件是在电影节上穿去领奖的,哪几件是高奢品牌总监专门给她设计的。

她做演员,就要做到行业天花板;当天上的星星,就要当最耀眼的那一颗。

而赚钱,她就要赚到普通人也不敢想的天文数字。

但凡事都有代价。

她拉开卧室床头的抽屉,里面整齐地码放着钻石首饰,中间有一个巴掌大的小盒子,装着铂金戒指、一张旧合影和一封手写的短信。这枚戒指的质感与其他首饰相比大为逊色,根本配不上她这样风华绝代的人,但这是她的婚戒,90年代赵竞业在中国澳门买的,价格等同于他十几年的工资。

那是他们相识的第七天。

她只戴过那一天。

"黎珠小姐,

总督府一别,思念颇多,辗转不能成眠。

自古宝剑赠烈士,红粉赠佳人,我嫌脂粉污颜色,愿做宝剑为君持。

赵竞业

丁未 甲辰 癸卯 壬戌"

他说他愿意做她的剑。

有个成语叫"太阿倒持",黎珠也是后来到内地拍戏才知道的,却知道得太晚了。

这东西在抽屉里太显眼,考虑过后,她把它藏在以前临时放过的地方,要是家里来人搜查,绝对找不到。

时钟指向5点30分,客厅里的陈五联系好了家政公司,告诉她:"烧菜的保姆找好了,明天过来。B姐,晚饭想吃什么?"

"随便吧。"

陈五就去买陈光记分店的烧味,两份烧鸭饭和半斤卤味,半个小时后回来,黎珠吃了一口,吐了:"他们家现在做得怎么这么难吃?"

陈五尴尬地说道:"店开大了,老板肯定就让学徒做。"

他把饭菜倒进垃圾桶里,想叫外卖,黎珠道:"不用了,让保姆打杯蔬果汁,喝也喝饱了。"

黎珠工作起来,吃喝都是不挑的,剧组吃盒饭,她也跟着吃盒饭,但要是闲下来,那就极难伺候。陈五跟着她多年深有感触,她说要喝蔬果汁,自己就去厨房榨,请来的保姆要是不会挑水果,榨完还得倒掉。

陈五平时在外头风吹日晒,本来跟她一个年纪,看起来像大10岁,这会儿毛头小子一般端着果汁过来,黎珠忍不住叹了声:"回去休息吧,这里是银城,不是中国香港,也不是20世纪整天有帮派说要绑架我,不用你时时看着。"

既然她这样说,陈五就笑道:"好好好,那我去玩了,要是保姆不合适,我再换一个。"

3月一到,气温回暖,银城换上了翠绿的新装,公路两旁的玉兰花含苞待放。

"楚晏拿了年终奖,梁斯宇也这周辞职,他们俩要办婚礼了,叫我当伴娘。江老师,听说当了伴娘的人三年都不能结婚!"余小鱼下了班,在恒中办公室里学英语。

江潜目不转睛地盯着电脑屏:"都是迷信。你好好做听力,怎么又看微信了?"

余小鱼哑口无言,然后找到了攻击点:"居然说我迷信,你年会的时候还说穿一身黑不吉利!"

"你那条蓝裙子挺吉利的,可以当伴娘服穿。"

"不要,你给我订做得太显眼了,穿上抢新娘的风头。"余小鱼说,"我去中心商场租一件。"

现在实体店的衣服太贵,网上的评价又褒贬不一,还是实地看完再租比较划算。

江潜笑道:"决定了?真不要我再给你挑一件?"

余小鱼有点儿心动,但还是怕他眼光太好:"你不要管嘛。"

"婚礼是哪天?"

"25号周六。你也要过去,不许迟到,也不要穿得太高调。"

"我出门都穿西装。"

"我的意思是不要像年会那样,人家不看新郎了,都看你!"余小鱼咬着铅笔。

江潜拍了一下她的手,把笔拽出来:"你怎么什么东西都往嘴里放?!这玩意儿吃下去要变傻的,以后记忆力只有7秒。不要说话了,认真做题。"

余小鱼又蹦出一句:"你好凶啊,以后辅导小朋友做作业不可以这么凶。"

小朋友?

江潜看着她戴上耳机,写起听力题来。

"头垂得那么低,眼睛不要了?"他把她的脑袋往上扳了10厘米。

还什么小朋友,他管她都管不过来!

他转过头,关掉工作页面打开邮箱,给某个法国酒庄的老板写了封邮件,说要订购一箱窖藏香槟作为结婚礼物,要最好的年份,加急空运。

给新娘红包应该就可以了吧,她是芳甸资本的员工。

江潜很少参加婚礼,对这些送礼的讲究不熟悉,此时无心工作,坐在电脑前将心比心,思考着自己结婚的话想收到什么礼物。

他好像没有特别想要的。

他又看了一眼埋头做题的学生。

他有一条"小鱼"就够了。

傍晚5点多,春天的夕阳从窗外的高楼之间沉下去,光芒透过玻璃,在桌面上拖出一条长长的线,把她握笔的手都染成了金色。

办公室里极静,只有呼吸声。

记忆的闸门在那一刻突然开启,他仿佛又看到她的眼泪"吧嗒吧嗒"掉在办公桌上、想拉住他又不敢的委屈模样。他是记得的,这辈子都不可能忘掉,她抽泣着求他不要赶她走,她以后可以做得更好,可他连直视她流泪的眼睛都不敢……

江潜去冰箱里拿了个巧克力慕斯杯,用手掌温了几十秒,越过那条橘色的光线,放在她的左手边。

他知道自己想要什么了。

他想要她以后永远不会伤心。

"咦?现在吃吗?"

"想吃就吃吧。"他俯身吻了一下她的额头。

"江老师,你工作开小差儿!"余小鱼得意地说。

"嗯,这样不好,不要学我。"

她唇边露出两个梨涡,打开慕斯盖子舀了一勺,递到他的嘴边:"你也吃啊。"

巧克力的苦味仿佛都融化在初春的空气里,只剩下奶油的醇香。

以后要多买点儿,江潜想。

还怪甜的,难怪她喜欢吃。

备考的日子过得和翻书一样快,转眼就到了这个月下旬。

余小鱼和楚晏去商场大采购,买些结婚当天要用的纸巾、收纳盒、夹子、红包之类的。楚晏把余妈妈也叫上了,觉得还是有经验的人考虑得周全。

"梁斯宇呢?他怎么不来干苦力?"

"他在干啊,我爸妈和一帮亲戚从老家过来了,他在新房里给长辈磕头呢,每个人磕三个,我才懒得陪他,和不熟的亲戚说话可要命了。"楚晏扫了一眼手表,"大概还有两个小时才能磕好吧。"

余小鱼震惊了:"你们家到底来了多少亲戚?"

"也不多,差不多就60个。"

余小鱼:"那梁斯宇的工作量真是令人发指啊。"

余妈妈推着购物车笑道:"我们家以后便宜姑爷了,亲戚加一起也不到20个。"

"不行,不能便宜他!"余小鱼摸着下巴,"基数少,乘数可以往上加嘛。"

两个小姑娘从货架上搬面巾纸、消毒液,在生活区转了一圈,很多商品正在打折,顺便就把平时要用的日用品也买了。厨具专区旁边是杂物,余小鱼拿着马桶搋子,问她妈:"那上面是什么?太高了,我看不到牌子。"

余妈妈抬头一看,最上层摆着几个黄色的大箱子:"是地震应急箱,里头有安全工具和压缩饼干,你们都买一个吧。"

旁边的导购说:"这个是进口的,价格有点儿贵,要是搬新家可以备着,能管几十年呢。"

余小鱼觉得箱子有点儿大,放到购物车里就占地方了:"银城没有地震吧,我从小到大都没感觉啊。"

余妈妈敲敲她的脑门儿:"怎么没有啊?你上幼儿园那会儿,我去给人家当保姆,他们家房子大,地势又高,不到四级就震得很明显了,搞得我慌里慌张的。这种应急箱还是要买一个,遇到水灾什么的也能用,你看新闻报道中部地区省会发大水,就是地段好的小区也被淹呢,现在极端天气越来越多,保不准什么时候咱们也遭遇洪灾,你那房子又是老破小……"

"哎呀,你别啰唆了,我买就是了。"

"还不情愿啊,妈妈给你付。你们今天采购的东西我都包了,就当给新娘的份子。"

她这么说,楚晏就不好拒绝了:"谢谢阿姨,明儿我叫梁斯宇给您单独敬酒。"

余小鱼疑惑地睨她:"妈,你最近炒股赚钱啦?出手这么大方!前天我还看你买了个包。"

余妈妈感慨道:"这年头儿谁还炒股,人都炒绿了,我都是靠接活儿捞正财。妈妈就你一个宝宝,赚了钱还不是给你花吗?等你结婚了我就能省点儿心了,剩下的钱自己出国玩。"

余小鱼弯着眼睛傻笑。

余妈妈看着女儿,又不舍得起来:"就是结婚了也不放心啊。唉,你们没生孩子就体会不到。你们刚出生时那么一点点,一下子就长到二十几岁了,怎么这么快哟!"

买完东西从商场里出来才8点,临别时余妈妈催她睡觉。

"回家别玩手机,洗个澡就赶紧上床,他们北方人结婚都是中午,规矩可多了,你打哈欠,人家要说你的。"

"哎呀,我就不信六个伴娘没一个打哈欠。"

很快余小鱼就知道什么叫"不听老人言,吃亏在眼前"了。

天还没亮,她就被江潜摇醒了:"别睡了,快起来刷牙洗脸。"

"几点了?"

"4点10分,要来不及了。"

"啊?"她匪夷所思。

江潜看她还迷糊着,直接从被子里捞出"活鱼"提溜到浴室里,自己去客厅二次翻包,查缺补漏。

"还磨蹭,5点集合,至少4点就要起来。"他看着都急,偏偏她还优哉游哉的。

余小鱼一洗漱完出来,江潜就把裙子给她套上,怕她冷又盖了条厚实的羊绒围巾,左手拎着两个包,右手掀开风衣把她裹进来,出门下楼发动车子。

他的车被光荣地纳入亲友团车队,车前面扎了朵俗气的大红花,负责一路开到酒店,可能还要接送客人。

刚下楼她就叫:"江老师,我想上洗手间。"

江潜没好气地说道:"刚才怎么不上?去新娘家再上。"

"那你开快点儿。"

好在时候太早,路上没几辆车,他们30分钟就开到了楚晏租房的小区,可还是比预定的时间晚了5分钟。江潜粗粗一数,婚车都到齐停在路边了,就差他的,别人看了还以为他摆新娘老板的架子,故意姗姗来迟。

作为一个从小到大都没迟到过的好学生,江潜都没脸下车了,对余小鱼道:"你就跟他们说我爸早上犯高血压,拖了一会儿。"

"就5分钟,他们不会问的。"她打着哈欠。

江潜恨铁不成钢:"这是伴娘该有的态度吗?5分钟不是时间?"

余小鱼急着上洗手间,开门一溜烟儿跑了。他拿着她的包,从车窗探出头喊:"包不要了?丢三落四的。"

她又回来拿包,匆匆地说了句:"江老师,我们以后不要搞得这么早啊!"

然后她甩着围巾"噔噔噔"跑上楼了。

江潜在车里叹了一声,又笑了,手肘撑在窗沿上,看公寓楼里进进出出的人。

他其实不太喜欢这么热闹的场合,只参加关系特别好的朋友的婚礼,去年就去了沈颐宁那一场,吃了个饭,送了个礼。不过今天余小鱼要他来帮忙,他就答应了。

新娘的老家跟他的老家距离很近,风俗相仿,事先观摩一下,万一他爸非要拖着他去老家再办一场酒,他也有个心理准备。

他在车上等了一刻钟,新郎家的车来了。梁斯宇看到他,就下来问好,谢谢他送的那箱法国香槟,说中午准备开一瓶。

"梁先生，辛苦了。"江潜给梁斯宇一根烟。

"谢谢，我不抽，在备孕。"梁斯宇苦着脸道，"江总，你别说，结婚比在海外做工程还累，这几天我给她家亲戚磕了少说有200个头。我的妈呀，怎么规矩那么多！她家还弄了几个堂表姐妹堵门，要发红包才给进，我刚刚就在车里数钱，早饭都没来得及吃，还不知道带的红包够不够。"

江潜自己也没抽，把烟放回去，有些同情地问："你这边带了几个伴郎？"

"好不容易凑了六个在读大学的亲戚，同事朋友都没喊了，都是粗人，怕他们闹伴娘。"

"实在不让你进，叫我上去，我来发红包。"

"哎哟，可别！江总，您是晏晏公司的合伙人啊，她敢不开吗？这算作弊。"

"就你老实，快上去吧。"

梁斯宇觉得江潜跟以前比起来性格开朗多了，还会开玩笑，实在稀奇，边啃包子边自言自语："看来小鱼的思想改造工作做得不错……"

上午的程序是新郎进门接到新娘，然后由新娘身高一米九、体壮如牛的大堂弟背下楼上婚车，车队掐着大师算好的时间开到新房，在那里拍照、进行一系列传统风俗活动。到了11点多，大家就全部去酒店，吃完饭就可以散了。

早上的时光最难熬，余小鱼从来没化过这么长时间的妆，和五个小妹妹坐在充作梳妆台的餐桌前昏昏欲睡，哈欠一个接一个，屁股都要被纱裙磨出茧子了。

楚晏拿了江潜的大红包，请的摄影化妆工作室是银城顶尖的。楚晏指着余小鱼对化妆师说："不要给她化得太浓，她平时不化妆，细皮嫩肉的，脸上带妆容易累。"

化妆师笑道："你这个妹妹上大学了吗？皮肤真好，脸就跟荔枝一样。"

"我马上都26岁了，跟她是大学同学。"

"姐姐稍微给你上点儿眼影，把眼睛闭一下。"

这语气就像对小朋友说话，余小鱼很无语。

七个人化好妆用了两个小时，再吃点儿零食填肚子、上个洗手间，说说笑笑就快到8点了。楚晏爸妈和几个年轻小辈挤在狭小的客厅里，扯着嗓子跟门外的新郎用一种十分不客气的语气说话。梁斯宇和几个没进社会的弟弟哪里见过这阵仗，在门外支支吾吾，仿佛被班主任训了一顿，蹦不出词儿。

楚晏在卧室里给六个伴娘分工:"记好了吧?搞会计的负责数红包钱,念审计的复核账目;四表妹和五表妹把地上这些给亲友的回礼分装好,每个袋子里有几个物品要搞清楚,不要少了啊;六堂妹,你吵架厉害,跟新郎掰扯掰扯;小鱼……"

"我和两个表妹一起流水线操作!"

"得了吧,你平时不干活儿,慢腾腾的,去跟六堂妹一起堵门要钱。"

"梁斯宇会恨我的。"

"你爸是他师傅,不会的,快去!"

两个小姑娘对视一眼,六堂妹拍着余小鱼的肩,声如洪钟:"姐,你别怂,有我在!"

要钱是刻在人类基因里的渴望,嘴上说着不想,收了第一个之后,整个人就精神起来了。余小鱼完全不困了,和小妹妹堵在门边,笑着问新郎各种刁钻的问题,答不上就喊红包拿来,门缝儿里七八只手可劲儿地往屋里丢着红包,就跟下了场雨似的,这边丢那边捡,两个财务伴娘当场清点。

江潜在楼下等到9点钟,上面有个小伙子汗津津地跑下来:"您是江总吧?我哥让您上去帮下忙,我嫂子的伴娘太猛了,就是不开门。"

没想到真搬救兵来了,江潜正了正领带,把准备好的现金红包拿在手上,跟他上三楼,还没到门口就听到一阵兴奋的大笑。

"两万了,两万了!真好玩啊这个,再来几个。楚晏,你别拦我,我还能再给你捞点儿……"

江潜差点儿扶住额头,又不是她结婚,这么激动干什么?误了吉时怎么办?!

余小鱼看见门外伸进来一只手,捏着个厚厚的红包,精准地一抛,抛到了斜对面的沙发上。新娘爸妈拆了一看,笑着说:"闺女们,时间到了,再不开新郎要恼了。"

大门这才敞开,几个满头大汗的男生簇拥着梁斯宇进来,看到满屋子漂亮的小妹妹,眼睛都直了。有个男生假装生气,喊道:"刚才是哪位女勇士,堵门堵得那么开心啊?"

余小鱼把手里的一沓红包一扔,没溜两步,就被江潜拉进了怀里。

当年面试时她只涂了点儿口红,他第一次看到她化全妆,此时那张小脸对他仰起来,娇艳得像晨曦里盛开的玫瑰花,双颊带着激动的红晕,微翘的嘴唇饱满而红润,亮晶晶的月牙儿眼里全是笑意。她垂下来的黑发编成两根辫子，耳畔夹着一只淡粉的蝴蝶结，纯白的纱裙把肌肤衬得温如暖玉，如同一颗包着糯米纸的玫瑰味糖果，还没拆开就能闻到清新甜美的香气。

一瞬间，周围的人好像都消失了，嘈杂的声音也消失了。

他深深地望着她，想把这一刻定格在脑海中。

"铛！"

随着一声清脆的响，剧痛从前额传来，江潜捂着头，身子晃了一下，转身撑住墙面。

"我看看是哪个流氓敢闹伴娘！"六堂妹拿着平底锅大吼。

这一下把几个伴郎都看呆了，梁斯宇出来，脸色煞白："这是伴娘的男朋友！"

"没事吧？我的天啊！"楚晏听到叫声，从卧室里慌忙地赶来，把六堂妹的头一按，"江总对不起，我忘了跟她们介绍。"

然后她转了转眼珠，对大家道："这是小鱼她男人，也快了。"

凭她这一句，江潜就没法儿责怪了，用梁斯宇递来的湿巾冷敷额头，摆手："没事，有这个意识是好事。我先下去在车上等你们。"

余小鱼拉开他的手，看见他的额头上鼓了个包。她踮起脚亲了一下他的唇角："不疼啊，等会儿我给你上药。"

"好疼。"江潜无辜地看着她。

工伤太严重了。

后面的活动进行得都很顺利，车队浩浩荡荡地从小区开到新房，大家再去吃酒席。平底锅敲出来的包一直没消，乌青乌青的，江潜作为余家的家属、新娘公司的代表，坐在第三桌，被一群大叔大妈看来看去，碰到一个人就要解释头上的包是怎么来的，脸都丢光了。

司仪在台上念稿子，眼含热泪的新郎给盛装打扮的新娘戴戒指，台下一片叫好。余小鱼扯了扯妈妈："为什么楚晏她爸妈那个表情啊，像家里出事了一样？"

此景入眼，余妈妈百感交集，饭都吃不下去了："娶媳妇和嫁女儿是两回事，一般新娘父母都要难过的，他们北方传统观念更重，嫁出去就是别人家的了……我接个电话。"

她把手机放到耳边，走到安静的走廊里。

余小鱼再看新郎的父母，那叫一个欢天喜地。

江潜一直出神地望着台上，嘴角带着微笑。

"男的果然共情男的。"余小鱼轻踢他一脚。

"什么?"他偏头,根本没听见。

"没事,吃饭吧。"

酒店的菜做得很好,两个人又累又饿,都吃了不少。2点钟宾客陆续离开,余小鱼看差不多了,和楚晏说了一声,对妈妈和江潜做了个"开溜"的手势。

"我跟你回店里吧,我想学做个简单的菜。"

江潜喝了酒,听到这话,立刻清醒过来:"你想吃什么菜,我给你做,别学了。"

余妈妈道:"我下午出门办事,你跟小江回去歇着吧,补个觉。"

余小鱼帮她把一袋子回礼拎上车,她坐进车里说:"我看小江不说话的时候还是蛮严肃的,你们那个'项目'搞得怎么样?"

"呃,不都跟你说了,得从长计议。"

送走了余妈妈,江潜问她:"跟你说什么了?"

余小鱼眨眨眼:"她觉得你好严肃。江老师,你说实话,今天是不是被我美到了?"

江潜一把将她举起来,在空中转了一圈,惹得路人都看过来。

午后温暖的阳光洒在他的眉眼上,他把她拢在胸口,低头吻她的鼻尖,素来平静沉稳的声音里带着一丝热切。

"我都迫不及待了。"

"他们已经迫不及待要都查一遍了。"

七森俱乐部里,陈五给黎珠打电话:"B姐,你别把东西放在我这里,既然那些调查员已经怀疑你跟赵总的关系,那我跟你的关系也瞒不住,我在你身边几十年了,手下人都知道,说不准哪个小子把我们卖掉,我现在正花心思封他们的嘴呢。"

黎珠在璧山别墅里焦躁地叩着桌面:"那我放到哪里去?今天我好不容易用国籍的理由把那伙人挡回去了,一旦他们去大使馆拿了许可证,我这里迟早要被搜。"

一个月内,时局急转直下,赵竞业已经完全不出席公开活动了,报纸上也不提他的名字。他想法派人给黎珠传来消息,目前一举一动都被监视,后面就不再冒险联系了,如果到了4月初,听到新闻有全国通报第一批名单,她就立马把物证交给调查组。

黎珠觉得赵竞业还想再赌一赌，看上面到底对他怎么处理，但她的性格比他保守，如果有决定权，她现在就会及时止损，把U盘交出来。

夫妻多年，心中的信任让她按照他的指令来做，现在他身边只有她的活动不受限制。

黎珠和陈五讨论了一番，仍旧没有结果，她的脾气又上来了，电话里发了火。

陈五习以为常，安慰她："B姐，大风浪咱们见得多了，没事的，不还有我给你跑腿嘛……我知道了，不就是那个菲律宾阿嬷做咖喱口味太重了，小问题……"

挂了后，他摇摇头，靠在长椅上继续喝酒。

黎珠对业余生活的讲究已经到离谱儿的程度，有时候连他也吃不消，论脾气好，还得是她丈夫。

"慧姐，和上次的一起买单吧。"

严慧文笑容满面地站在柜台后，亲自给他刷卡："五哥最近赚钱了？出手这么大方，小弟也有红包拿。"

"别提了，我愿意给他们吗？都是被迫的！慧姐，要是有人问你，你也别说B姐和赵竞业的关系啊。"

"哪有人问我？"严慧文道，"B姐最近不拍戏了？"

"查得紧，没心情拍，手下的艺人倒是签了个新电视剧，就是你们店里出来的那个。原来演技稀烂，经过B姐一调教，人就不一样了，现在演的我居然能看得下去。"

"噢，颜悦，她挺上进的。"

"慧姐，你们店还招不招她这样的？今天几个妹妹质量都不行啊，清汤寡水的，弄得我好没兴头。"

"不招了，最近严打。"

前台人员朝这边喊了一声："慧姐，送烧鸭的来了，够晚上客人订的那几桌，是现在结账还是月底一起结？"

"送厨房去吧，我这就来。"严慧文对陈五道："五哥，失陪了。"

陈五也要走了，揣着钱包随她到大厅里，正要出门，忽然回头："哎？你不是那个……那个……"他一拍大腿，"小梅阿姨！你还记得我吗？"

前台有个中年妇女坐在高脚椅上，面容白净讨喜，身材胖胖的，穿着旧款式的大衣长裤。她愣了一下，见陈五指着自己脸上的刀疤，恍然大悟，站起来笑道："五哥！好多年不见了，你在哪儿高就？"

"我还跟着B姐。你呢？看你这样子，生意做得不错啊！这烧鸭真香啊！"

女人的脸上露出无奈的表情："现在经济形势不好，什么生意都难做，想想还是以前在B姐那里挣得多。慧姐叫我来送烧鸭，我立刻赶过来，就怕她不要了。"

陈五笑道："真是老天爷来救我了！B姐现在回家休息，一个月换了五个阿姨，她都不满意。你要是来竞聘，我跟她提一句，保准能上岗。"

女人犹豫："可我刚给一家人烧了半个月饭，是个领导，不好辞掉……"

陈五大手一挥："别管什么领导、教授、飞行员，给B姐做一个月，够你吃一年了。你就说，来不来？我现在就给B姐打电话。"

说干就干，他拨黎珠的号码："B姐，我找到人了，你肯定满意。你还记不记得原来那个烧饭的小梅阿姨？就是她，张月梅呀！老实又勤快，就是人木讷了点儿，叫不叫她来？"

不提真想不起来这个人，但要是提，黎珠就有印象："我当然记得，她现在干什么营生？"

"还在给人家做工呢，也卖烧鸭赚外快。我要她过来，她怕惹得雇主不高兴，还是原来那个性子。"

黎珠道："要是她愿意过来，让她当你面给雇主打电话辞掉，多少钱我都开。"

放下手机，陈五兴高采烈地说："听到没有，B姐可满意你了。你要是过去，就解决我一桩大麻烦了，你也知道B姐很挑。"

张月梅还是有点儿为难，默默翻开通讯录，指着一个号码小声道："五哥，我脸皮薄，实在打不来这个电话，你能不能帮我跟雇主说？"

"没问题！"

陈五清清嗓子，讲了不到3分钟，人家就答应了。

"你明天就去给B姐做饭吧，好好干！"他拍拍张月梅的肩膀。

参加完婚礼回来，江潜就心不在焉。

余小鱼跟他说话，他老走神儿，最后她都嘲笑他脑子里全是粉红色泡泡。

江潜还要装一下："我是在想，那箱酒送少了。"

"还少啊，你给沈老师都没送那么贵重的礼物。"余小鱼凑近他，戳了一下他的脸,"江老师,今天有什么感想?"

"磕头是封建糟粕。

"伴娘伴郎不要找脾气急的。

"不要让长辈负责新房装修。

"能少几个亲戚就少几个亲戚。"

"这我同意。"

余小鱼深有体会,要是江潜今天不来,她早被楚晏的亲戚们介绍十个八个对象了。

"结婚好麻烦啊!"她卸完妆瘫在沙发上,哈欠连连,腰都直不起来了。

又不要她出力气。江潜无语,在浴室里放好热水,把"鱼"拎去涮。她趴在浴缸边沿上歪着脑袋看他,想用眼神把他心底里的东西都挖出来。

这个男人嘴巴好紧,一点儿风声都不带透露的。

算了,他不说,她就不问,反正除了客厅里的狮子鱼,他也不会去养别的鱼了。

又过了一周多,雅思考试的日子到了。余小鱼的口语考试幸运地被安排在上午最后一场,那位澳大利亚的考官可能是急着去吃饭,12点她进场,说了10分钟就被放出来了。下午的笔试也稀里糊涂地考了一通,她对自己的要求极低,不会就蒙,作文不偏题即可。

江潜在考场外等她,时间太长,就去对面的商场里逛了一圈,拎了一只迪士尼的兔子玩偶,挑了几块当早饭的白吐司,又想起她说想吃板烧鸡腿堡,就进去买了一个,考完试她正好能垫垫肚子。

他满载而归地来到考场门口,被有过一面之缘的客户给认出来了。

客户瞅瞅他手里的大包小包,打招呼:"江总,你也来接家里孩子考试啊?"

江潜下意识地点了点头,余小鱼正好从铁门里出来了,生动形象地表演了一个哈士奇式撒欢儿,朝他手舞足蹈地飞奔而来,把书包往他手里一塞:"考完了,考完了,回家吧!哇,你还买了汉堡,好棒好棒!"

说着她就打开纸袋拿出汉堡,三两下剥了纸啃起来。

"慢慢吃,没人跟你抢。"江潜叹气。

"江总,你女儿都上高中啦?"客户大惊。

余小鱼这才发现身边还站着个大叔,咽下嘴里的汉堡,转过身说:"您误会了,我都大学毕业了。"

客户继续震惊:"江总看着就像三十几岁的小伙子,原来跟我差不多大,保养得真好!"

江潜深深地陷入了对自我的怀疑中。

他才30岁啊!

那个"几"是怎么回事?他看起来有这么老吗??哪里像跟这个秃顶大叔一个年纪了!

余小鱼愣了一下,然后笑出声,拉住他的一只胳膊,把头靠在上面。

江潜觉得现在说什么都容易被误会,也会让对方脸上挂不住,干脆不说了,道了声再见,牵着小朋友上车。

"还是养女儿好,我家那个臭小子跟我一点儿都不亲……"客户低声抱怨。

江潜掉转方向盘,恨不得把车开飞出去,偏偏她还坐在副驾驶座上,对自己的言行毫无认知,抱着玩偶啃汉堡:"好久没吃这个了,下次再买嘛。"

"你别抱那个了。"他好半天憋出一句。

越看越不像话。

"就要抱,爸爸说要给我买的。"

一个急刹车,车停在路边。

余小鱼无辜地看着他。

江潜倾身过来,眼神危险,把玩偶扔到后座上:"再说一句,就别吃了。"

"嗯?"

他咬上她的耳垂,狠狠地吮了一口。

脸"唰"地红了,余小鱼把装面包的塑料袋往他身上一摔,"你在想什么乱七八糟的啊!"

"以后别乱叫。"

"我是说,我爸爸说过要给我买的!我以前过生日让他买这个兔子,他给我买成了小狗!"

耳朵上的热度还没退下去,她急匆匆地打开手机,给他看照片:"你看,就是这个小狗玩偶!我才不会喊你那个呢!"

江潜板着脸:"快吃。"

"开车不能吃得那么快,要细嚼慢咽。"余小鱼顶嘴。

"下车就没机会吃了。"他瞟她一眼。

"烦死了,不就是一周没让你那个嘛。"

这周她临时抱佛脚多做了几套卷子,江潜就没碰她,一考完试就原形毕露了。

他看起来就很饥饿的样子。

她含泪猛吃三大口汉堡。

余小鱼到家的时候是沈颐宁的电话解救了她。

江潜拔了车钥匙,把手机放在耳边,和那头谈了几分钟,下意识地望向抱着玩偶拎着面包的余小鱼,目光有些复杂。

"电话是戴老师接的?我知道了……嗯,就这样吧。"

"沈老师说什么呀?"余小鱼在电梯里问他。

"请我们这周五去戴家吃饭,一来沈颐宁和谢曼迪现在关系缓和了,想谢谢我们不计前嫌;二来需要一起商量之后的工作。戴月咏说过几天上面会出一批名单,那时候赵竞业可能会想办法把证据交上去自首。自首的性质和别人找到证据参他一本是有根本区别的,判罚不同。"

"那我们是一定要找到程尧金带回国的那几样东西了?"

"是的,没有更好的办法。"

余小鱼觉得很困难:"银城那么大,那得上哪儿找啊,赵家肯定藏得很好。"

江潜意味深长地道:"就算是聪明绝顶的人,也有性格上的弱点,百密必有一疏。"

第十八章
尘埃落定

"叮咚——叮咚——"

璧山别墅内，门铃响个不停，电子屏上出现一张焦急的刀疤脸。

黎珠不耐烦地按铃叫保姆："你也不知道开门，还要我自己去？"

"对不起，太太，油烟机的声音太大了，我没听见。"

负责打扫卫生的保姆已经离开，这个烧菜的保姆一直在厨房里，此时放下锅铲，两只手在围裙上抹了抹，步履匆匆地去开门。

黎珠换了一身长及脚踝的蚕丝袍，从卧室里姗姗走出，月白的颜色把她刚睡醒的面容衬得艳若桃李。她倒了两杯锡兰红茶，慵懒地坐到沙发上，如墨描出的长眉透出一股凛冽之气。

陈五空手而来，开门见山："B姐，有人在搞我，不知道谁把我给举报了，警察来找我。上次有个富婆带着手下到七森俱乐部闹事，要抓小三，人没抓到，就把店给砸了。七森的老板求我教训教训那几个道上的小混混儿，我叫人把他们揍了一顿，他们不服，后来冲到我开的修理铺闹事，又交了一次手，你让我把他们……"

黎珠喝了口茶，皱眉："我什么时候让你干这个了？"

陈五提醒她："就那天，你在萨尔瓦多的时候。"

黎珠的事情太多了，她仔细地想了想，好像是有这回事："噢，我记起来了。你去我在巴西的庄园里躲一躲，等风头过去吧。"

陈五忧心："B姐，这样怕是会给你惹上麻烦。"

"我们这么多年的交情，你来找我，我总不能叫你顶着一张丧气脸回去，明天我就把船票信息给你。"黎珠斩钉截铁地道。

陈五只好点点头。

黎珠端着茶杯，慢慢地说："阿五，这段时间有两拨人拿了许可书来搜屋子，好在没有搜到U盘，但下次就不一定了。你说我要把那东西交给谁呢？现在我银城的房产都成透明的了，我也不能把东西放到偏远山区去。"

这件事陈五也拿不准，喝着红茶，细细地想着。厨房里热腾腾的咖喱猪排在炉子上焖煮，扑鼻的香气飘到鼻端，把他的馋虫给勾出来了，他肚子叫了几声。

"晚上留下吃饭吧，我一个人，吃两口菜就倒掉了。"

陈五忽然"呀"了一声，压低嗓音："B姐，你看除了我、赵总，还有谁替你秘密办过要紧的事？"

黎珠一愣。

"虽然不是自己人，但办事牢靠、信得过。"

陈五转过头，望向厨房："这22年，外面谁也不知道赵总还有一个小孩儿，对吧？"

黎珠一下子站起来，脸色阴沉，又渐渐恢复如常。

她托着左手肘，修长的食指在嘴唇上摩挲，思考了很久。

是的，这个世界上除了她、赵竞业、赵柏盛、陈五、孩子的生母，还有把孩子抱走的人，就再也没有其他人知道赵竞业出了轨还让人怀了孕。

而那个把孩子抱走的人……

黎珠走到厨房外，拉开门："小梅，你出来，我再拜托你一件事。"

岁月如梭，当年的往事埋藏于心间，再度从尘埃中被刨出，依然让她感到一阵刺痛。

她按住自己的腹部，这里曾经有过一个孩子。

黎珠和赵竞业秘密结婚其实有着双重原因，他送戒指时把生辰八字也给了。黎珠本就十分欣赏他的才华和能力，找先生一算，这个人非常旺她，所以才跟他结婚。后来她知道是赵竞业用手段弄到了她的八字，提前算过才给她写的情书。

他知道她看到情书上有这个会感兴趣，知道她也对他刮目相看，知道她会找人去算，知道她算完会给自己回电话，甚至叫他来见她。这个野心勃勃的男人做事相当周全，不吝于打磨出最巧妙的计策，下血本追求自己看上眼的女人。

婚后他成了一个绝佳的生活伙伴,承担了丈夫应有的责任。她说要继续演戏,他就支持她演,家里收藏着所有她参演过的碟片,别墅里专门有一个放映室,墙上贴满了她的海报剧照。

她结婚第七年,演艺事业如日中天,拿奖拿到手软,品牌代言的合同叠起来能从地板堆到房顶。由于忙于工作,她整整一年没有回过家,一个月才往家里打一个电话,有时候他深夜打来例行问安,她太困就挂了,想第二天再打,却又被琐事缠身,忘在脑后。

赵竞业从来没对她发过火,在她结束了工作飞去看他时,她却察觉到他生气了。她觉得自己有点儿过分,对他说要不就生个孩子吧,以后有孩子陪着他。他很惊讶,以为她是不想要孩子的,但只要她提要求,他从来不拒绝。一个月后,黎珠被查出怀孕,推掉了所有档期在家休养,却发现家中的保姆神色惶恐不安,盘问之下,丈夫出轨的事实犹如晴天霹雳,让她整个人都呆住了。

就在她满世界飞的时候,赵竞业和一个女秘书去省城进修,两个人珠胎暗结。这个女秘书她知道,叫沈颐宁,他还跟她提过几句,有故意让她吃醋的意思,她却根本没当回事。他出身不凡,又频繁参加酒局,见过的美女不计其数,黎珠自信只有自己这样的女人才能让他心动。

可她输在太轻敌,也高估了自己在丈夫心里的地位。

毕竟他们结婚这么久,他从来没说过爱她,他只是需要一个有魅力的妻子,塑造理想中的生活。

两个人大吵了一架。

赵竞业长久以来的愤怒爆发了,他指责她没有尽到做妻子的职责,一直以来只有他在付出,她总是冷落他。

黎珠去见了沈颐宁。沈颐宁才20岁出头,一颦一笑都美得让人心神荡漾,落泪的时候,任何男人见了都想把她拥入怀中,最重要的是,她已经怀孕四个多月了。黎珠不在家的日子,赵竞业甚至把她带回家,让保姆给她煲汤养胎。

他觉得妻子不会给自己生孩子,就找了另一个女人。他不是爱沈颐宁,只是想找个漂亮女人为自己诞下一个拥有自己血脉的后代,为他的人生增添光彩。

沈颐宁涉世未深,在她从恒中被借调到赵竞业身边当秘书时,父亲不幸车祸死亡，母亲被检查出癌症，需要换肝。她走投无路之下去求赵竞业，他把她叫到酒店的房间里，让她选。

黎珠清楚了前因后果，跟他吵完架后就做了三件事：第一，在赵竞业知道自己怀孕后，跑到医院把孩子打掉，并告诉他以后不会再为他生孩子；第二，叫陈五把屋里的行李搬出去，反正俩人没领证，她要离婚只不过是一个念头的事；第三，高价截断了沈颐宁母亲的肝源，让母女俩在医院里痛不欲生。

赵竞业被她吓住了。

直到她拖着行李箱出门的那一刻，他好像才醒悟过来，软语求她不要走。

黎珠没理他。

她上车的时候，赵竞业跪在了车门边。这个向来风度翩翩的男人，脸色苍白，西装被她的高跟鞋踹得全是泥，仿佛魂魄都给抽走了。

他低声下气地对她说，他知道错了，随她怎么做，只要她能原谅他。

黎珠想了半晌，说那就让沈颐宁把孩子生下来，再把孩子送走。她要他们一辈子记得失去亲生骨肉、分离天涯的痛，并且沈母的病，他也不许管，这两件事要在孩子出生后再告诉沈颐宁。这就是他们挑战她尊严的后果。

2001年3月，沈颐宁在24岁生日当天生下了赵竞业的私生女，孩子很健康，第二天就被黎珠派来的保姆抱走了。黎珠让保姆告诉沈颐宁，这个孩子会被送到北方找一户人家去养，实则是想找个地方把孩子扔了。沈颐宁苦苦哀求无果，又得知母亲的肝源没了，激动之下昏厥过去，被送回了沈家。保姆用了一周时间去外地扔孩子，回来就辞掉了工作，对天发誓会永远保守这个秘密。

之后的二十几年里，孩子再没有出现，赵竞业也没有再出轨，而沈颐宁结了婚，母亲机缘巧合下找到了新肝源，还在疗养院里吊着命。

黎珠回顾起来，自己想要的其实都得到了，既然选择继续和赵竞业一起朝前走，就不再计较过去。与她得到的荣誉、金钱、地位相比，这件旧事就像荆棘，刺在皮肤上很痛，却伤不到她的根本。

他和她的关系从一开始就没有爱情，只是互相看好，觉得在一起能实现利益最大化，后来经历了七年之痒，他们跨越了夫妻这一层，快速地转变成能互相依靠的家人。

人的情感很复杂，她也说不清自己知道他出轨的时候，到底是愤怒多，还是伤心更多。打掉孩子后，她曾经在这栋别墅里抽了一个月的烟。

黎珠重新坐到沙发上，看着当年把孩子抱走的保姆，点上一支薄荷烟，拿出物证袋。

"小梅，这件事你要像以前那样帮我，事成之后我给你500万元。当年我给了你钱让你妈治病，是不是？我从来不食言。"

张月梅不敢坐，双手在身前绞着："太太，您别这样说，薪水已经够了，我不要那么多钱的。这……这是什么？"

"你别管这个袋子里装的是什么，别拆开，只要把它放在家里，保证它的安全，过几天我叫你把它拿出来，你再给我。如果里面的东西有别人的指纹，那么我就要问你了。"黎珠吐出烟圈，冷冷地道。

"太太，我脑子笨，您怎么说我就怎么做。"张月梅收下袋子，还是一副怯怯的神情，"饭快做好了，五哥也留这儿吃吧。"

黎珠解决了一个问题，陈五的心情就跟着变好："好久没尝到小梅的手艺了，给我多盛点儿饭，下次和B姐吃饭，还不知道是什么时候呢！"

保姆回到厨房，不一会儿，端出喷香的菜肴，熟练地摆了一桌，给两个人盛汤盛饭。

陈五道："你也坐下吃吧。"

"不了，五哥，我带了面包吃过了，这就去把灶台再擦擦。"

等黎珠和陈五两个人吃完饭，墙上的挂钟指向8点。

张月梅收拾好桌子，把碗筷放进洗碗机里，把厨房整理得一丝不苟，去杂物间脱下工作服，换上旧大衣。可能是上了年纪腰不好，她在里面待了十多分钟才扶着腰侧出来，挎着包，小声朝客厅里打招呼："太太，我走了。"

黎珠和陈五说着话，也不看她，就点点头。

张月梅提着垃圾袋出了别墅，把垃圾袋扔到路边的垃圾桶里之后，脱下手套，拍拍身上的灰，呼出一口气。她一改之前在雇主家里木讷的模样，伸了个懒腰，掏出干兼职的备用手机，边走边精神百倍地刷抖音。

一条去年的金融圈桃色八卦新闻出现在推荐里。

她滑过去，低声骂了句："什么人工智能，我看是人工智障！"

公司每个月的第一个周五可以早点儿下班，余小鱼3点钟就优哉游哉地拎着包到恒中接男朋友。

江潜的事情比她的多多了，又是开会，又是审批，又是面试。恒中今年的暑期实习生已经开始招了，比往年要早些，第一批学生周六开始群面。

余小鱼想起当年，深有感触："江老师，你们公司买的题库也太大了，应届生论坛上笔经、面经都刷不完，笔试我蒙了一半，面试是运气好碰到了原题，所以做破冰介绍的时候说得顺溜，让面试官记住了。后面的小组讨论，不知道是哪个面试官出的主意，两组讨论完出相反意见，最后故意要十几个人在一桌上达成一致！要是没有面经，我直接就蒙了好吗？"

江潜在电脑上打开人事部的员工发来的压缩包，粗粗地浏览了一下明天参加面试的学生的简历，只见他惊讶得挑了挑眉，端起咖啡杯抿了一口。

"让我看看，让我看看！"她好奇地趴过来。

江潜挡住她的眼睛："这是隐私，无关人员不能看。"

余小鱼瞬间蔫儿了。

他一只手遮她的脸，另一只手滑动屏幕，感慨："现在国内实习这么难找吗？这几个学生都资历过高，有这履历不去私募、风投，来什么乙方！"

"岂止是难找啊，像恒中这么大的综合性金融集团，就算每年放几百个岗位，也不够学生抢的，四年前我都觉得已经很卷了，结果一年比一年卷。"

江潜脱离学生时代太久，身居高位，对招聘市场不太了解，只知道微信朋友圈里几个客户不到40岁就被互联网公司给裁了。

"余同学，你考完雅思，未来有什么计划？"他关掉几份简历，移开手。

余小鱼懵懂地眨着眼睛，好像上课突然被班主任点到回答问题。

江潜咳了一声，觉得自己的语气太严肃把她镇住了："还是先出分再说吧，自己觉得考得怎么样？"

余小鱼愁眉苦脸地望着他。

他安慰她："不要紧，要是没到目标分数，我给你请个家教……"

"啊啊啊！"余小鱼抓狂地叫起来，揪住他的领带晃啊晃，"江老师，你能不能不要那么严格？！我被你搞得紧张死了！你以后不可以这样对小朋友，听到没有？永远不要问人家考得怎么样，不要对答案，不要说丧气话，懂不懂？"

她好像是第二次说类似的话了。

江潜认真地思考起来，他小时候就是这么做的，考不到满意的成绩会主动加倍努力，头悬梁锥刺股，也没心理变态啊。

还是教育理念不同吧。

余小鱼双手捧着他的脸，无比郑重地对他说："你要答应我，明天面试不可以摆出一张凶得要死的鳄鱼脸恐吓候选人，说话不要那么冷冰冰。我那场面试，就没有一个同学没被你吓到！江老师，你已经是一个成熟的面试官了，问专业问题就行，压力面试就让其他没你凶的面试官负责吧！"

江潜顺势抵住她的额头，从她的眼睛里看到自己含笑的脸。

凶？

他有那么凶吗？

"那余同学还敢站起来跟我握手，还把我的手弄断，到底是谁更厉害？"

余小鱼不好意思起来："我虽然很厉害，但那是你……"

后面几个字她吞进肚子里。

"我什么？快点儿跟老师说。"他眯起眼。

她一下子站起来，憋着笑往后退："我说了你别骂我，我们实习生都讲你有那个倾向，就缺个治你的，哈哈哈！你别过来，光天化日之下不许……啊喂！"

由于晚上要去戴家吃饭，江潜最后还是好脾气地放过了她，没有在办公室里进行胆大包天的文娱活动。

从恒中去大院只要20分钟，但赶上晚高峰，他们到那儿已经6点了。戴月咏出来开门，很客气地请他们坐，让戴昱秋上茶。

余小鱼这次见戴昱秋，发现他精神恹恹的，显然最近过得并不好。

她悄悄问江潜："他是不是被他爸骂了？"

"不知道，反正他很久没回家了。"

从首都回来后，戴昱秋确实被戴月咏骂了一顿。关于把物证送入虎口的事，他爸觉得儿子对他缺乏信任，费口舌好好教育了一番，沈颐宁在旁边婉言劝解，谢曼迪破天荒闭了嘴，没有拱火。

余小鱼又跟江潜说："你小姨妈看起来平和了好多，打了镇静剂吗？"

"心结解开，火就慢慢消了。"江潜黑着脸，"她又不姓赵，什么小姨妈！"

"嘿嘿，她是我的直系学妹，这样感觉我的辈分比你的高！"

"知不知道要尊师重教？"他弹了一下她的脑袋。

那边戴月咏和沈颐宁把菜从厨房里端出来，六个人十菜一汤，桌上还摆了红酒，很隆重。

"这是去年我们结婚时江总送的好酒，平时我们也舍不得开。"戴月咏笑呵呵地道,"你们要过来,就正好拿出来了。小鱼喝酒吗?"

"戴叔叔,我跟学妹一样喝椰汁就行了。"

谢曼迪坐在她的边上,顺手给她倒了满杯。

饭桌上除了戴昱秋,大家兴致都很高,说说笑笑的,聊些天南海北的奇闻轶事,最后就扯到工作。

谢曼迪很烦大人们说这个,转头对余小鱼道:"我刚收到麻省理工斯隆学院的金工专业录取通知,下半年过去念研究生。你的室友是不是也毕业于这个学院?"

"你说程尧金?好像是的。"

"那你把她的微信给我一下吧。"

戴昱秋不由得抬头看了谢曼迪一眼,半年前这两个女生还互相甩脸色,现在倒显得他才是那个挑事的。她们对他的态度像单位里的同事,一点儿也不带私人感情了。

他自嘲地笑了一下,喝酒吃菜。

谢曼迪拿到微信,半开玩笑地问:"程尧金不会把我拉黑了吧?"

余小鱼想了想,摇头:"你找她问学习和工作上的事,她肯定不会拉黑你,顶多就是阴阳怪气地说两句或者不睬你。你要是故意找碴儿,她就会整你的。"

"我干吗故意找碴儿?!你们在阿根廷被人追,我可是帮过忙的。"谢曼迪冷哼,"我就是看不惯她一副高高在上的模样,连说句好话都不会,好像别人给她帮忙是义务,她打别人脸就是天经地义。"

戴昱秋忍不住又看了她一眼。

他这个妹妹真的不是在评价自己吗?

余小鱼十分无语:"那你们俩的性格还真是很像啊。大家都是成年人了,公是公,私是私,她怎么说也是上市公司老板,要是计较私人恩怨,还怎么做生意?你要过去读研,就是她本、硕双重学妹,这是非常难得的。校友资源很重要,你跟她学着点儿,什么租房子啊,找实习啊,不说能帮忙吧,至少能获取有效信息。你以后要混得好,程尧金说不定还找你干活儿呢,人际往来都是双向的。"

谢曼迪举杯碰了一下她的:"其实我以前觉得你是那种特别幼稚的女生。"

"谢谢啊。"

"但是后来觉得,还是你这种人能在社会上混得好。"

余小鱼故作深沉，椰汁喝出了酒的味道："都是教训，你还没毕业，家境又好，体会不到打工人的辛酸。"

"你跟江总什么时候结婚？"谢曼迪低声问。

余小鱼闻言头都大了："你去问你的大外甥，我觉得他比较注重仪式感。"

谢曼迪喝完椰汁，倒了点儿酒，一口闷了，看向江潜："江总，你什么时候跟我学姐结婚啊？"

一桌人全被这句话干沉默了。

余小鱼没想到她真敢问，尴尬地笑道："我才换工作，这个不急啊。"

沈颐宁打圆场："小鱼去的是北欧的外企吧，肯定比原来工作压力小多了，福利待遇听说很好？"

"是呀……"

话题转过弯了，她暗舒一口气，瞟向江潜，他的唇角挂着微笑，眉梢、眼角尽是柔和。

明明比她还想，他就是不说。

他不会还要她求婚吧？不可能的！她都已经主动表白了！

想到表白的时候他也成了个哑巴，她猜这种话对他来说属于特别不好意思讲出口的……

但他在房间里怎么就完全不害羞呢？

他还真是个别扭的男人。

她赌气吃菜，江潜坐在她的对面，给她夹菠萝咕噜肉、盐焗鸡翅、咖喱猪排，都是她喜欢吃的。

"这猪排是我做的，味道怎么样？"戴月咏信心满满地问。

余小鱼咬了一口，惊讶地夸赞："您这手艺快赶上我妈的了，味道特别正宗。"

"哈哈，曼曼说之前的保姆做菜不好吃，就换了一个，我跟她学的。今天葱花儿快用完了，我只撒了一点儿，不然闻起来更香……哎呀！"

话音戛然而止，他转头看向电视。

大家立刻都安静了。

因为工作需要，戴家吃饭都是开电视听新闻的，今晚的新闻联播开始了10分钟，主持人的声音中气十足、十分清晰，"经纪委常委会、监委会会议研究，决定依据刑法规定处以不同刑期的处罚，下面开始播报部分名单……"

"要开始了啊。"沈颐宁道,"不知道赵竞业下一步怎么应对。"

桌上的六个人各自陷入不同的沉思中。

有人满怀旧怨,有人愤懑于新仇,有人愧疚弄巧成拙,有人思虑工作……

屋内的氛围极其凝重。

7点30分新闻结束的时候,楼外夜色深沉。漆黑的天幕上,月亮缠绕着一层朦胧的雾气,明天或许要下一场大雨。

大院外的巷子里开来一辆轿车,停在门口,迎着路灯的光,保安看见一个中年妇女拎着塑料袋走出驾驶室。

"老李,晚上好啊。"

保安放下饭碗,打开窗熟稔地笑道:"张阿姨,你不是去别人家做吗?怎么又过来啦?"

这个保姆四年前就来打过短工,后来又走了,上个月小姐又把她叫来,说还是她烧的菜好吃。戴先生给的薪水很高,可人家水平过硬,市场竞争力太强,做做又跳槽了。

"我正好路过呀,从店里多拿了两只烧鸭,今天先生和太太是不是请客?这包卤牛肚是给你下酒的。"

保安欣喜地拆开塑料袋,当即夹了一筷子,卤味入口,舒坦得不行:"我这都没什么东西给你,给烟吧,你家又没男人抽。"

"不用,我进去给先生送个东西,他要的。"

"哎,好!"

等张月梅提着烧鸭慢悠悠地走远,保安才后知后觉地奇怪起来,她怎么知道今天家里请客吃饭?

也许是戴先生跟她说的吧。

门铃响了。

开门的是戴月咏。看到她来,戴月咏略带诧异,说了几句后眉梢就舒展开来。

他收下烧鸭。卤味实在是香气扑鼻,他刚吃完饭又忍不住打开餐盒,拈了一块鸭肉放进嘴里,有滋有味地嚼起来。

袋子里还有另外两个东西。

"张阿姨,你稍等一下,我去给你拿钱……"

张月梅连连摆手,探头往里看了看:"不用啦,先生,应该的。你们吃好了?那鸭子就放到冰箱里明天中午吃,超过24个小时味道就不好喽。"

"嗯，我爱人陪几个孩子上楼打麻将了，有个小姑娘不会打，估计要搞到很晚。我把这个给他们当夜宵，不比炸鸡和可乐健康？我上了年纪熬不住，等会儿就洗洗睡了。"

张月梅说："那要好好教她呀，打麻将必须学会的嘞，不然过年怎么走亲戚？我不打扰了，先回去看账。"

"好，生意兴隆。"

送走了保姆，戴月咏去书房，打开烧鸭袋子里的赠品。

里面是一个透明的物证袋和一个朱红镶金边的小盒子。

物证袋里装有两个U盘和一支黑色录音笔；盒子里装着一枚戒指、一张照片和一张发黄的信纸。

他当即上楼，敲棋牌室的门。

"昱秋，过来一下。"

戴昱秋接过塑料餐盒放在凳子上，就随他爸下楼去了。牌桌上三缺一，负责指导余小鱼的江潜就坐到她的对面。

"江老师，我刚弄懂什么叫'听了'。你打慢点儿。"

她趁洗牌的时间打开散发着香味的餐盒，戴上一次性手套，抓起两片鸭肫，舌尖刚尝到味就"咦"了一声。

沈颐宁笑道："怎么了？"

"啊，这个很好吃。"

牌洗好了，江潜刮了一下她的鼻子："发什么愣，从这儿开始摸牌。"

"嗯……好！"余小鱼咽下嘴里的食物。

戴昱秋去了一会儿就回来了。沈颐宁问他："你爸找你什么事？"

"叫我去认东西，刚才有人把程尧金的物证袋送来了。"他摸不着头脑，"到底是谁这么神通广大？从哪儿弄来的？"

知道东西交错了人后，他就把程尧金是他的前女友、唐家的女儿这件事告诉了他爸和继母。

沈颐宁把餐盒推到他的面前："吃点儿吧，还热着。"

谢曼迪头也不抬地摸着牌，丢掉一个红中，语气里带了一丝嘲笑："他吃多少都想不出来。"

"你爸又没告诉他。"沈颐宁无奈。

戴昱秋一头雾水："你们说什么呢？"

余小鱼敲敲桌子："还打不打啊？到谁出牌了？"

于是大家都不说了，专心致志地吃夜宵打牌。

余小鱼打麻将可谓是天赋全无，偏偏碰上江潜这个严师。他今天拿出带她实习的劲头，非要把她给教会，教会了还不满足，还非要让她赢一次，结果打到 11 点，她才磕磕绊绊和了一把。

江潜坐在她的旁边，对自己的教学成果非常绝望，因为这局是沈颐宁和谢曼迪放水的。

"有你这么教的吗？人家指导都是边打牌边讲，你这也对他们太公平了，洗牌的时候才跟我做复盘。"余小鱼在椅子上伸了个懒腰，"要是换成沈老师教我，8 点多我就能和。"

她居然还反过来说他教得不好！

江潜生气："挑三拣四的，以前你实习的时候怎么不说我教得不好？"

"你第一次带学生，我说了不就打击你的自尊心了？江老师，你应该感谢我善解人意体谅你的工作，换了别的学生，迟早被你吓死。"

沈颐宁在一边都快笑死了："我就说这孩子体贴人吧！"

什么体贴人……她简直无法无天了。江潜拎着"鱼"下楼，准备回去给她恶补麻将技法，过年把她带出去狠狠地给自己家争口气。

从戴家大院出来，余小鱼就困得不行，窝在车上打哈欠。

"我说，现在东西到了戴老师的手上，就不会再出意外了吧？"

他捋着她的头发，声音放轻："不会了，事不过三，我相信已经折腾到头儿了，接下来就等着看新闻吧。"

四个月以来，事件的必然性与偶然性相互交织，把这个项目变得极其复杂，每一颗棋子的动向都在意料之外情理之中，而胜利女神最终站在了他们这一方。

江潜以前觉得上天对世间的这些杂事是没有偏好的，所谓天地不仁，以万物为刍狗，因此好人可能没有好报，恶人可能没有恶报，现在却有所改观。

上天其实会偏好对自己内心虔诚的人。

怀着长久不败的诚心付出努力，是会被悄无声息地看见的。

璧山别墅。

黎珠昨晚看了新闻，果然如赵竞业所说，上面出了一批名单，里面有罩着他的那位。树倒猢狲散，她立刻打保姆的电话，让张月梅把才存了两天的重要物品第二天早晨带来。

但对方的手机一直处于关机状态。

黎珠给张月梅发了短信后，隐隐有种不好的预感，叫打包好行李准备出国的陈五去找张月梅，结果陈五也联系不上人，问七森俱乐部的老板，她说不知道张月梅家在哪儿，只有电话。

这一晚两个人都没合眼，到了周六早上保姆应该来上班的点，黎珠灌下一杯咖啡，对陈五道："她不是让你打电话给她的前雇主了吗？你还记不记得号码？"

陈五皱眉："我哪里记得！她拨完号给我的，我只记得姓戴。"

听到这个姓氏，黎珠从沙发上不安地站了起来，双手抱在胸前，在客厅里来回踱步："姓戴……姓戴的人中国不知道有几百万，不一定是他……"

陈五又道："好像是个领导，住在大院里。"

黎珠把手里的咖啡杯往地板上一砸，整张脸因为气愤而扭曲了："你没查过她的底细？"

陈五觉得她多心了："B姐，在你这里扫地烧饭的保姆，哪一个没在领导家干过？我是偶然在七森俱乐部里遇到小梅的，她怎么可能和戴月咏串通好，来你这儿偷东西？是我找她，不是她找我，电话都是我给那个姓戴的人打的，人家一开始还不愿意，我说开三倍工钱，保姆想来，他才放人走的。再说了，小梅以前给咱们办过事啊，很牢靠的！"

"以前办过事，二十几年过去了，谁知道她现在怎么样！"黎珠指着墙上的钟，"都9点多了，她还没来上班，手机也不开，这不就是把我们给耍了！"

陈五的手机响了。

"是不是她？开免提。"黎珠紧张地说道。

"五哥，坏事了！警察来修理铺找你，说又有人举报你和赵柏盛在七森俱乐部嫖娼！老七在派出所里，说人家照片、录像、录音都有，已经抓了咱们十几个兄弟，你现在是不是已经在码头了？赶紧走！赶紧走！"

陈五心里"咯噔"一下。

他这几日为了避免被找到，手机都没开。今天黎珠联系他，他才冒险开机帮她找保姆，不料保姆没找到，警察却找上门来了。

他气得大吼："你别管我在哪里，知不知道是谁举报的？"

电话那头的人是他修理铺的小工，不太清楚事情的来龙去脉："好像是一个姓严的，叫什么……"

旁边有人提醒了他一声："哦，对，叫严慧文，胆子可大了，实名举报!还有一个小演员做证,以前在七森卖酒的,我想不起来名字……就是演技特别烂、被网上黑爆了、还会跳大摆锤的那个!"

陈五眼前发花,都怀疑自己幻听了:"什么?!七森的老板?还有颜悦?!"

冥冥中就像有一张弥天大网将要盖到身上,黎珠咬着后槽牙,僵硬地站在原地。

"阿五,我们这是被人做局弄了!"

陈五舔了舔干燥的嘴唇,对着电话大叫:"严慧文这个贱人!她当自己干净吗?敢举报我,她就不怕也进局子?!"

电话那头传出一阵噪声,像是有人在拉扯,电话断了。

陈五满头是汗,六神无主地看着黎珠。

"怎么这么快……?"黎珠自言自语,强压下纷乱的心绪,大脑飞速地运转起来,扶额坐在沙发上。

陈五给她点烟。

"阿五,你快去码头,晚了就来不及了。"她的声音有些颤抖。

"我还去什么码头!B姐,我跟了你这么多年,你要是出事,我有什么脸面在国外逍遥自在!"

这时,黎珠的电话也响了,是葡萄牙大使馆的号码。

"黎女士,早上好。我们接到通知,请您配合中方调查,今天稍晚一些中国警方会来找您,请您在家中不要外出。您的个人银行账户和护照已经被暂时冻结,问话结束后,如果我们收到警方的解冻指令,它们就可以被继续正常使用。祝您生活愉快。"

黎珠把烟抽完,往嘴里丢了一颗薄荷糖,奇迹般地冷静下来,问陈五:"你真不走?"

"B姐,你走我就走。"

"我还有事要做。"黎珠走到杂物间,爬上梯子,从一堆清洁工具中抱出一个沉甸甸的地震应急箱,摔到地上。

她打开箱子,掀开压缩饼干和罐头上盖的布,目光空茫了须臾。青色的麻布下,那个朱红色的小盒子已经不见了。

黎珠扶着墙壁,慢慢地站起身,突然笑起来,这自嘲的笑声回荡在狭小的杂物间里,分外凄凉。

她是想戴着那枚只戴过一天的婚戒出门的。

但她这辈子没有机会了。

她把长长的鬓发捋到耳后，眼中流露出拼死一搏的决绝："阿五，开车送我去公司。如果还来得及，我们做完这件事就去码头，这里的一切都不管了。"

"好！"

黎珠去卧室拿出前几天准备好的随身包，里面有南美的长居证、银行卡，只要她能逃出国境，就能消失在茫茫人海中。

上了车，陈五也不问她要做什么，一边开车一边说道："B姐，你快去快回。"

车在宽阔的马路上风驰电掣，往常这条从璧山别墅通往东城区的路都会很堵，可今天异常顺利，一路绿灯，仿佛是上天在给她机会。

半个小时不到，车停在博雅传媒公司所在的大楼地下车库里。

黎珠快步走进去，刷卡、乘电梯上楼、向前台人员问好，坐到总裁办公室里。

紫檀木的桌面上整整齐齐地摆着这几天送来的文件，她本打算等风波过去再一一阅览，可现在没有时间了。

昨天助理说新剧的主演合同送过来了，需要她签字。如果她这个制片人出事，之前花费大力气跨国拍摄的偶像剧就不一定能播，但只要主演不出事，这部乡村扶贫剧无论如何都能过审。

一旦这剧爆了，颜悦拿到的片酬和代言费都得和公司分成，除了她，其他艺人都没拿到顶好的资源。博雅传媒和投资人签了对赌协议，上一部剧要是赚不到钱，下一部剧必须赚，否则整个公司都得赔进去。

黎珠不能忍受自己在最擅长的领域失败。

她翻到合同最后一页，"严月"两个字已经签在白纸上。她盯着这两个龙飞凤舞的黑字，眼里闪过一丝恨意，不过刹那便转为平静，面不改色地抽出钢笔，"唰唰"几下签完自己的名字，合上文件夹。

她打电话给颜悦的助理："人呢？"

"悦悦姐被派出所叫走了。"

"你现在过来。"

半分钟后，助理带着电脑来了。

"你明天不用干了，公司会按劳动法付你两倍的工资，理由是你在工作中管不住个人情绪。明白了吗？"

助理震惊地望着她，恳求："黎总，您别把我炒了！"

黎珠把一沓打印出的职工合同给她："这上面规定艺人隐私不得泄露，

你掂量掂量,要不要把手上的资料卖给狗仔队。好了,你走吧。"

助理失魂落魄地走出去,电脑都忘了拿。

黎珠用助理拿来的电脑快速地敲了封邮件发给新剧的导演,大意是拜托参演的前辈们多照顾一下新人,并给了交接员工的联系方式。然后她打开书橱,找出《布莱希特戏剧集》中夹的复印合影,把几个金色奖杯塞进包里。

做完这些,她给陈五打电话,准备告诉他要走了,但电话不通。

她深吸一口气,去洗手间理了理头发和黑色套装,补了点儿口红,走时像往常一样和前台人员道别。

电梯下到负一层,门一开,几个穿着便服的人就围上来,出示证件:"黎女士,麻烦跟我们走一趟,调查组问你和赵总的话。"

他们身后,陈五被人架着,面如死灰地闭上眼,摇了摇头。

黎珠在包里摸了个空,脸色苍白,唇红似血,甩开拉住她的胳膊的男人,冷冷地说道:"我自己会走。有烟吗?"

赵竞业接到通知时,正在办公室里看报纸。

"这就来。"他和气地跟外面的人说道。

他披上外套,系好扣子,在镜子前端详了一阵,他的头发还是没有来得及染,白得更厉害了。

他用座机给黎珠拨号,响了两声,那边的人果然接了。那一刻他几乎可以想象出一群人守在她身侧屏息等他说出机密时的兴奋神情。

"你怎么没走?"

"公司有事没办完。"

"那以后怎么办?"

"我不是输不起的人。"

赵竞业叹了一声。到了这个地步,他也没有别的话跟她说了。他向来是劝不住她的。

黎珠坐在警车上,平静地跟他叙述:"我家里不安全,把你的东西给保姆保管了两天,就是当年抱走孩子的那个,她偷了我放戒指的盒子,第一时间把两样东西交给相关部门了。是我没有藏好,抱歉。"

赵竞业伸手触碰鬓角的白发,镜中的人脸显出一种陌生的哀伤,是他不曾有过的表情。

"你不要跟我说这个,是我对不起你。"

他听见她叫了他一声，嗓音有点儿抖，好像想说什么话，又挂了。

电话里只剩"嘟、嘟、嘟"的音。

门外的人在催促："赵先生，你再拖延时间也没用了，出来吧！"

赵竞业喝了口凉透的茶，最后看了一眼墙上挂的书法，头也不回地走了出去。

直到今天，他也没有把那个秘密告诉任何人。

20年前，老前辈给他留这幅《赠郑夫子鲂》的时候，他根本就没想什么圣贤造化、经天纬地。他临时想起这首诗，只是因为里面有她的名字。

"领导，我想见见她。"

市政府的办公室里，调查员对张月梅的问讯已经结束。那晚她把东西交给戴月咏之后，回家就接到电话，让她第二天不要出门，有专员把她送到机关里，家庭成员也会受到保护。

几名调查员商量了一下，说道："张阿姨，只有10分钟时间，屋里有监控和监听，长话短说行不？"

"可以，谢谢领导。"

赵竞业和黎珠身份特殊，首先接受专案组的调查。说是调查，其实证据都全了，有恒中集团之前递上来的海外移民资料，也有和李明关系密切的人交上来的U盘。由于已经知道U盘加过密，调查组特地请了国安局破译密码的专家，把戴月咏的两个U盘破译了，流程走到这里，已经可以下逮捕令了。

两个人被分开羁押，在这几天内没有见面，也不准人探视。和赵竞业有牵连的人员都被纳入了调查范围，包括把物证给他的王主任，而黎珠名下探骊网、海珠网的高管也全部被押到了派出所。

上面的整治力度很大，凡是在利益链上的，一个也逃不掉。

张月梅感叹戴月咏工作效率高，他平时在家看起来傻乎乎的，果然人不可貌相。

她跟着一名专员走进门，10平方米的单间陈设很简陋，没有任何尖锐的物品，黎珠正坐在硬板床上抽烟，抬眼看到保姆站在门口，目光没有波动。

"太太，我可以坐吗？"张月梅指着床问。

黎珠冷冷地说道："不行。"

张月梅笑了一下。

她在璧山别墅干活儿的时候从来没有这么笑过，以前她被雇主夸了，就小心翼翼地讨好着笑，被雇主骂了，就弯着腰不好意思地讪笑。

此刻她挺直身子，站得像一棵旷野上历尽沧桑的杨树，用一双和蔼的眼睛俯视着黎珠。

仇恨已经被抵消了。

"太太，你知道你最大的错误是什么吗？"

"你有话直说。"

张月梅说："是你看不起我。你、赵总，还有他的侄子赵柏盛，都习惯性地轻视我们这种劳动者，连个正眼都不肯给。但凡你多注意我一下，多了解我一点儿，都不会这么快落到这个境地。那天陈五在七森俱乐部看到我，是俱乐部的老板告诉我他在那儿，所以我才去的。他当着我的面给戴先生打电话，都没起任何疑心。你知道了，也没问我现在究竟在干什么。"

"我是很后悔没有调查你，就让你来家里工作。我后悔给你开那么高的工资，你竟然背叛我！戴月咏承诺给你多少钱？"黎珠喝了口水，声音沙哑。

张月梅摇头："太太，这不是钱的问题。其实我一直很佩服你，你能演好戏，开好公司，干什么都认真，出手还大方，当年我被你挑中来别墅里烧菜，真是上辈子修来的福气。我拿着薪水买了市区的房子，还让我妈住了养老院，请护工照顾她。所以后来你让我把那个孩子抱走扔掉，我就照做了，但我也是个母亲，狠不下心，我把她抱到了福利院。这件事有没有再给你添过麻烦？"

黎珠是个实话实说的人："没有。"

张月梅又说："可太太你不知道，人在做天在看，那小姑娘后来被收养了，收养她的人正是戴先生，现在她和沈总母女相认，生活在一起。她是个非常聪明的孩子，一眼就能看穿别人心里在想什么。四年前她找到我，弄清了自己的身世。"

黎珠夹着烟的手指微微颤抖。

"戴月咏收养了她？"

"是的，他后来才知道，这缘分是天定的。"

黎珠缓缓吐出一个烟圈，捏着眉心。

"但我偷你的东西，并不是受这小姑娘和她的母亲指使要报复你。没有人可以花钱指使我，我只做我想做的事。太太，你可能不知道，但这件事确实跟你有关。2018年，我丈夫在工地上救下一个欠了探骊网很多钱的男孩儿,此后一直在帮助他。第二年春天,他在下夜班后被放债的人拍了一板儿砖,本来已经在医院里抢救过来了,但疗养期间,探骊网的人破坏了监控,趁我不在和他说了些恶毒的话,他气得血管破裂,抛下我们走了。

"那个赵柏盛,探骊网的实际管理人,手上欠了好几条人命,隔了四年,我才从七森的老板那里知道,是他指使手下的人给我的丈夫看了照片……我女儿的!我女儿在他的公司实习,有一天被他灌了酒,拉到车上拍了那些鬼东西,我们一家都不知道啊!换了哪个父亲不气得发狂?我的丈夫是活活被他们气死的!后来那些照片又被他们放到网上,还上了热搜,这个畜生就是要跟我们一家三口过不去啊!我该庆幸他看不起我们这些人,他从头到尾都不知道我曾经给赵总和你打过工,也没有跟你们说是谁在打官司,如果太太你知道,就一定不会要我再来工作了。

"我的丈夫是一个善良正直的人,他一辈子都没有做过坏事,一辈子都待人和和气气的,还不到50岁就走了。我的女儿是一个乖巧懂事的好孩子,她受了天大的委屈,还瞒着我不敢说,怕我伤心,我在网上刷到新闻也不敢问她。太太,你没有孩子,体会不到我的痛苦,我就这么一个女儿啊!我好难过,她四年前大学还没毕业,她是她爸爸的骄傲,他那天早上还说要跟工地领导请假去参加她的毕业典礼,可是他再也没能看到她,他最后一眼,看到的是一张可恶的照片!"

黎珠道:"这事我不知道。听你这么说,是你的丈夫多管闲事,才惹怒了那些人,并不是我杀了他。"

张月梅咽下喉中的苦涩,"太太,你觉得你没有责任吗?人命换来的黑钱,你花着过瘾吗?我丈夫偶然在七森俱乐部见到你,觉得你面熟,跟我的女儿说的时候被探骊网的人偷听到报上去了!赵柏盛怕我的丈夫发现你的身份,才害死他!我丈夫有什么错啊?!就因为20年前我在你家烧过菜,他来接我下班的时候,在别墅外跟你打了个照面……就因为这个,就因为他随口说了一句话……太太,你利用你丈夫的权力,让我们一家三口花光了积蓄,吃尽了苦头,你觉得公平吗?"

"张女士,"黎珠平静地对她说,"我从来不会考虑公不公平,只考虑能不能办到。"

张月梅很激动地看着她,用手抚着胸口。

黎珠把烟掐灭:"我承认我从前看轻了你,但这句话你说错了。你没有体验过我的生活,我的价值原则如果和你的一样,根本不可能做出这么多成绩。在我最喜欢、最有天赋的领域,我都没有把握用小学生的那套道德规范获得成功。"

她启唇轻笑,在水杯里看着自己的倒影:"人和人不同,我生来就不是个守规矩的。我不会强要你理解,你也别要求我理解你。"

张月梅问她:"你就一点儿也不后悔吗?"

"我从来不后悔。"黎珠端坐在床上,双手闲适地放在腿上,姿势优雅得像在镜头前一样。

"还有一件事我要搞清楚。你、七森俱乐部的老板、戴月咏,还有我公司的颜悦、美国的唐家,你们这些人都是怎么串通起来的?这是一个很大的工程,必须有人从中协调。你们谋划这么久,这么精密,隐藏得这么好,我们这方竟然没有一个人发现。"

张月梅走到门口,回头最后看了她一眼,眼神有些怜悯,又有些慨然。

"太太,这世上有些事虽然不公平,但受到不公平待遇的人是不会轻易屈服的。不存在什么串通,我们只是想为自己争一口气,从这一点出发,自然会互相帮助、互相信任。成功还要看天时地利,我们只是搭了时势的顺风车。"

黎珠还在思索着:"不,就像不同领域的人必须有经纪人沟通……那个人是谁?或许不是一个,是好几个……"

张月梅走出屋子,过道的对面是赵竞业的单间,透过门上的玻璃,可以看见里面站着几个人。

刚才她在屋里说的话,外面守着的调查员都听见了,对她鞠了一躬。

"张阿姨,我带您去取手机和包,祝您生意兴隆啊。"

下午3点,雨渐渐停了,政府大楼外天空湛蓝,东边出现一道绚丽的彩虹。

张月梅打开手机,微信里很多条未读消息。她拿起电话放在耳边。

接通的时候,她就变成了胖胖的、总是笑眯眯的余妈妈,声音温柔得像广场上的春风:"宝宝,什么事呀?妈妈不在店里……嗯?我觉得小江是想找个好时候跟你说吧,你别先跟他提啊,这种事都是男方提的。"

她打开车门,坐进驾驶室里,心不在焉地听着女儿的抱怨,忽然道:"小江的名字起得挺好,货真价实的'潜龙勿用'。谁取的?以后你们如果生了宝宝,再叫他取一个。"

电话那边的人嚷嚷起来。

"好了,妈妈要去进货,不跟你说了。下个月我要去西北那边玩啊,你们两个小朋友在家里好好的……"

江潜端着柠檬水走过来,弯腰吻了她一下:"你妈说什么了?你怎么这个表情?"

余小鱼眨着眼睛:"她突然说你的名字起得好,问我是谁取的,真奇怪啊。"

"我外公取的。"

"啊……那就算了。"他的外公都去世十几年了。

"怎么了?"江潜好奇。

"没事,嘿嘿。"她继续看着电脑屏幕上的公司客户资料,一只手托着下巴,陷入沉思中。

最近"二阳"的人太多,办公室里有一个同事的症状挺严重的,所以大家就居家办公了。

"江老师,我年假20天,之前用掉8天了,还剩12天。你说我入职第一年要是全休完,领导会不会说我啊?"

"你跳槽来这家公司,不就是为了福利?人家规定给你这么多天的假,你就光明正大地休完,怎么还不好意思起来了?"

余小鱼兴奋地说道:"那你今年什么时候比较闲?7、8月份?"

江潜揉揉她的头发,坐在一旁打开电脑,左手揽着她的肩:"我看看。"

他点开日历,会议已经拉到了三个月后。不知道为什么,夏秘书非常热衷于把无关紧要的事情给他排上,什么"参加博览会""拜访客户",许多零零散散的小事,可做可不做,根本不用往上写。

余小鱼的脑袋向右平移,她问道:"江老师,你有没有发现小花姐给你排的都是外地的?"

"嗯,为什么?"

她语重心长地道:"老板果然跟我们员工有思维壁垒,出差能有不少补贴呢!你做项目亲力亲为,都不用她操心,她就相当于去外地玩一趟,拿着单子报销。"

"这样吗?"他若有所思。

余小鱼没有跟他说夏秘书刚交了房子首付,是背着贷款的人,笑着问:"你要不要考虑再带个实习生?上次面试你有看中的吗?"

"都是其他高管看中的。"他无奈,"现在的小孩子一个个都急得很,表达方式太咄咄逼人,不像实习生来学东西,倒像是来应聘经理的,我不是很喜欢这种风格。"

"他们也是被迫的啊，求职压力太大了。"

江潜关掉日历，舒了口气："到目前为止，我最大的项目已经做完了。从下个月开始，我这边没有重要的工作，等那些人的判决下来，我爸也准备去休长假了。"

"他要去哪里玩？"

"不知道，谁管他。你想去哪儿？"

余小鱼关掉工作页面，江潜发现她的浏览器标签有十几页"马蜂窝""小红书"。

这孩子居家办公，明目张胆地摸鱼呢。

"有好多地方想去，我喜欢有大海、暖和的地方。"

江潜说："我知道了，你先好好上班。"

她傻呵呵地笑："江老师，你不要坐在我的旁边，你在这里我没法儿用心工作嘛！"

江潜摇摇头，抱着电脑去书房了，心里还盘算着几个备选地点。

有大海、暖和的地方？

他也挺喜欢的。

这些地方……适合举办一些大型文娱活动。

第十九章
水星与长明灯

西城区派出所。

"姓名?"

"严慧文。"

"什么工作?"

"七森俱乐部的老板。"

"你怎么想起来要自首啊?"

严慧文一身黑衣,面无表情地说:"我之前做了个梦,菩萨把我和我的儿子投入十八层地狱,我就醒悟了。"

几个民警面面相觑。

她又说:"我做亏心生意的,最信这个。"

这倒叫审问的人拿不准了。虽然她说的像胡编乱造,但要仔细地想想,逻辑也通。

"到我这里来消费的,名单都给你们了。那个叫赵柏盛的,是恒中原来的董事、探骊网的高管,他找的女人最多,不过他下面不行,就换着花样玩。他以前还把女的迷晕了搞偷拍,侵犯过公司里好几个员工,就喜欢喝酒吹嘘这些,名声在外面一直不好。那个陈五,是个司机,还开了家修理铺,手底下有一帮小弟,打、砸、抢什么都干。上次我的店里来了几个男的砸场子,我找他帮忙,后来听说他把人打死了。"

严慧文接着说:"警官,你们一定要把来嫖的都抓起来,这样我死后就能超生了。"

"该抓的人，一个都跑不掉啊。你虽然带着证据自首，但是也得判。你店里的女员工，我们也会一个一个地问，涉案的都得依法处理，这个你知道吧？"

"知道。她们都是被我收留的，是我逼她们干的，不干就没工资。"

她按照事先准备好的稿子，细细地交代了几个人嫖娼的经过，讲得绘声绘色，配上录像和录音，确凿无误，民警听得直皱眉头。

这些人真是禽兽不如。

一个民警问："颜悦，就是那个女演员，有偷窃案底的，她有没有干？"

严慧文答道："她是2005年来的，被父母遗弃了，我把她捡来养着。她长得漂亮，我想等有钱的客人开价，就让她卖酒，反正靠这个挣得也多。后来她找机会参加比赛出道，就跟俱乐部没关系了。"

"我们清楚了。你还有什么话吗？"

"我要见赵柏盛一面。20年前我在恒中的证券销售部工作，他曾经是我的主管。"她的声音终于带了一丝情绪波动，抬起头盯着天花板上绕着灯飞的蛾子，"我有话要跟他说。"

赵柏盛被关押在银城看守所。

与上一次蹲看守所相比，这次他的待遇明显差了许多，没有单间，也没人照顾。他认识的几个律师好像同时失踪了，连个鬼影都联系不上。他又无妻无子，只能求助于亲戚，可他的小叔和小婶已经被调查组带走了。

赵柏盛从小生活优渥，哪里受得了这委屈，十多天后当管教来叫赵柏盛时，都被他的模样惊到了，人倒是没断手断脚，就是跟精神病似的，两眼呆滞无光，魂都不在了。

"赵柏盛是吧？有人探视，跟我出来。"

管教重复了三遍，他才猛地睁大眼睛，激动地朝前走了两步，跌跌撞撞地扑在玻璃上，语无伦次地说道："有人来接我了！有人来接我了！我要出去，我要出去！放我出去！"

"吵什么吵？！你的批捕下来了。"管教瞪了他一眼，拉开屋门。

"过了几天了？"他呆呆地自言自语，被管教带入接见室里。

不一会儿，门被推开，他的眼里瞬间燃起一丝希望的光，在看到探视的人时，又变回麻木。

"赵总，你还记不记得我？"女人把一沓材料放在桌上。

"你是我小叔派来的吗？"他身子前倾，手掌紧张地搓着。

"你在这里待了十多天，脑子都不好使了，赵竞业这会儿也该被判刑了。"女人淡淡地说道，"我是七森俱乐部的老板。"

赵柏盛愣了一下，而后愤怒地叫起来："你！就是你举报的！我给了你多少钱，你不知恩图报，还敢耍我？！"

严慧文看着他，目光仍然如一潭死水，幽幽地说道："我知什么恩？图什么报？这几年你每次来消费，我都没有见你，是不想让你认出来。现在我知道没必要了，因为就算我坐在你的对面，你也根本认不出我。"

赵柏盛死死地盯着她。

她换了副亲切热络的口吻："我是销售部的严慧文啊。赵总，您不记得了吗？20年前，我和邓总的太太都在您的手底下工作，您想起来了吗？"

赵柏盛竭力回忆着，在脑中搜索这个名字，终于有了一点儿印象："严慧文……你是严慧文……"

严慧文从喉咙里叹出一口气："她命好，嫁了邓总，我命差，真是遭罪啊！当年我25岁，和老公结婚才两年。我人老实，不会撒谎、喝酒，你拿业绩威胁我，要把我开除，我怕得不行，你就叫我跟你过夜。我老公知道了，闹到公司来，你叫人把他打了。后来我们离婚了，他全家搬到外地谋生，断了音信。我呢？解聘书上说我行为不检，行业内没人敢要，家里的房子也被砸了，真是无处可去啊，只好去'小巴黎'卖酒。没想到我就是有干这行的天赋，几年后竟然当了总经理。赵总，我有时候想想，这是你给我上的课——人要是不要脸面、不讲道德豁出去，多少钱赚不到？"

还没等赵柏盛说话，她又轻轻地道："赵总啊，你知道我老公当年为什么那么激动吗？他是个窝囊废，家里的钱都是我挣的，平时我说话，他都不敢回嘴。"

严慧文想凑近他的耳朵，又被一股恶臭熏得远离，侧过头深而缓地呼吸几下，才继续说："因为我怀孕了。我老公不行，但我怀孕了，你明白吗？"

这个惊天消息宛如一个霹雳，劈在赵柏盛的头上，他整个人都震了震。

"你……你怀孕了？是我的？"

"我老公爱面子，没跟人说，我去医院想打掉，医生说我体质特殊，一打就会大出血，连命都可能没了。"

"你怎么不跟我说？！"赵柏盛暴怒地吼道。

"我跟你说干吗？那时候你还没遭天谴呢，睡哪个不是睡，要是知道我怀孕了，还不得绑着我去打胎！"严慧文的语气重起来，"没想到吧？后来你不行了，这么多年重金求子，弄了千儿八百个秘方，就是生不出孩子，报应！真是报应！"

干涩的眼里渗出一滴泪，她继续说道："我把那孩子生下来了。赵柏盛，我把你的孩子生下来了，生的时候也差点儿没命——是个男孩儿，你想要的男孩儿！"

"他在哪儿？他在哪儿？！"赵柏盛眼球充血，如野兽般狰狞。

严慧文"咯咯"笑起来，这笑声尖厉如女鬼，听得人头皮发麻："他叫严家栋，这个名字你忘了吧？"

严家栋……严家栋……

赵柏盛听到这个陌生的名字，先是一呆，而后发出一声惨绝人寰的嘶吼，胳膊奋力地捶着桌子，发出"砰砰"的闷响："你在骗我！你在撒谎！贱人……贱人！"

严慧文把桌上的材料摊开："基因鉴定，你自己看吧。"

她笑着流出两行眼泪："赵柏盛，你看哪，他跟你一样，手腕上都有一颗痣，在相同的地方。我一看到他，就想起你那张该死的脸。自打他生下来，我就恨他！我唯一能为他做的，就是把你送进监狱里，让他瞑目！我等这一天等了20年！"

赵柏盛抖着手抓住鉴定报告，因为太过用力，纸张"刺啦"一声裂成两半，然而上面打印的字迹清晰地烙在了他的眼睛里。

他痴痴地捧着两片纸，看着看着，爆发出一阵大笑："哈哈！我有个儿子！我有儿子了！哈哈哈！我还有没有别的？还有没有别的？你告诉我！告诉我！"

他摇着严慧文的肩，被她厌恶地甩开。

赵柏盛抱住脑袋，仿佛里面有千万条虫子在啃噬神经。他在椅子上扭动起来，用头狠狠地撞击桌面，手甲还紧紧地握着那张纸不放，嘴里反复念着两个词："死了，儿子，死了，儿子……"

"我也会有报应。"严慧文低声道，抹了把脸，站起身离去。

门外的警员进来时，赵柏盛一下子跳了起来，面部肌肉抽动着，手舞足蹈地围着那张桌子跑，边跑边"哈哈"大笑，鞋都掉了，眼泪、鼻涕糊了满脸。这情形着实令他们毛骨悚然，连手铐都忘了给他戴上。

"这家伙疯了吗？"

"就算他疯了也先运到监狱里再说。"

2023年5月1日劳动节,《银城日报》A版头条登出一则爆炸性新闻。报道中详述了著名企业家赵竞业多年来滥用职权、私德不检、向上行贿、向下贪污的案例,并曝光他秘密结婚,授意配偶黎珠利用身份便利开设公司谋财害命、为有案底的人员办理移民的重大犯罪行为。

赵竞业的侄子赵柏盛,原为恒中集团高管,今年1月刑拘期间已被集团董事会开除,在探骊网倒闭后属于无业人员。看报纸的市民发现,他头上的罪名是最多的,为首的一条是"多次采用暴力、威胁、伤害或其他手段,强迫被害人进行性行为,逼迫被害人家属并致人死亡"。此外,赵柏盛还有传播淫秽物品、侵吞公司资产、侵犯他人肖像权和隐私权、参与行贿等罪行,罄竹难书,不能以一言括之。

有传言说,赵柏盛从看守所里出来,就变得疯疯癫癫的,对自己的所作所为供认不讳。庭审中,除了视频录音、暗网的账号密码、在其住所中搜出的偷拍照片等证据,公诉人向法官展示了一份由多名受害女性撰写的受害详述。其中有在恒中集团工作过的员工、实习生,有在酒桌上被骚扰的客户,还有灰色场所的服务员,她们的遭遇令人同情,但都愿意出庭做证。

这份资料一曝光,立刻掀起了社会舆论狂潮。

法院判处赵竞业无期徒刑并剥夺政治权利终身,判处黎珠二十五年有期徒刑,而赵柏盛因情节严重,处以死刑并宣告缓刑两年执行,其他违法犯罪人员都依法得到了相应处置。提供证据的人当中有一些涉案人员,因态度良好,积极配合警方工作,处以口头教育、罚款或不同期限的拘留。

5月2日,银城商业圈风波未平,处处弥漫着紧张的气氛,而圈子之外,这座国际化都市沉浸在春末夏初的暖风里,迎接着世界各地的游客。

天色向晚,车从白沙湾开到西城区,路过关门的七森俱乐部,余小鱼远远地望见一缕青烟飘摇直上。

"里面又在烧纸吧?"

她想起那个和严家栋长得一模一样的男孩儿,不由得唏嘘,她家的车上也带着一沓黄纸,准备去公墓烧。

到了北郊的神仙山,她和妈妈去了爸爸的墓前。他的墓碑被修补过,顶上的蓝底照片是新的,那张敦厚方正的脸在阳光下爽朗地笑着。

余小鱼在戴家吃了顿饭,尝到熟悉的味道,后来稍加询问就明白过来,原来四年前妈妈是去戴家做了半个月短工，而那个打电话到鸿运来的人正是谢曼迪。妈妈怕她担心，什么也没说，只是从她这里知道江潜和戴家在筹备什么的时候，不声不响地帮了一个大忙。

爸爸在天之灵可以安息了。

余小鱼细心地擦拭墓碑上的灰尘，把几枝菊花的花瓣扯下来均匀地撒在台面上，留了三枝竖在碑前。妈妈把祭品一样一样地摆在台上，一方白水煮的肉、一条半生的鱼、一碟炸糯米圆子、几个苹果和橘子，还有一小瓶茅台酒，摆完了双手合十，在心里和丈夫说了好些话。

余小鱼望着爸爸的照片，眼睛又湿了。她多想再见他一面啊！

她默默地说："爸爸，你记不记得我以前跟你说过一件事？我喜欢上带我实习的老师了，那个时候我以为他对我没意思、嫌我烦，难过得要死，后来才知道他也喜欢我，就是对自己的要求很高，胆子也小，怕做错事才让我去别的部门。他还说第一眼看到我就觉得我很可爱呢！我毕业后，有一天在地铁里又遇到他，他一脚把我的手机踩碎了，我现在怀疑他是故意的！因为他安排了好多看起来像偶然，其实是精心策划过的事……

"他的心思虽然多，但是个很好的人，还帮忙把放高利贷的那群流氓送进监狱里了，里面就有用砖头拍你的那个混混儿。就是不知道那些人跟你说了什么，才让你又发病……我觉得妈妈可能已经知道了，但她没有告诉我，我就不问，她肯定是为了我好。你不要担心，我会照顾好自己……对了，爸爸，江老师不是银城本地人，你千万不要不满意啊！"

"小鱼，去烧纸了。"妈妈在前面喊她。

余小鱼提溜着袋子跑过去。

烧纸场烟灰冲天，她在外面等着，妈妈进去排了一会儿队才找到空位置，烧完就拍拍身上的灰屑出来了。

"妈妈，你好厉害呀。"余小鱼意有所指，挽着她的胳膊，一蹦一跳地下台阶。

"那当然，要不怎么能生出这么聪明的女儿！"余妈妈接过垃圾袋，做了个"咔嚓"的手势，"谁要是欺负我家宝宝，妈妈就……"

她把垃圾袋一丢，"扑通"一声，正中垃圾桶："就把他们都干掉！"

母女俩驾车离开墓园，郊外春光明媚，青山绿水让人心旷神怡。

江潜早上说订了生日大餐，让她注意邮箱，到时候确认一下餐厅发来的订单信息。回到市区大概要7点，余小鱼准备直接去吃饭，此刻一边美滋滋地欣赏着沿途风景，一边遐想着饭桌上的山珍海味。

手机突然"叮咚"一声,屏幕弹出一封名为"录用通知"的邮件。她起先以为是垃圾广告,习惯性地点开要删除,忽然呼吸一窒。

亲爱的余小鱼同学,

恭喜你通过恒中集团－投行部面试!

我们对你在应聘过程中展现的专业才能和个人潜力非常认可,相信我司将是你职业生涯的良好起点,在此非常荣幸地通知你,合同现场签署将于2023年5月2日 19:00 在恒中大楼 F24 A8 会议室进行。

你的个人简历和录用书已存入我司人才库,请注意在收到此邮件1天内尽快点击邮件后的链接确认意向,并请扫描以下二维码,添加实习小助手,方便后续沟通(如已添加可忽略,请勿分享)。

如有任何问题,欢迎联系招聘团队负责人:
qian.jiang@cn.hzh.com

江潜 | 恒中集团股份有限公司 | 总经理
中国银城市银泰区梧桐路 300 号恒中大楼 邮政编码 100030
电话 +86 (10) 8888 7777 | 传真 +86 (10) 8888 7700

余小鱼捶着车窗玻璃,边笑边大叫:"他搞什么?!啊啊啊啊!"

五年前的同一天、同一个时刻,她也收到了一封几乎相同的录用通知。

这封邮件里把时间、地点和联系人换了,二维码扫出来是江潜的微信,而链接点进去,则是一封晚宴邀请函,只有"接受"一个选项。

她果断点了按钮,在座位上扭得像条毛毛虫:"妈妈,你开快点儿,开快点儿嘛!我要去恒中!"

"还快?!都要超速了!"

日落时分,蔚蓝的天色在霞光中一点儿一点儿地褪去,西边的苍穹呈现出瑰丽的深红,如玻璃杯里的葡萄酒。

眼看快到7点,车终于开到了恒中集团大楼下。余小鱼背着包,把车门一甩:"妈妈我走啦!"

接着她就一溜烟儿跑进大楼里。

五一劳动节假期,前台工作人员不上班,楼里员工寥寥,余小鱼畅通无阻地刷卡进电梯里,里面只有她一个人。

电梯飞速地上行，时光倒流，她仿佛在镜壁里看见五年前的自己，穿着室友送的小黑裙，一脸青涩，心情既紧张又兴奋。

那时她在想什么呢？

那是她人生中的第一次现场面试，心中极其忐忑。同期面试的候选人有的出身不凡，有的成绩优异，有的机灵成熟，有的相貌出众……而她只是一个平平无奇的大三学生，凭运气误打误撞地混了个面试资格。

她担心自我介绍超时，担心小组面试时抢不到话，担心听不懂考官们的专业问题，还担心自己会做出什么意料之外丢脸的事。

可那么多的担心害怕，真到了战场上，她却一样也记不起来，只知道全力拼杀，就像做了场刺激的梦。唯一让她心惊胆战的，就是被一个考官用简单的问题问住了，回答时卡了壳，后来竟然还在终试时握断了他的手。

命运是多么眷顾她呀！

在那样懵懂的年纪，遇上一个胸怀宽广的面试官，后来她发现他比想象中还要耐心，还要善良，他冰冷沉默的外表是极好的伪装，无法触碰的胸口藏着一颗炽热的恒星。

这些年的经历如水中鸿影，在眼前影影绰绰地闪烁，随着时光的洪流一起在黑夜中逝去。再次站在相同的会议室门口，她还是既紧张又兴奋，可心境已经和从前截然不同了。

以前是没有把握的尝试，如今是得偿所愿的满足。

她万分感谢那个21岁天真无知的自己，敢于踏出第一步，努力争取。

走廊里，一个亲切温柔的声音响起，是抱着文件的夏秘书："余小鱼，A大经管学院2019届毕业生？"

"是！"

"你的合同在里面，不要紧张哟。"

刚说完门就开了，一个穿正装的男生从里面出来，热心地拍了拍她的肩："里面有个大帅哥，刚才给我施加压力来着，你要是紧张，就盯着他的脸，这样就能忽略他的嘴了。"

余小鱼做出一副夸张的表情："哇，真的吗？听上去好可怕！"

"收钱办事叫什么施加压力，干完早点儿下班。"夏秘书叉着腰，又转头对她笑道，"进去左手边先换衣服。"

夏秘书说完就拉着张津乐跑得没影儿了。

走廊里只剩下余小鱼，她试着深呼吸，告诉自己要淡定，要从容，刚推开门就闻到一股馥郁的花香。

30平方米的会议室被布置一新,原先的桌椅都被撤走了。墙边摆满了玫瑰花,东西两侧是粉白相间的,靠落地窗的北面则是鲜红的;角落和天花板装饰着五颜六色的气球,放白板的南墙用不同颜色的花朵扎出了"26岁生日快乐"的字样。

明亮的灯光把窗边铺着台布的餐桌照得洁白如雪,盖着钟形罩的菜肴围绕中央的金色烛台摆开,一切好像都准备齐全了,座位上却没有人。

余小鱼想了想,按夏秘书说的去左边的小隔间。这里被临时当成更衣室,她一眼就看见了生日礼物——架子上挂着一件连衣裙,地上有一双同色带蝴蝶结的高跟鞋,椅子上还放着一个首饰盒。

今天扫墓,她本就想把身上这套灰蒙蒙的衣服换掉,但收到邮件后根本来不及回家。看到有新衣服穿,她立马咧着嘴脱了个一干二净,把鞋一蹬,往裙子里一钻,再打开盒子,发现一张小卡片。

"小鱼,

生日快乐,

希望你永远勇敢。"

另一面有好几个签名,她毫不意外地看到了楚晏、程尧金、夏秘书,还有沈颐宁和谢曼迪的名字。

好家伙,这得众筹了多少钱啊!

余小鱼咋舌,光程尧金一个人就出手不凡,这些人都个儿顶个儿地富裕,这一套下来估计是个天文数字。

她在穿衣镜前小心翼翼地把那条华丽的项链戴在颈上,纯净的深蓝色宝石边缘镶嵌着一圈繁星般的碎钻,亮得让人移不开眼睛。裙子用真丝缎面手工缝制,长及小腿,底色是素净典雅的浅蓝,抹胸、腰间和裙摆有简洁大方的白色刺绣,图案是从浪花中跃出的海豚、石榴和麦穗,有点儿像古希腊陶罐上的花纹。

和余小鱼上次年会穿的不同,这件裙子是有介绍书的,就压在盒子底下。她拿起来看,除了一些专业术语看不懂,主要信息很清晰,这是2021年春夏高定的一件改动款。

珀耳塞福涅是希腊神话里的冥后,因为吃了冥界的石榴籽,一年中有六个月不能回到人间,于是世界上就有了萧瑟的秋冬。当她返回地面时,是天真烂漫的种子女神,使万物复苏萌芽;当她在冥界时,就执掌刑律、威严冷酷,让死去的人们胆寒。

她是地狱里隐藏的春天,阳光下潜行的审判者。

余小鱼摸着身上这件漂亮的裙子,心中充满了复杂的感情,直到楼外7点的钟声遥遥敲响,她才发现已经在更衣室里待了一刻钟。她急忙出去。

此时屋里的灯光已经暗下来,高高的烛台被点燃,烛影和花篮相映生辉,就像电影中城堡里盛大的用餐场景。城堡的主人出现在桌子的一头,正微笑着站起身,为她拉开座椅。

这里是五年前他们第一次相遇的地方,但他今天穿得并不像当初那般气势凌人,一身偏亮的蓝色精纺西装,白衬衫的纽扣领下是一条略细的黑领带,胸前叠着波浪形口袋巾,两颗珍珠袖扣随着动作在烛光下泛起淡淡的金色光泽。

余小鱼被他的穿着恍了一下神儿。

他们是要先吃饭吗?

余小鱼看向桌上,菜肴的盖子都揭开了,点心、汤品、菜、肉、水果琳琅满目,她瞬间忘了还有其他活动,盯着烛台旁边那个超级大的三层海鲜拼盘,震惊地张开嘴,手往包里掏。

江潜适时地提醒:"国际约会法第一条,交手机。"

"给我拍一张,就一张!"

他指向旁边立着的摄像机,余小鱼"哎呀"一声,把手机乖乖地放在推车上,装模作样地挺直腰板,铺好餐巾,清清嗓子:"那我可以直接吃吗?"

看她跃跃欲试的模样,不吃撑了今天肯定回不去,江潜说:"饿了就吃吧,也没别人。"

余小鱼才矜持了一秒,就两眼放光地站起来,形象也不要了,伸着胳膊就去抓海鲜拼盘上切成两半的大龙虾。她从来没见过这么大的!

龙虾肉已经被剥出来装在壳里,蘸着调好的黑椒芥末酱汁吃,可惜尝起来没看着那么惊艳,还是大排档里的小龙虾够味道。不过旁边的生蚝、贻贝、藤壶质量都极高,直接吃就鲜甜鲜甜的,再喝一口低度数的白葡萄酒,整个人舒坦得不行。

为了保证新鲜度,这些食材都是从高级餐厅运到公司食堂,由请来的大厨现场做,每盘分量不多,林林总总有二十几盘。因为场合私密,没有服务员,菜是一齐上的,用保温盘装,从抹着香草黄油的餐前面包到挑大梁的生日蛋糕一应俱全,无一不精,奢侈地铺满了整个桌面。余小鱼粗粗一数,冷着吃的东西占了一大半,光是叫不出名字的咸点就有八样,再加上火腿奶酪和蔬菜沙拉,都够七分饱了,吃完这个还得吃热的,因为凉菜里有一道酸甜开胃的西班牙冷汤，那金灿灿的奶油南瓜汤她只打算喝几口意思意思，不然低温慢煮的牛排和外脆里嫩的比目鱼就吃不下了。

"慢慢吃，不急。"江潜用刀叉给她把牛排、烤鸡、烤鱼都分割好。

余小鱼吃得很慢，一反常态地没怎么说话，桌上的食物依次被消灭，空盘子在小车里堆成了山，像在吃旋转寿司。到最后实在遗憾地吃不下更多，胃里还要留点儿空间来装蛋糕，她果断地擦了擦嘴，扔下皱巴巴的餐巾，瞄了对面的男人一眼，去了趟洗手间。

她在里面晃悠了十几分钟，把嘴角上的油渍洗干净，又顺带洗了把脸，对着镜子左看右看，脖子上的珠宝太贵重了，让她觉得自己这颗脑袋放在古代要被朝廷重金悬赏。

"啊啊啊！我为什么昨天又没洗头？！"她懊恼地扒拉头发，重新扎了个丸子头，垂了几丝在耳后。

饭桌上她一肚子的话憋得难受，想问他吃完饭干什么，但问出来就没有惊喜感了。

江潜比她还能憋，想让他摊牌比让他在公司年会上跳钢管舞还难。

好吧！

让她看看从洗手间出去，惊喜有没有来！

余小鱼雄赳赳气昂昂地走回会议室，发现餐桌已经被收拾干净，小推车也不见了，桌上只留下一个插着蜡烛的六寸草莓蛋糕，还有两部手机。

灯光悄然灭了。

与此同时，乐声乍响，屋里亮起一盏蓝色的顶灯，在落地窗前的红毯上投射出一个白亮的光圈，江潜站在圈里，伸出右手，朝她弯下腰。

他摆出一个邀舞的姿势。

惊喜变成了惊吓，虽然余小鱼想看他跳舞，但是她一点儿也不会跳啊！

她走过去，抱着双臂："那个……我没跳过。江老师，你可不可以跳给我看？"

江潜微不可见地蹙了下眉。

她想看他的笑话？

门儿都没有。

他把她一拉，右手搂住她的腰，低声道："我带着你跳，探戈里没有错的舞步。"

这样近的距离，余小鱼闻到他身上的香味，不同于平时惯用的清淡的木质调古龙香水,气味更加浓烈,有薰衣草和薄荷的清新冷冽,还有一种暗暗的琥珀香……很勾人的气味,仿佛是从肌肤下散发出来的。

她往上看,发现他脱了马甲和领带,衬衫领口的扣子也解开了,但还保持着形状。

"江老师,你换香水了。"

"嗯。"

"衣服也脱了。"

"穿得那么严实怎么跳舞?"

"我觉得你在想一些额外的娱乐活动……"

江潜不说话,握住她的右手,高高地抬起,随着音乐踏出第一步。

钢琴和小提琴的合奏如初夏的溪水流淌在室内,是那首耳熟能详的《一步之遥》。起初余小鱼的注意力都在脚上,生怕踩到他,后来她发现他不做难的动作,就放下心,唇角一扬:"江老师,你还真跳探戈啦!"

他手一举,带她转了几个圈:"在阿根廷看了那么多次,也知道些皮毛。"

余小鱼还想跟他调侃几句,却发现他的神情异常认真,嘴唇微微抿着,目光落在她的脸上,仿佛有重量一般,把她嘴边的笑容也压了下来。

她忽然想起,他说过探戈是严肃的舞蹈。

白沙湾的夜晚灯红酒绿。

面前高大的身影挡住了落地窗外的景物,西装轮廓被灯影勾勒出一条华贵的金线,她的左手不禁从他的胸口滑到肩膀,轻轻触碰着那道像是从荧幕里溢出来的奇妙的光。

悠扬的小提琴声逐渐变得激昂,舞步不由自主地加快,她在他的引导下尽情旋转,倏然远离,又急促地靠近,裙摆在空中绽放出一朵灿烂的花。简单的动作在熟悉后游刃有余,她可以不再看脚下,抬头对上他的眼睛。

他的眸子比夜色还要黑,久久地凝望着她,瞳孔被万家灯火一映,闪烁着縈然的星光。那样强烈而庄严的感情在咫尺间奔涌,如海浪翻卷不休,好像下一秒他就要捧起她的脸亲吻,却又克制住一次次把她推开,再拉到怀中,松弛又紧张地扣着她的五指,用深沉的眼神诉说被夜幕遮盖的秘密。

琴声不知何时消失了,她在他的臂弯里向后仰去,腰折成一条风中的柳枝。时间和空间好像都在这一刻静止了,万籁俱寂,只听得见彼此激烈的呼吸声。

江潜注视着她,鼻尖滑落一滴汗珠,睫毛颤了颤。他把她举起来,往后退了两步，靠在落地窗上。

余小鱼还在喘气，搂住他的脖子，下巴搁在他的肩上，突然睁大眼睛。

对面摩天大楼的霓虹灯同时一变，出现几个银色的字样："祝小鱼生日快乐！"

一共七座楼，楼面荧光广告显示屏上，中英文轮流播放。

她鼻子酸酸的，心口涌动着一股热流，偏头亲了一下他的侧脸，对着他的耳朵小声说："江老师，谢谢你，我今天超开心的。这些字什么时候放完啊？"

"到午夜。"

他把余小鱼放下来，双脚一落地，她又牢牢地抱住他的腰，用脑袋蹭着他的胸口。

江潜拍了拍她的背："合同签不签？"

"嗯？"

"双向契约。"

她把他的口袋巾抽出来，擦了擦眼睛："作为一个负责任的实习生，我要先看看条款呢！"

"条款是要吹蜡烛许愿才会出来的。"

余小鱼就拉着他跑到桌边，把两根数字蜡烛插在蛋糕上。

火焰亮起来，她坐下，双手合十闭眼许愿，然后一并吹灭。

烟雾袅袅飘散开。

江潜把刀递过去，她切开草莓蛋糕，感到中间有个硬硬的东西，用刀贴着划了一圈，里面是个倒扣的圆形模具。

她翻开一看，红色的小盒子露了出来。

余小鱼屏息凝神，郑重而轻柔地打开，这时头顶的灯好像知道里面是什么，一下子亮起来，在气球"噼里啪啦"的爆裂声中，明晃晃的光线直射在盒中的两枚钻石戒指上。

一枚钻石稍小，是灰白色；另一枚是石榴般晶莹的红色，足有指甲盖儿大小，真正的价值连城，稀世罕见。

江潜把小的那枚戴上左手无名指，余小鱼拿着大的那枚，都不舍得往手指上戴了。

"Not from the stars do I my judgement pluck.（我不凭星象决定我的判断。）"

借助放大镜，她念出戒托上的铭文，因为单词太多，戒环上也有。

"莎士比亚十四行诗第十四首里的句子。"江潜说，"其实水星不会逆行，只是一种观测上的错觉。小鱼,你是太阳,是这个星系的恒星,根本不用为其他星星的轨迹烦恼。我一直没有跟你说过,你最后的回答让我非常钦佩,我从来都没有你那样的勇气。"

他把自己的手抬起来,灰钻石发出宁静纯粹的光芒:"这是水星,离太阳最近的行星,如果你还是担心以后会发生糟糕的事,我就一直帮你戴着它,好不好?"

"It is an ever-fixed mark.(这是一座永恒的灯塔。)"她读出他戒指上的字,声音有点儿抖。

"第一百一十六首,'爱是亘古长明灯',我很喜欢这句诗。"

余小鱼的眼眶湿了,在他温柔的目光下她深吸一口气,缓缓地把钻戒戴上无名指。

这就是她时隔五年再次拿到的通知书——

水星逆行,长夜难眠。

持灯相照,路途久远。

此刻,银城最繁华的白沙湾夜色正浓,而大楼中,两个人执手相依而坐,灯花似锦,良宵月圆。

2023年9月22日,银城西郊监狱。

"107号,有人来看你。"

狱警领着牢房里的犯人去探视室,关门离开后,女人坐下,纤长的手指在桌上叩着。她素面朝天,一身囚服,面容和脖颈虽有皱纹,却依旧掩不住惊心动魄的风华。

4月庭审后,黎珠和一群手下被关了小半年。她的直系亲属都去世了,被判无期的赵竞业也不可能来看她,生意场上的朋友都撇清干系避之唯恐不及,平时连衣物用品都没人寄,所以当容光焕发的颜悦突然出现在这座森严的监狱里时,她说不惊讶是假的。

颜悦比上次见足足胖了一圈,这个模样上镜,观众肯定不买账。黎珠拿起听筒,听到她清脆的声音:"黎总,您别说我又胖了。我开拍了,只要导演不说话,我就这样保持。"

"你做证把我送进来,居然还有脸来见我?"黎珠淡淡地反问。

颜悦好像没听到她说话,用耳朵和肩膀夹着听筒,拿起手边的一本册子,在玻璃前翻了翻:"我可是费了好大功夫申请探监!这是我让助理从网上打印出来给你的,是博雅传媒这几个月的成绩、关于艺人的风评。虽然你不在，但公司运营得挺好，主要是我争气，所以一天三顿吃到饱也没人骂。"

黎珠望着册子，冰冷的脸色稍有缓和。

颜悦继续说："在南美拍的那部剧过审了，虽然不能上星，但是在网上爆了，粉丝说我演得不错呢，哈哈！其实我除了几个镜头，其余演得跟傻子似的。现在我有几场在村里拍的戏，导演说还能看，那才真比原来好多了，也就粉丝要求低。"

黎珠还是不说话，颜悦长叹一口气："黎总，我来看你，就是谢谢你批准我进这个剧组，我觉得走那种黑红营销路线肯定行不通，一来吧，现在你不管事了，没人指导，二来我又管不住嘴，随便吃吃就胖。反正我也不差钱，就认真地跟着水平高的老师学学，过两年到30岁，说不定还能拿个什么配角奖。我这辈子有一个奖就够了，就算人家骂我水，我心里也高兴。只是有一件事，我想了好久也想不明白——你既然已经知道我跟严慧文去派出所当人证了，为什么还愿意签我那张合同？"

黎珠习惯性地去摸烟，摸了个空。她喝了口凉水，嗓音与以前坐在办公室里的时候毫无变化："谁能给公司挣钱，我就签谁的合同。博雅传媒是我的第一家公司，谁倒了它也不能倒。"

她是个把事情分得很开的人，搞影视的公司就专门搞影视，赚黑钱的就专门赚黑钱。博雅传媒的流水很正常，没有灰色交易，所以她入狱后博雅传媒并未受到牵连，只是顾及法人名誉问题，投入大成本的剧只能在网上播。

颜悦听了这个回答，感到不可思议："就因为这个？公司里我这个咖位的艺人怎么也得有四五个吧？"

"我要是把合同上的演员换成别人，他们拿了钱立马和公司翻脸。"黎珠嘲讽道，"难得有一个无依无靠的，肯定要拿合同拴住，要是红了，公司就不亏。我也有一件事不明白，我给你的好处还不够吗？为什么你要在背后捅我一刀？"

颜悦垂下眼帘，换了只手拿听筒："黎总，你对员工好得没话说，最稀罕的是愿意给艺人机会，连演技这么垃圾的我，你都愿意提携。但七森俱乐部的老板对我也很好，她收留了我，从来没逼过我做事，可能因为我和她是一个村里出来的吧。四年前她的儿子为了我借钱，还不上钱被弄死了，你说我能不帮她讨个公道吗？

"我犹豫了很久，后来想清楚了。你签下我，是因为你欣赏我为达目的不择手段；你给我资源，不是因为我业务能力好，是因为你觉得我往上爬的样子跟你很像，你在按自己的路线来培养我。可是黎总，你让我陪人一周喝七次酒，我也知道胃痛，知道恶心，陪完了去片场挨你骂，我也委屈，会躲着人哭。我偷听你打电话，听到你说'让这个去死''把那个解决'。每次我都很害怕，要是做得不好，没准儿我就像那些人一样也被你处理掉了。我不想活成你那样，我熬不出来，过不去自己那关，我只是个普通人而已。如果我不给受害者做证，20年后我就是下一个你，赚钱赚到连人命都不放在眼里了。"

颜悦停了一下，恢复平静："黎总，对我好的人，我都不会忘，如果这部戏拍完反响不错，我再来看你。"

她站起来，黎珠看了眼墙上的电子钟，还没到半个小时。

"我等下要赶飞机，就不陪你说话了。"

黎珠终于忍不住问："你去哪儿？"

颜悦露出一个开朗的笑容："我有个亲戚在国外结婚，他请我去喝喜酒。从来没有男人请我喝酒是喝他自己的酒呢！"

"你还有亲戚？"

颜悦笑而不语，朝前任老板挥挥手。

出了探视室，她一身轻松地伸了个懒腰。

秋日的天空湛蓝如水晶，微风阵阵，万里无云。

这么好的天气，飞机应该不会晚点吧。

飞机穿越云层，从东八区向西飞越欧亚大陆抵达英国伦敦，再转机向东，32个小时的航程终于结束。

在广阔的地中海最东边，有一座形如泪滴的岛屿，名叫塞浦路斯。它和黎巴嫩、埃及等国隔海相望，是沟通欧亚非三大洲的交通要地，三千年来被古希腊、古埃及、波斯、马其顿、拜占庭、奥斯曼和大英帝国相继统治，20世纪独立后经历内战，形成了被欧盟和土耳其分治的局面，如今出色的社会治安使它成为一个旅游胜地。

在希腊神话中，爱与美的女神阿芙洛狄忒从爱琴海的泡沫里诞生，被风吹到了塞浦路斯的岸边，这里也就成了她的故乡。古往今来，无数文人墨客、热恋的情侣、求子的夫妇纷纷来到岛上的帕福斯，瞻仰这片神圣而清澈的海水。

正值一年中最舒适的季节，秋高气爽，阳光明媚，爱神岩边，一场盛大的婚礼拉开序幕。

下午4点整,公路旁整齐地停着一排扎着花环的轿车,往南30多米的一处平坦的高地上,参加婚宴的宾客们已经到齐,手持香槟杯互相寒暄,服务员推着冷餐车穿梭在人群中。天上浮着棉花糖似的云朵,在摄影师的镜头中离长满灌木的绿草地特别近,好像一伸手就能碰到,一群小朋友嬉闹着向石滩跑去,那里临时架起了围着鲜花的台子,还有工作人员在调试音响。

本着轻松省力的原则,新人夫妇只邀请了关系密切的50多位亲朋好友,此时一身蓝色西装的新郎正在棚子下不胜其烦地和父亲说话。

"这么简单的流程我还能忘?"

"我不说能行吗?看把你激动的,出门领带都忘了打。怎么办哟?都30岁的人了衣服还穿不好。"江铄忧心忡忡地摇头。

江潜噎了一下:"我又不傻,上车不就打了吗?实在没话说,就去陪客人聊天,今天你就负责干这活儿。"

"我都聊一圈了。"江铄抱怨,"我跟年轻人没有共同话题!五六十岁的人了问我什么时候抱孙子孙女,来一个人问一遍,烦死我了!"

"那你就来烦我?"江潜弯腰把在地上啃草的水豚一抱,放到他爸的跟前,"它脾气好,你跟它聊。"

然后江潜看了眼手表,捂着耳朵走向海边。

"这小东西调教好了没有啊,等会儿要用的?"

他爸的声音被风吹散。

江潜在海边站了几分钟,看到不远处的夏秘书和张津乐对他做了个设备就位的手势。

花坛上支起一面用红玫瑰扎出的墙,司仪拿着纸在念稿子。这是他实习时的第一任老板,是个地道的老伦敦人,口音那叫一个纯正,看着挺严肃,其实人很逗,十年过去没怎么变。

大概心态年轻的人都不显老。

十年过后,她会不会嫌他老呢?他向来是个思虑过重的人。

江潜觉得自己要不就跟他爸一样,过几年就卸任恒中的职位,坐在家里拿股票分红养孩子?他爸现在了却了两桩夙愿,天天跟一帮朋友去钓鱼,看起来可开心了,皱纹都少了两条。

江潜掐指一算,自己离退休还有好久呢。

他现在对上班的热情日渐消退,果然人都是好逸恶劳的。

"叔叔,你的新娘子怎么还没来呀?"

一个亲戚家的小女孩儿大着胆子跑过来问,几个小朋友在她身后叽叽喳喳地议论。

江潜拨了拨她的小辫子:"我的新娘子在贝壳里睡觉呢,睡醒了就从海里漂上岸了。"

"啊?"小女孩儿望向碧蓝无垠的大海,海面掀起雪白的波浪,就是没有新娘的踪影。

一个年龄更小的孩子激动地叫起来:"难道新娘子是维纳斯?妈妈说维纳斯就是从海里出来的。"

江潜笑道:"不是噢,新娘子比维纳斯还要美,她穿着海水做的裙子,戴着珍珠做的项链,她的贝壳里还有仙女变成的小精灵,最喜欢和小朋友一起玩了。"

小朋友们被他说得一愣一愣的,都惊奇地睁大眼睛,安静下来了。

4点30分很快到了。

悠扬的钢琴曲在海浪声中响了起来,客人们被服务员陆续引到石滩上,也左顾右盼地找新娘。这时,一个孩子忽然兴奋地叫起来:"新娘从贝壳里出来了!"

众人伸着脖子看时,只见前方最远的大礁石后冒出一只白色的贝壳,差不多有皮划艇那么大,随着秋风的吹拂,从20米开外的海面上轻盈而缓慢地漂了过来。

这极富创意的出场方式让宾客们都热烈地欢呼起来,在"咔嚓咔嚓"的快门声里,大贝壳绕过几千年来被海水侵蚀的爱神岩,在微起波澜的海面上一点儿一点儿地张开,大家都屏住呼吸,孩子们更是攥着手上的花环,紧张地盯着它。

先映入眼帘的是一角晶莹剔透的蓝,若不仔细看,还以为是贝壳里盛着海水。距离越来越近,贝壳终于全部打开了,新娘从柔软的粉色垫子上慢慢地站起身,脸颊带着刚睡醒的红晕,头戴用月桂枝和玫瑰编织的花环,盘起的黑发和修长的脖颈上装饰着洁白无瑕的珍珠。

她与碧海蓝天同色的长裙飘荡在海风中,缎面抹胸溢出泉水般的轻纱,腰间用钻石点缀出珊瑚枝条,赤裸的足踝缠绕着极细的钻石链,在天光云影下一闪一闪地发光,真像是刚从大海的泡沫中诞生的。

"太美了吧!"

"妈妈,我也想要那条裙子!"

"啊啊啊！好可爱的小动物！"

"维纳斯"优雅地提着裙摆，扶着新郎的手臂踏上石滩，身后还跟着四只套着同款小花环、穿着露腿白纱的"花童"。

"大家可以去草坪上和它们玩，不要吓到它们哟。"新娘对孩子们笑眯眯地说，唇边露出两个小梨涡。

等孩子们兴冲冲地合力抬起水豚跑远时，她怀疑地小声问："这样真的没问题吗？别把奇力的宝宝给玩坏了。"

"放心，这玩意儿毛硬肉厚，很耐造的。"江潜完全没有对不起奇力的自觉，低头吻了下她的脸，"真睡着了？"

"你看出来啦……"余小鱼有点儿不好意思。

她在里面搂着水豚睡午觉，他在外面辛苦地接待来宾，工作量有天壤之别。也不是她想睡，本来只是想躺在贝壳船里玩半个小时手机，但垫子太舒适，浪花声太催眠，身边的水豚宝宝睡得直打呼噜，她也被传染了。

这个偷懒的创意是她想出来的，只是想躲清净，减少不必要的社交。楚晏结婚那次可把她吓怕了，就希望一切从简，这个想法和江潜的想法非常一致，两个人连伴娘和伴郎都没找，直接从南美运来四只四个月大的水豚当花童，还能吸引小孩子的注意力，这样司仪讲话的时候现场就不会吵了。

余小鱼觉得自己真是天才，她今天几乎什么活儿也不用干，化个淡妆换个衣服，再听司仪念个词儿，在酒店里吃完晚餐就可以收工了。她和江潜不搞传统那套，有长辈要喝白酒就让江铄和她妈奉陪。

背景的钢琴曲由舒缓变得激昂，江潜催她："该去换衣服了，换完走红毯，早干完早回去。"

他挽着她从人群中经过，像个骄傲的国王，对每个称赞他们的人颔首道谢。余小鱼被一声声的夸奖哄得都要飘上天了，不得不说，江潜挑衣服的眼光相当好，今天三套结婚礼服都是他选的，每当她觉得自己挑的衣服漂亮时，他都能以一件更合适的完胜前者。

台子后的帐篷就是更衣室，反正只有两个人用，就一起换。

她以前觉得男生换衣服比女生快，但事实推翻了这个刻板印象。她的裙子一脱一穿要不了两三分钟，再把带纱的发箍套在头上，就悠悠闲闲地翘着脚坐在地上喝矿泉水了，姿势跟土匪一样，边喝边看"美人"脱衣。

江潜在镜子前把专门配她那条蓝裙子的蓝西装换下来，外套、马甲、领带、衬衫、袖箍、背带全要脱，袜子也要换，那叫一个麻烦。这套衣服是他向她求婚那天穿的，走红毯不够正式，但现在还不到晚上6点，所以要换一套，晚餐时再换白领结套装。

由于实在太过烦琐，他叫余小鱼帮忙从箱子里一件一件地递东西，正伸了一只手进白衬衫里，听见她"咦"了一声。

"江老师，你还用衬衫夹啊？嘻嘻。"

江潜回头，觉得她笑得特别不怀好意。

"不夹容易走形。"他俯身把衬衫夹的带子套在大腿上，夹子夹在衬衫下摆处。

"江老师，你身上绑了好多带子，嘿嘿嘿。"

江潜不动声色地后退一步。

"哇，看我发现了什么！"余小鱼神采奕奕地举起手里肤色款的胸贴，"原来这个是男女通用的！江老师，你的胸比我的大，我觉得你可以用B款。"

"圆形的分什么大小？"江潜忍无可忍，把胸贴扔回箱子的底层。

余小鱼就知道他是个行家。她以前想不明白，得悲伤乳头综合征的人总会遇到衣服摩擦导致抑郁的场合吧？原来他有秘密武器，不知道用多少年了。

江潜在她调戏般的目光下迅速地换完，套上纯白色的桑蚕丝单排扣外套，在暗门襟的衬衫领口打了个黑领结，下身是笔直的黑裤子，配了双简洁的比利时乐福鞋。

端详片刻，他感觉还不错，够整齐。

余小鱼还在那里惊叫："原来领结是打出来的，我还以为买来就是蝴蝶结。"

"你站直了，我看一眼。"他忽略那句废话。

她撑着垫子跳起来，在他面前飞快地转了一圈，头纱上的珍珠串"啪"地朝他的脸甩来，还好他闪得快，不然就要破相了。

江潜心有余悸，严肃地说道："站好，别跳。"

江潜把她翻过去，重新把后背的绑带绑了一遍，胸部略松，腰部略紧，又把头纱上的珍珠串用夹子固定在发箍上："你看看，这样是不是好一些？"

余小鱼侧身在镜子里瞧一瞧，真的清爽了一点儿。

"江老师，我就知道你一个人能顶两个妆造师使。"

妆造师这会儿正在给她妈和舅妈做造型，这里有他在就够了。

江潜无奈:"出去吧。你饿不饿?我这儿有饼干。"

"我不吃饼干,要去找点儿好东西吃。"

"还想去哪儿?"他把她拎出更衣间,"要吃晚上吃,先走流程。"

台上的司仪看到一对璧人出来,台下的宾客也差不多到齐了,对着话筒清清嗓子,用流利的中文开始讲话。按照计划,司仪先开场自由发挥来活跃气氛,然后由新娘的母亲和新郎的父亲分别致辞,因为新郎和新娘都不想费口舌,交换戒指后全场吃了些冷餐、撸了几下水豚,就可以高高兴兴地去酒店大快朵颐了。

司仪的英式幽默逗得全场人捧腹大笑,这笑声建立在江潜的痛苦之上,他曾经的老板把他实习期间干过的蠢事抖出来好几件,余小鱼乐得不行:"哈哈哈,你当年也这样嘛,以后带实习生不能那么凶啊!"

他有些气恼地揪了下她的发丝:"我就带过你一个,以后都不会带了。"

与轻松的开场白相反,余妈妈的致辞就让在场有女儿的母亲们不胜唏嘘,说到最后都哭了,余小鱼也忍不住抹眼泪。而江铄充分发挥了集团董事长做总结的专长,要求儿子严格遵守家庭规范,做一个高尚的、纯粹的、有道德的、脱离了外界的诱惑且有益于妻子的丈夫。

当新郎终于站在台上,新娘的母亲挽着女儿的胳膊从红毯的尽头走来时,宾客们的视线都移不开了。新娘穿着洁白的刺绣婚纱,一字肩的荷叶边在风中俏皮地摆动,纤长银亮的花草绣纹从胸口延伸上去,衬得肌肤如暖玉般明净生辉,而瀑布似的水晶头纱为她的美丽笼上了一层圣洁的光晕。

她眸中有秋天的星星,颊边有春天的玫瑰,唇角的梨涡盛着花蜜,只要看上一眼,就让人心醉神迷。

走到一半时,新娘似乎按捺不住心中的雀跃,拉着妈妈的手朝前跑去,步伐轻快得像森林里的一只小鹿,连蹦带跳地上了台阶,给了新郎一个大大的拥抱。

台下的众人都善意地哄笑起来。

司仪感慨了一句"年轻真好",对着话筒道:"就让我们的礼官送上戒指吧。"

红毯的另一头,江铄轻拍一下水豚的大屁股:"驾!"

奇力懒洋洋地瞟了他一眼,仿佛觉得人类没必要如此紧张,生活那么美好,为什么要急匆匆的呢?

于是它慢悠悠地背着盒子迈开四只脚,边走边吃刚才新娘走红毯时丢下的苹果干,等吃完了走到台上,已经过去两三分钟了。新郎微笑着解开系在它圆滚滚的肚子上的丝带,打开盒子,拿出一枚铂金护戒给新娘戴上,新娘也照葫芦画瓢,把另一枚护戒戴在对方的左手无名指上。

太阳和水星都被这场婚礼保护起来了。

"下一个步骤是新郎亲吻新娘!……虽然我觉得这位可爱的女士会比较主动,毕竟她在面试时的表现就给人留下了非常深刻的印象。"司仪大叔用一种解说球赛的语气笑道。

余小鱼拿过话筒,说了声"谢谢夸奖",然后踮起脚把江潜一拉,亲在他柔软的嘴唇上。

"啊啊啊,干得漂亮!"

"不愧是我们的小鱼!"

"快拍!快拍!"

江潜的耳朵又红了,这么多人看着,他深吸一口气,轻轻扣住她的肩,义无反顾地吻下去。

太阳西沉,暮色悄然从天际染了上来,相机"咔嚓"一响,定格住了爱神岩边这永恒的一刻。

晚宴和住宿安排在距海边2公里的豪华酒店里。

7点钟,自助餐厅里堆满了山珍海味、琼浆玉液,今天是大好日子,江潜不吝把自己的藏酒从世界各地运过来供宾客品尝。因为没请多少家族里的长辈和公司同事,大家也就是品一品酒,没有挨桌敬的,不过余小鱼还是端着半杯红酒去楚晏那桌看了看。

余小鱼有小半年没见程尧金了。自从唐继寿脑出血住院,公司倒闭负债累累,她心情肉眼可见地变好,都开始发微信朋友圈了。她今天穿了条金光四射的裙子,脸色红润,精神百倍。除了订婚时送了昂贵的项链,她这次还送了一套古董餐具,是给他们搬新家用的。

江潜上个月就把银城的小别墅收拾稳妥了,在繁华宜居的西城区,装修一改简约的北欧风,主打温馨暖色调,非常符合余家的喜好,特别是单独修建了水豚的房间和泳池,这样奇力的四个宝宝就能无忧无虑地玩耍了。

不过这房子要度完蜜月回国再住进去,余小鱼准备在欧洲搜刮一堆纪念品装饰小家,想到未来要住上很久,她心里就十分感慨。

谁能想到去年这个时候她刚跟他谈恋爱呢!

真是太快了……

她和室友们笑着聊了几句,看到江潜正在沈家那桌说话。他走过来搂住她的腰:"沈颐宁说你今天特别漂亮,这身裙子很称你。"

被绝代佳人说漂亮,她简直受宠若惊。

余小鱼抿嘴一笑。她回酒店就把婚纱换了,不然穿着拖地的纯白长裙,端着餐盘都不方便吃饭。这套淡粉色的纱裙长度在膝盖以下,她还换了双粗跟鞋,走起路来一点儿也不累,抹胸是真丝盖着薄纱,看上去服帖,其实里面还有空间,穿起来舒适不勒腰,是吃自助餐的金牌装备,不过跟他身上最高礼仪级别的白领结塔士多礼服就不太搭了。

"还是江老师眼光好。"她真心实意地夸他。

"眼光不好,能在参加面试的人里挑中你吗?"他在她的耳畔低低地道,"跟我来,有个礼物要送你。"

"还有礼物啊!"余小鱼以为今天的婚礼已经够拉风了。

江潜挽着余小鱼走出大厅,快步穿过走廊,从洗手间出来的客人以为他们是出去透个气,她也是这么以为的,可当他把她带出酒店,跨上停车场里的一辆银色摩托车时,她就傻眼了。

"不是吧,我们就这么提前走了?"

江潜发动车子:"怎么不行?!客人该看的节目都看过了,吃喝完就回房间,没我们的事了。"

"新郎新娘不是要等到最后散场,然后数红包吗?"

"夏秘书和张津乐在数。"

"江老师,你就逮着这两只羊薅毛啊……要是客人想找我们表示祝贺却找不到人,那多不礼貌!"

"我爸在呢,叫他来就是让他挡人的。"

余小鱼从后面抱住他的腰,在晚风里大声喊道:"好吧,我们要去哪儿?"

摩托车沿着酒店门前的公路一路向东,10分钟后开到了滨海的一处居民区。山坡上的夜晚格外宁静,天上挂着一弯金黄色的月牙儿,草丛里有幽蓝的萤火虫飞舞,大海的气味顺风飘来,混杂着野蔷薇的花香,让她忍不住深深地呼吸。

不远处传来两声犬吠。

江潜把摩托车停在院子前,牵着她的手推开栅栏门,花园的草坪亮着灯,可以看见植被新修剪过。橄榄树和橘树掩映着一栋小小的两层别墅,白色的墙、蔚蓝的窗、圆形的顶、拱形的门。鹅卵石铺成的小径穿过枝繁叶茂的葡萄架,止于希腊式的马赛克地砖,上面是海王波塞冬驾着马车出巡的画面。

"这是……？"

她手里被塞了把钥匙。

"我们可以买油漆自己刷墙，喜欢什么颜色就刷什么颜色。"

余小鱼愣了一下，打开门，跑到客厅的落地窗边举目瞭望，远处的灯塔亮起一束光芒，射在广袤无垠的海面上。天上的星月光辉和人间的灯火交相辉映，把海水照得像一匹流动的墨色丝绸，温柔地抚摸着山崖下的礁石。

"哗哗"的涛声在夜色中那样清晰。

她的心跳声也在静谧中那样清晰。

"江老师，你记得我说想要一栋海边的房子呀……"她转身扑进他的怀里，声音里带了点儿哭腔。

"你说的每句话我都记得。"

江潜捧起她的脸，认真地凝视着她的眼睛："你在的地方就是我的家，往后几十年，就请余同学多多关照了。"

（正文完）

番外一
小鱼子

对于要孩子这件事,江潜本来是不感兴趣的,因为遗传的悲伤乳头综合征,他甚至没想过以后有结婚的那一天。

当他在 30 岁时第一次谈起恋爱,他开始觉得结婚并不可怕,反而很美好,然而对于养孩子,还是十分纠结。他一想到父母是怎么含辛茹苦地把自己拉扯大的,就对于"拉扯"这个长期性动作有一种发自内心的畏惧。

太麻烦了。

太耗精力了。

谁知道会养成什么样子啊。

江潜觉得自己的忍耐力只够带家里一条"鱼"、四只水豚,再来一个天不怕地不怕、和自己一样喜欢跟家长吵架顶嘴的小东西,立马就要血压升高。

对于同意要孩子这件事情,他做了非常多的心理建设,余小鱼怀孕那阵儿,他压力大到晚上睡不着,等她呼呼大睡了就抱着她叹气,活像旧社会为了生计发愁而失眠的黄包车车夫。

他能当好一个父亲吗?

对于这个问题,周围人好像都觉得它不值得回答——他都养不好孩子,还有谁能养好?

他爸喝着茶说:"你就是从小对自己要求太高,高到有点儿偏执了,所以对预期风险过于敏感,不愿意接受一丁点儿可能的失败。"

余小鱼摸着肚子说:"江老师,你就试着拉一拉,扯一扯,小宝宝'嗖'的一下就长大了!"

把孩子说得和健身房里的弹力带一样,真有她的。

知道她怀孕的第一个月,江潜喜忧参半,开始着手准备这辈子最大、最困难的工程。他买了几箱心理教育、母婴护理类的图书,打印了半个书架的相关论文,专门注册了十几个国内、外网论坛账号,没事就阅览人家父母发布的关于孕期和育儿的心得。除此之外,他每个月都要总结一篇3000字的理论和实践经验工作文档,不知道的还以为他正在读博撰写学术专著。

到了余小鱼怀孕的第35周,他已经学得满腹经纶、融会贯通、见微知著、举一反三,在小区里散个步,都能碰上亲生父母搞不定、被他讲几句就不闹了的小孩儿。别说养一个,把10个孩子养到18岁的理论知识都够用了。

这态度搞得余小鱼一点儿也不想看书学习,家里有个勤奋上进的好学生,那就得有个坐享其成的懒学生。可江潜一旦认真起来,就非常严格,按着"鱼"头一起读书做笔记,还要开研讨会。

这九个月,余小鱼觉得自己重新念了一遍高三。虽然强度不大,但他真的给她灌进去好多知识……那些白纸黑字她嫌烦不想看,江潜下了班就跟她见缝插针地讲内容概述。

她倒是没有其他可烦恼的地方。

江潜不想让她受一点儿苦,找了最好的护理师、营养师、育儿师,提前预约了保姆,甚至还请了遗传病理学的教授,研究"悲伤乳头综合征和激素水平的遗传性概率"。余小鱼怀孕期间,几百万美元流水一般花出去,她吃的用的、看的闻的没有一样不经过层层筛选,全是所能找到的最好的,结果就是她吃得香睡得足,孕反十分轻微,到临产前才略有不适。

余小鱼生产那天,江潜在产房外面就没坐下来过。余小鱼喊着疼被推进去,叫了一刻钟,声音戛然而止,把他吓得要命。医生不让他进去,说里头有产妇的母亲在陪着,他在外面满头冷汗地踱来踱去。忽然门开了,穿白大褂的护士推着车出来,江潜一下子跌坐在椅子上。

护士不解:"家属,你怎么回事?"

后面的护士抱着个小包裹:"恭喜啊,宝宝很健康,是个男孩儿。"

"我妻子呢?"

护士指了指盖着白被子的床。

那一刻江潜眼前发黑，撑住墙喘气。

护士恨不得给他打一针镇静剂："家属，你醒醒！胎儿就五斤多，十分钟就生出来了，产妇累得睡着了。"

待护士把襁褓放在他怀里，他才如梦初醒，一个劲儿对她们说谢谢。余妈妈拉着女儿的手，眼里满是心疼。

江潜心虚得都不敢看岳母，在睡着的妻子的额头上吻了一下，然后才低头看向襁褓里的小脸。孩子抱在手里轻飘飘的，像个发酵的面团，乌黑的胎毛都长到耳朵那里了，脸皱巴巴、红彤彤的，脑袋还没他的拳头大。

这孩子着实不好看。

是个男孩子，取什么名好呢？

小宝宝满月后就长开了。

小宝宝刚生出来真是要多丑有多丑，随着一天天喝奶长大，肉眼可见地膨胀起来。到了摆满月酒那天，没有一个客人不夸他白白胖胖、漂漂亮亮的，简直是青蛙变王子。

余小鱼吃完饭擦擦嘴，笑眯眯地拍着手："给我玩玩！"

江潜："玩？"

"啊，我嘴瓢了。给我抱抱！"

江潜抱着孩子不撒手："你还在恢复期，我抱着就行了。"

"江老师，也要给别人抱抱嘛！今天来这么多人，你一直占着他，多不好。"

"我们团子就喜欢爸爸抱，是不是呀？"他笑着贴住孩子软乎乎的小脸，轻轻拍着他的背，小宝宝打了个奶嗝儿，嘴巴啃着他的肩膀，弄得衬衫上全是口水。

"乖乖，不啃这个，衣服上有细菌。"他把奶嘴塞过去，看小宝宝美滋滋地吮着，感叹儿子真好骗，对着小脸亲了又亲，就是舍不得让别人抱过去。

真香。

养孩子真香啊。

圆圆的脸蛋儿、圆圆的黑眼睛、圆圆的粉嘴巴，五官就跟幼时的余小鱼像一个模子刻出来的，他看着就喜欢得不行。因为浑身都是圆圆的，软糯得像个小汤圆，大家就管他叫团子。

谁家的孩子这么可爱啊！

原来是我家的啊!

余小鱼也喜欢趴在床上跟孩子玩,"啊呜"一下叼住孩子藕节似的小胳膊,"呜呜"地吹气:"一口一个小宝宝,一口一个小宝宝,嘻嘻嘻,小团子要被妈妈吃掉啦!"

这时候宝宝就会发出"哦哦"的声音,好像屈服于"食人鱼"的淫威。

在场有公司的人打趣:"瞧江总这样,得操心一辈子喽!要生个小棉袄,那不得睡觉也抱着。"

事实上现在江潜也抱着孩子睡觉,连育儿师他都不想劳烦,事事都要亲自来。反正孩子又不重,也乖巧不爱哭闹,在摇篮上吊个玩具,他能聚精会神地看半天,是个注意力非常集中的宝宝。

"小棉袄好啊,小棉袄好。"江铄在旁边陪人喝酒,笑呵呵地瞥了儿子一眼。

江潜板着脸。

一个就够了。孩子虽然好带,但还是挺累的,他都瘦了10斤。

又有人问:"令公子大名叫什么呀?"

"余振鳞。"

唐代冷朝阳有一首五言律诗,其中有句"流水初销冻,潜鱼欲振鳞",寓意很好,江铄翻烂了字典、各种古籍,才筛出这么一个积极向上有活力的名字,全家人都非常满意。

江潜觉得要是生个女宝宝,他自己能取个更好听的名字,上学点名让老师夸的那种。

满月酒办完,日子过得飞快,孩子快三个月大时,江潜试着拿东西碰儿子的乳头,小家伙痒得"咯咯"直笑。

他总算松了口气,孩子没毛病。

好得很。

同时他也发现自己现在不用戴胸贴,也可以抱孩子了。

大概是他天天抱,脱敏了。

孩子果真像弹力带似的,拉拉扯扯就大了,会翻身、会坐、会爬,然后跌跌撞撞地撒开两条小短腿到处跑,揪叶子喂好脾气的水豚哥哥姐姐们。到了孩子上幼儿园小班那年,江潜再一次体会到"养孩子真香"了。

余小鱼觉得独生子女太孤单,就又怀了一个。这次江铄跑到老家去修祖坟,在坟前烧香求个孙女,还挺灵。余小鱼生出来一个属羊的宝宝,就跟小绵羊似的,一头张牙舞爪的小卷毛,小名就叫翘翘。

他们俩的头发都是直的,这点孩子大概随外婆。

二娃出生后,江潜好不容易长回去的那 10 斤体重又掉下来了。江潜立马去做了结扎,要是再来一个,他精力真不够用。一个小孩儿就要好几个大人伺候,现在总算熬到大娃上幼儿园,又多出来一个,等过几年哥哥到了猫嫌狗厌的年纪,小的这个也要扒着他的大腿喊十万个为什么了。

不过这小东西,可爱是真可爱。

翘翘的眉眼长得像他,也有一张圆嘟嘟的嘴,配上小卷毛,就跟动画片里的洋娃娃似的,喜欢"咿咿呀呀"地说话,声音娇娇脆脆的。她爷爷恨不得天天把她抱在手上拍抖音,出门钓鱼也想把她背着,这样还有个娃可以向钓友炫耀。

按照余家的规矩,这孩子满月前也得剃眉毛、剪睫毛,江潜拿着小刮刀等她睡着了弄,刚剃完眉毛,孩子就醒了,好像察觉到他要干坏事,"哇哇"大哭起来,黑葡萄似的瞳孔漫着水汽,任谁看了都要心疼。江潜实在下不去这个手,拿着刀觉得自己就跟伤天害理的人贩子似的,把小丫头抱起来,捏着她的小拳头打了自己两下,柔声哄:"爸爸不剪了,不剪了,我们翘翘就这样也很漂亮……"

过了半个小时,余小鱼进房间里,看到一大一小正在床上玩。

"剪完了吗?"

"她不要剪,就这样吧。"

女儿太小了,只能趴着,余小鱼一拍床,她身子就一歪,一拍床,就一歪,再一拍,"啪"的一下歪倒在江潜的腿上,卷曲的头发遮住了光秃秃的眉头。

"哈哈哈!好可爱!"

她分明是想说"好好玩",江潜怕她把孩子的骨骼震坏了,赶忙抱起来,用胳膊当成摇篮晃了两下。

女儿丝毫没有睡意,大眼睛滴溜溜地转。

余小鱼满意地点头:"出厂质量不错,精力旺盛,挺瓷实。"

女儿在她肚子里的时候就闹腾,晚上不睡觉,左一脚右一脚的,以后送去柔道之类的兴趣班,肯定有天赋。

既然孩子不想睡,江潜就抱着她去客厅里溜达,儿子正安安静静地坐在地上搭乐高。

冬季午后的阳光洒在积木上,霍格沃兹的城堡已经砌起一小部分了,他专心致志地搭,动作很轻,不紧不慢的。

还是小时候好玩，儿子长得太快，都有了自己的心思，没以前黏人了。

他叹了口气，一想到这两个小东西未来要长大成人离开家，就过早地生出一股忧愁。

"江老师，你皱什么眉啊？"余小鱼坐在沙发上瞟他。

他又叹了口气，这边还有个大的要管。

"翘翘的名字想好了没有？"她催他。

江潜坐下来，拿起茶几上的《唐诗三百首》："就用这个吧。"

余小鱼看他翻到《春江花月夜》，就是他给芳甸资本取名的那首孤篇盖全唐的长诗。

他一只手抱女儿，另一只手揽着她，指着纸上的句子："江逐漪，行吗？"

"鱼龙潜跃水成文。"

这句中有他们和两个孩子的名字。

一个振鳞，另一个逐漪，都是生机勃勃的意象，他希望孩子们活得畅快肆意。

余小鱼以为甚好，想了半天，郑重地对女儿道："你哥哥写名字已经很费劲了，你的名字是爸爸取的，以后千万不要怪妈妈啊。"

江逐漪发出"哦"的一声。

"成交！"余小鱼和女儿拉钩钩。

江潜和孩子大眼瞪小眼："难写吗？"

他问地上的儿子："你写名字困难吗？"

余振鳞："你还能叫爷爷把我的名字改了？"

"不能。"

"那我就当你没问。"儿子心平气和地说。

"好吧。"

江潜心想：他跟谁学的，小小年纪就故作深沉，长大还得了。

余小鱼把头靠在他的肩上，抿着嘴笑："江老师，你有没有觉得他越来越像你了？我这是生了条小鳄鱼啊！"

番外二
水豚的春与秋

入秋后第一波寒潮来袭，10月的最后一天，银城桂花落尽，满街都是金黄的银杏树，在夕阳下格外赏心悦目。

国际幼儿园外，几十辆豪车排队停在人行道边，其中一辆车车窗降下，探出一张白净的娃娃脸。这学生模样的司机梳着马尾辫，唇边露出两个小梨涡，掏出相机对着银杏树"咔嚓咔嚓"拍了好几张照。

"那个女司机，等下小孩儿放学，接了就赶快走，不要在这里拍照堵着路，知道吧！"后面忽然传来一声不耐烦的吆喝。

余小鱼仿若未闻，又兴致勃勃地拍了几张，这才慢腾腾地回过头，一个戴墨镜的西装男正面色不善地看着她，手上夹着根烟，开的车车牌尾号是四个8。

她指着路旁的牌子："这位男司机，你没看到这里不能抽烟吗？"

西装男"呸"地向外吐了口唾沫，面色不善，把烟掐灭了，嘴里嘟囔："小保姆给人家接小孩儿都那么大脾气。这车是你家的啊？"

前面车后座忽然坐起一个人来，从敞开的车窗向后看了一眼，这一眼立马叫对方打了个寒噤。

"她是我太太，这车是她的。"

"哦，不好意思，不好意思。"西装男立马缩回车内，升起车窗。

余小鱼看他这前倨后恭的态度，笑了一声，手肘撑在方向盘上，对上后视镜里一双不满的黑眼睛："江老师，你说他会不会正在车里骂你啊，说你老牛吃嫩草？"

江潜无奈地揉了揉太阳穴："都是30多岁的人，你就是长了张占便宜的脸，还五十步笑百步。"

"四舍五入，我30岁你40岁好吗？有代沟的。"她装模作样地道，"领导，您要不再睡会儿，我下去给您买养生枸杞茶？"

江潜2点多才下飞机，时差还没倒过来，在车上眯了一个多小时，这会儿恢复了点儿精神："你尽管买，晚上把孩子送上床了，再验验养生的效果。"

余小鱼伸长胳膊打了他一下，一语双关："我开车还是你开车？"
他扬起嘴角，转过头："他们下课了。"

随着悠扬的钢琴曲响起，第一批放学的小朋友像脱缰的野马，在老师的带领下向幼儿园门口奔腾。明天幼儿园举办活动，前院布置了许多装饰品，还有孩子戴着女巫帽，红扑扑的小脸上笑容洋溢。

江潜整了整袖口和领带，抱着在机场买的玩偶下车，在门口等了一会儿。教学楼里走出来一名女老师，后头跟着一群嫩生生的小花朵，"叽叽喳喳"笑闹个不停。待看到孩子堆里扎着九根冲天辫的小姑娘，他眼里瞬间溢出柔和的笑意，举着玩偶挥手："翘翘，爸爸在这儿！"

那个穿红毛衣的小姑娘一下子就听到了，也挥着小胳膊，得意地对同学们说："我爸爸是第一个来接我的！"

"我妈妈才是！"

"昨天我爸爸4点钟就来了！"

顿时小朋友们又吵闹起来。

老师好容易把这群小朋友送到门口，让家长一个个接走了。4岁的江逐漪坐在爸爸的胳膊上，抓住玩偶，搂住他的脖子亲了一口："爸爸，晚上我跟哥去参加社区活动。"

临近年末，社区里也有不少儿童活动。

"好，我陪你们一起去。"

"不要，没有大人去的！你会把人家吓到。"

"翘翘还太小了，不可以没有大人带。"江潜拉开车门，亲了亲她热乎乎的脸蛋儿，这孩子越长越像她妈妈了，小脸圆得和十五的月亮似的。

余小鱼道:"小区里有志愿者带孩子玩,你就在家里歇歇。"

"是呀,爸爸歇歇。"

江潜道:"那好吧,要跟紧哥哥,晚上会有坏蛋来抓小朋友的。"

江逐漪笑嘻嘻地说:"我带金箍棒把坏蛋打跑!"

余小鱼告状:"她昨天看了三集动画片,眼睛都不要了。"

女儿把脑袋靠在爸爸身上,拱了两下。江潜摸着她细软的头发,说:"近视眼戴眼镜很麻烦的,你看我们都不戴眼镜,只有你戴。人家看到要问,这么可爱的小姑娘为什么要戴眼镜呀?"

"我做作业做的。"江逐漪脱口道。

江潜有点儿难以置信,问余小鱼:"上个月我走之前她没这么贫嘴吧?"

"小孩儿一天一个样。再过一个月她就4岁了,你能指望她一直乖?"

她哥哥倒是从小乖到大,是个安静的性子,大人不用操心。

余小鱼听着后座上的人唠嗑,开着顶配跑车,市区限速十分憋屈。她想着周末再去郊外高速公路上飙一飙车,这么一边开一边想,20分钟眨眼就过去了,到了自家的别墅地下车库。

对面的车位上,另一辆用来接送儿子上下学的车已经回来了。她满意地点点头,看来今晚可以忙里偷闲过二人世界。

"爸爸要拎东西,翘翘可以帮我们按电梯吗?"

"好!"小姑娘麻利地跳下车去按键。

"慢点儿,这车底盘太高了,不要跳。"江潜皱眉。

人说"三岁不离手,五岁不离眼",叫女儿跟志愿者大晚上去玩,他还真有些不放心。

夫妻俩拎着在超市里采购的东西坐电梯,来到别墅客厅,刚上小学的余振鳞正盘腿坐在地板上专心致志地搭乐高,好像连脚步声都没听到。

"小团子,过来和妹妹一起挑东西啦,你们晚上要用的。"余小鱼叫他。

过了一会儿,儿子把城堡的钟楼搭完了,这才站起来走到茶几边,看了一遍购物袋里的东西,拿了一个塑料纸做的尖刺:"我要这个,可以做成被吸血鬼公爵刺穿的样子。翘翘喜欢什么?"

江逐漪每个都喜欢,每个都想要,手上抱了一堆七零八碎的玩意儿,眨着黑溜溜的大眼睛,望着她哥哥。

余振鳞说:"只能打扮成一个样子,时间还早,你好好想想。"

然后他就抱着尖刺上楼捣鼓了。

保姆做好了饭菜，放在烤箱里保温，余小鱼一盘盘端到桌上："哇，阿姨做了好多，有翘翘最爱吃的萝卜圆子和糖醋里脊。"

孩子毕竟小，一听到有好吃的，立刻放下小道具，跑去厨房飞速地洗手，冲到餐桌旁的椅子上坐好，把雪白的小餐巾系在脖子上。

余小鱼看她这么火急火燎的，忍不住笑了："7点钟外面的小朋友来敲门，我就让你们跟着一起去玩。哥哥要抓紧时间写作业，今天翘翘负责喂水豚好不好？"

儿子生活很规律，这会儿还不到5点，肯定是吃不下的，她就由着他自己安排了。

"包在我身上。"江逐漪拿小勺子舀着汤慢条斯理地喝。

余小鱼上楼换了家居服，江潜在楼下看着女儿吃饭，自己也夹了点儿菜，吃了三分饱。孩子大了，确实就比以前好带，吃饭不会洒得一桌都是，大人说的话她也能听进去，叫她吃鱼慢点儿挑刺，她就和做作业似的一根一根慢悠悠地挑，把他都看急了。

"汤凉了，爸爸给你挑吧。"

"你不要管我嘛。"江逐漪完全不急。

这话说得江潜有些伤心。

"以后爸爸老了，你给不给爸爸挑鱼刺？"

江逐漪头也不抬地道："爸爸不会老的啊。"

她仿佛认为这是一件理所当然的事。

"等翘翘到爸爸这个年纪，爸爸就变得和爷爷一样了，头发变白，脸上有皱纹，上楼梯喘气。"

江逐漪终于把鱼刺挑完，懵懂地看着他，摇摇头，还是想象不出他描述的样子："爸爸就是这样的呀。"

江潜感慨地给她夹蔬菜吃："每个人都会老、会死。"

"爸爸，到底什么叫'死'啊？"

"一个人死了，就再也见不到那个人了。"

江逐漪握着小勺子问："那爸爸妈妈也会死吗？"

"每个人都会。有的人是老了再死，有的人没等到变老，就不幸去世了。"

"那就是说我再也见不到你们啦？"

她的眼眶顿时红了，下一秒眼泪就滑了出来，她放下勺子扑到江潜怀里，抱住他不放。

"外公和奶奶也死了吗？"

"是的。如果真的有灵魂，他们看到翘翘和哥哥这么聪明可爱，也会很开心的。不哭好不好？"他用餐巾给女儿擦着眼泪。

对一个4岁的孩子来说，告诉她有一天会再也看不到父母，确实很残忍，但她迟早要知道。

江潜哄孩子信手拈来，给她喂着饭，和她说了些出差时的趣事，女儿的眼泪很快就收了回去，肚皮也吃得圆鼓鼓的。

一个小时后，楼上传来一声惊呼，然后爆发出一阵大笑。

余小鱼"咚咚"地踩着楼梯下来，后头拖着个小人儿："你们看他打扮的！哈哈哈！"

余振鳞头上戴着一顶尖尖的巫师帽，得意地抬手一摘，优雅地鞠躬行礼，头顶心露出一根沾血的尖刺。这个"德古拉公爵的受害者"扮得逼真极了，尖刺顶端染着红颜料，头发也染红了一圈，额上涂着几道往下流的暗红色血迹，眼圈乌青乌青的，不知道拿粉底涂了多少层。

江逐潏吓得往她爸那儿缩，看着看着，又笑了："我也要玩！"

她跑去漱口洗手，拽着她哥哥就要上楼，余小鱼一把拎住她："让你哥先吃饭，我带你去喂水豚。"

"快点儿！"

江潜给儿子盛汤盛饭，也笑："你这扮得比大孩子还恐怖，出去玩的时候往后站站，老人看到要血压升高。"

"嗯。爸，你小时候扮什么？"

"我没扮过。"

"那你少了很多乐趣啊！"余振鳞老成地感叹。

江潜跟他嘴硬："我不喜欢扎堆儿的活动。"

其实他可想去了，就是怕和人肢体接触犯病，每年过节都孤零零地在英国的宿舍里一个人过。

父子俩吃着饭，余小鱼和女儿来到后院水豚居住的恒温房里，下午货车拉来了它们的口粮，堆在仓库里。

奇力的四个宝宝都是雌性，今年已经8岁多了，人工喂养的水豚寿命最长也就12年，它们现在整天吃了睡、睡了吃，懒洋洋地吹空调、泡澡、晒太阳。当然，作为水豚家族里的成员，它们一辈子都是这么"佛系"。

余小鱼给它们起名叫"招财""进宝""吉祥""富贵"，根据体质给两只做了绝育，另两只和别人家的水豚配种，生了12只宝宝，一半自己养，另一半送了人。现在池子里一共有10只大大小小的"卡皮巴拉",很通人性,饲养员来了就在池边坐成一排等开饭。

这种动物比狗还温驯,怎么撸都不生气,她放心地让女儿掰了芦苇喂小水豚,自己拿着苹果喂老的。四只小东西上了年纪,进食变慢了,眼睛也不像从前那样乌黑透亮,缓缓地咀嚼着嘴里的苹果,吃完了就用脑袋蹭蹭她的手。

"吉祥,你怎么不吃呀?"余小鱼换了削好的梨子,塞到它的嘴边,它还是不吃,恹恹地趴下了,大耗子脑袋伏在地上。

"妈妈,吉祥好像不舒服。"江逐漪也发现了,水豚里就数它吃得最少。

这几个家伙是余小鱼和江潜从小养到大的,她当即给兽医打了电话,描述了症状。

"兽医叔叔明天早上来给它们都做一遍体检,你先帮妈妈喂别的。"

健康的水豚食量很大,一天喂三顿,晚上每只都要吃不少的饲料。母女俩在水池边喂了半个小时,又领着它们走路运动,把筐里所有的食物都消耗完了,让它们自个儿在温水里泡澡社交。

遵照兽医的指示,吉祥被单独关在笼子里休息,看到她们要走了,依依不舍地发出"嘤嘤"的叫声。

"没事的,吉祥,等兽医叔叔来过,你就可以和它们一起玩了。"江逐漪抚摸着它的头。

回到屋里,餐桌已经被收拾干净了,江潜在沙发上回邮件,余振鳞去写作业了。余小鱼见女儿闷闷不乐,望着茶几上摆满的道具,又腰道:"走,妈妈把你打扮成世界上最可爱的小幽灵!"

江潜把视线从电脑屏幕上移开,抬起头:"你真不饿?我留了一碗菜在烤箱里。"

"我中午自助餐吃得太多了,真吃不下了。"余小鱼揉揉肚子,胃里的东西还没下去,消化能力确实没二十几岁的时候好了。

"那我给你打杯果汁。"

"好的呀。"

余小鱼眉眼弯弯地抱着女儿上楼。

江潜回完邮件,去冰箱里挑了苹果和胡萝卜榨汁,自从养了宠物,他们家的水果都是人豚共享的了。

打完果汁,他又接了几个电话,和夏秘书沟通了明天的行程安排。夏秘书休完产假就来上班了，张津乐在家里带孩子。现在江潜给她安排的工作量和原来一样多，好在她做了这么多年，已经游刃有余，效率比她休假时顶班的那个秘书高不少。

7点差一刻的时候，他准备去健身房，楼梯上传来沉重的脚步声，和大象走路似的。他抬头一看，三只小怪物嘴里"叽里呱啦"地叫唤着，举着爪子朝他靠近，一个眼圈黢黑，一个脸上狞笑，一个吐着长舌头尖叫。

江潜被他们扑在墙上，一只手按住一个小脑袋，胸前还有一个，哭笑不得："小鱼，你怎么也跟着扮？"

余小鱼披着纯白的亚麻布，戴着纸叠的白帽子，披头散发，脸涂得煞白，熊猫眼和儿子是同款，唇边深深地嵌着两个小梨涡。再看女儿，半人高的一个小幽灵，和盖着白布的小板凳似的，在地上从左飘到右，从右飘到左，布上戳了两个洞露出晶亮的眼珠子，滴溜溜地转。

江潜喜欢得不行，把江逐漪抱起来，想掀开白布，她紧紧地拉住布："不要嘛。爸爸，你把它掀了，我就没法儿吓人了！"

"你还想吓人，爸爸都怕我们家的小幽灵被人拐走了！"他隔着布捏捏她的小鼻尖。

"拍照！拍照！"余振鳞提醒他爸。

江潜拿出相机，三个人在家里放着装饰品的角落里摆出各种姿势合影，他也上去拍，闹了一通，门铃响了。

"出去玩啦！"余小鱼兴奋地叫了一声，带着两个小兵冲去开门。

"你也去？"

"是啊。"她理直气壮地说。

江潜拉住她，压低声音："你下午不是说晚上要陪我吗？"

"半个小时前还这么想，但是这么好玩的活动错过就没了，你一年在家300天，我慎重考虑后觉得有点儿亏。"

打开门，冷风吹进来，一群隆重打扮的小妖怪站在门口。

江潜从桌上拿了满满一罐糖果送给他们。

"爸爸，你一个人乖乖地在家哟，陌生人来不要开门。"江逐漪嘱咐。

"好，翘翘要跟紧妈妈，不能走丢了。"

"嗯！"

等他们走了，江潜叹了口气。

没办法，家里有三个孩子就是这么刺激。

这晚，小区里的孩子们都玩疯了。

家里三个人玩到9点多才回来，一个个筋疲力尽。明天还要上学上班，江潜催促他们洗漱上床，哄完这个哄那个。

余小鱼洗完澡，躺在床上，想起晚上的愉快经历还止不住笑，抱着枕头碎碎念："好多超可爱的小朋友，一点点大，话都说不利索。志愿者管不过来，幸好还有几个家长跟着。"

江潜翻身抱住她："现在可以陪我了？"

"明天还要上班呢。"

"你说的。"

"我好困哪。"

"你说的。"

"你时差倒过来了吗？"

"你说的。"

余小鱼瞥了他一眼："江老师，你也太……"

嘴唇贴上来，他握住她的手，解开睡袍系带，声音低沉："这一个月，有没有想我？"

夜深人静，灯在床头忽明忽暗地闪。

北风卷着落叶吹打在窗上，发出声响，到了翌日清晨，花园里积了一堆枯枝残花。

余小鱼窝在被子里，9点钟才爬起来去上班，公司不打卡，这个好处对她来说是显而易见的。吃早饭的时候，江潜正在后院和兽医谈话，等她到了公司，收到他的微信："医生把吉祥带到诊所拍片子，可能是胃里长了瘤。"

一整天她都为这个事情绪低落，下午下班时，诊断出来了，的确是长了瘤，很危险，吉祥已经上了手术台。

6点钟他们到了医院，吉祥的麻醉药劲儿还没过去，正躺在护理箱里昏睡，嘴巴张开，露出两颗大门牙，肚子上的褐色毛被剃得一干二净，露出淡粉色缝着线的皮肤。

"能痊愈吗？"余小鱼忧心忡忡地问。

江潜搂住她的腰宽慰道："医生说吉祥要好好养着，以后硬的东西不能吃了。"

年纪大了胃不好，就意味着吸收不好，很麻烦。

余小鱼弯腰摸着玻璃箱，叹道："可怜的小吉祥……以前多活泼啊！"

尽人事听天命吧。

吉祥在宠物医院里待了一周,回家后好像知道自己生了大病,总是独自趴在小窝里,啃着磨牙板解馋,沉默地望着水池里顶着橘子泡澡的同伴。

两个孩子轮流拿捣碎的食物喂它,这个比他们俩年纪都大的"姐姐",已经无法阻挡地步入了生命的暮年,再也不能像年轻时那样用黑色的脚蹼抱着主人的腿撒娇了。

日子一天天过去,秋去冬来,新年的烟花在城市的上空绽放,这是他们在别墅居住的第八个年头。元宵后冻雨渐收,熏风拂面,又是春暖花开的时节。

余振鳞开始读一年级下学期,父母都不想让他当卷王,但这孩子活脱脱就是小江潜,老师布置的作业是十分,他非要做到十二分好,期末考试错一道题,他整个寒假都念叨,说必须在这个学期期末拿到全班第一,否则无颜当班长。

余小鱼怕他钻牛角尖,都敢没给他报辅导班,只送他去学了门乐器。才上了一天,他就不愿意去了,说他同桌也在那个老师家里上课,见到老师就勾起痛苦的回忆。

整个小学一年级都知道他同桌太能闹腾了。他同桌就是孟家的小公主孟佳音。她爸是ME集团的总裁孟峥,没人敢惹,班主任想了个"一物降一物"的法子,把恒中集团总经理的儿子放在她身边,这样打起架来双方都不吃亏。

余小鱼非常奇怪,他们两家其实关系挺好的,ME集团就在恒中大楼对面,孟总的夫人是她的学姐,儿子小时候还去串过门,怎么现在孩子们懂事了,反而相看两厌?

总之,两个孩子不打起来就好。

余振鳞每天忍受着同桌的欺负,相比之下,幼儿园里的江逐漪就混得如鱼得水,人缘爆棚,屁股后头跟着好几个小男生,拿着玩具要跟她过家家,周末还有小娃娃打电话到家里来。

结果江逐漪不在家,电话是江潜接的,接完了脸一拉,黑得和锅底似的。

余小鱼只觉得好笑,问:"怎么了?"

"你女儿本事大,同时谈了三个男朋友,这孩子问我能不能带着礼物上门,让我们检验。"

余小鱼顿时对女儿肃然起敬:"她从哪儿学的,少走20年弯路!你让他过来呗，什么礼物？"

"他给翘翘的芭比娃娃缝了衣服，说是米兰时装周最新款样式。"江潜说道。

"哈哈哈！好可爱，我也想看看！"余小鱼道。

"算了吧，公平竞争，他这是走后门。"

她双手抱胸："江老师，你太严格了。我打个电话给她爷爷，让她接。"

今天周六，江铄带着小孙女去城郊钓鱼，这样即使他一无所获也能拿孙女跟钓友炫耀。

俗话说"差生文具多"，池塘边架着三根顶级钓竿，各种大大小小的饵料一应俱全，然而钓了一上午，水桶里只有五条拇指长的小鲫鱼。

"爷爷，你把'幼儿园'里的鱼都钓上来了！好棒！"江逐漪拍手夸赞。

旁边的钓友捧腹大笑，提上地笼，里头有好几条肥大的黄鳝。

"老江，你这孙女太会说话了。"钓友从兜里掏出一块巧克力，"翘翘，这个给你，你帮爷爷看着桶，不让白鹭把鱼叼走好不好？"

"你怎么使唤我孙女？"

江逐漪是个自来熟，肚子也有点儿饿了，接了巧克力就往嘴里塞："好啊。"

话音刚落，钓友的竿子一动，他赶忙拉住，力道松一松、紧一紧，最后使劲一拉，一条好大的青混子跃出水面，足有手臂长。

江逐漪就没见过这么大的活鱼，欢呼雀跃地抱着水桶："我接着，爷爷你把它放进来！"

江铄这边连个影儿也没上钩，忌妒得要命："嘿！吃了人家一块巧克力，就这么殷勤。"

手机突然响了，他接起来，招手："翘翘，你妈妈说同学给你打电话。"

江逐漪放下桶奔过去："来了！"

小姑娘坐在大石头上讲电话，裙子下藕节似的小腿一晃一晃的，钓友发自内心地羡慕："还是孙女可爱，像个陶瓷娃娃似的。"

江铄瞬间心里平衡了。

没钓上来就没钓上来嘛。

小姑娘接完了电话，钓友又使唤她："翘翘，爷爷要去洗手间，这么大的鱼千万别丢了。"

江逐漪吃了人家的零食，就跑去认认真真地看鱼。这一看，她就看出问题来了——水桶里没装水，青混子在里头挣扎着蹦跶。

"哎呀……"她赶忙跑去拿保温杯，把喝的白开水往桶里灌，"大鱼，你别死，爷爷会伤心的。"

她的保温杯太小了，一杯倒下去还不够，她跑到江铄那里要杯子。江铄以为她渴了，把自己的大容量保温杯给她，眼睛盯着水面的浮标："慢点儿喝。"

江逐漪喝了一口，哼着小曲儿来到他背后不远处，把水全倒进了桶里，高高兴兴地托着腮看鱼："这样你就可以游泳了。"

洗手间离得有点儿远，钓友过了20分钟走回来，只见桶里原本生龙活虎的青混子翻了肚皮。

"哎呀！谁装的水？"

江逐漪蹲在一边戳蚂蚁窝，天真无邪地仰起脸："爷爷，你不装水，鱼会死的。"

是已经死了！

钓友欲哭无泪，这么大一条鱼，还没带回去就死了！他还没来得及拍照发朋友圈呢！

江铄回过头，猛拍一下大腿："我说你找我要水干什么……哎，怪我没看好她，白开水倒下去鱼可不憋死了吗？"

钓友对小姑娘解释："我不装水是因为天气太闷了，水里含氧量太低，还不如让鱼接触空气，这样带回家或许还是活的，你装的是白开水，里面几乎没有氧气。"

江逐漪听不懂，一脸茫然，只知道自己做错了事："爷爷，对不起……"

钓友叹气："没关系，你还小，不懂这些。"

她跑到江铄身边乖乖地坐着，头靠在他的手臂上，低落地说："我把大鱼弄死了。"

江铄安慰她："大鱼活着带回家，也要被做成菜，它生来就是要给人吃的。"

"大鱼好可怜啊。"她皱着眉头。

江铄说："人吃鱼，鱼吃虾，虾吃水藻，这是自然规律。这条鱼长得这么肥，生前肯定过得很好，你喜欢吃的鸡、鸭、牛、羊，也是从养殖场里出来的，最后都要上桌。我们要表示对这些动物的尊重，就不能在餐桌上浪费，它们活着的意义就是不让人类挨饿。"

江逐漪若有所思地撑着下巴,忽然问:"爷爷,有没有什么东西吃人啊?"

钓友笑道:"那没有,都灭绝了。"

回去的路上,稻田翠绿,槐花盛开,一片春光明媚,小姑娘却一直在思考"死亡"这件事。

江潜上午到他爸家里叫厨师做了一桌好菜,12点多端上桌,他爸和女儿也进门了。

"今天也没钓到大鱼,因为翘翘不小心把别人的鱼憋死了,所以我们都没钓到,哈哈!"

江潜无语:"有你这么幸灾乐祸的吗?"

江铄父子俩吃面条,余小鱼和儿子女儿吃米饭,一家五口其乐融融地谈天说地,在别墅里睡了午觉,到傍晚再回家时,却迎来沉重的打击。

吉祥奄奄一息地趴在小窝里,连一口苹果泥也吃不下了,黝黑的杏仁眼始终望着主人。余小鱼知道这是大限将至,和孩子们围着它掉眼泪,温柔地摸着它的脑袋,想以此减轻它的痛苦。江潜心里也不好受,他一直是把水豚当小朋友养的,以前不懂,现在终于知道别人家里宠物出事时主人为什么会哭得那么伤心了。

吉祥在这个春天的夜晚离开了,遗体葬在花园里,他们在上面撒下苹果树的种子。

连续两天,孩子们的眼圈都是红的,这是他们第一次感受身边伙伴的离去。

周一余振鳞到了学校,同桌孟佳音破天荒没有恶作剧,眼眶竟然比他的还红。

上完数学课,他忍不住问:"你怎么了?"

孟佳音不理他,趴在课桌上哭。

回家他把这件稀奇事告诉了父母,余小鱼本着呵护孩子幼小心灵的原则,和席桐通了电话,得知原来是孟家的一条宠物狗去世了,养了15年,比家里的大儿子还大5岁。

余振鳞听完很有共鸣,第二天上学就试着和孟佳音谈心。

"你们家的小狗上天堂去了,它生前为主人服务得很棒,以后会过得很幸福的。"

孟佳音抹着眼泪,看着文具盒里的照片,丽萨扶着墙昂首挺胸,两只尖耳朵神采奕奕地竖着，像个风华正茂的女王。

余振鳞安慰她："你家的小狗真好看，其实你可以放一张彩色照片，这样显得……"

孟佳音拿起数学书拍了他一下，气愤地说道："这就是彩色的！丽萨是黑白边牧，我拍的照片光线暗！"

余振鳞知道说错了话，连忙道歉，而后又问："丽萨生过宝宝吗？"

孟佳音还在那里哭："它生的小宝宝都送人了，我们家现在只有可可，它也13岁大了，脸都变白了……"

"你还想不想养其他宠物？"

她抽出纸巾擤鼻子，瞟他一眼："不用你同情。我知道你家有一群水豚，我才不要你养过的。"

一年级开学那天，新生要上台自我介绍，余振鳞拿着水豚的照片，骄傲地说他家有来自南美的水豚，比狗还乖。同学们大多没见过这种动物，得到老师同意后，他把一只刚断奶的小水豚带到学校，连许多高年级的学生也排着队摸，小水豚完全不生气。

余振鳞记得当时全班只有孟佳音没摸，她很看不起别人那副趋之若鹜的样子，说自己在动物园里不仅见过，还亲手拿胡萝卜喂过。他秉持着公平的原则，放学时问她摸不摸，结果她没好气地说："别人摸完了才给我，你懂不懂礼貌？"

余振鳞当时还不了解这个"小魔女"的性格，绅士地解释："我不是故意放在最后给你摸，是看你不和大家一起玩，所以单独来问你。"

孟佳音哼了一声："拿走，拿走！看见你就烦。"

"是你不懂礼貌吧？你不喜欢就算了，为什么这么跟我说话？"

"上幼儿园的时候你揪过我的辫子。"

他们俩读的是一个幼儿园，但不在一个班，余振鳞真不记得自己哪天揪过女生的辫子，他肯定不会干这种事，所以认定她是在撒谎。

他生气了："你不摸就不摸，还撒谎。"

孟佳音懒得跟他解释，背着书包就出了教室，两个人的梁子就这么结下了。

但余振鳞依稀记得，那天她爸爸来接她放学，她隔着车窗盯着他怀里的小水豚，耷拉着嘴角。

她应该是想摸的吧。

他家的水豚这么可爱，当然没人能拒绝！

司机按时来校门口接他回家，家中正在忙碌。吉祥去世没几天，它的一个女儿就产崽了，因为有经验，余小鱼没叫兽医来接生，在窝边蹲了一个小时，帮水豚顺利生产。水豚一胎能产七八只，但这只年轻的雌性只生了一个，崽崽的体重超过平均值，属于"巨大儿"。

好在母子平安，余小鱼舒了口气。

兄妹俩都眼冒泪花："我们有小吉祥了，一定要把它好好养大！"

余小鱼笑道："是呀，吉祥走了，它的崽崽还在，可以一代代传下去。人类也是一样哟。"

孩子们体验过伙伴的离世，又迎来了新生，这种心情是很激动的。

小水豚在窝里闭着眼睛喝奶，得到人类无微不至的照顾，舒服得很。

余振鳞自此开心了，孟佳音看他开心，自己更伤心了，但她性子倔，同桌的小男生不哭，她只敢在洗手间里偷偷掉眼泪。

周五国际学校搞活动，在校内藏了许多巧克力做的彩蛋。孟佳音最爱这种课外活动，别人都组队，她一个人孤军奋战，整个下午都风风火火地在校园里拿着图纸寻找，小篮子里很快装了四枚，最后满头大汗地回到班里，给老师报数。

余振鳞带着一队同学也挖到四枚蛋，敲开都是金色的兔子，而孟佳音找到的四枚蛋里只有一个金兔子，其余都是银兔子。

她知道自己拿不了第一了，垂头丧气地坐在座位上，听别人欢呼雀跃地领奖品，打开文具盒，看着丽萨的照片，又忍不住伤心起来。

家里缺了条狗，她的心里就空了一块。

"这是你的奖品。"余振鳞把印着小兔子的日记本放在她的桌上。

她看都不看："我不想要这个，送你了。"

"那你想要什么？我的一等奖兔子钱包？"他好奇。

孟佳音不胜其烦，一头栽倒在课桌上，蔫蔫地道："你能不能不说话？！"

余振鳞还在问："你这几天不是挺好的吗？为什么你以前那么喜欢吵架？哦，我知道了，你一高兴就要吵架，伤心就不吵了，那以后我得想个办法不让你高兴。"

他好烦啊！

居然对她说这么可怕的话！

放学铃声一响，孟佳音就蹿了出去，余振鳞跟在后面念叨，她捂住耳朵不想听，上了自家的车，他在外面敲了敲车窗。

"音音，这是你同学吗？"司机问。

她"嗯"了一声，准备开窗把余振鳞赶走，不料他转身走了，她坐在车里呆了一阵。

"讨厌死了！"

话音刚落，余振鳞从不远处的一辆车上下来，手里抱着个沉甸甸的镂空大彩蛋，走了过来。

"这是什么？"孟佳音奇怪。

余振鳞道："你打开看看就知道了。"

镂空的花纹里，有活物在动，还有一股苹果的气味，她吓了一跳，差点儿没抱稳，打开一看，竟然是一只大耗子……不，是小水豚！

"我听副班长说，你在洗手间里哭了好几天。你要是喜欢小吉祥，我就把它送给你，就当你家的丽萨复活了，你也不能一直为去世的小狗哭下去吧？我已经跟妈妈说过了，我妹妹也同意，不过水豚是群居动物，今天先让你摸一摸，后面我再把小吉祥的妈妈和表姐送过去。"

司机听到了，笑道："哎呀，那不正好嘛，音音不是很喜欢花枝鼠、龙猫、水豚这些动物吗？"

孟佳音眼睛瞪圆了，手却抱着彩蛋，咬着唇道："我才不……"

余振鳞说："你不喜欢小吉祥，就把它还给我。"

"我……"她脸红透了，泪珠在眼眶里打转。

余振鳞还是把彩蛋抱了回来，"扑哧"一笑："等你家修好了水池子，我才能把它给你。"

孟佳音望着"嘤嘤"叫的小水豚，头一偏，从后座上拿了一盒新买的巧克力，还是不好意思正眼看他，双手递了过去。

"这是什么？"

她昂着头说："订金。"

"我又不缺零花钱。"

她的耳朵也红了："好吧，这是礼物。"

"那就表示我们是朋友啦？"

"嗯。"

"那你以后不可以再找我麻烦，往我的桌斗里放毛毛虫。"

"不放。"

"还有……"

"哎呀！"孟佳音受不了他了，叫司机："叔叔你快开车，他好烦人，我不要再听到他讲话了！"

司机笑着发动车子："小帅哥，走了啊，再见。"

余振鳞抱着小水豚，笑呵呵地回到自家车上。

余小鱼在驾驶位上都看到了，打趣："小团子，平时板着脸那么严肃，今天怎么这么高兴呀？是不是新交了女朋友？"

"妈妈，你说什么呢？！"他也脸红了，"我就是想让她别捣蛋，要不这同桌我一天也当不下去了。"

余小鱼夸奖道："团子这件事做得特别棒，爸爸妈妈都很为你骄傲，以后要和佳音好好相处哟。"

"知道。"他拆开巧克力，尝了一块，不知想到什么，低头笑了。

西斜的太阳照着热闹的街区，人行道旁的樟树抽出了新芽，春日的银城生机勃勃，一切都蕴含着崭新的意义。

余振鳞注视着窗外闪过的景物，忽然说："我好喜欢春天啊。"

"我也喜欢。"余小鱼笑眯眯地道，"13年前的春天，我就在前面那栋楼里遇见你爸爸了呢！"

后　记

这本书的原名叫作《水逆》，是一个时间跨度很大的故事，2020年我在电脑里写完开头两章，等到出版已经过去将近五年了。在此，我非常感谢喜欢这篇小说的读者，感谢为本书出版付出辛苦工作的编辑，以及为我提供职场素材的T同学。

2020年的我还是一个刚出校门的毕业生，信心满满地说"会尽量少用修辞写作"。事实证明，我不仅没有少用修辞，还比计划多写了20万字。这篇小说的开头采用了电影式的镜头转场，现实与过去交替轮播，看起来比较复杂，但我也没找到更好的方法讲述过去的事件细节，因为伏笔太多了，只能这样安排。

不管是通过写小说，还是通过这几年发生的一些事，我认识到一个道理：计划不能完全创造出想要的结果，因为生活中的变化太多了，心境的变化也太大了。

无论准备多周全，思虑多缜密，信心多充分，冥冥之中总有一只看不见的手去左右前路。我们常常会在事情的开始时说"想要怎样做""想达到什么结果"，但最终拿到手的东西，很可能不是想象中完美的样子。你拿到一条珍珠项链，却发现其中一颗珍珠是鱼目混珠的；你得到一辆汽车，却发现这辆车的一个轮胎需要每个月花钱做保养。

《水逆》就是这样一个客观命运与人的主动抗争的故事。

在说这篇小说之前，我想和大家分享一段自己的经历。2020年拿到毕业证后，我每天非常焦虑且迷茫地投简历、准备面试。有一天，一个猎头突然联系我做管培，说简历很适配，而且这家上市公司给的薪资罕见地高，不用笔试，和高管面试两次就可以定下来，我的一个校友已经被录取了。

这是个极好的机会，于是我在查阅了这家公司的背景、询问了校友、在领英上看了老板履历后，认真地准备了面试。

面试约在香格里拉酒店，高管谈吐亲切优雅，让人如沐春风。其实就是聊天儿，谈自己的经历，在谈到父母时，她欣然说起曾经和我的父母做过相同的职业。这时候，我觉得这场面试已经稳了，要展示的优点都展露无遗，还有和面试官的共鸣，根本没想到会发生意外。

问题就出在她下一句话上，是个非常普通、非常自然的问题："你经历这么丰富，爸爸妈妈肯定一直支持你的选择吧？"

不知道怎么回事，那一瞬间我突然毫无预兆地在她面前哭了，眼泪一下子流了出来。高管都蒙了，然后笑着打圆场说是酒店背景音乐太煽情的缘故。

我被自己吓了好大一跳。自从上大学以来，我从来没因为挫折困难哭过，就算脚指甲盖儿被车门撕翻了也没掉过一滴眼泪，没想到这时候弄出这么大一个差错。我很快恢复了状态，举例回答了几个关于承压能力的问题，但结果还是黄了。

那天我穿着正装从香格里拉酒店里垂头丧气地出来，在地铁的人山人海中回想着那一刻的窘迫。

在高管问出那个问题时，我其实突然间想起了一些事情。

我想起自己来上海三个月，用父母的钱住着很贵的单人公寓，到现在却连一个录用通知都没拿到。

我想起他们是如何支持我读书，把我送去国外见世面，叫我在外面不要省钱的。

我想起我说要去非洲实习，他们虽然担心但还是同意了，并引以为傲。

我是家里的独生女，我的父母那么支持我，我都24岁了，还在花家里的钱找不到出路，不知道自己适合干什么。我太惭愧了，他们用那么多的爱和钱养出了一个浑浑噩噩的人，我简直没脸见他们。

前几天妈妈还问我要不要网购水果，在上海一个人要吃好，注意身体。

我低头看着高管给我点的80块钱一杯的咖啡，都不知道今后能找到什么样的工作，能买得起这么贵的饮料吗？

在那个秋天的末尾，我拿到了另一家公司的录用通知。几年后，我有了一些存款，虽然仍然消费不起很贵的东西，但现在的心态已经和当初天差地别了。

我很庆幸《水逆》这部作品是在经历了迷茫的求职期、压抑的"家里蹲"、繁重的工作后才构思写出的，否则它不会比前几篇小说更有深度。

出版的文字最大限度地保留了原情节和对相关职业的描写。文中的女主角余小鱼也是一个求职者，她学到的一些东西，正是我在实习和工作中学到的，因为阅历不够多，我能分享的也只有这些了。她是一个理想化的角色，人格健全，能量很足，"鱼头"以下都是胆。我觉得一个人可以不聪明，但一定要勇敢，这个"勇敢"并不是擅于社交、敢坐过山车，而是有胆量去坚持自己的原则，顺从自己的心。

一个人如果没有很擅长的方面，那就一定要真诚。真诚地面对人和事，努力去学，总会碰到愿意教你的人。见识对于有复盘习惯的人来说是点石成金，可能别人的一句话就会让你茅塞顿开。

余小鱼是具有这两项品质的，她也有运气，在第一次踏入职场时遇到了好老师，夯实了基础。但她显然没有一帆风顺，命运让她遭受了外界的非议、父亲的去世、爱人的远走。

她在侥幸通过筛选进入公司后，并不知道这份优越的工作会让她和家人付出什么样沉重的代价。事情就那样突兀地发生了，她感到痛苦，却能迅速地打起精神，勇敢、冷静地为自己争取权益，没有一丝羞愧，对坏人也没有一丝畏惧。

除了余小鱼，故事里其他主要角色也经历了许多挫折，他们用自己的方式去应对。江潜经历了母亲的意外死亡，多年磨一剑计划复仇；江爸爸在妻子去世后努力为儿子创造和谐积极的家庭环境，与之相似，余妈妈在丈夫死后尽全力给女儿提供最好的条件；颜悦在被遗弃、被全网黑和应酬了无数次后争取到了影视资源；谢曼迪在错误被揭穿后选择放下仇恨与母亲和解；沈颐宁通过自己的隐忍和对女儿的关爱取得了原谅；程尧金在受尽委屈后脱离了重男轻女的家庭……

而反派赵竞业、黎珠、赵柏盛、李明等人，他们的命运则与地位、家庭、法律有关，自身的因导致了果。他们做出了对命运的抵抗，但由于正方的努力和种种偶然，最终失败了。

这个故事充满了人为的必然和命运的偶然。

如果不是以江潜为代表的集团联合谋划，反派就不可能被一网打尽。如果严芳不是颜悦的生母，颜悦就看不到U盘；如果戴昱秋不是程尧金的前男友，他就拿不到证据；如果谢曼迪脾气温和不挑事，戴昱秋就会把证据直接交给父亲，可以完结撒花了；如果余妈妈20年前不在黎珠家打工并正好发生了地震，她不会看见黎珠把婚戒放进地震应急箱里；如果江潜在面试时没有挑中小鱼，就不会和她产生关系，余妈妈就不会从女儿口中知道女婿在筹划什么，他所有的努力到最后可能都会成为泡影。

诸如此类，还有很多例子。

只要有一个变数，"倒赵"这个项目的走向就会不同。

只要缺了一个变数，这个项目或提前完工，或延后完工，都不是我现在写出来的这个样子。

所以这是一个阴错阳差、机缘巧合、既在意料之外又在情理之中的故事。

生活就是这样，有无数个平行世界，做出一个选择，就踏入了其中的一个世界。左右选择的，可能是人的意志，比如梦想、欲望、一时的冲动，还可能是外界的影响，比如疫情、家中变故、行业变化。

走上一条道路，并能在这条道路上一直走，必然是内外因共同作用的结果。

所以我说，计划不能完全创造出想要的结果。就像我信心满满地对着那位高管侃侃而谈，眼看就要得到想要的岗位，根本不知道下一刻会被一个普通问题击中心中最敏感、最脆弱的地方，导致错失良机，最后选择了一个截然不同的工作。

但这样就一定是损失吗？

选择了一个机会，就必然放弃另一个机会，在经济学上叫作"机会成本"。选择只是一个契机，若能从中领悟到、学到很多东西，才是真正有分量、可持续利用的。我在第一份工作中学到了很多，通过它认识到自己对工作的硬性要求，知道了自己的抗压水位线。现在我离想要的生活依然很远，但已经不会像2020年那样茫然无助了。

在连载期间，我收到了好几个读者的私信，说自己现在面临找工作的困难、家庭不睦，整个人都抑郁得不行，大家未曾谋面，但烦恼却非常相似。

大部分的人都不是爽文的主角，痛苦和挫折是常态。古语云"人生不如意之事十之八九"，真不是夸张，不顺的时候咽口水都能被呛到，只要有一件得意之事，就已经足够炫耀很长时间了。即使是聪明绝顶的人，也会遇到逆境手忙脚乱，更何况普罗大众呢？

在这篇小说里，主角都有明显的缺点，余小鱼过于勇敢以致鲁莽行事，江潜过于谨慎而不免迈不开步子，但命运让他们组合在一起，实现了个体所难以实现的更美好的生活。即使没有遇到适配的另一半，也可以找到出路，小说中的谢曼迪、程尧金、颜悦，这些女孩儿各有长短处，原生家庭都很不好，她们凭自己的能力走上了正途，从来不认为自己低人一等、因心理创伤而自卑胆怯，非常了不起。

"原生家庭决定的仅仅是初级的思维方式，以及对世界及自我最早的认知；优化思维，就是转运，提升认知，就是改命。"我非常认同这句话，原生家庭对人虽有影响，但无法决定人的发展。

生而为人，就要坦然接受自身的缺陷和感受到的痛苦，不必苛责自己。能做到向前看，知道什么对自己才是好的，知行合一，就已经特别棒了。

没有挫折和痛苦的生活，是不完整的生活。

有顺风顺水，也有龙场悟道。

有天时地利走上人生巅峰，也有穷山恶水置之死地而后生。

祝大家永远勇敢、真诚，水星不会逆行，长夜终有竟时。

（完）